AF191597

Ritter der Sieben Mönche

Die Erweckung der ansassi (Band I)

**Ein Mittelalter-Fantasy-Roman
von Andrea Rohn**

Titelfoto: Andrea Rohn; Originalbild von Michaela Rohn (Abdruck
         mit freundlicher Genehmigung der Malerin)
Lektorat: Ursula Reppmann-Wörsdörfer

© 2024
Verlag: BoD • Books on Demand GmbH, In de Tarpen 42, 22848 Norderstedt
Druck: Libri Plureos GmbH, Friedensallee 273, 22763 Hamburg
ISBN: 978-3-7597-2373-4

Inhaltsverzeichnis

Personenverzeichnis 6
Die Prophezeiung 10
01. Kapitel: Die Klosterfalle 13
02. Kapitel: Die Auferstehung des ersten „Mönchs" 29
03. Kapitel: Das Wesen Calan 35
04. Kapitel: Die Kapelle mit dem Siegel lösenden Buch 47
05. Kapitel: Wie ich für Nercc einen Leib erträumte 64
06. Kapitel: Verschleppt 68
07. Kapitel: Die Furie Komtess Candella 103
08. Kapitel: Nercc und die falsche Schwester 127
09. Kapitel: Im Untergrund 133
10. Kapitel: Nur ein bestimmter Ton 143
11. Kapitel: Eleganz ohne Balancegefühl 164
12. Kapitel: Aufbruch zur Kare-san-Sui 175
13. Kapitel: In der Wüste 201
14. Kapitel: Gehetzt 224
15. Kapitel: Der Fluch 234
16. Kapitel: Zwei neue Dienstherren 263
17. Kapitel: Waghalsige Kinderspiele 277
18. Kapitel: Ein ungewöhnlicher Besucher 284
19. Kapitel: Abt Sebalds Rückkehr nach Kampret 295
20. Kapitel: Calans siebte Aufgabe 301
21. Kapitel: Das entscheidende Buch 345
Dank 347
Über die Autorin 348
Bereits erschienen 349
In Vorbereitung 355

Personenverzeichnis

Die Ordensmitglieder

Aileam: seancha in der Ordensniederlassung Jotam

Calan (Beginn):   Knappe des Ordens in der Niederlassung Jotam und Protagonist

Cyrill: Knappe des Ordens in der Niederlassung Neyschat , Bruder von Candella

Evermod, Sir: Kommandant der Bergfeste

Gordian: seancha in der Ordensniederlassung

Ingbert, Sir   Gehilfe des Pagenmeisters Sir Mertin in der Ordensniederlassung Jotam

Maurus, Sir: Ritter des „Ordens von den Elementen" in der Niederlassung

Mertin, Sir: Pagenmeister in der Ordensniederlassung Jotam

Method: seancha in der Ordensniederlassung Enrik

Polykarp, Sir: Kommandant der Ordensniederlassung

Thurid, Sir: Ritter des „Ordens von den Elementen" in der Niederlassung Jotam, Dienstherr und Ziehvater von Calan

Die Sieben Mönche

Brathair (Bruder):   doppelgeschlechtiger ansass

Jyoti (Licht):   weibliche ansass

Kola (Freund):   männlicher ansass

Laila (Nacht)   weiblicher ansass

Maisi (Schönheit):   weibliche ansass

Nercc (Krieger):   männlicher ansass

Nissi (Schutz):   männlicher ansass

Die Magier

Cameron, Sir   Magiersohn von Rell-Peras, Bruder von Luciano

Jolar tu-Jas-Joklas   ursass (Geistwesen), Magier, Großkönig von Glendalach

Master Luciano Da'Simh   Magiersohn von Rell-Peras, Bruder von Cameron

Rell-Peras   ursass (Geistwesen), Magier, Großmeister des „Ordens der Ritter von den Elementen"

Die Götter

Adalar   Gottheit des Windes

Catandra   Gottheit der Erde

Dilar   Gottheit des Wassers

Feular   Gottheit des Feuers

Melar   Gottheit der Metalle

Sonstige Personen

Candella: Schwester von Cyrill, Komtess

Darja: „Mutter" von Calan, Gemahlin von Sir
                    Thurid

Nistork: Baron und Rebell

Sebald: Abt eines Klosters in der Nähe
                    der Ordensniederlassung

Side (Frieden): Heiler und Mönch eines Klosters in der
                    Nähe der Ordensniederlassung

Vasir Vatger: Räuberhauptmann

Werfried: Senner

Zeno: Prior eines Klosters in der Nähe der
                    Ordensniederlassung

Für meine Nichten

Träumerei ist der erste Flug auf dem Weg zur
Unendlichkeit.

Käthe Braun-Prager

Die Prophezeiung

Die „Sieben Mönche"

Lange vergessen sind die Orte
wo die „Sieben Mönche" ruhn.
Es bedarf der heilgen Worte,
um die Verstecke aufzutun.

„Schutz" kann sich nur befreien,
wenn ein Opfer wird gegeben.
Gewalt muss ER nicht verzeihen,
gibt als Einsatz ER sein Leben.

„Licht" kann nur hell erscheinen,
wird das Rätsel ganz gelöst.
In dem Feuer darf ER weinen,
wenn ER inneres entblößt.

„Krieger" kämpft nicht für sich allein;
trägt die Maske eines andern,
wird zum Schluss der Sieger sein,
muss ER still durch's Dunkel wandern.

„Schönheit" nur neu erblühen kann,
kennt ER die richt'ge Melodie.
Einsamkeit ihn hinführt dann
in Höhen der Fantasie.

„Freund" den Fluch nur brechen kann,
bringt die Klippe ihm den Tod.
Er wird auferstehen dann,
kommt sein Retter selbst in Not.

„Nacht" erhält ein neues Leben,
schafft ihr Wandler den Verzicht.
Hunger muss ER selbst anstreben,
obgleich die Tafel beinah' bricht.

„Bruder" darf nur wiederkehren,
wandelt eig'nes Leiden ER.
Not und Dunkel muss ER wehren,
ist die Marter auch recht schwer.

Wenn erlöst sind alle sieben,
wird zum Ritter erst der Knappe.
Was bis hier aufgeschrieben
ist nur die erste Etappe.

1. Kapitel: Die Kloster-Falle

Sieben sekels[1] zuvor:

„Er ist halb Weib, halb Mann", sagte eine Stimme, die mir irgendwie bekannt vorkam. Zuordnen konnte ich sie indessen nicht. Auch die Bedeutung der Worte begriff ich nur nach und nach. Ich schien mich in einem undurchdringlichen Nebel verlaufen zu haben.

Andererseits erkannte ich das Licht mehrerer Kerzen, die einen kleinen Umkreis um mich beleuchteten. Um ihre Standorte auszumachen, musste ich mein Haupt zur Seite wenden, was mir nur mit äußerster Willensanstrengung gelang. Es brauchte Zeit, um mir über Folgendes klar zu werden: Es handelte sich dabei um teure, dicke Wachslichter, die auf Haltern befestigt waren. Beide wurden meist in sakralen Gebäuden verwendet. Wie zäher Brei drang jede Erkenntnis in meinen Kopf hinein.

Auch die Wärme im Raum und das Flackern von einer für mich unsichtbaren Quelle konnte ich mir zunächst nicht erklären. Noch während ich mein Haupt wieder in seine vorherige Lage zurückzwang, spürte ich mehrere Berührungen auf meiner Haut. Dass diese gleichzeitig an mehreren Stellen meines Leibes geschahen, wurde mir nur sehr langsam klar. Gerade, als ich diese zuzuordnen versuchte, sprach eine zweite männliche Stimme.

„Er hat Brüste und auch eine Ritze wie eine Jungfer, zeitgleich aber auch das Gemächt eines Mannes. Du hast dich keinesfalls geirrt, wie ich zunächst angenommen habe, Prior. Aber da mir ein solches Wesen noch nicht untergekommen ist, musst du meine Zweifel

---

[1] sekel(s) = Jahr(e)

13

verstehen.“

Da ich mich keineswegs imstande fühlte, gleichzeitig die Worte zu begreifen und die Bereiche, an denen ich berührt wurde, auszumachen, versuchte ich mich aufzusetzen. Doch allein das Anheben meines Kopfes fiel mir bereits dermaßen schwer, dass ich es mit dem Rest meines Leibes erst gar nicht probierte.

„Gib dir keine Mühe, Knappe!“, hörte ich erneut die erste Stimme sagen. „Das Mittel, welches der Abt dir in den Wein getan hat, hemmt den Verstand und lähmt den Leib für mehrere Stunden.“

Kurz hatte ich einen Blick sowohl auf die beiden Männer als auch auf meine Lage werfen können, ehe mein Haupt zurückfiel. Es hatte mich sehr viel Willenskraft gekostet, diese kleine Bewegung auszuführen, daher fühlte ich mich entsprechend erschöpft. Dennoch versuchte ich, die Worte und das Gesehene zuzuordnen, um mir ein Gesamtbild zu machen.

Es dauerte für mich eine Ewigkeit, wobei es sich gleichzeitig sehr zäh anfühlte, bis ich beides zusammenbringen konnte. Dann ergab sich für mich folgendes Bild: Ich lag vollständig entblößt rücklings auf dem Bett des Abtes, in dessen Kloster wir, mein verletzter Ritter und ich, am frühen Abend Aufnahme gefunden hatten. Die Hände sowohl des Klostervorstehers als auch seines Stellvertreters begrapschten meinen ungewöhnlich gestalteten Leib. Soeben waren die Hände des Priors von meinen für einen Mann außergewöhnlich geformten Brüsten über meinen Leib hinuntergewandert. Seine lustvoll verzogene Fratze ließ mich erahnen, was er mit mir zu tun gedachte.

Der Abt stand am Fußende meines Lagers zwischen meinen weit

gespreizten Beinen. Seine Pranken befingerten den Teil meines Unterleibes, der für einen Mann alles andere als normal war. Dabei leckte er sich genussvoll über die Lippen, begleitet von einem grunzenden Geräusch.

Gerade hatte ich dies alles in Zusammenhang gebracht, da schlug der dicke Abt seinem Stellvertreter auch schon vor, was er mit mir zu tun gedachte. „Gib mir den Schmalztopf! Es wird mir ein Vergnügen sein, beide Öffnungen mit jeweils einer Handvoll zu füllen. Schließlich ist die Nacht lang und auch du sollst zu deinem Recht kommen."

Irgendwo tief in mir drinnen loderte ein Feuer auf. Es schaffte es aber nicht, gegen die Wirkung des Trankes anzukommen, den sie mir in den Wein gemischt hatten.

Eine Ewigkeit später riefen die Glocken zum nächtlichen Gebet. Meine Hoffnung, dass sie dieser Aufforderung folgten und somit von mir abließen, erfüllte sich nur zur Hälfte.

„Als mein Stellvertreter kannst du die Gebetszeit allein leiten, während ich mich noch etwas mit diesem äußerst seltenen Wesen vergnüge", meinte der Abt und fiel erneut über mich her.

Mit einem Fluch verließ der Prior den Raum.

Langsam ebbte zwar der Einfluss des Mittels ab, das mich meinen Peinigern hilflos ausgeliefert hatte. Dennoch fühlte ich mich außerstande, mich gegen den Fettwanst zu behaupten. Mein Geist war in eine Erstarrung gefallen. Es fühlte sich an, als hätte er sich von meinem Leib abgetrennt. Anderenfalls hätte ich die Notzucht nicht ertragen können.

Irgendwann kam der Prior zurück und wechselte sich mit seinem

Vorgesetzten ab. Doch das alles schien mich nicht mehr zu berühren. Als würde der gepeinigte Körper jemand anderem gehören, beobachtete mein Geist aus sicherer Entfernung, was geschah.

Das erste Tageslicht fiel durchs Fenster, als sie von mir abließen. Fest in eine Decke gewickelt trug der Prior meinen Leib zu dem Heiler des Klosters.

Der junge Mönch kümmerte sich aufopfernd um mich. Er versorgte meine Verletzungen und gab mir einen starken Trank gegen meine Schmerzen.

Ich wechselte immer wieder von halbwach in tiefen traumlosen Schlaf. Stets saß der Heiler meinem Lager und fütterte mich oder gab mir etwas zu trinken. Blieb ich länger wach, redete er beruhigend auf mich ein.

*

Nachdem meine körperlichen Wunden verheilt waren, holte mich der Prior ab und verging sich erneut zusammen mit dem Abt an mir. Beide drohten mir, sollte ich mich nicht gefügig zeigen, würden sie dafür sorgen, dass mein Herr das Tageslicht nie mehr zu sehen bekäme. Ihn hatten sie, als seine Blessuren zu heilen begannen, in einem verlassenen Gebäude auf dem Klostergelände eingesperrt. Von meinem Verhalten den Klosteroberen gegenüber hing es ab, wie er behandelt, ob und wie viel Zehrung[2] er erhielt und wie gut seine Wunden versorgt wurden. Damit ich mich selbst vom Zustand meines Dienstherren überzeugen konnte, brachten der Abt und der

---

[2] Zehrung = Essen, Nahrung

16

Prior mich mehrfach persönlich zu ihm. Sprechen durfte ich allerdings nicht mit Sir Thurid, denn sie befürchteten wohl, dass er mir zu fliehen empfehlen würde.

Nachdem ich einige Male feststellen musste, dass mein Ritter es zu spüren bekam, als ich mich gegen die Ordensoberen zur Wehr gesetzt hatte, ließ ich davon ab. Ich wollte weder, dass mein Dienstherr Hunger und Durst litt, noch, dass seine Wunden zu schwären begannen. Was blieb mir anderes übrig, als mich fürderhin zu fügen?

*

„Ich weiß, dass du noch der Ruhe bedarfst und deine Verletzungen keinesfalls vollständig ausgeheilt sind, mein Junge", sagte eines Tages der Heiler zu mir. Der junge Mönch sah sich wiederholt verstohlen um, obwohl sich zu dieser Zeit niemand außer ihm und mir in diesem abgelegenen Teil des Klosters aufhielt. Zuvor hatte er sich überzeugt, dass der Flur vor den ihm als Krankenquartier und Kräuterlager zur Verfügung stehenden Räumen leer war.

Aufgrund seiner Worte rechnete ich damit, dass meine Peiniger Verlangen nach mir angemeldet hätten. Daher seufzte ich leise.

„Nein, Calan[3], weder der Prior, Bruder Zeno, noch der Abt, Vater Sebald – die Götter mögen die Drecksäcke entmannen – hat nach dir gefragt", versuchte er meine Bedenken zu zerstreuen. Mir war des Öfteren aufgefallen, dass dieser ansonsten so besonnene Mann seine Oberen verabscheute. „Es gibt an diesem Ort außer mir genügend Brüder, die dem Treiben der beiden ein Ende setzen wollen. Leider

---

[3] Calan (gesprochen: Tschalan) = Beginn

wussten wir bisher nicht, wie. Die Anwesenheit zweier Angehöriger vom *Orden der Ritter der Elemente* hat uns hoffen lassen, dass ihr die Lösung sein könntet. Wir gingen bisher davon aus, dass man euch vermisst und nach euch sucht. Hätte sich jemand nach euch erkundigt, wären wir über ihn mit der Bitte um Schutz an den Kommandanten der nächsten Niederlassung herangetreten. Leider war das bisher nicht der Fall."

Bruder Side[4] lauschte kurz in die Nacht hinein, ehe er fortfuhr: „Jetzt hat sich ein Umstand ergeben, der das Fass zum Überlaufen gebracht hat. Gestern brachte Bruder Zeno zwei Kinder, einen Knaben von elf Sommern und eine Maid von deren zehn von einem Besuch im Waisenhaus mit. Mir ist zu Ohren gekommen, dass er und Vater Sebald die Geschwister morgen Abend gemeinsam auf das Lager des Abts zwingen wollen. Dies muss unbedingt verhindert werden. Daher habe mich durchgerungen, etwas zu unternehmen. Sir Thurid ist so weit genesen, dass er die Wegstrecke bis zur nächsten Ordensniederlassung wird reiten können. Zusammen mit vertrauenswürdigen Brüdern habe ich eure Pferde reisefertig gemacht. Während dieses Kerzenstriches[5] werden sie durch die kleine Pforte im Kräutergarten aus den Mauern des Klosters geführt. Dort warten zwei der Brüder mit Sir Thurid und den Kindern darauf, dass ich dich zu ihnen bringe. Glaubst du, dass du die Strecke gemeinsam mit einem der Geschwister zu reiten imstande bist?"

In mir glomm ein Funken Hoffnung auf. „Du willst mir helfen zu entkommen?" Ich konnte es noch gar nicht begreifen, dass meine

---

[4] Side = Frieden
[5] Kerzenstrich = Stunde

Rettung so nahe war.

„Ich habe lange nach einem Weg gesucht und die heimlichen Vorbereitungen für eure Flucht dauern auch schon geraume Zeit an. Du kannst mitnichten nachvollziehen, wie schwierig sich dies alles gestaltete, damit weder die beiden Oberen noch ihnen wohlgesinnte Brüder davon etwas mitbekamen. Es schmerzt mich, dass du inzwischen solchen Martern ausgesetzt warst." Seine betretene Miene unterstrich seine Worte deutlich.

„Lass uns keine Zeit mit langen Reden und Entschuldigungen verschwenden, sondern so schnell wie möglich aufbrechen!", winkte ich ab und setzte mich mit schmerzverzerrtem Gesicht auf. Obwohl Bruder Side meine Verletzungen gut versorgt hatte, waren die Wunden noch nicht ganz verheilt.

„Ich werde dir beim Ankleiden behilflich sein, Calan", schlug der hagere junge Mann vor. „Je weniger du dich bewegst, desto mehr Kraft sparst du dir für den Ritt auf. Daher schlage ich vor, dass du mir erlaubst, dich bis vor die Klostermauern zu tragen. – Nein, winke nicht ab, gewähre mir die Möglichkeit wenigstens einen winzigen Teil meiner Schuld abzugelten."

Da mir die wenigen Bewegungen bereits einen Vorgeschmack auf weitere Mühen und zu erwartende Pein gaben, nickte ich ihm ergeben zu.

Während er mich mit seinen geschickten Heilerhänden gewandete, meinte er: „Es ist schon jetzt abzusehen, dass du dich, sobald du in der Ordensniederlassung angekommen bist, sofort in die Hände eures Heilers begeben musst. Der Ritt wird die gerade verheilenden Verletzungen wieder aufreißen lassen. Dennoch sehe ich keinen anderen Weg, damit Sir Thurid, die Kinder und du keinen weiteren Schindereien ausgesetzt werden. Um dir die Fahrt[6] so angenehm wie möglich zu machen, habe ich dir ein weiches Kissen auf den Sattel schnallen lassen. Es wird die schlimmsten Schläge abfedern."

Obgleich er mir einen leicht betäubenden Trank reichte und sehr vorsichtig beim Ankleiden vorging, konnte er mir nicht alle Schmerzen ersparen. Dennoch ertrug ich sie, in Vorfreude auf meine Befreiung und das Ende meiner Qualen gerne, wenn auch mit zusammengebissenen Zähnen.

Wie er mir versprochen hatte, trug er mich auf seinen Armen bis zu den reisefertigen Pferden. Dort half er mir gemeinsam mit einem seiner Brüder in den ausgepolsterten Sattel. Dann setzte er die zierliche, ganz unter einem Umhang verborgene Maid auf ein Reitkissen hinter mich. Zwar musste sie sich an mir festhalten, um nicht vom Pferd zu stürzen, würde sich aber, sollte ich das Bewusstsein verlieren, eigenständig oben halten können. Ich hoffte mit meinen vierzehn Sommern genug Reiterfahrung zu haben, um im Sattel bleiben zu können.

Sir Thurid schwang sich nun auch auf seinen Braunen. Dann halfen die Klosterbrüder dem ebenfalls in einen Überwurf gehüllten Knaben hinauf.

Im Licht des abnehmenden Mondes ritten wir mit einem stummen Gruß an die beiden Mönche los. Schon jetzt wurde mir klar, dass dieser Ritt alles von mir verlangen würde. Trotz des Schmerzmittels und des weichen Sitzkissens musste ich die Zähne fest zusammenbeißen, um nicht laut aufzuschreien, als mein Pferd die

---

[6] Fahrt = veraltet für Reise

ersten Schritte tat.

Ich fragte mich, wie ich die Reise durchstehen sollte, als sich eine Wesenheit um meinen Leib wie ein weiches Gewand legte. Sogleich verschwanden die Schmerzen vollständig.

Wer du auch immer sein mögest: Ich danke dir für deine Hilfe!, dachte ich erleichtert.

Sogleich vernahm ich eine fremde Stimme in meinem Kopf, die weder weiblich noch männlich klang. „*Du hast meine Gefangenschaft beendet, indem du Schmerz und Schande ertragen hast, Calan. Dafür bewahre ich deinen Leib bis zur Ankunft in deiner Heimatniederlassung vor aller Pein. Dennoch solltest du dich beeilen, denn meine Kräfte sind begrenzt. Daher gilt mein Angebot nur, solange du meine Anwesenheit in dieser Weise spüren kannst. Und nun teile Sir Thurid mit, dass du dich bereit für eine schnellere Gangart fühlst! Ein flotter Tölt sollte ausreichen, um die Zeit eurer Fahrt so weit zu beschleunigen, dass du durch das Tor der Niederlassung reitest, ehe meine Kräfte erlahmen. – Und noch etwas: Unsere gedankliche Verbindung hältst du besser geheim. Außerdem muss ich sie jetzt abbrechen, denn auch dies ist in meinem derzeitigen Zustand sehr anstrengend. Erträume mir einen Leib, Calan!*

Die letzten Worte verhallten, bevor ich mich äußern konnte. Gerne hätte ich mehr über meinen Helfer gewusst. Zunächst aber war ich froh um seine Hilfe. Daher gab ich Sir Thurid kund, dass ich momentan keine Schmerzen verspürte, ich allerdings keinesfalls abschätzen könnte, wie lange dieser Zustand anhalten würde. Mir wäre es deshalb sehr recht, die Geschwindigkeit unserer Reittiere zu erhöhen.

Im fahlen Mondlicht musterte der dunkelhäutige Ritter mich erstaunt, zeigte sich aber einverstanden. Sogleich ließ er seinen Braunen antraben. Ich folgte seinem Beispiel, nachdem ich die Jungfer, welche sich an mich klammerte, darüber in Kenntnis gesetzt hatte, dass der Ritt für sie unangenehmer werden würde.

Am frühen Vormittag erreichten wir die Niederlassung und ritten durch das Haupttor hinein. Wie mein unsichtbarer Helfer es mir versprochen hatte, schütze er mich genau bis zu diesem Augenblick vor der Rückkehr der Schmerzen. Als sie unvermittelt die Gewalt über meinen Leib zurück erlangten, wurde mir schwarz vor Augen. Ich sollte erst gegen Abend das Bewusstsein wiedererlangen.

*

Bruder Side atmete erleichtert auf, als er den Ritter und seinen Knappen mit den Geschwistern davonreiten sah. Rasch kehrte er in seine Räume zurück.

Die Ordensbrüder, welche zusammen mit ihm den vier Menschen zur Flucht verholfen hatte, waren bereits im Innern des Klosters verschwunden. Nachdem sie alle Gäste sicher auf den Pferden wussten, hatten sie sich sofort auf den Weg zu ihren Zellen gemacht und sich hingelegt.

Der Heiler hingegen beschäftigte seine Hände noch eine Weile mit dem Zerkleinern von Kräutern. Seine Gedanken galten einer Begebenheit, die sich am späten Vormittag zugetragen hatte.

Bruder Side kam gerade aus dem Nebenraum in das kleine Gelass, in dem er den rothaarigen Knappen untergebracht hatte. Der Klosterbruder trat mit einer Schüssel aufgewärmter Suppe ein, als er einen Fremden am Bett Calans stehen sah. Die nebulöse Gestalt beugte sich über den schlafenden Knaben und strich ihm mit einer durchscheinenden Hand über die Stirn. Dann löste sie sich vor seinen Augen auf.

Zunächst hatte er dieses Erlebnis für eine Einbildung gehalten. *Sicherlich habe ich mich einmal wieder zu viel mit meinen berauschenden Pflanzen beschäftigt,* dachte er. Kopfschüttelnd schloss er die Tür hinter sich und trat auf das Lager des Knaben zu. Nichts deutete auf einen Besuch des rätselhaften Wesens hin. Es gab weder Spuren auf dem Steinboden noch einen fremden im Raum hängenden Geruch. Daher tat der Mönch die Erscheinung als Spinnerei ab und kümmerte sich um den Knappen.

Fast hatte er die Begebenheit wieder vergessen, da erlebte er beinahe die gleiche Szene noch einmal. Am frühen Abend betrat er erneut das Zimmer mit einer Schale, welche das Nachtmahl für den schlafenden Calan enthielt. Auch diesmal nahm er die Gestalt wahr, die sich zuvor über den Knaben gebeugt hatte und nun gerade aufrichtete.

Anders als bei der ersten Begegnung wandte die Wesenheit sich zu dem Heiler um. Sie blickte ihn kurz an und legte einen Finger an die durchscheinenden Lippen. Dann verschwand sie von einem Moment zum anderen.

Bei dieser Gelegenheit war Bruder Side sich seiner Augen sicher gewesen. Wäre er das nicht, hätte er spätestens bei der dritten Sichtung nicht mehr an eine Einbildung seines Geistes geglaubt. Er hatte die geheimnisvolle Gestalt, welche sich um den schlafenden Knappen gelegt hatte, mit eigenen Augen gesehen.

Danach hatte er zu seiner und der Sicherheit seiner Klosterbrüder alles getan, was in seiner Macht stand. Obgleich seine Oberen die von ihm angewandten Schutzzauber nicht gutheißen würden, atmete er erleichtert auf, dass sein Plan, dieses Wesen loszuwerden, erstaunlich gut gelungen war. Jedenfalls hatte er es hernach nicht mehr wahrgenommen.

Nun aber musste er sich die einzelnen Ereignisse noch einmal ganz genau ins Gedächtnis rufen. Langsam ging er jede Szene mehrfach durch. Am Ende war er sich sicher, dass er keineswegs unter Einbildungen litt. Er hatte diese Erscheinungsform wirklich gesehen und ihre Anwesenheit gespürt. Außerdem war fast davon überzeugt, dass er eine Warnung erhalten hatte.

Sicherheitshalber war er nach der zweiten Sichtung in die Klosterbibliothek gegangen und hatte sich dort ein sehr altes Buch ausgeliehen. Leider kam er erst jetzt dazu, unter dem Begriff nachzuschlagen, der ihm als erstes in den Sinn gekommen war.

Ansass oder ursass stand auf der Seite ganz oben. Darunter befand sich ein handschriftlicher Vermerk. *»Es gibt zwei Arten von Wesenheiten, welche sich körperlos, aber dennoch als neblige Gestalt zeigen können. Die niedere Form wird als* ansass, *die höhere als* ursass *bezeichnet.*

Gemeinsam ist beiden Erscheinungsformen, dass sie über magische Kräfte verfügen. Während der ursass *jedwede Gestalt annehmen oder nachbilden kann, beschränkt sich die des* ansass` *auf Tiere oder die*

Lebensformen, welche er als letzte innehatte. Der ursass *kann selbstständig in einen willkürlich ausgewählten, sterbenden Leib eindringen und ihn so mit seinem Geist wiederbeleben. Für ihn ist es auch möglich, die äußere Erscheinung nach Belieben zu verändern.*

Ersteres bleibt dem ansass *verwehrt. Er muss sich mit demjenigen Lebewesen begnügen, welches ihm zuerst begegnet. Zu letzterem ist er nicht allein fähig. Für die Veränderung des übernommenen Leibes benötigt er Hilfe. Nur ein Mensch kann ihm sein Aussehen erträumen. Gleichzeitig legt der Träumer damit fest, ob der* ansass *eine Maid oder ein Knabe, ein Weib oder ein Mann wird. Beide Wesen gehen dadurch ein Band ein, welches ein Menschenleben lang anhält.*

Die letzten bekannten ansassi *waren die* Sieben Mönche *(siehe auch dort). Von ihnen wird berichtet, dass sie kein unedles Metall anzufassen imstande waren. Daher stellten sie stets einen menschlichen Kämpen in ihre Dienste.«*

Bruder Side nickte gedankenverloren vor sich hin, ehe er suchend in dem Buch herumblätterte. Fast am Ende des dicken Wälzers gab es einen Eintrag, der mit »***Die sieben Mönche***« überschrieben war. Dort las er weiter.

»Bei den **Sieben Mönchen** *soll es sich um* ansassi *gehandelt haben. Viel ist über diese Wesenheiten nicht bekannt. Das Wenige entstammt Erzählungen längst verstorbener Menschen, die ihnen begegnet sein wollen, weshalb die Kunde über die* Sieben Mönche *recht dürftig ist. Dass sie magische Geistwesen sind, wird stets betont. Wann und*

25

warum sie plötzlich erscheinen, konnte bisher von niemandem beantwortet werden. Fest steht, dass sie nur von sehr außergewöhnlichen Menschen erweckt werden können. Welche Fähigkeiten diese mitbringen müssen, ist bislang ebenfalls unbekannt. Es wird gemunkelt, dass für jede Erweckung eine Aufgabe gelöst werden muss. Stattdessen könnte auch ein großes Opfer dazu führen. Um menschliche Gestalt annehmen zu können, muss der ansass in einen sterbenden Leib eindringen. Mit Vorliebe benutzt er dafür denjenigen, der seinem Erwecker zuvor Übel angetan hat. Damit der Mönch seine endgültige Gestalt erhält, muss der auserwählte Mensch sie in diesen hineinträumen. Über welche magischen Fähigkeiten die Sieben Mönche *verfügen und ob sie diese bündeln können, ist nicht bekannt. Unbewiesen ist auch, wo die Orte liegen, an denen diese Geistwesen ohne einen Leib verharren.«*

Bruder Side klappte das Buch zu. War das alles, was er über die geheimnisvollen Mönche erfahren konnte? Allzu viele Fragen, über die er sich ein Antworten in dem wohl ältesten Schriftstück des Klosters erhofft hatte, blieben offen. So auch diejenige, ob diese neblige Gestalt, welche er gleich dreimal gesehen hatte, eigenständig in die Abtei zurückkehren könnte. Inständig hoffte er, dass sie stets in der Nähe von Calan verweilte. Vielleicht genügte seine Vorsichtsmaßnahme, den Knappen von diesem Ort fortzuschicken. Da der Knabe seine Verletzungen noch eine Weile auskurieren musste, sollte der ansass so schnell nicht zurückkommen.

Der junge Mönch beschloss, weitere Grübeleien auf den kommenden Tag zu verschieben und sich zunächst einige Stunden

Schlaf zu gönnen. Viel war von der Nacht ohnehin nicht mehr übrig geblieben.

*

Kurz nach der Ankunft Sir Thurids, seines Knappens Calan und den beiden Kindern in der Niederlassung Enrik, brachen Ritter vom *Orden der Elemente* in Richtung des »gastfreundlichen« Klosters auf. Ihr Anführer war kein Geringerer als der dunkelhäutige Sohn des Großmeisters. Er weilte im Auftrag seines Vaters in der Niederlassung. Eigentlich hatte er vorgehabt am nächsten Morgen weiterzureiten, dies aber aufgrund der schrecklichen Ereignisse verschoben.

Sein Angebot, »den Stall auszumisten«, wie er sich ausdrückte, nahm der Niederlassungskommandant zu gerne an. Für die Ritter, welche ihn begleiteten, stellte es eine Ehre dar, unter seinem Befehl zu reiten. Dass eine für sie unsichtbare Wesenheit ihnen folgte, konnten sie keinesfalls wissen.

Einzig Master Luciano Da'Simh, der als Magiersohn selbst über gewisse Fähigkeiten verfügte, gewahrte den ansass. Für ihn genügte die Anwesenheit des Lebewesens, um eine Ahnung in eine Tatsache zu verwandeln: Zumindest einer der Peiniger des Knappen würde sterben und dem Geist seinen Leib überlassen. Luciano hatte keineswegs vor, einzugreifen und dessen Schicksal abzuwenden. Dies teilte er dem ansass, der sich sehr erfreut über die Entscheidung zeigt, auf gedanklichem Wege mit. Seinem Vater Rell-Peras, dem Großkönig Jolar tu-Jas-Joklas und seinem Bruder Cameron schickte er die Kunde, dass der erste der *Sieben Mönche* von dem Knappen Calan erweckt worden war. Die Bedeutung dieser Nachricht kannte Luciano zwar noch nicht, dennoch war er sich sicher, dass diese früher oder später ans Licht kommen würde. Sollten sich doch die drei Magier darüber ihre Häupter zerbrechen! Er wollte sich derweil um die vor ihm liegende Aufgabe kümmern.

2. Kapitel: Die Auferstehung des ersten »Mönchs«

Master Luciano Da'Simh wusste den Knappen Calan bei dem seancha der Niederlassung Enrik in guten Händen. Er würde sich hervorragend um den Leib des Knaben kümmern. Der seancha Method würde das Geheimnis Calans wahren. Dafür würde Sir Thurid ohnedem sorgen.

Obwohl ein Heiler sich normalerweise auch um das geistige Wohl eines Kranken oder Verletzten kümmerte, müsste Calans Dienstherr Sir Thurid dies in seinem Fall übernehmen. Aber auch in dieser Hinsicht konnte Master Da'Simh beruhigt sein. Als Vater des besonderen Knaben wusste er sicherlich, was er für ihn tun konnte.

Die wesentlich bessere Wahl für dieses eigentümliche, tangalanische Geschöpf wäre Lucianos Schwester Shira Leora gewesen. Leider weilte sie momentan am anderen Ende von Tangalan und würde so rasch nicht von ihren dortigen Aufgaben entbunden werden können. Und auch der oberste magische Heiler – Jolar tu-Jas-Joklas – war derzeit durch seine Regierungsgeschäfte unabkömmlich.

Ehe der Magiersohn mit seiner Begleitung im Kloster Einlass begehrte, hatte er längst mit diesen Gedanken abgeschlossen. Somit konnte er sich voll und ganz seiner eigentlichen Aufgabe widmen.

Anders als sein Bruder Cameron, der meist die üblichen Gewänder der Elementeritter trug, schätzte Luciano es, dass man ihn bereits von Weitem erkannte. Allein seine schwarze Kleidung löste bei vielen Übeltätern Furcht aus. Die meisten suchten ihr Heil in der Flucht, wohl wissend, dass sie diesem magisch begabten Ordensmitglied nicht entkommen konnten. Und genau so verhielt es sich auch diesmal.

Als Master Da'Simh die Glocke an der Klosterpforte Sturm läuten ließ, rafften der Abt und der Prior schnell noch ihre letzten Habseligkeiten zusammen. Dann rannten sie auch schon in die dem Haupttor entgegengesetzte Richtung davon. Zwei Pferde standen gesattelt und gezäumt für die Flucht der Ordensoberen an der kleinen Pforte, durch die in der Nacht zuvor die unfreiwilligen Gäste des Klosters geflohen waren.

Anstelle des Pförtners öffnete Bruder Side einen der Torflügel. Er hielt sich nicht lange mit einer Begrüßung auf, sondern zeigte hinter sich und rief den *Rittern vom Orden der Elemente* zu: „Die Bastarde versuchen, durch die kleine Pforte zu entkommen. Ihr findet sie auf der Rückseite der Mauer."

„Wir danken dir, Bruder, für deine Hilfsbereitschaft." Der dunkelhäutige Magiersohn lächelte und neigte sein Haupt anerkennend. „Sie werden nicht weit kommen. Während Wir Uns um sie kümmern, kannst du Unseren Männern diejenigen deiner Brüder vorstellen, die Kumpanei mit den Lumpen getrieben haben." Damit wandte er sein Ross und galoppierte auf diesem dicht an der Klostermauer entlang. Zwar würde er die Ordensoberen dieser Niederlassung nicht mehr am Davonreiten hindern können, an einer erfolgreichen Flucht aber allemal.

Während Master Da'Simh die Verfolgung mit sichtlicher Freude aufnahm, lenkten die übrigen Ritter ihre Pferde durchs mittlerweile vollständig offenstehende Tor in den Innenhof des Klosters. Sie würden sich, gemäß der Weisung ihres Vorgesetzten, der Mönche annehmen, welche Bruder Side ihnen sogleich zuführte. Master Da'Simh hatte die Ritter angewiesen, mit diesen Klosterbrüdern zur Heimatniederlassung des Elementeordens zurückzukehren. Dort sollten Letztere vor Gericht gestellt werden. Als ihre Richter würden der uratu[7] und der taswert[8] das Gesetz Glendalachs vertreten. Der Magiersohn hatte sich lediglich ausbedungen, über den Prior und den Abt selbst zu richten.

Obgleich Luciano diese beiden Ordensoberen nicht mehr an der kleinen Pforte antraf, fiel es ihm keinesfalls schwer, ihnen zu folgen. Da sie keine guten Reiter waren, hatten sie sich noch nicht weit vom Kloster entfernt. Ständig kämpften sie mit den Pferden, die sich gegen die Zügel wehrten. Das führte dazu, dass sie mehr im Kreis geritten, als vorwärtsgekommen waren.

So holte Master Da'Simh sie bereits nach kurzer Zeit ein. Mit ein wenig Magie beruhigte er die Rösser, während er den Reitern seine Hilfe anbot. „Vater Abt, Bruder Prior, Uns scheint, dass ihr euch sehr rassige Reittiere ausgesucht habt. Da eure Fahrt[9] jedoch nicht allzu lange dauern wird, mag dies noch vertretbar sein. Damit ihr keinesfalls erneut in Gefahr geratet, aus dem Sattel zu stürzen, bieten Wir euch Unsere Hilfe an. Wir sind Uns sicher, dass ihr hoch erfreut seid, wenn Wir euch Unser Geleit antragen. Wie Wir feststellen mussten, haben euch die Schwierigkeiten mit euren Rössern in eine völlig falsche Richtung geführt. Die Niederlassung Enrik liegt genau entgegengesetzt." Sein hinterhältiges Lächeln ließ erkennen, wie

---

[7] uratu = Kommandant einer Ordensniederlassung der Elementeritter
[8] taswert = stellvertretender Kommandant einer Ordensniederlassung der Elementeritter
[9] Fahrt = hier Reise

seine Worte wirklich gemeint waren.

Abt Sebalds und Prior Zenos soeben noch vor Anstrengung gerötete Gesichter wurden bleich. Zu einer Erwiderung fühlten sie sich nicht im Mindesten im Stande. Starre befiel ihre Glieder. Sie hatten den gefürchteten Magiersohn allein an seiner Gewandung erkannt. Seine Worte hingegen sagten ihnen, dass ihr Schicksal besiegelt war. Dennoch bemerkte Luciano, dass sich wenige Augenblicke später die Haltung des Priors veränderte.

Überlass ihn mir! Dies ist der Leib, der mir bestimmt ist, hielt der ansass den Magiersohn davon zurück, sogleich zu handeln.

Nimm ihn dir! Ein Lump weniger, mit dem ich meine Zeit vergeuden muss, entgegnete Master Da'Simh dem Geistwesen gedanklich. Wenn er auch nicht so belesen wie sein Bruder Cameron war, so wusste er doch, wie ein ansass zu seinem Leib kam.

Kaum hatten die beiden magisch veranlagten Wesen ihre geistige Zwiesprache beendet, handelte der Prior bereits. Er wendete sein Pferd, schlug ihm die Hacken in die Seiten und preschte im nächsten Moment auf den nahegelegenen Wald zu.

Abt Sebald sah ihm erstaunt hinterher, während der Magiersohn zu dem Ordensoberen ritt. Mit einem schnellen Griff nach dem Zügel versicherte er sich dessen Reittiers. Dann richtete er seine Aufmerksamkeit auf zweierlei. Aus dem Augenwinkel behielt er den Abt im Blick. Gleichzeitig verfolgte er die Flucht des Priors und den ansass, der diesem dicht auf den Fersen war.

Prior Zeno hatte den Waldrand kaum erreicht, als er einen Fehler beging, der ihn das Leben kosten sollte. Mit erstaunter Miene wandte er sich im Sattel um. Wahrscheinlich konnte er nicht begreifen, warum der Magiersohn ihn entkommen ließ. Da er den ansass weder sehen noch spüren konnte, wähnte er sich bereits in Sicherheit.

Im nächsten Moment allerdings ereilte ihn sein Schicksal. Mit voller Wucht stieß er mit dem Kopf gegen einen armdicken, waagerechten Eichenast, der sich in seiner Fluchtrichtung befand.

Während sein Reittier im Unterholz des Waldes verschwand, fegte der Aufprall ihn aus dem Sattel. Sein Leib stürzte entseelt in das Randgebüsch. Mit verrenkten Gliedern blieb Prior Zeno dort liegen. Nur der Magiersohn sah, wie Zenos Seele dessen Körper verließ. Im gleichen Augenblick übernahm der ansass den Leib.

„Komm, Abt Sebald!", forderte Master Da`Simh seinen Gefangenen auf und wendete die Pferde. „Lass uns zur Hauptpforte reiten. Vielleicht treffen wir dort noch auf deine Kumpane, denen der Prozess für ihre Untaten in der Niederlassung Enrik gewiss ist."

Kaum waren die beiden Reiter ein kurzes Stück an der Klostermauer entlang geritten, erhob sich der Körper des Priors. Allerdings hatte sich sein Aussehen gewandelt. Aus dem Klosterbruder, der bereits mehr als dreißig Sommer gesehen hatte, war ein junger Recke von knapp zwanzig sekels[10] geworden. Er nannte sich Nissi, was in der Allgemeinsprache »Schutz« bedeutete. Er war der erste der »Sieben Mönche«, welcher nach langer Gefangenschaft wieder in einem eigenen Leib in Glendalach wandeln durfte.

„Ich danke dir, Calan, dass du mir eine solch ansehnliche Gestalt erträumt hast«, sagte der weizenblonde Mann mit den hellblauen Augen. Er war auch nicht mehr in das einfache, ungefärbte

---

[10] sekel(s) = Jahr(e)

Mönchsgewand gehüllt. Sein muskulöser Körper steckte in einer lila Kutte, welche mit goldfarbenen tangalanischen Zeichen bestickt war. Um die Leibmitte trug er einen Waffengurt, an dem ein Dolch und ein Schwert hingen. Seine bestrumpften Füße wurden durch mittelbraune Lederstiefel geschützt.

Leb wohl, Luciano, wir werden uns gewiss wiedersehen, sandte Nissi dem Magiersohn eine gedankliche Kunde hinterher.

Daraufhin wandte Master Da'Simh sich kurz im Sattel um. Er nickte ihm bestätigend zu und antwortete auf die gleiche Weise: *Ich freue mich bereits darauf.* Dann wandte er sich wieder um und ritt um die Wegbiegung, wodurch er mitsamt seinem Gefangenen aus dem Blickfeld des ansass verschwand.

Nissi zog sich die Kapuze so weit über den Kopf, dass sie auch das Gesicht verdeckte. Frohgemut folgte er dem Pferd in den Wald.

3. Kapitel: Das Wesen Calan

Am Tage meiner Geburt wurde ich, nur in ein Tuch gewickelt, vor der Haustür von Darja und deren Mann, Sir Thurid, abgelegt. Da das Ehepaar keine eigenen Kinder bekommen konnte, nahmen sie sich bereits seit vielen Sommern männlicher Waisen an. Diese Tatsache war weit und breit bekannt. Daher vermuteten sie, dass meine Mutter oder eine ihr nahestehende Person mich auf das kleine Gestüt gebracht hatte.

Normalerweise suchte der jeweilige Heiler der naheliegenden Niederlassung jeden Sommer[11] mehrfach das vom *Orden der Ritter von den Elementen* aufgebaute Waisenhaus auf. Dort prüfte er mit der ihm verliehenen Gabe, welches Kind für eine Laufbahn im Orden vorgesehen war. Ganz einerlei, wie alt die von ihm ausgesuchten Kinder waren, nahm er sie mit sich.

Handelte es sich um Waisen, die weniger als sieben Sommer zählten, brachte er sie bei Familien unter, die von ihm handverlesen waren. Meist handelte es sich dabei um solche, denen keine eigenen Nachkommen geschenkt worden waren oder diese bereits recht früh verloren hatten. Dort wurden sie liebevoll aufgezogen, bis sie im Alter von sieben Sommern ihren Dienst als Pagen in der nahen Niederlassung antraten. Sie wohnten weiterhin bei ihren Zieheltern, bis sie mit vierzehn Sommern als Knappe von einem Ritter angenommen wurden. Von da an zogen sie in die Besitzung des Ordens. Da sie nun einem Dienstherrn verpflichtet waren, schliefen sie im gleichen Raum wie dieser. Solange der Ritter sich in der

---

11 Sommer = Jahr

Heimatniederlassung aufhielt, stand es den Knappen frei, ihre Zieheltern, so ihr Dienst es zuließ, zu besuchen.

Waisen, die älter als sieben Sommer waren, zogen in ein sogenanntes Pagen- und Knappenhaus, welches innerhalb der Mauern der jeweiligen Niederlassung stand. Dort gab es den Pagen- und den Knappenmeister. Diese Männer kümmerten sich um die Belange ihrer Anvertrauten. Meist verhielt es sich so, dass der Knappenmeister wenig zu tun hatte, da Knaben ab vierzehn Sommern recht schnell von Rittern in Dienst gestellt wurden. Daher half der Knappenmeister meist dem Pagenmeister, seine Aufgaben zu erfüllen. Bei mir verhielt es sich etwas anders.

*

In jener Nacht, als das Kind vor der Tür von Darjas und Sir Thurids Wohnhaus ausgesetzt worden war, träumte Darja, dass ihr ein besonderes Kind in die Arme gelegt wurde. Diesmal stand nicht der Heiler Aileam[12] der nahegelegenen Niederlassung Jotam im Landesteil Urtiklet vor ihr, sondern ein in eine lilafarbene Kutte gekleideter Mönch. Ein Stück hinter diesem hielten sich weitere sechs ebenso gewandete Klosterbrüder auf.

„Ziehe dieses Kind als Knaben auf, Darja!", befahl ihr eine weiblich klingende Stimme aus den Tiefen der Kapuze. „Du wirst feststellen, dass wir dir ein außergewöhnliches Wesen übergeben haben. Sein Name sei Calan, was in der *Alten Sprache* »Beginn« bedeutet. Calan soll dir und deinem Gemahl wie ein eigener Sohn

---

[12] Aileam = der Angenehme

sein! Lehre ihn mit seinen körperlichen und geistigen Besonderheiten umzugehen. Bereite ihn auf das Leben im *Orden der Ritter von den Elementen* vor. Er wird kein einfaches Leben haben, denn schon als Knappe wird er viel für die Zukunft Glendalachs bewirken."

Obgleich Darja das Antlitz des Wesens vor sich nicht erkennen konnte, war sie der festen Überzeugung, ein Weib vor sich zu haben. Bestätigung fand sie, als sie die Hände, welche ihr den Knaben reichten, erblickte. Sie waren zartgliedrig und weich, wie diejenigen von Edelfrauen.

„Ich weiß nicht, wer Ihr seid, dennoch strahlt Ihr eine Aura der Macht aus, die mich nicht daran zweifeln lässt, dass Ihr mir ein wahrhaft wertvolles Geschenk macht", entgegnete Darja und verneigte sich vor den seltsamen Mönchen. Erst dann nahm sie das schlafende Kind entgegen. „Ich werde Calan behüten und über ihn wachen, wie Ihr es mir befohlen habt."

In diesem Augenblick erwachte das Kind in ihren Armen. Fast hätte Darja es fallen gelassen, denn aus der Decke kam ein Schnurren, als ob darin eine Katze läge. Verblüfft starrte das Weib in das Gesicht des Knirpses, der sie anlächelte.

„Ja, das ist eine der Besonderheiten dieses Geschöpfes", bestätigte ihr das Wesen in der lila Kutte. „Er schnurrt nicht nur wie eine Katze, sondern wird auch viele ihrer Verhaltensweisen und Eigenschaften aufzeigen. Aber auch körperlich wirst du Merkmale an ihm feststellen, die so manche Mutter zumindest traurig stimmen würden. – Doch nun müssen wir gehen. Hüte das Kind wie einen wertvollen Schatz, Darja!"

Wie zum Segen legte sie eine Hand auf die Stirn des Kindes, dann sank sie vor ihm in eine Kniebeuge. Als sie sich umwandte, trat einer der anderen Mönche auf Darja zu und tat es seiner Vorgängerin gleich. Nacheinander segneten die Klosterbrüder das Kind und erwiesen ihm Ehre. Dann verschwanden sie, so plötzlich, wie sie erschienen waren.

Darja erwachte verwirrt und weckte ihren Gemahl. „Ich hatte einen seltsamen Traum, Thurid", flüsterte sie.

„Er muss schon ganz besonders sein, dass du mich mitten in der Nacht weckst, Darja", meinte ihr Gespons verschlafen, dennoch forderte er sie auf, ihm zu erzählen, was sie beschäftigte.

„Lass uns nachschauen, ob das Kind vor der Tür liegt, Thurid", bat sein Weib ihn. Gemeinsam erhoben sie sich und gingen hinunter, um nachzusehen.

Auf der Türschwelle lag, eingehüllt in ein Laken, ein winziges Neugeborenes. Darja nahm es sofort hoch und blickte in zwei unterschiedlich gefärbte Pupillen. Die eine war himmelblau, die andere frühlingsgrün. Auf dem Kopf schimmerten fuchsfarbene Haare.

„Welch ungewöhnliches Kind", wunderte das Weib sich und trug das Bündel in die Stube.

Thurid folgte ihr, nachdem er mit seiner eigens entzündeten Laterne kurz über den Hof geleuchtet hatte. Er wollte sich davon überzeugen, ob jemand in der Nähe war, der ihm Aufschluss über das kleine Wesen geben konnte.

„Seltsam", murmelte er vor sich hin, während er die Haustür schloss, „dass die Hunde nicht angeschlagen haben."

„Sieh nur, Thurid!", machte sein Weib auf sich aufmerksam,

woraufhin er zu ihr an den Tisch trat.

Darja hatte das niedliche Geschöpf mittlerweile ausgepackt und festgestellt, dass es nur eine Windel trug. „Die ist ja ganz nass. Das müssen wir ändern. – Thurid, tu mir die Lieb und hole mir mal meinen Wickelkorb!"

Ihr Gemahl konnte sich nur mit Mühe von dem Anblick des Knaben losreißen. Darja und er hatten schon einige Kinder in diesem Alter von dem seancha übergeben bekommen. Doch niemals zuvor hatte er eine solch innige Verbindung zu einem der Waisen wie zu Calan verspürt. Thurid kam in den Sinn, dass der Name »Beginn« bedeutet. Und wahrhaftig: Dieser kleine Mensch stellte für ihn den Beginn einer neuen Zeit dar.

„Träumst du vor dich hin oder hast du dich bereits in den Kleinen verliebt, mein Alter?", riss seine Liebste ihn aus den Grübeleien. „Wenn er auch nicht schreit, so muss es für ihn doch unangenehm sein, in einer nassen Windel zu liegen. Würdest du dich bitte etwas beeilen?"

„Wollen wir ihn an Sohnesstatt annehmen?", fragte Thurid übergangslos, während er den gewünschten Korb herbeiholte und ihn auf einem am Tisch stehenden Stuhl abstellte. Sein Blick versank regelrecht in den so unterschiedlich gefärbten Augen des Knirpses. Ein seliges Lächeln spielte um den Mund sowohl des Mannes als auch des Kindes.

„Du bist ja schon jetzt ganz vernarrt in den Buben!", rief Darja erfreut aus. Auch sie hatte den Wicht bereits ins Herz geschlossen. Da sie selbst keine Kinder gebären konnte, freute sie sich, dass Ihr Gemahl darüber nachdachte, den Knaben als ihr Eigen anzuerkennen. Sollte dies wahr werden, würde er ihr den größten Wunsch mit seinem Vorschlag gewähren.

„Wir sollten darüber mit dem seancha reden", schlug Thurid vor und blickte sein Gespons verliebt an.

Darja befreite das Kind gerade von dem durchweichten Tuch, warf ihrem Gatten aber schnell ein dankbares Lächeln zu. Niemals hätte sie Thurid zu solch einem Schritt aufgefordert. Seit Darja die Knaben für den Orden aufzog, war klar gewesen, dass sie die Kinder ab einem bestimmten Alter hergeben musste. Andererseits hatte sie noch niemals eine solch starke Liebe zu und eine so innige Verbundenheit mit einem der Knirpse empfunden.

„Lass uns gleich Morgen zu dem Heiler gehen und mit ihm über unser Anliegen reden", schlug sie daher sogleich vor. Ein liebevoller Blick traf Thurid, ehe ihre Augen sich wieder dem zuwandten, was ihre Hände taten.

Gerade wollte sie die Windel unter dem Hintern des Kleinen wegziehen, da sah sie etwas, was sie noch nie geschaut hatte. Das Wickelkind hatte nicht nur die Geschlechtsteile eines Knaben, sondern auch die weibliche Scham. Erschrocken starrte sie auf das, was sich ihr da offenbarte.

„Thurid, ... sieh nur!", brachte sie mit Bestürzung heraus und zeigte auf die Besonderheit, welche sich zwischen den Beinen des Kindes befand.

Ihr Gemahl, der bisher nur Augen für das Gesicht des ihn anlächelnden Fratzes gehabt hatte, betrachtete erstaunt und gleichzeitig verwirrt, was seinem Weib aufgefallen war. Zunächst machte ihn der Anblick sprachlos. Doch dann siegte seine

Ausbildung als Ritter. „Kein Wunder, dass seine Sippe ihn nicht behalten wollte." Seine Feststellung war weder abwertend, noch beleidigend.

Die Zeit, welche Thurid benötigte, um zu diesem Ergebnis zu gelangen, nutzte die praktisch veranlagte Darja dafür sich darüber klar zu werden, was sie wollte. „Jetzt verstehe ich, was mir die Mönche in meinem Traum sagen wollten, als sie das Kind ein außergewöhnliches Wesen nannten und von körperlichen und geistigen Besonderheiten sprachen. Calan braucht Eltern, die ihn so lieben, wie er nun einmal ist."

Entschlossen trat sie zum Ofen, auf dem ständig ein Kessel mit warmem Wasser stand. Sie prüfte, ob die Flüssigkeit nicht zu heiß war, und kam, nachdem sie sie als angenehm empfunden hatte, mit dem Gefäß zum Tisch zurück. Während sie dem Knirps den Hintern abwusch, eincremte und ihn anschließend frisch windelte, blickte sie dem weiterhin schnurrenden und sie anlächelnden Kind in die Augen. Dann hatte sie sich endgültig entschieden.

„Thurid, zu welchem Entschluss du auch gelangst, ich werde Calan als meinen Sohn aufziehen! Und daran wird weder der Heiler noch sonst jemand etwas ändern. Selbst, wenn ich bis zum Großmeister gehen muss, um meinen Willen durchzusetzen, werde ich diesen Weg auf mich nehmen."

Ihr Gemahl schüttelte den Kopf und lächelte sie an. Er nahm das Kind vom Tisch auf und legte es seinem ihn erstaunt ansehenden Weib in die Arme. „Ich glaube nicht, dass der seancha etwas dagegen haben wird, dass wir Calan an Kindesstatt annehmen. Zum einen hat nicht er uns den Knirps anvertraut, sondern Mächte, mit denen er sich keinesfalls anlegen wird. Zum anderen wurde uns in keinster Weise untersagt, ein Kind anzunehmen, solange wir uns weiterhin um die Knaben kümmern, die uns der Orden anbefiehlt." Thurid umarmte Darja, die ihn selig anlächelte.

Beiden kam es vor, als würde der Wicht nach dieser Kunde lauter schnurren, um ihnen damit seine Zustimmung mitzuteilen. Die Eheleute schüttelten lachend die Häupter und betrachteten ihren ungewöhnlichen Familienzuwachs liebevoll.

„Komm her, du großer Held!", forderte Darja ihren Gatten auf, als er sie losließ, um sich auf den Weg zurück ins Bett zu begeben. „Willst du mir keinen Kuss geben?"

Thurid drehte sich zu seinem Gespons um und ließ seinen Blick wohlwollend über Weib und Kind gleiten. „Jetzt sind wir endlich eine richtige Familie. Allerdings werden wir uns wohl an manche Eigentümlichkeit gewöhnen müssen."

Da er noch immer auf seinem Platz stehen blieb, ergriff Darja die Gelegenheit und schritt auf ihren Ritter zu. Da ihr Gemahl sie um gut einen Kopf überragte, stellte sie sich auf die Zehenspitzen. Auf einem Arm den Knaben haltend, legte sie Thurid den anderen um den Nacken und zog sein Haupt zu sich herunter. Ehe er Einwände erheben konnte, verschloss sie ihm den Mund mit dem ihren.

Vorsichtig schlang er den Arm um sie und zog sie, darauf achtend, dass es dem kleinen Wesen nicht zu eng wurde, dichter an sich heran.

Als sie nach geraumer Zeit nun zu dritt das Bett aufsuchten, meinte Thurid: „An sein Schnurren werde ich mich erst noch gewöhnen müssen. Dabei dachte ich stets, dass Kinder eher wie ein Hahn krähen, wenn sie sich wonniglich fühlen."

„Ganz einerlei, was ihn dazu bewegt den Wohlfühllaut einer Katze nachzuahmen, ich werde ihn nie mehr hergeben." Nach dieser Bestätigung blies sie die Kerze aus.

*

Im Laufe der Zeit sollten Darja und Thurid noch wesentlich mehr Merkmale einer Katze an mir feststellen. Ich war bereits als Kleinkind sehr vorsichtig mit Fremden und ließ mich nur von Menschen anfassen, die es wirklich gut mit mir meinten. Aber auch mein Hör-, Seh-, Tast- und Geruchsvermögen waren erheblich besser ausgebildet als das eines normalen Menschen. Außerdem genoss ich es, mich von meinen Eltern streicheln zu lassen. Andererseits wagte ich mich bis in die Wipfel hoher Bäume hinauf, die nur die Hofkatzen und die Eichhörnchen erklommen. Einzig mein Vermögen, so elegant wie die Miezen über Zäune oder schmale Balken zu balancieren, war nicht ganz so gut angelegt. Hierbei hatte ich stets das Gefühl, mir würde ein wichtiger Körperteil fehlen.

Stattdessen besaß ich zumindest eines bereits seit meiner Geburt zu viel. Dieser Umstand und auch mein katzenhaftes Verhalten sorgten dafür, dass meine Eltern mich schon früh darauf aufmerksam machten. Um meine körperliche Besonderheit geheim zu halten, erklärten sie mir, dass ich etwas Außergewöhnliches sei. Dieses Geheimnis musste ich unbedingt für mich behalten. Sie erklärten mir, dass mich jemand hänseln oder schmähen könnte, sollte er davon erfahren.

Aber auch ohne preiszugeben, welche Eigentümlichkeit sich in meiner Bruche verbarg, stellte ich fest, dass meine Sinne weitaus empfindlicher als diejenigen meiner *Geschwister auf Zeit* waren. Allein mein geschmeidiger Gang, die Gelenkigkeit meines Leibes und vor allem die unterschiedlichen Farben meiner Augen machten mich zum Außenseiter.

Deshalb fiel es kaum auf, wenn ich es vermied, mit den anderen Pagen im nahen See zu baden. Abgesehen davon, dass ich Wasser nur zum Trinken und Waschen nutzte, verspürte ich Angst vor dem nassen Element. Daher lernte ich erst spät, zu schwimmen. Um alle Gewässer, die tiefer als ein Rinnsal waren, machte ich als Kind einen weiten Bogen.

Hingegen liebte ich es, mich in engen dunklen Gängen herumzutreiben. Schmale Einlässe zogen mich regelrecht an. Kein Kellergewölbe, keine Höhle und keine halb verfallene Hütte waren vor meiner Neugierde sicher. Aber auch waghalsige Kletterpartien reizten mich bereits früh in meinem Leben. Ob Bäume oder Gebäude, nichts erschien mir unbezwingbar. Sogar die Türme der Niederlassung waren vor meinen Kletterkünsten keineswegs gefeit. Schon im Alter von sechs Sommern bestieg ich den ersten ohne die geringste Absicherung. Nicht nur meine Eltern sorgten sich, als sie davon erfuhren. Auch der Pagenmeister stand Ängste aus. Andererseits stieg mein Ansehen unter den Pagen, da sich niemand von ihnen traute, es mir nachzumachen. Selbst diejenigen, welche sich kurz davor befanden, in den Stand eines Knappen erhoben zu werden, winkten ab. Ärger bekam ich trotzdem, sowohl mit meinen Eltern als auch mit dem Pagenmeister. Unabhängig voneinander bestraften sie mich. Dennoch ließ ich nicht von meinen gewagten

Kletterpartien ab. In mir gab es ein Drängen, das stärker als alle Vernunft schien, wenn ich dem nicht nachgeben konnte, wurde ich gereizt.

Da mein Verlangen keinesfalls dazu diente, mich bei den anderen Pagen beliebt zu machen, sah ich darüber hinweg, dass ich nur sehr wenige Spielkameraden hatte. Einen wahren Freund fand ich unter ihnen während meiner gesamten Pagenzeit nie. So wurde ich bereits recht früh zum Einzelgänger, der, sobald es meine Aufgaben erlaubten, sich allein herumtrieb. Erst mit dem Erreichen meines vierzehnten Sommers und dem damit verbundenen Eintritt in den Knappenstand kam mir diese Eigentümlichkeit zupass.

Anders als die meisten Knappen durfte ich auch weiterhin im Haus von Darja und Thurid wohnen. Mein Geheimnis, dass ich körperlich beiden Geschlechtern angehörte, blieb so leichter gewahrt. Außer meinen Eltern wussten zunächst einzig der Heiler der Feste Jotam und die Magier, dass ich ein Doppelgeschlechtiger[13] war.

Damit das auch so blieb, schlug mein Vater vor, meine Ausbildung nicht allein in der Niederlassung voranzutreiben. Es gab die Möglichkeit, als eine Art fahrender Ritter durchs Land zu ziehen. Zwar fiel ihm die Entscheidung schwer, sein Ehegespons für lange Zeit zurückzulassen, aber einen anderen Weg sah er nicht. Als Darja ihm versicherte, dass sie hinter seinem Beschluss stand, wandte Thurid sich gradewegs an den Großmeister. Es fiel ihm nicht leicht, seinen Vorgesetzten, den Kommandanten der Besitzung, auf diese Weise zu umgehen. Dennoch konnte er seine wahren Gründe nur dem Obersten des Ordens offenbaren und sein Vorhaben besprechen.

---

13 Doppelgeschlechtiger = Zwitter

Sir Cameron, der Sohn des Großmeisters Rell-Peras und mit den Gesetzen des Ordens bis ins Einzelne vertraute Schreiberling, setzte anschließend den Kommandanten in Kenntnis. Sein Schreiben fasste er derart ab, dass der Befehlshaber weder einen Verdacht schöpfte, noch sich übergangen fühlte.

So kam es, dass mein Vater und ich während meiner Ausbildung zum Knappen im Großkönigreich Glendalach unterwegs waren. Auf diese Weise sah ich wohl mehr von dem vielfältigen Land, als so mancher altgediente Ritter. Ich lernte sehr viel über die Landschaften, die Menschen, die Natur und das Zusammenspiel von allem. Außerdem erzählte mein Vater mir Episoden aus seinem Leben oder Begebenheiten, die andere Kämpen aus dem Orden betrafen. Selbstredend brachte er mir auch alle übrigen Fähigkeiten bei, die mir später dienlich sein sollten. Die Aufenthalte in den Niederlassungen nutzten wir, um die Bibliotheken nach zusätzlichem Wissen zu durchstöbern.

Dass unsere Reisen auch einem weiteren Zweck dienten, sollte ich am Ende meiner Knappenzeit, begreifen. Gleichzeitig wurde mir dadurch erst klar, warum ich in jedem Sommer[14] ein überaus schmerzhaftes und einschneidendes Erlebnis durchstehen muste.

---

[14] Sommer = hier Jahr

4. Kapitel: Die Kapelle mit dem Siegel lösenden Buch

Ich bekam kaum noch Luft. Immer undurchdringlicher wurde der Rauch. Meine Augen tränten. Die Hustenanfälle reihten sich stetig dichter aneinander. Die Hitze wurde schier unerträglich. Meine Kehle schien keineswegs nur trocken und rau zu sein. Ich hatte das Gefühl, die Flammen selbst einzuatmen. Andererseits lief mir der Schweiß in Strömen über den Leib und trocknete mich zusätzlich aus. Es fehlte nicht viel und ich hätte aufgegeben, denn das Feuer fraß sich rasend schnell durch das verdorrte Gras. Es hatte mich bereits von drei Seiten umzingelt. Mir blieb nur noch eine Richtung offen.

So stolperte ich im nebligen Inferno weiter, getrieben vom Steppenbrand. Wie lange ich mich weiterhin auf den Beinen halten konnte, wusste ich mitnichten. Doch meine Chance auf Rettung verringerte sich mit jedem torkelnden Schritt und jedem gequälten Atemzug. Wohin sollte ich auch vor dem gierigen Element fliehen? Selbst ein Hügel würde für mich keine Zuflucht bedeuten. Ich konnte davon ausgehen, dass das gefräßige Feuer schneller, als meine Füße mich bergan trugen, hinaufgelaufen wäre. Zumindest würde es sich als Falle erweisen, wenn es sich gleichzeitig an beiden Seiten entlangwälzen würde. Wie rasch konnte es die Erhebung einschließen, um aus allen Richtungen mit langen Zungen nach mir zu lecken?

Gerade als ich mich fragte, wie viele Schritte ich mich noch vorwärts kämpfen könnte, strauchelte ich erneut. Diesmal hingegen schaffte ich es nicht mehr, mich abzufangen. Ausgelaugt stürzte ich nach vorn ins hohe dürre Gras.

Das ist das Ende!, dachte ich, nur noch halb bei Sinnen. Mir war klar, dass ich es in meinem Zustand unter keinen Umständen mehr rechtzeitig auf die Beine schaffen würde. *Jetzt hat Feular[15] gewonnen!*

In Gedanken stellte ich mir vor, wie die Flammen meine Knappengewänder erfassten und ich mich in Qualen windend, gleichzeitig elendig erstickte und verbrannte.

Warum kann sich vor mir kein Gewässer befinden? Wenigstens ein Bach ..., wünschte ich mir.

Ich war so mit den mich immer mehr bedrohenden Umständen beschäftigt, weshalb ich zunächst gar nicht begriff, dass mein Wunsch sich erfüllt hatte. Erst als ich mir mit einer Hand durchs Gesicht fuhr, bemerkte ich, dass sie nass war. *Nass? Wie kann das sein? Calan, du fantasierst! Du musst aufstehen und weiterlaufen!*

Irgendetwas tief in mir ließ mich die Linke nochmals nach vorn strecken, denn ich konnte vor lauter Qualm nichts sehen. Gleichzeitig nahm mir ein erneuter Hustenanfall den Atem.

Als ich die Hand an meine glühenden Lippen brachte, schmeckte meine Zunge Wasser. Die Erkenntnis, dass sich vor mir zumindest ein kleiner Tümpel befinden musste, belebte meine letzten Kräfte. Zwar gelang es mir keineswegs aufzustehen, aber ich kroch auf dem Bauch vorwärts.

Bald schon konnte ich mein Antlitz in das kühle Element tauchen. Dann erfrischte es meine Brust. Doch ich robbte nach vorn, bis mein gesamter Leib, meine Beine und zuletzt auch die Stiefel in das

---

[15] Feular = Gott des Feuers

rettende Nass eingetaucht waren.

Kaum hatte ich die Spitzen meiner ledernen Fußbekleidung im Wasser eingetaucht, erreichte die Feuersbrunst das Ufer. Noch ehe ich mich umwandte, wusste ich, dass ich nur knapp dem Tod durch Verbrennen entschlüpft war. Der sich hinter mir wie eine Wand auftürmende und dicht über mich hinweg jagende glühende Luftstrom hatte mir dies bereits offenbart.

Danke, Dilar!, rief ich aus tiefstem Herzen dem Gott des Wassers zu.

Obwohl das kühle Nass meinen geschundenen Leib labte, wusste ich, dass ich nach wie vor nicht in Sicherheit war. Nur unmittelbar über der Wasseroberfläche bekam ich einigermaßen Luft, dennoch hielten die Hustenanfälle an. Außerdem begrenzte der Rauch meine Sicht. So konnte ich keineswegs erkennen, ob es sich bei dem Gewässer um einen Teich oder See handelte. Die Größe war von entscheidender Bedeutung, denn allein die Hitze würde einen Tümpel rasch trockengelegt haben. Zwar würde sich darin keinerlei Brennbares befinden, jedoch würden mich die Flammen schnell einschließen. Es war fraglich, ob ich auf meiner »Insel« überleben könnte, bis der letzte Funke hinter mir erloschen war. Viel wahrscheinlicher schien es mir, dass mich die Hitze und die herumfliegende Asche, welche mit jedem Atemzug in meine Lungen drang, umbringen würden.

Mir blieb nichts anderes übrig, als vorwärts zu kriechen und darauf zu hoffen, dass dieses Gewässer groß genug war, um Bestand zu haben.

Nach kurzer Zeit senkte sich der Untergrund langsam aber stetig ab und ich musste schwimmen. Einerseits erleichtert, andererseits besorgt, stieß ich ins Unbekannte vor.

Von unzähligen Hustenanfällen gequält, mit schmerzhaft verkrampften Muskeln und schwindender Kraft, wünschte ich mir bald nur noch, einfach unterzugehen. Wie leicht wäre es, aufzugeben und auf den Grund des Sees zu sinken. Ich war mir gewiss, dass mich der Wassergott liebevoll in die Arme schießen würde.

Gerade, als ich dem Gedanken nachgeben wollte, spürte ich Boden unter den Füßen. Weit konnte das Ufer nicht mehr vor mir liegen. Die Hoffnung machte sich sogleich wieder in mir breit, dass ich schneller als das Feuer gewesen sein könnte. Vielleicht bot sich mir ja eine Aussicht auf Rettung.

Je niedriger der Wasserspiegel wurde, desto dünner schien mir der Rauch. Bald schon glaubte ich frische Luft zu atmen. Selbst der Qualm kam mir seltsam feucht und belebend vor. Erst nach einer Weile – ich watete nur noch durch kniehohes Nass – ging mir auf, dass mich Nebel umgab.

Auch so einiges andere deuchte mir befremdlich. Meine Hustenanfälle hörten auf, meine geschundene Kehle fühlte sich weder rau noch brennend an und meine Kraft kehrte zurück.

Als schließlich der Dunst wich, erblickte ich, eingebettet in einen Blumengarten, eine Kapelle im hellen Sonnenschein. Überwältigt von solcher Schönheit, konnte ich mitnichten glauben, was ich sah. Nachdem mich lange Zeit nur Feuer, Rauch, Hitze und Vernichtung umgeben hatten, erschien mir dieser Anblick zu fantastisch.

Um mich davon zu überzeugen, dass ich das alles nicht träumte, beugte ich mich herab und strich mit den Fingern über das taunasse

Gras. Dann richtete ich mich wieder auf, ging einige Schritte und nahm die Blüte einer mir unbekannten in allen Regenbogenfarben erstrahlende Blume behutsam in die Hand. Sie fühlte sich feucht und weich an. Sogleich steckte ich meine Nase in ihren nur einen Spalt breit geöffneten Kelch. Ein betörender Duft strömte mir entgegen. Für einen Moment kam ich mir regelrecht berauscht vor. Erst als ich die Blume losließ und mich von ihr abwandte, klärten sich meine Sinne.

Da es viel mehr zu entdecken galt, lustwandelte ich weiter. Ich betastete hier einen Zweig, dort schnüffelte ich an einer Knospe oder strich mit den Fingern durch das Blütenmeer am Wegesrand.

Verwundert über den wohlgepflegten Garten, näherte ich mich dem Sakralbau auf einem leuchtend weißen Kiesweg. Nicht ein verwelktes Blatt oder eine vertrocknete Blüte verunzierte den Fußpfad.

Ob es hier einen Gärtner gibt, der ständig auf der Hut ist? Andererseits könnte der Gott, dem dieses Heiligtum geweiht ist, selbst für Ordnung sorgen.

Als ich auf den Boden blickte, bemerkte ich, dass meine Stiefel keine Spur von Nässe aufwiesen. *Wie kann das sein? Nach so kurzer Zeit können sie unmöglich ...* Noch ehe ich den Gedanken zu Ende gedacht hatte, fiel mir auf, dass meine mittelblaue Leinenhose ebenso trocken war.

Sogleich betrachtete ich mein Hemd und befühlte mit den Händen meine Haare. Sowohl das Kleidungsstück als auch mein rotes Haupthaar klebte mir nicht mehr feucht an Leib oder Kopf fest. Dieses Wunder konnte nur der Gott des Windes vollbracht haben.

„Adalar, ich danke dir für deine Fürsorge!", rief ich aus und blickte zum Himmel. Ich wusste zwar, dass er überall sein konnte, dennoch verortete ich ihn stets über mir.

Neugierig darauf, wem die Kapelle geweiht war, blieb ich vor der zweiflügeligen Tür stehen. Das dunkle, mit Eisenbeschlägen verzierte Holz stand im krassen Gegensatz zu der einfachen weißen Wand. Etwa eine Armlänge über dem Eingang befand sich ein rundes Fenster, dessen Scheiben farbig schimmerten. Welches Motiv sie darstellten, konnte ich indes nicht erkennen.

Viel betrachtenswerter erschienen mir die Eisenarbeiten. Sie alle wiesen die Form eines Drachen auf. Besonders der Türdrücker stellte ein Meisterstück in Gestalt eines detailliert ausgearbeiteten Wesens dieser Art dar. Selbst die Augen leuchteten, da sie aus einem türkisfarbenen Edelstein bestanden, der das Licht zurückwarf.

Zunächst unsicher, ob ich das Gebäude vor meinem Eintritt umrunden sollte, entschied ich mich dafür, sogleich einzutreten. Mit festem Griff umschloss ich die Klinke und drückte sie nach unten. Im gleichen Moment verbrannte das glühend heiß gewordene Metall meine Handinnenfläche, mitsamt der Finger. Unfähig loszulassen, schrie ich vor Schmerz auf.

Bei dem Versuch, mit meiner Linken die rechte Hand zu lösen, schwang das Türblatt mit Schwung nach innen und riss mich mit sich. Ich wurde regelrecht in den Raum geschleudert, wobei der Drücker blitzartig erkaltete. Derart befreit, öffnete sich meine Faust ohne mein Zutun und ließ den Türgriff fahren.

Stolpernd fand ich im letzten Augenblick Halt an einer Kniebank, welche fast mitten im Gebäude stand. Davor gewahrte ich eine kunstvoll gestaltete Marmorstatue in Form eines türkisfarbenen Drachen. Die pferdegroße Figur lag mit angelegten Flügeln, aber weit aufgerissenem Maul, auf dem Boden, der abwechselnd mit schwarzen und weinroten Marmorfliesen belegt war. Ihre Augen waren geschlossen, was dem Wesen ein seltsames Aussehen verlieh.

Sein nach unten gebogener Hals sorgte dafür, dass ich von meinem Standpunkt aus in das mit nadelspitzen, fingerlangen Zähnen besetzte Maul sehen konnte. Zwischen dem durchscheinenden, aus Edelsteinen bestehenden Gebiss lag eine rote Zunge. Dieser längliche Stein pulsierte im Unterkiefer, der ein Wasserbecken darstellte.

Nach einem knappen Blick auf meine verbrannte Handfläche, aber ohne zu überlegen, tauchte ich die schmerzende Hand in das klare Wasser. *Wie gut das tut!* Gleichwohl war ich darauf bedacht, mich weder an den Spitzen der Hauer zu ritzen noch den Gegenstand auf dem Kiefergrund zu berühren.

Bereits kurze Zeit später ebbte der Schmerz ab, um schließlich völlig zu verschwinden. Erstaunt zog ich meine Hand aus dem heilsamen Nass und betrachtete sie. Nichts deutete darauf hin, welch schwere Verletzung ich mir durch die Verbrennung zugezogen hatte. Im Gegenteil! Meine Rechte schien beweglicher und kräftiger geworden zu sein. Irgendetwas sagte mir, dass ich sie zukünftig genauso einsetzen könnte wie meine bevorzugte Schwerthand.

Kopfschüttelnd stellte ich fest, dass sich kein Wassertropfen auf ihr befand. *In was für ein magisches Gebäude bin ich hier nur geraten? Es scheint sich um keinerlei Heiligtum eines Gottes zu handeln. Ich habe weder davon gehört noch gelesen, dass eine der Gottheiten einen Drachen ins Zentrum seines Tempels stellen würde. Nicht einmal Adalar, der mit Lung[16] ein solches Geschöpf zum Freund und Reittier hat, traue ich dies zu.*

Die Figur mir von allen Seiten betrachtend, schritt ich um sie herum, ohne einen Blick auf die weitere Umgebung zu werfen. Gerne hätte ich den glatten Stein, aus dem sie bestand, berührt, ließ es aufgrund meiner Erfahrung mit dem Türgriff aber lieber bleiben. So bewunderte ich einzig mit den Augen das grandiose Kunstwerk. Der Steinmetz musste ein wahrer Meister seines Faches gewesen sein, denn die Skulptur war lebensecht gestaltet. Jeder Muskel, jede Hautfalte, ja selbst die kleinste Delle oder Erhebung war mit einer außerordentlichen Genauigkeit aus dem Gestein herausgearbeitet. Es hätte mich keineswegs gewundert, wenn der Drache sich bewegt und damit als lebendig erwiesen hätte. Zum Glück geschah dies nicht.

Nach allem, was ich an diesem Tag bereits erlebt hatte, brauchte ich kein weiteres Abenteuer. Mit einem letzten Blick auf die Statue entschloss ich mich, dem Raum meine Aufmerksamkeit zu schenken.

In den Wänden rechts und links fiel durch hohe schmale Fenster, die in Höhe meiner Schultern begannen, Licht ins Innere. Jedes zeigte in den leuchtendsten Farben einen Ausschnitt einer Geschichte. Dabei ging es um einen Knaben, der versucht hatte, die Edelsteinzunge einer anderen Drachenskulptur zu stehlen. Das gelang ihm nicht, da sich das Maul in dem Augenblick schloss, als er die Zunge mit der Hand umklammerte. Blut floss aus seinen Wunden in eine Waagschale, welche sich immer mehr neigte. Betende Mönche in lilafarbenen Kutten knieten um den Jüngling herum. Von ihnen strömte ein seltsam helles Licht aus, das sich in der zweiten

---

16 Lung = Wind

Schale zu sammeln schien. Sein Gewicht drückte diese wohl herunter, um sich auf gleicher Höhe mit der blutgefüllten auszupendeln. Die Szene im letzten Fenster zeigte, wie die Faust eines Kuttenträgers das Handgelenk des Knaben umfaste und dessen Hand aus dem nun geöffneten Maul herauszog.

Welch ungewöhnliche Art, ein Heiligtum auszuschmücken, dachte ich bei mir. *Sollte ich jemals zurück zu meinem Dienstherren gelangen, muss ich ihn darüber befragen, was es mit dieser Kapelle und ihrer Geschichte auf sich hat. Sir Thurid ist sehr belesen und wird mir sicherlich Aufklärung geben können.*

Nun führte mich mein Weg um die Drachenskulptur herum. Dort lag, auf einem mit winzigen Drachenfiguren verzierten, weinroten Marmorpult ein altes, dickes Buch.

Neugierig trat ich näher. Zunächst gewahrte ich nichts Außergewöhnliches an dem grünen Ledereinband. Schriftwerke wie dieses gab es zuhauf in den Bibliotheken der Niederlassungen. Manch eines hatte ich für meinen Dienstherrn oder mich selbst ausgeliehen. Ich wusste, dass man sie pfleglich behandeln musste. Daher unterdrückte ich meinen ersten Impuls, mit den Fingern über den Buchdeckel zu streichen. Oft genug hatte man mir vorgehalten, nur mit sauberen, trockenen Händen einen der wertvollen Bände zu berühren. Auf keinen Fall durfte die Schreibarbeit vieler Monate oder Jahre durch nasse, vor dreckstarrende Knappenfinger zunichtegemacht werden. Besonders empfindlich waren die Bilder, da sie mit kostbaren Farbpigmenten gemalt worden waren.

Um all das hingegen hätte ich mich nicht zu sorgen brauchen. Kaum gingen mir diese Gedanken durch den Kopf, da klappte der

Buchdeckel von allein zurück. Wie von Magierhand blätterten sich die Seiten so rasch um, dass ich nur erstaunt zusehen konnte. Abrupt stoppte der Vorgang nach knapp einem Drittel des Umfanges.

Vor mir erblickte ich auf dem linken Bogen eine bunte Zeichnung, die für mich keinen Sinn ergab. Daher sah ich mir die Schrift auf dem gegenüberliegenden Blatt an. Leider stellte ich fest, dass die Zeichen in einer Sprache verfasst waren, die ich nicht zu lesen imstande war.

„Ich bedaure, aber ich kann nichts mit dem anfangen, was mir hier gezeigt wird", drückte ich laut meine Gedanken aus.

Kurz verschwamm der Text vor meinen Augen, eher er in Gemeinsprache erschien. „Ich danke Euch!", äußerte ich mich, ehe ich las, was dort geschrieben stand.

Wie du das Siegel löst

Du entfernst das magische Siegel
folgst du dem Weg auf dem Papier.
Damit öffnest du den Riegel
und bald steht ER lebend vor dir.

Sein Geist kann nur entweichen,
bist du von ehrlicher Art
und findest alle Zeichen
in der Kapelle verwahrt.

Sieh mit den Augen der Katze,
wo alle Winke versteckt.

Sie führen dich zum Schatze,
so wird **ER** wiedererweckt.

Du darfst zum Lohn behalten,
ein auserwähltes Stück.
Nur du kannst **IHN** gestalten,
eh' **ER** kehrt zurück.

Führst du **IHN** zu dem Leibe,
den **ER** fortan bewohnt,
wird er zu seiner Bleibe,
und du wirst reich belohnt.

„Was für ein magisches Siegel? Ganz sicher bin nicht ich damit gemeint, der so etwas zustande bringen kann. Und wer soll da erweckt werden? Ich verstehe mitnichten, weshalb dieser Text mir zugänglich gemacht wird. Außerdem bin ich keinesfalls hierher gekommen, um einen Schatz zu finden. Der einzige Zweck meines Besuchs ist, dass ich eine Zuflucht vor dem Feuer gesucht habe. Es ist nur ein Zufall, dass ich auf die Insel gestoßen bin. Im Übrigen ist mir völlig unklar, wen ich in irgendeiner Weise gestalten kann. Und welcher Leib ist in der letzten Strophe gemeint? Mein eigener scheint es zumindest nicht zu sein."

Das laute Selbstgespräch führte ich mitnichten nur, um mir all der Fragen bewusst zu werden, den der Text aufwarf. Ich hoffte auf eine erhellende Antwort, wie auch immer sie aussehen mochte.

Plötzlich erschien der Satz: *Fang am Fenster rechts neben dir an, Calan!* vor mir auf dem Blatt. Die restliche Schrift war verschwunden.

Schulterzuckend tat ich, was von mir verlangt wurde. Da mir das Wesen scheinbar wohlgesonnen war, beschloss ich, mich auf sein Spiel einzulassen.

Dicht vor dem bunten Glas stehend, suchte ich Stück für Stück des Bildes auf einen Hinweis ab, der mir weiterhelfen könnte. Doch wie sollte ich etwas finden, wenn ich nicht einmal wusste, nach was ich Ausschau halten musste?

Zunächst dünkte mir, dass es keine Auffälligkeit gab. Erst, als ich mich an den Wortlaut »mit den Augen einer Katze« in dem Spruch erinnerte, stieß ich auf eine winzige Maus. Dieses Nagetier verbarg sich in der rechten unteren Bildecke und nagte an einem Schuh.

Damit hatte ich zwar den ersten Wink gefunden, wusste dennoch in keiner Weise, was er bedeutete und wohin er mich schickte. Daraufhin suchte ich in der Zeichnung des Buches nach dem Ort, an dem sich das Fenster befinden sollte.

Wieder half mir das unsichtbare Wesen, indem es in dem Gewirr von Linien und Flächen eine an einer Fußbekleidung nagende Maus erscheinen ließ. Zugleich leuchtete ein roter Strich auf, der genau auf der gegenüberliegenden Seite endete. Dies schien für mich der Hinweis zu sein, das vordere Glasfenster in der linken Wand aufzusuchen.

Diesmal sah ich die Szene mit ganz anderen Augen. *Welches Beutetier einer Katze versteckt sich hier?*, fragte ich mich. Dass es sich erneut um eine Maus handeln könnte, glaubte ich indes nicht wirklich. Und richtig: Diesmal handelte es sich um einen kleinen Vogel, der Körner aus einer Schale pickte, auf der ein anderes

Zeichen abgebildet war.

Als ich daraufhin die Karte im Buch anschaute, erstrahlte eine blaue Linie, die ihren Anfang am Ende der roten nahm. Sie verlief schräg über die Seite und führte mich somit zu dem rechten Fenster neben dem Eingang. Hier zeigte sich eine Ratte, deren langer Schwanz ein drittes Symbol bildete.

Ähnlich verhielt es sich auch mit den weiteren Gebilden. Daher ergab die Zeichnung für mich endlich einen Sinn. Schnell fand ich heraus, welche Fensterscheiben ich nacheinander absuchen musste.

Der letzte Hinweis befand sich auf dem Fenster über der Tür. Nun musste ich nur noch wissen, was ich mit den Zeichen anfangen sollte. So kehrte ich zu dem Podest mit dem Buch zurück.

Auf der linken, zunächst leeren Seite erschienen aus dem Nichts die Worte »*Sieh auf den Boden!*«

Wieder einmal tat ich, was mir geraten wurde. Erstaunt stellte ich fest, dass sich auf jeder der schwarzen und weinroten Marmorfliesen ein ähnliches Symbol befand, wie auf den Glasscheiben. Nun wusste ich, was von mir verlangt wurde.

Da ich mir die Reihenfolge der Bilder gemerkt hatte, suchte ich nun nach den gleichen Zeichen auf dem Boden. Nachdem ich glaubte, das erste gefunden zu haben, verglich ich es mit demjenigen auf dem Fenster. Dann setzte ich einen Fuß auf die Kachel. Sogleich hörte ich ein leises Knacken, das aus der Richtung der Drachenstatue zu kommen schien. Unwillkürlich wanderte mein Blick dorthin. Da ich aber nichts Ungewöhnliches erkennen konnte, wandte ich mich schulterzuckend dem nächsten Symbol zu.

Nach und nach fand ich sie alle, woraufhin ich bei jeder Berührung einer Fliese ein leichtes Schleif- und Kratzgeräusch zu vernehmen glaubte. Auch schien mir die Figur immer um ein kleines Stück verrückt zu werden.

Zur Überprüfung meiner Vermutung kam ich indes nicht mehr. Kaum hatte ich den Fuß auf die letzte Kachel gesetzt, wurde die Kapellentür aufgerissen. Mit einem Fluch stolperte eine verhüllte Gestalt hinein, der es mit der Türklinke wohl ebenso wie mir ergangen sein musste. Jedenfalls blickte sie ungläubig auf ihre rechte Hand, ehe sie den Kopf schnell hin- und herdrehte. Dann stürzte sie auf das geöffnete Drachenmaul zu.

„Seid vorsichtig mit den Zähnen!", schrie ich warnend. „Und fasst bloß die Zunge ..." Die restlichen Worte blieben mir im Hals stecken. Meine Mahnung war zu spät gekommen oder unbeachtet geblieben.

Blitzschnell klappte der Oberkiefer des Drachens herunter. Mit einem Aufschrei fiel der Fremde neben der Statue zu Boden.

Sogleich wollte ich ihm zu Hilfe eilen, kam aber nur zwei Schritte weit. Abrupt stoppte ich, denn was ich zu sehen bekam, konnte ich nicht glauben.

Auf den Fliesen wand sich eine Maid, die kaum älter als ich sein konnte. Schreiend versuchte sie, mit der Hand das aus dem rechten Armstumpf herausschießende Blut zu stoppen. Der kurz unter dem Ellbogen abgetrennte Unterarm musste sich wohl im Maul des Drachen befinden.

Plötzlich bewegte sich die magische Figur, als würde sie zur Seite geschoben. Dabei vernahm ich das gleiche Kratz- und Schabegeräusch, welches ich vor dem Eintreten der Fremden mehrfach gehört hatte.

Aus dem sich auftuenden Spalt zischte ein kalter Luftzug an mir vorbei, ehe sich das Loch im Boden ebenso schnell wieder schloss. Die Skulptur glitt geräuschvoll zurück an ihren Platz.

Gleichzeitig sah ich etwas Eisblaues in den zum Schrei geöffneten Mund der Verletzten eindringen. Der Laut erstarb, der Blutfluss stoppte und das schmerzverzerrte Gesicht entspannte sich. Was aber weitaus unbegreiflicher war, zeigte sich im nächsten Moment. Das Drachenmaul öffnete sich und der abgebissene Unterarm sprang heraus. Er flog sogleich an seine angestammte Stelle am Leib der Maid. Einen Augenaufschlag später deutete nichts mehr darauf hin, dass er jemals abgetrennt worden war. Sogar der Ärmelstoff wies keinerlei Beschädigung auf.

Mit einem Lächeln auf den Lippen erhob sich die Geheilte gewandt. „Ich danke dir, Calan", sagte sie mit einer leichten Verbeugung in meine Richtung.

Ich gewahrte noch, dass sich ihr Antlitz veränderte und ihre Gestalt muskulöser wurde, dann wurde alles schwarz um mich herum. Mein letzter Gedanke galt dem Traum der vergangenen Nacht, in dem mir diese Jungfer erschienen war.

*

Die Morgensonne schien auf mein Lager am Rande eines grünen Laubwaldes. In der Nähe graste mein ungesattelter Fuchswallach.

Ich rieb mir mit beiden Fäusten den Schlaf aus den Augen und setzte mich langsam auf.

Was für ein verrückter Traum!, dachte ich bei mir, bis mein Blick auf meinen Waffengurt fiel. Dort steckte ein Dolch mit einem reichverzierten Heft in der einfachen Scheide. Überrascht zog ich ihn heraus, um festzustellen, dass seine Klinge aus bestem hegranischen[17] Stahl bestand. Zusätzlich wies sie eine kunstvolle Verzierung auf, die mich an die Symbole aus meinem Traum erinnerte.

„... und du wirst reich belohnt", hörte ich mich selbst die Worte aus dem Buch sagen, welches ich in der Kapelle gefunden hatte. „Habe ich das alles wirklich erlebt? Das glaubt mir keiner!"

Ich sollte mit der letzten Annahme keineswegs Recht behalten, denn mein Dienstherr Sir Thurid schaute mich besorgt an. Von ihm erfuhr ich sogleich einiges über das Wesen, das ich befreit hatte. Er nannte es ansass.

Die Erkenntnisse sorgten dafür, dass ich nächtelang unruhig schlief und von mich verfolgenden, unsichtbaren Gestalten träumte.

Sir Thurid wies mich daraufhin an, die Bibliothek der Niederlassung aufzusuchen. Dort könnte ich mich über die ansassi belesen.

Ich befolgte seinen Rat umgehend und erhielt erste Kunde über diese magischen Wesenheiten.

Zunächst beruhigte sich mein Geist wieder, da ich annahm, vorerst vor den ansassi sicher zu sein. Allerdings enthielt das einzige Buch, in dem die besonderen Magier Erwähnung fanden, nur oberflächliches Wissen.

Ich erfuhr, dass es derer sieben gab und sie nur sehr selten

---

[17] Hegran = Landesteil des Großkönigreiches Glendalach

erschienen. Ihre Macht entsprach in etwa der der Magierkinder.

Erst im Laufe der Reisen, bei denen wir etliche Ordensniederlassungen aufsuchten, weitete ich meine Kenntnisse weiter aus. Je mehr ich über die ansassi herausfand, desto besorgter wurde ich. Vor allem blieb mir eine Randbemerkung im Gedächtnis: *»Sie verfolgen ihren Erlöser so lange, bis alle sieben ansassi beisammen sind. Man sagt, dass sie ihn auch körperlich bedrängen. Wenn es nicht gelingt, auch den Letzten zu befreien, machen sie denjenigen zu einem der ihren, der sie aus ihren Gefängnissen befreit hat.«*

Sir Thurid nannte diese »Kritzeleien« Hirngespinste eines Wichtigtuers. „Es liegt bereits mehrere Menschenalter zurück, als die *Sieben magischen Mönche*, wie sie auch hießen, zuletzt gesehen worden sind, meinte er. „Das Buch hier ist hingegen viel später entstanden.“

Wenn ich auch so tat, als stimmte ich mit ihm überein, blieb ich dennoch ständig auf der Hut. Vielleicht steckte ein Körnchen Wahrheit in den Behauptungen des unbekannten Schreibers.

5. Kapitel: Wie ich für Nercc einen Leib erträumte

Mittlerweile war es wieder einmal Spätherbst in Glendalach geworden. Sir Thurid und ich würden uns bald auf den Heimweg nach Jotam machen. Meine Mutter Darja würde uns bereits sehnsüchtig erwarten, wie sie es jedes Mal um diese Zeit tat.

Obwohl ich in dieser Ordensniederlassung in der Hauptstadt Neyschat im Landesteil Urtiklet einen Freund in dem Knappen Cyrill gefunden hatte, zog es mich zurück nach Hause. Dort konnte ich mich weitgehend freier bewegen als auf jeder Ordensbesitzung. Meine Eltern wussten um meine Geheimnisse, und die Knaben, welche Mutter aufzog, waren meist noch zu klein, um sich darum zu scheren. In diesem Spätherbst hielten sich keine Jungen, die älter als sechs Sommer zählten in meinem Elternhaus auf. Die älteren hatten sich dafür entschieden, im Pagenbereich der Niederlassung Jotam zu wohnen. Einer der jüngeren Knaben kränkelte und forderte somit viel Aufmerksamkeit seitens meiner Mutter ein. Somit stellte es für diese eine große Erleichterung dar, dass sie sich nicht auch noch um die Knaben zwischen sieben und dreizehn Sommern kümmern musste. Meine Mutter hatte ohnehin alle Hände voll zu tun mit den fünf gesunden Jungen im Alter zwischen einem und fünf Sommern. Hinzu kam der kränkelnde von sechs sekels.

Sir Thurid sehnte sich auch nach seinem Gespons und dem heimatlichen Gestüt. In der letzten Zeit hatte er oft von beiden gesprochen und erklärt, dass wir in zwei Tagen dorthin aufbrechen würden. Auch ihm schien es zu lange zu dauern, seine Aufgabe hier in Neyschat zu beenden.

In der Nacht wälzte ich mich zunächst, von einem Albtraum geplagt, auf meinem Lager.

Ich sah mich von den Sieben Mönchen verfolgt durch eine endlose Schlucht reiten. Sie hatten vor mich einzufangen und zu einem der ihren zu machen. Doch immer wieder konnte ich meinen Vorsprung etwas vergrößern. Schließlich bog ich um eine Wegkehre und sah dort meinen Vater im Sattel seines Rosses sitzend auf mich wartend. Er lächelte mich an und sagte zu mir: »Du bist in Sicherheit, Calan!«

Im gleichen Augenblick fühlte ich mich in die Arme genommen, obwohl das in meinem Traum nicht der Fall war. Erschrocken wachte ich auf. Gleichzeitig wehrte ich mich gegen den Übergriff.

„Calan, komm endlich zu dir und hör auf herumzuzappeln!", befahl mir die Stimme von Sir Thurid.

Ich öffnete die Augen und stellte fest, dass er es war, der mich kräftig an sich drückte. Sogleich begann ich zu schnurren und beendete meine Gegenwehr. Tief sog ich seinen beruhigenden Duft ein und genoss die angenehme Wärme seines Leibes. Gleichzeitig spürte ich seinen Atem in meinen Haaren und hörte das leise Summen eines Kinderliedes, das mich bereits von klein auf entspannt hatte. Von diesen liebevollen Gesten umfangen, schlief ich alsbald wieder ein. Noch im Halbschlaf spürte ich, wie mein Vater mich zurück auf mein Lager legte und mich mit den warmen Laken zudeckte.

Ich glitt sogleich erneut in einen Traum, der allerdings nicht beängstigend war.

Es war Sommer und ich saß barfüßig auf dem Rand des gemauerten Brunnens im Hof meines Elternhauses. Neben mir hatte sich ein nebelfarbener, fast durchsichtig erscheinender Kater niedergelassen. Wir beide genossen eine Weile die frühe Morgensonne und schnurrten gemeinsam vor Behagen. Dennoch nahm ich wahr, dass den Kater etwas bedrückte. Daher fragte ich ihn gedanklich: Sag mir, ob ich dir bei deiner Beschwernis helfen kann!

Kurz drückte er seinen Kopf gegen meinen Arm, ehe er sich wieder aufrecht hinsetzte und mich anblickte. Ich würde gerne einen Leib wie du haben, *entgegnete er mir nun auf die gleiche Weise. Mit einem Auge zwinkerte er mir zu, was unter Katzen ein Lachen darstellte.*

Seine Sehnsucht, dies aufrichtig zu wollen, überflutete mich geradezu, sodass ich ihm seinen Wunsch nur zu gerne erfüllt hätte. Seltsamerweise fühlte ich mich dazu imstande, weshalb ich wissen wollte: Erkläre mir, wie du aussehen möchtest und ich sorge dafür, dass es geschieht.

Nicht ich bestimme über mein Aussehen, sondern du, Bruder, *erklangen seine gedanklichen Worte in meinem Haupt.* Schau mich genau an und dann entscheide, wer ich zukünftig sein werde! Nur du kannst mir meine wahre Gestalt geben.

Ich nickte verstehend und wusste genau, was er meinte. Anschließend betrachtete ich nicht nur seine äußere Form, sondern fühlte mich auch in sein Wesen ein.

Es dauerte einige Zeit, bis ich ein genaues Bild von ihm vor meinem geistigen Auge wahrnahm. Dieses schickte ich ihm gedanklich zu, um sein Einverständnis einzufordern.

Genauso möchte ich sein!, *rief der Kater erfreut in Gedanken aus,* *denn unsere Verbindung konnte nur auf diese Weise stattfinden.* Du hast mein ganzes Wesen genau erspürt, Calan! Und nun suche mir einen Leib, der mein eigen werden soll! Doch zuvor musst du noch eine Prüfung bestehen, um mich aus meinem Gefängnis zu befreien.

Ich nickte nur. Dann blickte ich ihm tief in seine nebelgrauen Augen. Ja, ich weiß. Ich verspreche dir, dass ich meine Bestimmung erfüllen werde.

Im gleichen Augenblick sprang der Kater vom Brunnenrand auf den Boden. Dort verwandelte das Tier sich in den Krieger, dessen Gestalt ich mir soeben vorgestellt hatte. Ich wusste, dass er sich Nercc nennen würde, was auf tangalanisch »Krieger« bedeutete.

Wir sehen uns wieder. Bald, *dachte er, während er mich dankbar anlächelte. Nur einen Moment später wurde sein Leib durchscheinend, dann verschwand er spurlos.*

Kurz darauf erwachte ich aus meinem Traum. Einige Strahlen der Morgensonne eines schönen Herbsttages hatten sich durchs Fenster in das Gemach geschlichen, welches mein Vater und ich in dieser Niederlassung bewohnten. Sie kitzelten mich im Antlitz, als wollten sie sagen: Steh auf, du Langschläfer! Wir sind schon lange wach und tun bereits unser Tagwerk.

Begleitet von einem herzhaften Gähnen reckte ich meine Glieder, öffnete die Augen und sprang, fröhlich vor mich hin schnurrend, vom Lager auf.

6. Kapitel: Verschleppt

In meinem sechzehnten sekel:

Gibt es ein schlimmeres Gefühl, als aus einem tiefen Schlaf zu erwachen, um festzustellen, dass man ein Gefangener ist? Ja, das gibt es. Das kann ich mit Bestimmtheit behaupten, denn ich habe selbst erfahren, was Hilflosigkeit und Ausgeliefertsein wirklich bedeuten kann.

Es war ein relativ warmer Spätherbstmorgen, als ich irgendwo im Freien zu mir kam. In meinem noch leicht benebelten Zustand begriff ich nur langsam, dass ich auf recht gemeine Weise gefesselt war. Zusätzlich sorgte eine sehr festsitzende Augenbinde dafür, dass ich mich mitnichten orientieren konnte. Obendrein hinderte mich ein Knebel daran, auf mich aufmerksam zu machen.

Mein Körper fühlte sich steif an. Ich spürte meine Hände und Füße kaum. Daher musste ich davon ausgehen, dass ich schon geraume Zeit auf dieselbe Art verschnürt zugebracht hatte. Obwohl ich nichts sah, roch ich vermoderndes Laub und hörte den Wind in den trockenen Blättern rascheln, als ich den Kopf bewegte. Daraus schloss ich, dass ich auf dem Waldboden lag.

Als ich in mich hinein fühlte, merkte ich, dass ich auf der linken Seite auf einer dichten Laubschicht lag. Genau hinter mir wuchs ein etwa Oberarm dicker Baum, sodass ich keine Möglichkeit zu einer Lageveränderung hatte. Meine Füße waren an den Gelenken mit einem Stück Seil zusammengebunden und das Ende desselben um einen Baumstamm gewickelt worden. Für meine Arme hatten sie sich eine ganz andere Technik ausgedacht. Mein linker Arm lag nach oben ausgestreckt unter meinem Kopf. In die Haut des Handgelenks schnitt ein kurzer Strick ein, der an einem jungen Baum befestigt war. Der rechte Arm war auf den Rücken gebogen und mit einem Strick an den dortigen Stamm gefesselt.

Das einzige Zugeständnis war wohl die Pferdedecke, welche sie mir übergelegt hatten. Doch das löchrige Ding spendete kaum Wärme und diente auch nicht dazu den Morgentau abzuhalten. So war ich zum ersten Mal in meinem Leben wirklich dankbar für die neuen Knappengewänder mitsamt den Reitstiefeln. Mein Dienstherr hatte sie mir erst jüngst persönlich überreicht. Mit meinen alten Sachen hätte ich jetzt jämmerlich gefroren, da sie mir an den Armen und den Beinen zu kurz geworden waren..

Nur ganz langsam gewahrte ich, dass ich mich in einer aussichtslosen Lage befand. Und das schloss ich keineswegs nur an der Art und Weise meiner Fesselung. Hinzu kamen die an meine Ohren dringenden Geräusche, welche mich auf ein größeres Lager schließen ließen.

In meinem Kopf formten sich Fragen, während sich in meinem Körper immer mehr Anzeichen meiner Angst zeigten. Die Anspannung steigerte sich zur Panik, je mehr die Betäubung verflog. Bilder von Sklavenhändlern, die mich verschleppen und verkaufen würden, von Männern, die sich an mir vergehen wollten, stiegen in mir auf.

Aufgrund dieser Furcht hatte ich mich keinesfalls nur gegen die Fesseln aufgebäumt, sondern obendrein sehr schnell geatmet. Beides musste meiner Wache aufgefallen sein, wenn ich auch so mit mir selbst beschäftigt war, dass ich ihr Kommen nicht bewusst gehört hatte.

„Du solltest dich beruhigen, sonst werde ich etwas nachhelfen!",
fuhr eine Männerstimme mich barsch an. Er schien indessen so
besorgt, dass er sich vor mich hockte und mir den Knebel entfernte.
„Hier kannst du schreien so viel du willst! Wir sind weit weg von
jeder menschlichen Siedlung."

Wiewohl seine Worte keineswegs beschwichtigend waren, so war
ich ihm dennoch dankbar für seine Geste. Endlich bekam ich genug
Luft, um meine berstenden Lungen zu füllen, obwohl ich weiterhin
schwer atmete.

„Und noch etwas: Wenn du dich fortan so aufführst wie gestern
Abend, werde ich dir eigenhändig Manieren beibringen. Doch nach
allem was ich von dir weiß, bist du mitnichten auf den Kopf gefallen.
Die besondere Art der Fesselung hast du dir übrigens selbst
zuzuschreiben. Hättest du dich gleich gefügt und dich nicht wie ein
wildes Tier aufgeführt, wäre dir so manches erspart geblieben. So
jedoch kannst du davon ausgehen, dass du die Nächte in unserer
Gesellschaft immer in dieser Stellung verbringen wirst. Spätestens,
wenn die Droge ihre Wirkung vollständig verloren hat, wirst du die
blauen Flecken spüren und dich an alles erinnern."

Ich war mir sicher, dass der Mann mich während seiner Rede
ständig beobachtet hatte. Kaum hatte sich meine Atmung beruhigt,
knebelte er mich erneut.

„Glaub ja nicht, dass ich dich so schnell wieder von dem Knebel
befreie, wenn es mir keinesfalls dringend angebracht erscheint. Ich
weiß ganz genau zu unterscheiden, ob du es darauf anlegst oder
wirklich nahe am Ersticken bist. Du kannst davon ausgehen, dass ich

mein Handwerk schon lange genug ausübe, um mich mit der Behandlung von Gefangenen auszukennen. Doch lassen wir das jetzt."

Das Knarren von Leder und Rascheln von Laub ließ mich schließen, dass er sich neben mich setzte. Jedenfalls klang seine Stimme nun etwas weiter weg und aus einer anderen Höhe zu mir herüber.

„Ich werde dir erklären, wie du dir die nächsten Tage in unserer Gesellschaft erleichtern kannst. Natürlich musst du selbst wissen, ob du dich danach richtest oder die Folgen deiner Sturheit tragen willst." Er machte eine kurze Pause. Aufgrund der Geräusche schloss ich, dass er eine Flasche entkorkte und einige Schlucke daraus trank.

Während dieser Zeitspanne verhielt ich mich ruhig, da ich ihn momentan in keiner Weise gegen mich aufbringen wollte. Vorderhand musste ich von ihm erfahren, wer meine Entführer waren, was sie mit mir vorhatten und welchen Vorteil sie sich davon versprachen. Erst dann konnte ich mir einen Plan überlegen.

„Zunächst möchte ich, dass dir völlig klar ist, dass du mit deinem Gebaren ganz allein darüber bestimmst, wie es dir die nächsten Tage ergehen wird. Wenn du dich ruhig verhältst, nicht zu fliehen versuchst und mir gehorchst, bin ich bereit, dich tagsüber von dem lästigen Knebel zu befreien. Was ich dir keineswegs ersparen kann, ist die Augenbinde. Dafür gibt es mehrere Gründe. Zum einen möchte weder meine Kumpane noch ich von dir wiedererkannt werden. Des Weiteren wirst du verstehen, dass ich es keinesfalls dulden kann, dass du dir den Weg merkst. Der dritte Grund liegt in der Person unseres Befehlshabers begründet. Er möchte natürlich unerkannt bleiben, genauso wie seine Begleiter, und auch der Ort, an den er dich verbringen wird, soll sekret[18] bleiben. Was er von dir will, reizt mich nicht zu erkunden, deshalb kannst du dir alle Fragen diesbezüglich sparen. Unser Auftrag war deine Entführung und endet mit deiner Übergabe an ihn. Ich warne dich davor, die Augenbinde zu lüften. Solltest du es auch nur versuchen, bin ich dazu befugt, dafür zu sorgen, dass du nie wieder etwas sehen wirst. Ich hoffe, wir haben uns verstanden?"

Da er seinen Monolog unterbrach, glaubte ich, dass er auf eine Bestätigung meinerseits wartete. Daher nickte ich betont langsam. Ja, ich hatte begriffen, dass er mich notfalls blenden würde. Diesem Mann traute ich zu, seine Drohung in die Tat umzusetzen.

„Ich gehe davon aus, dass dein Nicken Zustimmung bedeuten soll. Gut. Nichts anderes habe ich von einem klugen Bürschchen, wie du eines bist, erwartet. Doch weiter mit den Regeln: Es wird gegessen, was du von mir bekommst und wann ich es für angebracht erachte! Genauso verhält es sich mit bestimmten natürlichen Bedürfnissen! Du weißt, was ich meine ..."

Ich nickte zwar abermals, war mir aber in keinster Weise sicher, ob er es überhaupt bemerkt hatte. Vielleicht war er sich ohnehin gewiss, dass ich mich fügen würde.

„Wenn ich überzeugt bin, dass du dich dreinschickst, riskiere ich es sogar, dich auf ein Pferd zu setzen, damit wir schneller vorwärtskommen. Solltest du allerdings einen Fluchtversuch wagen, wirst du den restlichen Weg quer über dem Sattel verbringen! Merk dir das! – Das war vorläufig alles. Jetzt kommt es auf dich an! Ich

---

[18] sekret = geheim

gebe ich dir genau die Zeitspanne bis zu unserem Aufbruch, um darüber nachzudenken. Nutze sie gut!"

Daraufhin stand er auf und entfernte sich in Richtung des Lagers, wie ich unschwer am Rascheln des Laubes und Knarren der Lederstiefel feststellen konnte.

Bisher hatte ich noch keine Gelegenheit gehabt, die Anzahl meiner Entführer abschätzen zu können. Deshalb wusste ich keinesfalls, wie viel Zeit mir blieb. Trotzdem wollte ich nichts überstürzen, weshalb ich mir das Gesagte nochmals der Reihe nach ins Gedächtnis rief. Leider war der mir gewährte Zeitraum zu kurz bemessen, um das Für und Wider abwägen zu können. So beschloss ich zunächst einmal, mich zu fügen. Ich hoffte jedoch, im Laufe des Tages herauszufinden mit wie vielen Gegnern ich zu tun hatte.

Die Himmelsrichtung, in welche wir uns bewegten, war ich mir sicher, anhand des Sonnenstandes feststellen zu können. Wenn ich sie auch nicht sehen konnte, so würde die auf mich treffende Wärme mir indes bei meiner Berechnung helfen. Mein Glück war, dass das Wetter sich hielt und das Himmelsgestirn eine für die Jahreszeit erstaunliche Kraft bewies.

*

Am zweiten Morgen nach meiner Entführung erwachte ich genauso gefesselt wie am Ersten. Doch es gab wesentliche Unterschiede zum vergangenen Tag.

Zunächst einmal wurde ich recht schnell von meinen Banden befreit – mit Ausnahme der Augenbinde. Dann erhielt ich Zeit, meine steifen Glieder zu massieren, um den Blutfluss anzuregen. Schließlich durfte ich mich unter Aufsicht von zwei Männern erleichtern und bekam anschließend ein einfaches, aber sättigendes Frühstück. Gleich danach wurde das Lager abgebrochen und ich wurde auf ein Pferd gesetzt. Etwas erstaunt war ich schon, dass mir weder die Hände gefesselt, noch die Füße unterhalb des Pferdebauchs zusammengebunden wurden. Trotzdem war ich mir gewiss, dass sie mir nicht die kleinste Gelegenheit zur Flucht geben würden.

Anfangs ritten wir Schritt, wofür ich meinen Bewachern dankbar war, denn ich musste mich erst an den Zustand gewöhnen, blind auf dem Pferderücken zu hocken. Später legten wir kurze Entfernungen in schnelleren Gangarten zurück. Dabei stellte ich anhand der Geräusche um mich herum fest, dass ich stets von meinen Entführern eingeschlossen war.

Zunächst hatte ich mich verstärkt auf einen ausbalancierten Sitz ausrichten müssen. Nach einer gewissen Zeit blieb mir genügend Muße mir eine ungefähre Vorstellung unserer Route auf der Karte vorzustellen. Daneben half mir auch die Überlegung wer einen Vorteil davon haben könnte mich zu verschleppen.

Hin und wieder schnappte ich ein paar Worte der Unterhaltung der mich umgebenden Männer auf. Bald schon schloss ich daraus, dass sie mich mit dem Knappen Cyrill verwechselt hatten. Doch was ich mit meinem Wissen anfangen konnte, musste ich gründlich bedenken.

In Gedanken spielte ich mehrere Möglichkeiten durch. Natürlich wäre es am einfachsten gewesen, abzuwarten, bis sie mich bei ihrem

Auftraggeber ablieferten. Sollte er den Knaben von Angesicht kennen, würde ihm sofort der Irrtum auffallen. Allerdings hieße das keineswegs, dass er mich freilassen würde. Viel wahrscheinlicher wäre, dass er mich umbrachte, damit ich weder seinen Plan verraten noch ihn selbst wiedererkennen könnte.

Einen Großteil der kommenden Nacht verbrachte ich mit der Planung meiner Flucht, wobei ich etliche Möglichkeiten durchging und wieder verwarf. Schließlich glaubte ich einen Weg gefunden zu haben und schlief erschöpft ein.

Leider warf das Eintreffen eines Reitertrupps alles über den Haufen. Der Tag begann anders als die vorhergehenden, denn statt mich als Erstes von den Fesseln zu befreien, wurde mir nur der Knebel entfernt. Eigentlich hatte mein Bewacher ihn nicht mehr als notwendig erachtet und mich auch am Vorabend nicht damit belästigt. Erst kurz vor der Ankunft der Fremden hatte er ihn mir angelegt.

Ich war recht erstaunt, als ich den lästigen Knebel rasch wieder los wurde. Stattdessen musste ich eine übel schmeckende Flüssigkeit trinken, die mir bereits nach wenigen Schlucken die Sinne raubte.

*

Die nächsten drei Tage waren wohl die schlimmsten meines bisherigen Lebens. Am liebsten würde ich sie ganz aus meiner Erinnerung streichen, wenn das denn möglich wäre.

Für mich bestanden sie nur aus Schmerz und Erschöpfungsschlaf.

Dabei konnte ich mit diesen beiden Zuständen jeweils einen Ort verknüpfen. Gefesselt, geknebelt und mit der Augenbinde versehen wurde ich in einen kalten, zugigen Raum gezerrt. Dort wurde ich entweder an die Wand gekettet oder sah auf der Streckbank meiner Folter entgegen. Aber ganz gleich, auf welche Art ich ihnen wehrlos ausgeliefert war, immer wieder stellten sie die gleichen Fragen.

„Wer wird Erbfolger deines Vaters? Was für eine Form der Regierung wird der Nachfolger wählen? Werden die jetzigen Titel bestätigt? Welche Veränderungen sind geplant? Wird es neue Gesetze geben?"

Stets gab ich ihnen die unveränderten Antworten, auch als mein ganzer Körper grün und blau geschlagen und total überdehnt war.

„Meine Schwester regiert bereits jetzt für unseren Vater. Alles andere kann nur sie selbst erklären. Ich habe keine Ahnung von ihren Plänen."

So fest ich weiterhin bei meinen Äußerungen blieb, so wenig schienen sie diese für wahr zu halten. Ständig riet man mir flüsternd, zuzugeben, dass ich der wahrhaftige Nachfolger sei. Dann wäre es ein Leichtes, zusätzlich auf die restlichen Fragen zu antworten. Sogleich würden die Qualen aufhören. Dieser Jemand versprach mir eine standesgemäße Behandlung und Essen, so viel ich wollte.

Hätte ich den Versprechungen wirklich glauben können! Gerne hätte ich wieder einmal mehr als das bisschen hartes Brot und die Schale Wasser am Tag zu mir genommen. Mein Körper sehnte das Ende der Folter herbei. Und gegen frische Kleidung und ein Bett hätte ich nichts einzuwenden gehabt. Doch ich wusste, dass ich keinesfalls so schnell nachgeben durfte, zumal sie ihr Wort ohnehin nicht halten würden.

Gleich zu Anfang der ersten Befragung erfuhr ich, dass meine Annahme zutraf, dass ich keineswegs das ursprüngliche Ziel ihrer Entführung war. Sie hielten mich für einen adligen Spross. Der Knabe war wesentlich jünger als ich und vor kurzer Zeit in den Stand eines Knappen erhoben worden. Auf gewisse Weise sahen wir uns sogar ähnlich, was Haarfarbe und Körperbau betraf. Ansonsten bestand keinerlei Übereinstimmung zwischen uns. Wäre ich für mein Alter nicht so schmächtig gewesen, hätte uns wahrscheinlich niemand verwechselt.

Natürlich hatte ich zunächst daran gedacht, den Irrtum aufzuklären. Allerdings sprachen zwei Dinge dagegen. Zum einen war ich mir sicher, kein Gehör zu finden. Zum zweiten gab es da eine Wesenheit, die mich darin bestärkte, den Part des Edelknaben wenigstens eine Woche lang zu übernehmen. Dann würde mir Hilfe zuteilwerden.

Anfangs glaubte ich, mir die Stimme einzubilden. Doch das Geschöpf zeigte sich mir in Gestalt einer nebelfarbenen Katze. Bald stellte ich fest, dass niemand außer mir dieses Tier hören, geschweige denn sehen konnte. Es redete mit mir auf gedanklicher Ebene. Stets war es zur Stelle, egal wo ich mich gerade aufhielt. Seine Worte beruhigten mich und gaben mir Zuversicht.

Selbst in der Folterkammer saß es allzeit in meinem Blickfeld. In den Momenten, in denen ich aufgeben wollte, blinzelte es mir mit beiden Augen zu. Die Gewissheit, niemals allein zu sein und die Aussicht auf Hilfe, halfen mir, durchzuhalten.

Sobald meine Peiniger mich zurück in meine verdreckte Zelle

gebracht hatten, kuschelte sich dusc[19], wie ich ihn nannte, dicht an meinen Leib. Schnurrend nahm er mir die Schmerzen und schenkte mir erholsamen Schlaf mit schönen Träumen.

In den wenigen Augenblicken, in denen die Katze mich nicht trösten musste, versuchte ich, mir über das Motiv meiner Entführer Klarheit zu verschaffen. Erst nach und nach reimte ich mir alles zusammen.

Cyrills Vater war schon länger krank. Mittlerweile häuften sich die Zeiträume, in denen er sein Amt nicht mehr ausüben konnte. Somit wurde es Zeit, über seinen Nachfolger nachzudenken. Bisher war sein Sohn dafür angesehen worden, denn der Vater selbst hatte das Gerücht geschickt in Umlauf gebracht. Offiziell war zwar seine Schwester – das einzige eheliche Kind – seine Vertreterin, aber seine Gegner sahen dies nur als Ablenkungsstrategie an. Für sie stand fest, dass der wahre Thronfolger nur geschützt werden sollte, damit ihm bis zur Amtsübernahme nichts zustieß.

Es gab nur wenige Personen, welche die Wahrheit kannten: er selbst, sein Vater, seine Halbschwester und ich. Eigentlich war es ja üblich, den Nachfolger von Verwandten aus mehreren Generationen wählen zu lassen, was bei seiner Schwester zutraf. Trotzdem hatte es schon Ausnahmen gegeben, indem sich der Regent für einen anderen Erbfolger entschied und ihn dann auch durchsetzte. Doch sein Vater hatte diese Möglichkeit, wie der Knabe mir erzählt hatte, mitnichten erwogen. Für ihn galt seine Tochter Candella als die für die Regierung geeignete Person. Cyrill stimmte mit ihm da völlig überein, ließ sich aber dennoch von ihm dazu überreden, sein Spiel

---

19 dusc = Nebel, Dunst

mitzuspielen. So falsch lagen seine Gegner ja eigentlich gar nicht mit dem Schutz des Nachfolgers, nur dass die Sache wesentlich verwickelter war.

Zunächst war ich erstaunt darüber, dass der Auftraggeber meiner Entführung scheinbar auszuschließen schien, dass Lady Candella die wahre Nachfolgerin ihres Vaters sei. Mir war unerklärlich, dass er übersehen konnte, wie gut sie ihr Amt ausübte.

Zusätzlich kreisten meine Überlegungen um einen zweiten Umstand: Wer versprach sich Vorteile von der Geiselnahme? Ich überlegte lange und schloss so manchen aus. Je kleiner mein »Verdächtigenkreis« infolge des eingeschlagenen Weges wurde, desto mehr kristallisierten sich zwei Namen heraus.

Diese beiden Personen entstammten Familien, in denen die Nachfolge noch vom Vater auf den Sohn erblich war. Somit war es für sie unmöglich, dass eine *gewählte Frau* überhaupt in Frage kam.

Andererseits sollten ihnen die vielen weiblichen Herrscherinnen gerade dieses Landesteils geläufig sein, zumal eine Großmutter das gegenwärtige Beispiel dafür war. Und wenn ich so nachrechnete, kam selbst ich, der sich die lange Namensreihe schon immer schlecht behalten konnte, auf mehr Damen des Hauses als auf Herren!

Die letzte Überlegung ließ mich jedoch an meiner bisherigen Schlussfolgerung zweifeln. Vielleicht ging es gar nicht um die Frage der Nachfolge. Welchen Vorteil aber versprach sich die Person im Hintergrund davon, gerade den Edelknaben in seine Gewalt zu bringen? Eigentlich war er völlig wertlos für den Fall, dass sein Vater oder das Land in irgendeiner Weise erpresst werden sollte.

Im gleichen Moment wurde mir zum ersten Mal klar, was sein

Vater für ihn empfinden musste, wenn er seinen Tod bewusst in Kauf nahm. Weder im zuerst angenommenen, noch im Fall mit der Erpressung, würde sein Vater irgendetwas tun, um ihm zu helfen. Nicht einmal mit der Entsendung eines Rettungstrupps konnte ich rechnen! Sollte ich keine Möglichkeit zur Flucht erhalten und mich anschließend selbst durchschlagen, würde ich unweigerlich sterben!

*

Immer wieder erklärte die Katze mir, dass ich zumindest eine Woche durchhalten musste. Diese Zeitspanne setzte auch ich ihnen, um endlich zu begreifen, dass ich die Wahrheit sagte. Andererseits hoffte ich darauf, dass der Vater des Knaben seine besten Leute auf meine Fährte gesetzt hatte, um mich zu befreien. Ich konnte einfach nicht glauben, dass er mich opfern würde.

Obgleich ich bewusstlos gewesen war, als sie mich in die Mauern der Befestigung gebracht hatten, so wusste ich dennoch, wo ich mich befand. Die Marschrichtung meiner ersten Entführer und die Mundart meiner jetzigen Peiniger ließ nur eine Möglichkeit zu: die Feste Struck. Sie war die einzige größere Anlage am Rande des Gebirges, welche durch ihre geschützte Lage unzerstört geblieben war. Außerdem wurde sie von Vasir Vatger und seiner Räuberbande gehalten. Es war allgemein bekannt, dass er und der junge Baron Nistork befreundet waren. Manche munkelten sogar, dass Vatger Nistork mit den nötigen Mitteln für seinen teuren Lebenswandel versorgte.

So verwunderte es mich, dass wir urplötzlich aufbrachen und den für mich so ungastlichen Ort vor dem Morgengrauen des vierten Tages fluchtartig verließen. Als jedoch einer der Männer beim Aufsteigen murmelte: „.... hat jetzt wohl doch Angst bekommen, der Räuberhauptmann", vermutete ich, dass meine Rettung in Form der Leute des Vaters des Edelknaben gesichtet worden war.

So angeschlagen ich auch körperlich war, so baute die Nachricht mich seelisch ungemein auf. Sollte meine Vermutung sich bewahrheiten, konnte es nicht mehr lange dauern, bis ich befreit wurde. Um diesen glücklichen Umstand zu beschleunigen, nutzte ich meine schlechte Verfassung, um meinen Peinigern die Flucht zu erschweren. Obwohl ich mich selbstständig im Sattel halten konnte, rutschte ich hin und wieder verdächtig nach der einen oder anderen Seite. So zwang ich sie stetig, anzuhalten, um sich zu vergewissern, dass ich noch reiten konnte.

Irgendwann jedoch wurde es Baron Nistork zu viel und er ließ mich kurzerhand auf meinem Pferd festbinden. Bis dahin hatte ich es aber geschafft, den Abstand zu unseren Verfolgern immerhin um fast zwei Kerzenstriche zu verringern. Damit setzte ich voraus, dass sie sich in der Feste nicht aufhalten ließen.

*

Es dunkelte bereits, als der Freiherr den Befehl zum Halten gab, welcher von den meisten murrend zur Kenntnis genommen wurde. Keiner wäre gerne die Nacht durchgeritten. Das Gegenteil war der Fall. Aus den gemurmelten Worten erfuhr ich, dass sie ihren Anführer verfluchten und schon lieber wesentlich früher das Lager aufgeschlagen hätten. Außerdem beschwerten sie sich über die geringe Beute und den spärlichen Lohn der letzten Zeit. Von einigen musste ich dann auch hören, dass sie mich am liebsten irgendwo zurücklassen würden, um den Häschern zu entkommen. Mit mir als Ballast, so fanden sie, würden ihre Chancen immer weiter schwinden. Einerseits hatten sie heute zur Genüge erfahren, wie ich sie aufhielt. Andererseits glaubten sie, dass sich unsere Verfolger damit zufriedengeben würden, mich zurück zu erhalten. Auf jeden Fall würde mein Auffinden sie eine Weile behindern, die genau die Zeitspanne ausmachen sollte, um ihre Flucht zu sichern.

Baron Nistork wischte die Bedenken seiner Männer einfach zur Seite. „Ich bin euch keine Rechenschaft über meine Vorgehensweise schuldig. Dennoch will ich endlich Ruhe vor eurer Fragerei haben", begann er, begleitet von einem unwilligen Seufzen, kurz, nachdem sie aus den Sätteln gestiegen waren. „Zum einen wird Vatger sie so lange wie möglich aufhalten. Und zum anderen bin ich nicht felsenfest überzeugt, ob der Knabe mir die Wahrheit erzählt hat. Ach ja, und da ist noch etwas. Erwartet ihr wirklich, dass unsere Verfolger das Leben desjenigen gefährden würden, den sie zu retten gekommen sind? Glaubt mir: Solange er in unserer Gewalt ist, sind wir sicher!"

Mit seinen letzten Worten wandte er sich abrupt von seinen Leuten ab. Er überließ es ihnen, sich sowohl um sein Pferd, als auch um mich zu kümmern. Hätte ich nicht, nach wie vor auf dem Pferderücken verzurrt, genau neben ihm ausharren müssen, wäre mir sein plötzlicher Abgang in keiner Weise aufgefallen. Im Knarren der Geschirre und Sättel und den leichten Bewegungen der Rosse, wären seine kam hörbaren Schritte untergegangen.

Für mich hatte seine Gleichgültigkeit mir gegenüber einen

entscheidenden Vorteil: Die Männer gingen längst nicht so grob mit mir um, wie sie es unter seiner Aufsicht taten. Außerdem bekam ich, nachdem sie mich aufrecht sitzend an einem dicken Baumstamm festgebunden hatten, zu meinem Erstaunen recht schnell etwas zu trinken. Wenig später, als ich anhand der Geräusche darauf schloss, dass sie das Lager errichtet hatten, fütterte mich sogar einer der Kerle mit Brot und Fleisch. Aus seinem hastigen Gebaren glaubte ich zu erkennen, dass er Angst hatte, erwischt zu werden.

Schließlich gab er es flüsternd zu, indem er mir zuraunte: „Beeil dich, sonst bekommen wir beide Ärger. Der Baron kann jeden Moment wieder auftauchen!"

Ich nickte ihm nur bestätigend zu, da ich weder mit vollem Mund flüstern konnte, noch seine Bedenken durch eine Antwort verschlimmern wollte. Mir war selbst daran gelegen, mit dem Baron an diesem Abend kein zweites Mal unangenehme Bekanntschaft zu machen. Andererseits wollte ich meinen Wohltäter keinesfalls in Schwierigkeiten bringen.

Sogar ein geflüstertes Danke empfand ich als zu gewagt. Ich konnte mir keineswegs sicher sein, ob ich wirklich imstande war so leise zu reden. Das bisschen Wasser, welches er mir zukommen ließ, war unzureichend, um meine durch den Knebel ausgetrocknete Kehle genügend zu befeuchten.

Mein Hals fühlte sich wund an und schmerzte bei jedem Schlucken. Dennoch begrüßte ich es, das Tuch losgeworden zu sein und es nicht sofort wieder in den Mund gestopft zu bekommen. Zusätzlich tat meine vergleichsweise bequeme Fesselung – im Gegensatz zu den vergangenen Nächten im Freien – meinem geschundenen Körper gut.

Wäre ich in besserer Verfassung gewesen, hätte ich ganz bestimmt einen Fluchtversuch unternommen. Obwohl mir die Augenbinde weiterhin die Sicht nahm, fühlte ich mich imstande, meine Zähne einzusetzen. So glaubte ich, den Knoten lösen zu können, mit dem meine Handgelenke aneinander gefesselt waren. Es hätte ziemlicher Anstrengung bedurft, Kopf und Hände dicht genug zusammenzubringen, denn das Seil, welches mich an den Baum fesselte, lief straff über meine Oberarme. Dennoch hätte ich es schaffen können, da mein Leib weitaus beweglicher als jeder andere menschliche Körper war. Dann hätte ich mir auch das Tuch abstreifen können, welches meine Augen verband.

Zu der Überlegung, wie ich mich des Strickes entledigen konnte, kam ich zum Schluss gar nicht mehr, denn eine wohltuende Müdigkeit hüllte mich ein. Mein letzter Gedanke, bevor ich einschlief, drehte sich um ein Betäubungsmittel im Essen.

Im Morgengrauen wurde ich durch seltsame Geräusche geweckt. Sie waren keineswegs laut. Das Gegenteil war der Fall. Wahrscheinlich nahm ich sie nur wahr, weil meine Sinne schärfer als diejenigen von Menschen waren. Zunächst wusste ich die Laute in keinster Weise einzuordnen, bis mir allmählich klar wurde, was sie bedeuteten.

Zum einen hörte ich den sich entfernenden Hufschlag vieler Pferde. Ihr Geklapper wurde vom weichen Boden gedämpft. Hinzu kam, dass die Reittiere am entgegengesetzten Lagerende gestanden hatten. Vielleicht war mir dadurch die Bedeutung unverständlich. Nur langsam begann ich zu begreifen, was rund um das Lager meiner Entführer vor sich ging.

Für jemanden, der sich nicht hauptsächlich auf seine Ohren verlassen musste, um seine Umgebung erfassen zu können, schien es stille zu sein. Ich hingegen hörte die leichten Schritte, das Zurückbiegen von Zweigen und die Geräusche zweier stürzender, lebloser Körper. Im Lager selbst regte sich niemand auf eine Weise, als hätte er etwas Verdächtiges vernommen. Hier und da bewegte sich wohl eine Person im Schlaf. Dennoch deutete nichts darauf hin, dass einer der Männer ahnte, dass Gefahr drohte.

Ich indessen war mitnichten angetan den Kerlen, welche mich gequält hatten, auch nur durch die geringste Bewegung eine Warnung zukommen zu lassen. Ganz im Gegenteil! Ich ging davon aus, dass es sich bei den heranschleichenden Leuten um meine Befreier handelte. Daher verhielt ich mich völlig ruhig. Sogar den Versuch, meinem eingeschlafenen Bein durch Lageänderung die Möglichkeit zum »Aufwachen« zu geben, unterdrückte ich. Auf keinen Fall wollte ich meine Befreiung gefährden!

Trotzdem fuhr ich erschrocken zusammen, als sich plötzlich jemand neben mich hockte und mir mit einer Hand den Mund zuhielt. Meine aufkommende Gegenwehr erstickte er sogleich, indem er mir ins Ohr flüsterte: „Verhalte dich besonnen! Wir sind gekommen, dich zu befreien. Bis zum Ende des Vorhabens werde ich zu deinem Schutz bei dir bleiben."

Als ich bestätigend nickte, nahm er seine Hand weg, schien sich ansonsten aber nicht zu bewegen. Begeistert schnupperte ich, um den Geruch des Mannes aufzunehmen. Sein eigener wurde von denjenigen vieler anderer überdeckt. Ich roch hingegen viele verschiedene Kräuter heraus, woraus ich schloss, dass es sich bei ihm um einen seancha handeln musste.

Was dann geschah, konnte ich nur anhand der leisen Geräusche vermuten. Von mehreren Seiten gleichzeitig drang gedämpftes Rascheln an meine Ohren. Ich vermutete, dass dies beim Vorbeistreichen von Körpern an Ästen ausgelöst wurde.

Erst nachdem eine Zeitlang völlige Stille eingekehrt war, erhob er sich. Den Geräuschen nach zu urteilen, trat er hinter den Baum, an den ich gefesselt war. Ich ging davon aus, dass er den Knoten lösen wollte. Der dazugehörige Laut wurde im vom Feldlager herüberschallenden Geräuschpegel überdeckt.

„Keine Bewegung! Das Lager ist in unserer Hand!", hörte ich eine befehlsgewohnte dunkle Stimme, bei deren Klang etliche Schwerter aus ihren Scheiden glitten. Kurz darauf ertönten Flüche von Seiten der überraschten Schläfer. Was sich ansonsten ereignete, beachtete ich bereits nicht mehr. Für mich war nur wichtig, dass das Seil sich löste und mir in den Schoß fiel.

„Nun lass mich deine Hände befreien!", forderte die angenehme Stimme meines Befreiers mich auf, ihm selbige hinzuhalten. Erfreut und erleichtert zugleich kam ich dem sofort nach. Durch die wiedereinsetzende Durchblutung schmerzten meine Hände. Gleichzeitig kribbelte es in meinem Bein, dass ich endlich auszustrecken wagte.

Ich kann in keinster Weise beschreiben, wie glücklich ich war, dass meine Hoffnungen sich erfüllt hatten. Doch richtig dankbar war ich dem Mann dafür, dass er mir nun auch die Augenbinde abnahm.

Selbst hätte ich das noch nicht geschafft.

Im ersten Moment war ich von dem eigentlich sanften Licht der einsetzenden Morgendämmerung dermaßen geblendet, dass ich die Augen wieder schließen musste. Die Helligkeit tat anfangs so weh, dass ich fast darum gebeten hätte, mir die Binde erneut anzulegen. Sogleich überschwemmte ein starker Tränenfluss mein Gesicht.

Meine begonnene Bewegung, sie wegzuwischen, brach ich bereits im Ansatz mit einem lauten Seufzer ab. Zum einen fehlte mir die Kontrolle über meine Gliedmaßen, zum anderen schmerzte selbst die kleinste Regung.

„Du solltest keinesfalls unmittelbar in die größte Lichtfülle schauen!", riet mir mein Befreier. „Lass mich dir behilflich sein, bis du wieder Herr deines Leibes bist."

Mein Nicken dünkte ihm Antwort genug.

Kurz wühlte er wohl – wenn mich meine Ohren nicht täuschten – in einem Lederbeutel. „Ich werde dir jetzt mit einem sauberen Tuch die Wangen abtupfen, damit du dir keinen Schmutz in die Augen wischst", erklärte er mir, ehe er begann. Erst als der Born versiegt war, beendete er seine Tupferei.

„Und nun überlass mir deine Hände, damit ich sie durchkneten kann, um sie wieder zum Leben zu erwecken!" Anschließend ergriff er meine rechte Hand und knetete sie durch. Zunächst zuckte ich bei dem sich dadurch steigernden Schmerz derart zusammen, dass ich sie ihm zu entziehen versuchte. Aber er schien mit dieser Bewegung gerechnet zu haben und hielt sie dementsprechend fest.

„Es schmerzt nur am Anfang", sprach er auf mich ein. „Sobald der Blutstrom wieder richtig fließt, gehören die Schmerzen der

Vergangenheit an.“

Ich wusste ja, dass er mir nur helfen wollte. Außerdem machte mir das Wiedererlangen meines Sehvermögens schon ausreichend zu schaffen. Sollte er ruhig dafür sorgen, dass ich die Hände schnellstmöglich erneut benutzen konnte.

„Es wäre ein guter Gedanke, die Lider nur einen Spalt breit zu öffnen und in meine Richtung zu schauen!“, bot er an, ohne seine Arbeit zu vernachlässigen. Im Gegenteil; er nahm sich nun meine Linke vor.

Sein Ratschlag hat gewiss etwas für sich, dachte ich mir. Leider hatte er mich keineswegs auf den sich mir bietenden Anblick vorbereitet. So riss ich vor Staunen beide Augen ganz weit auf, als ich die Kleidung des Mannes erkannte. Natürlich war der Lichteinfall zu stark und ich musste meine Lider, begleitet von einem leisen Aufschrei, ungesäumt wieder schließen. Sogleich liefen mir Tränen über die Wangen.

Ich war mir gewiss, dass er ein Elementerritter war. Der Blauton seiner Gewänder und das vertraute Wappen auf seinem Hemd glaubte ich, zuordnen zu können, wenngleich ich beides nur kurz gesehen hatte.

„Habe ich dich ...“, begann der Ritter besorgt und unterbrach seine Tätigkeit sofort. Stattdessen versuchte er wieder, mit besagtem Tuch die »Wassermassen« zu dämmen.

Entschieden schüttelte ich den Kopf. „Ihr ... seid ...“, stotterte ich mit rauer Stimme. Bewusst hatte ich sie bisher nicht eingesetzt, um den Schmerz dort keinesfalls zu verschlimmern. „Ihr ... seid ... nur ... durch ... Zufall ...?“

Es schien erstaunlich, dass er aus meinem Gestotter, den wenigen Worten und meiner Handlungsweise den richtigen Schluss zog. Andererseits war es garantiert keineswegs das erste Mal, dass er in eine ähnliche Lage wie diese geraten war.

„Ja, ich gehöre wie du der *Bruderschaft der Ritter von den Elementen* an. Deine an die Dunkelheit gewöhnten Augen haben dir kein Trugbild gezeigt", beantwortete er meine angefangene Frage mit einem Lächeln in der Stimme. Ob es auch auf seinem Gesicht lag, konnte ich nicht erkennen, da meine verschwommene Sehkraft dafür keinesfalls ausreichte.

Wesentlich vorsichtiger geworden, öffnete ich meine Lider nur einen Spalt weit, um den Elementeritter zu erkennen. Gleichzeitig löste ich den »Wasserfall« damit erneut aus. Da meine Augen bereits bei diesem geringen Lichteinfall schmerzten, schloss ich sie schleunigst wieder. Trotzdem versiegte der salzige Tränenstrom mitnichten.

Sogleich wollte ich mit den Händen die Feuchtigkeit wegwischen. Mitten in der Bewegung fing der Ritter sie ab. „Überlass mir das. Außerdem rate ich dir, so hart das klingen mag, dir von mir abermals eine frische Augenbinde anlegen zu lassen. Ich fürchte, dass du einige Tage Geduld haben musst, bis du ohne Schmerzen und Tränen das Licht ertragen kannst."

„Aber ...", wollte ich einwenden, überließ ihm dennoch meine von den Folgen der Fesselung geplagten Hände. Behutsam legte er sie auf meinen Oberschenkeln ab. Sanft wischte er mir dann mit einem Tuch über die Wangen. Er musste dies noch einige Male wiederholen, ehe sich der Tränenfluss beruhigt hatte.

„Ich weiß, dass es für dich, nach allem, was du durchstehen musstest, hart klingt, aber als Heiler werde ich dir zumindest für ein paar Tage noch einiges andere verbieten müssen", begann er seine Erklärung mit gütiger Stimme. Gleichzeitig kramte er nochmals in seinem Behältnis herum. Bei seinen nächsten Worten wurde mir klar, nach was er gesucht hatte. „Ich lege dir jetzt die Augenbinde an. Sobald wir die nächstliegende unserer Besitzungen erreicht haben, kümmere ich mich um die Behandlung deiner Augen als auch deines entzündeten Halses. – Wo wir gerade darüber reden: Zu deinem eigenen Besten muss ich dir zusätzlich das Sprechen untersagen. Ich möchte keinesfalls, dass sich die Entzündung durch die Reizung verschlimmert und du so heiser wirst, dass nur noch heiße Luft kommt. – Oder muss ich selbst dafür sorgen, dass du den Mund hältst?"

Ich schüttelte den Kopf. Nein, einen Knebel wollte ich so schnell nicht nochmals verpasst bekommen. Um mein Einverständnis mit allen seinen Handlungen zu unterstreichen, tastete ich nach seinen Händen, welche er mir auch bereitwillig überließ. Ohne den Fehler zu begehen, die Augen zu öffnen, führte ich seine nach oben zeigenden Handinnenseiten mit den Innenkanten zusammen. Nun legte ich meine Handflächen flach auf die seinen. Eigentlich hatte ich vorgehabt die Geste der Lehnsannahme nachzuahmen, aber ein inneres Gefühl sagte mir, dass er dies nicht geduldet hätte.

„It est!", bestätigte der Elementeritter in der alten Sprache. „Ich sehe, dass du verstanden hast. Deshalb lass mich dir jetzt die Augenbinde anlegen. Dann werde ich dir auf die Füße helfen. Gemeinsam werden wir feststellen, ob du reiten kannst oder besser auf einem Wagen aufgehoben bist."

Während er mir die Augen verband, redete er unablässig mit mir. „Mir ist völlig klar, dass dich eine Menge Fragen plagen und ich bin auch gerne bereit, sie dir zu beantworten. Doch hier ist weder der richtige Ort, noch Zeitpunkt dafür."

Er zog den zweiten Knoten straffer, den er zur Befestigung des Tuches benötigte. Ich hatte damit gerechnet, dass er mir nun auf die Beine helfen würde, um auszuprobieren, ob ich es mit seiner Hilfe bis zu den Pferden schaffte. Stattdessen legte er mir kurz eine Hand sanft mahnend auf den Unterarm. Im selben Augenblick glaubte ich, das vertraute Geräusch eines leicht aus der Scheide gleitenden Schwertes aus seiner Richtung zu hören.

Bereits der nächste Moment sollte mir die Bestätigung meiner Wahrnehmung verschaffen. Eine größere Anzahl von Lauten drang an meine Ohren, welche mir das Geschehen um mich blitzartig erfassen ließen. Dass ich das Herannahen eines sich anschleichenden Mannes nicht bewusst wahrgenommen hatte, schrieb ich der Erleichterung zu, endlich gerettet worden zu sein. Vielleicht hatte mich die Fürsorge des Heilers auch in eine trügerische Sicherheit gewiegt.

Noch im Aufspringen zog der Elementeritter seine Waffe. Gleichzeitig griff ihn jemand, aus einem Gebüsch schnellend, an. Dass es sich um Baron Nistork handelte, wurde mir schon nach dem ersten Aufeinandertreffen der Schwertklingen klar. Dieser Angeber konnte sich mit einer Bemerkung zur vorgefundenen Lage nämlich in keinster Weise zurückhalten.

„So wichtig ist der Bastard seinem Alten, dass er sich sogar der

Fährtenhunde des Großkönigs bedient! Lag ich mit meiner Vermutung doch richtig!"

Bestimmt hätte mein ehemaliger Entführer weit mehr zu sagen gehabt, wenn sich kein weiterer Mann in den Kampf eingemischt hätte.

„Überlass den Angeber ruhig mir, Bruder. Es wird mir ein Vergnügen sein, zu testen, ob er wirklich so gut ist, wie er vorgibt", neckte eine junge, befehlsgewohnte Stimme den Baron. Der Ritter schien aus dem Nichts aufgetaucht zu sein. Wahrscheinlich war selbst ich zu sehr von den Kampfgeräuschen abgelenkt gewesen, um sein Herannahen bemerkt zu haben. Wie viel weniger hatte Nistork mit ihm rechnen können. Dass der Laffe Nistork als einer der besten Schwertkämpfer der Grenzgebiete galt, war bekannt.

„Noch einer dieser Hunde!", knurrte der sich in die Enge getriebene Freiherr.

Für den Mann an meiner Seite schien sich die Lage sogleich wieder zu entspannen. Mit den Worten: „Nur ungern würde ich dich um dieses Vergnügen bringen, Bruder. – Meine Aufgabe ist mir ohnehin wichtiger!", überließ der Heiler seinen Gegner dem Kameraden.

Leider konnte ich nicht sehen, was dann geschah. Ich hörte nur, wie er sein Schwert in die Scheide zurückgleiten ließ. Erst später erfuhr ich, dass der seancha das mit einer knappen Verbeugung in Richtung des zweiten Elementerritters und erzwungen ernster Miene tat. Im Vertrauen, dass sein Waffengefährte sich Nistorks annehmen würde, kam er ohne zu zögern zu mir zurück. Nach einer kurzen Berührung an der Schulter half er mir, mich zu erheben. Dass seine Rechnung, was den Kampf betraf, aufging, konnte ich schon im selben

Augenblick am Geräusch der aufeinanderprallenden Klingen erkennen.

„Mein Bruder wird sich angemessen um ihn kümmern. Mach dir keine Sorgen um Sir Maurus! Wenn Baron Nistork auch als herausragender Schwertkämpfer bekannt ist, so stellt er dennoch für ihn keine Gefahr dar. Sir Maurus hat zwar den Ruf eines Draufgängers. Allerdings kenne ich ihn lange und gut genug, um zu wissen, dass er seine Fähigkeiten sehr genau einschätzen kann. Wäre mir das Laster der Wettleidenschaft zu eigen, würde ich meine gesamte Habe bedenkenlos auf ihn setzen." Mit diesen Worten führte der Heiler mich vom Kampfplatz weg in Richtung des Lagers.

Bereits nach wenigen Schritten blieb er erneut stehen. Fragend drehte ich meinen Kopf ihm zu. Ehe ich um Auskunft bitten konnte, erfuhr ich den Grund. Hufschlag von drei Pferden näherte sich. Obwohl der Boden hier ziemlich weich war und von hinten die Kampfgeräusche an meine Ohren drangen, konnte ich sie mühelos hören.

„Entschuldige, Gordian!", bat eine dunkle Stimme vom Pferderücken des vor uns haltenden Tieres um Verzeihung. „Ich hatte erwartet dich in Begleitung von Sir Maurus anzutreffen, weshalb ich auch sein Ross mitgebracht habe."

„Wie du unschwer erkennen kannst, ist er momentan beschäftigt, dennoch wird es ihn freuen, wenn du hier auf ihn wartest. Ich bin mir sicher, dass er eine Aufgabe für dich hat, sobald sein Spiel beendet ist", entgegnete der Heiler ihm gutgelaunt.

Mit welcher Geste der Reiter sein Einverständnis bezeugte, konnte ich leider nicht sehen. Mein Sinnen und Trachten galt allein Sir

Gordian, wie der Bote ihn genannt hatte. Er führte mich einige Schritte weiter neben ein Pferd. Dies erkannte ich anhand des typischen Geruchs, eines verhaltenen Schnaubens und des Lederknarrens bei jeder Bewegung des Tieres.

„Es ist zwar keineswegs üblich und ich habe es auch noch nie einen Versuch gewagt, einen zweiten Reiter aufsitzen zu lassen, dennoch gehe ich davon aus, dass es glücken wird. Zumindest hat mein Schecke bisher nicht vor dir gescheut oder seinen Unwillen gezeigt", begann Sir Gordian. „Glaubst du, dass du mit meiner Hilfe in den Sattel kommst?"

Ich nickte zuversichtlicher, als ich es wirklich war. Momentan hielt mich die Anspannung aufrecht. Wie lange dies noch währte, konnten nur die Götter wissen. Näher betrachtet war der Gedanke, hinter mir auf dem Pferd einen Heiler des *Ordens der Ritter von den Elementen* sitzen zu haben, nützlich. Er konnte mich vor einem möglichen Absturz bewahren und würde sogleich bemerken, wenn ich seine Hilfe benötigte.

Sir Gordian schien genau abschätzen zu könne, wie er mir die richtige Hilfestellung geben konnte, ohne mir das Gefühl völliger Hilflosigkeit zu vermitteln. Trotzdem war ich gleichzeitig froh, aber auch ziemlich erschöpft, als ich endlich auf dem Pferd saß. Er selbst schwang sich mit einer Leichtigkeit hinter mir in den Sattel, die etwas Beruhigendes für mich hatte.

Als er mit einer Hand nach den Zügeln griff, war ich es, der sich langsam und vorsichtig – nicht nur infolge meiner Verletzungen – gegen ihn lehnte.

„Du brauchst dich weder deiner Erschöpfung, noch der jetzigen

Umstände zu schämen. Der Vorschlag, uns ein Reittier zu teilen, kam schließlich von mir. Mir ist es wesentlich lieber, du gestattest mir dich festzuhalten, bevor du den Halt verlierst", zerstreute er sofort meine Bedenken. Da ich nickte, legte er seinen anderen Arm um meine Taille.

Ich ließ es einfach geschehen, denn so langsam merkte ich, wie die Anspannung von mir abfiel. Alleine hätte ich mich nun gewiss mitnichten mehr im Sattel halten können, zumal als er anritt. Vielleicht hätte ich in diesem Moment bereits die Besinnung verloren, wenn ich nicht das Herannahen mehrerer trabender Reiter gehört hätte.

Erschrocken zuckte ich zusammen. Da half es auch nichts, dass Sir Gordian mich mit den Worten: „Das sind meine Brüder! Sie geleiten uns zu unserer nächstgelegenen Befestigung.", zu beruhigen versuchte. Mein Körper blieb angespannt und in meinem Kopf wirbelten seltsame Gedanken durcheinander.

Was meinte er mit »geleiten«? Wieso sollte ich so wichtig sein, dass gleich mehrere Ritter sich zu diesem Dienst herabließen? Verstand ich seine Erklärung aufgrund meiner Erlebnisse der letzten Tage falsch? Wollte er mir damit nur sagen, dass wir alle gemeinsam zu der Niederlassung zurückreiten würden, auf der sie stationiert waren?

War es Zufall, dass die *Ritter vom Orden der Elemente* mir hier begegnet waren? Oder hatte es etwas mit der Katze zu tun, die momentan schwieg? Bestimmt hatten die Ordensangehörigen Besseres zu tun, als sich auf die Suche nach einem unbedeutenden Knappen zu machen.

Ich redete mir ein, der Hinweis eines wohlgesonnenen Untertanen habe sie auf die Fährte Baron Nistorks geführt. Somit war meine Befreiung eine glückliche Fügung.

Die Elementeritter, wie das gemeine Volk die Männer des Ordens nannte, waren Garanten für Recht und Ordnung im Land! Viel zu lange hatte der Freiherr bereits sein Unwesen getrieben. Einmal musste ihn sein Schicksal ereilen. Wie gut, dass dies gerade jetzt geschah!

Aufgrund meiner bisherigen Erlebnisse und der einfachen Kleidung, welche ich trug, fragte ich mich: *Ist die Freundlichkeit des Heilers, dessen Arme mich umfassen, nur Fassade, um mich in Sicherheit zu wiegen? Für wen hielten sie mich? Würden sie mir glauben, dass ich einer ihrer Knappen war? Die Geschichte meiner Entführung hörte sich, im Nachhinein betrachtet, völlig verrückt an. Wie wahrscheinlich war es, dass statt des Sohnes eines Adligen ein Waisenknabe verschleppt wurde? Was würde mit mir geschehen, sobald wir die schützenden Mauern der Niederlassung erreicht hatten?*

Verzweifelt bäumte ich mich kurz auf, obwohl mir klar war, dass es für mich kein Entkommen geben konnte. Weder hier und heute noch in der Zukunft. Ich war den Männern genauso ausgeliefert wie zuvor meinen Entführern und anschließend Baron Nistork.

Mein Körper begriff dies wohl schneller als mein Geist, denn schon senkte sich die Dunkelheit der Bewusstlosigkeit über mich.

*

„Ganz ruhig, Calan!", flüsterte eine mir vertraute Stimme ins Ohr.

Zuordnen konnte ich sie allerdings im Moment mitnichten. „Dir wird nichts geschehen! Du bist in Sicherheit!" Auch die sich vor den mit Tüchern abgedunkelten Fensteröffnungen abzeichnende Gestalt kam mir bekannt vor, ohne dass ich wusste, um wen es sich handelte.

Ich befand mich in einem Zustand zwischen Halbschlaf und Erwachen. Dennoch merkte ich, dass ich von Fesseln befreit wurde, die mich bewegungsunfähig an mein Lager gebunden hielten. Ehe ich wahrhaftig begriff, was da mit mir geschah, übermannte mich die Erschöpfung erneut. Das Letzte, was ich zu spüren glaubte, war eine kühle Hand, welche mir beruhigend über Stirn und Wange strich. Nicht sicher, ob dies Wirklichkeit oder Traum war, versank ich von Neuem in einen erholsamen Schlaf.

Als ich mit vollem Bewusstsein erwachte, fand ich mich in einem winzigen, kargen Raum wieder, dessen Fenster hinter Vorhängen verborgenen waren. Ich lag in einem bequemen Bett, neben dem in Kopfhöhe links von mir ein kleiner Tisch stand. Darauf befanden sich eine Schüssel, ein Krug und zwei Becher.

Auf derselben Seite, genau zwischen den beiden Fensteröffnungen, schlief eine schlanke Gestalt in einem hohen Lehnstuhl. Etwas verwirrt betrachtete ich sie, bis mir aufging, dass es sich bei ihm um einen Ordensritter handelte. Erleichtert atmete ich auf, was zur Folge hatte, dass ich die Verbände spürte, welche sich um meinen Oberkörper wanden.

Neugierig glitt mein Blick zur kahlen gegenüberliegenden Mauer, dann nach rechts über die einfache Holztür und schließlich wieder zurück zu dem Schläfer. Dabei setzte meine Erinnerung erneut ein.

Bedingt durch die die Vorhänge durchdringende Helligkeit, ging ich davon aus, dass die Sonne scheinen musste. Ansonsten wäre es mir wohl nicht möglich gewesen, mich so genau im Raum umzuschauen. Gleichzeitig machte es mir dieser Umstand leicht, Kunde über weitere Verletzungen zu erlangen. So stellte ich fest, dass auch meine Hand- und Fußgelenke verbunden waren. Schmerzen konnte ich allerdings keine wahrnehmen. Sicherlich lag es daran, dass der Heiler – wie nannte er sich noch? – Sir Gordian, mir eine Droge verabreicht hatte.

Zunächst fiel mir aufgrund der Verbände nur ein, wie ich zu den Verwundungen gekommen war. Nachdem mir aber der Name des seancha wieder erinnerlich war, begann ich abermalig zu grübeln. All die Fragen und Zweifel, mit denen ich, kurz ehe ich das Bewusstsein verloren hatte, beschäftig gewesen war, meldeten sich erneut.

Gleichzeitig umfing mich ein Gefühl der Verlassenheit. Unwillkürlich streifte mein Blick erneut durch das Gemach auf der Suche nach der nebelfarbenen Katze. Sie hatte mich in den letzten Tagen immer getröstet und meine Bedenken zerstreut. Doch nirgends konnte ich sie entdecken. Hatte sie mich genauso plötzlich verlassen, wie sie erschienen war?

Erschrocken und verwirrt setzte ich mich ruckartig auf. Noch bevor ich mein Vorhaben zu Ende ausführen konnte, sank ich erschöpft und von einem starken Schwindel ergriffen ins Kissen zurück.

Dass meine Handlung keinesfalls unbeobachtet geblieben war, stellte ich sogleich fest. Wahrscheinlich hatte der vermeintliche Schläfer mich unter gesenkten Lidern schon eine Weile beobachtet. Der Heiler erhob sich mit langsamen, ruhigen Bewegungen und rückte seinen Stuhl näher an mein Bett. Dann ließ er sich wieder hineinsinken.

„Es hätte mich auch gewundert, wenn du es nicht versucht hättest!", merkte er amüsiert an, während ich noch mit den Nachwirkungen meines Versuchs zu kämpfen hatte. „Wem würde es nach zwei Wochen strenger Bettruhe und der Schlacht, den dein Leib geführt hat, anders ergehen. Deine Wunden hatten sich stark entzündet, sodass wir gemeinsam gegen diesen Feind vorgehen mussten. Du mit dem Willen zu genesen und ich mit meinem Wissen über Tränke, Salben und Tinkturen."

„Zwei ... Wochen!", stieß ich entsetzt hervor. Da der Heiler mich verbinden, waschen und sich auch ansonsten um meine körperlichen Belange kümmern musste, war ihm keinesfalls verborgen geblieben, was ich war.

Der junge Mann zuckte mit den Schultern. „Welchen Grund sollte ich haben, dich zu belügen?"

Die Äußerung war vermutlich als Phrase gemeint, dennoch erhielt er von mir eine für ihn wohl verblüffende Antwort. „Weil alles ... eine Lüge ... ist!" Die Anstrengung, mit der ich sprach, nahm dem Satz die erwünschte Schärfe.

Hätte ich meine Gedanken nicht erst ordnen müssen, hätte Sir Gordian wohl kaum die Chance gehabt, mir eine wirkliche Frage zu stellen. Hinzu kam diese Schwäche, die mich zusätzlich schwer atmen ließ.

„Was meinst du damit? – Ich verstehe mitnichten, worauf du hinaus willst!" Das Erstaunen in seiner Stimme klang so echt, dass ich Zweifel an meiner Auslegung der Ereignisse bekam. Doch dann siegten Wut und Verzweiflung. Die Angst und Hilflosigkeit, welche ich während der Zeit meiner Entführung verspürt hatte, krochen wieder an die Oberfläche und schoben sie an.

„Die angebliche Rettung Eurerseits … die Fürsorge … Alles Lüge!" Die Wut verlieh mir die Kraft, mich aufzusetzen und ihm die geballten Fäuste entgegen zu halten. Seltsamerweise blieb er ganz ruhig sitzen. Der Heiler deutete mit keiner Bewegung an, dass er mich beruhigen wollte. Noch immer sah er mich erwartungsvoll an, als müsse ich ihm eine Erklärung für meinen Wutausbruch liefern. Als ob er den Anlass nicht kennen würde!

„Was habt Ihr … mit mir vor? … Nennt mir wenigstens den Grund … warum Ihr mich hier … gefangen haltet?" Meine Wut war keinesfalls stark genug, meinen Körper weiterhin in einer sitzenden Stellung zu halten. Zuerst fielen meine Arme kraftlos herab, bevor sich das Zimmer um mich zu drehen schien. Dann sank ich vollständig erschöpft in die Kissen.

Noch immer rührte sich der Heiler nicht, sagte kein Wort. Es hätte auch nichts genützt. In meinen Ohren rauschte das Blut so laut und meine Lungen pumpten so schnell, dass ich ihn ohnehin nicht verstanden hätte. Mir war schlecht. Mein Mund fühlte sich plötzlich so trocken an, dass meine Zunge wie festgeklebt anmutete. Ich schloss die Lider, um wenigstens dem Wirbel zu entkommen.

Da legte sich eine Hand sanft auf meine Brust. Wärme und Sicherheit erfüllten wenige Augenblicke später meinen Körper und erfassten zugleich meinen Geist. Die Atmung beruhigte sich, das Rauschen wurde immer leiser, bis es schließlich ganz verschwand und die Übelkeit war wie weggezaubert.

Vorsichtig öffnete ich die Augen, denn ich konnte keineswegs fassen, dass der Strudel, welcher mich mit sich gerissen hatte, verschwunden war. Selbst die Wut kroch nicht mehr in mir hinauf, als ich in das beruhigend lächelnde Angesicht des Heilers blickte.

Ich hatte erwartet, dass er sich über mich gebeugt hätte, aber dem war in keinster Weise so. Wenn er auch gegenwärtig aufrecht in seinem Stuhl saß, so hatte er nur die linke Hand ausgestreckt und auf meine Brust gelegt. Ansonsten hatte er sich mir nicht mehr genähert, als es diese Bewegung erfordert hatte.

Einige Zeit sahen wir uns nur stumm an. Mir tat es so gut in das aufgeschlossene Gesicht zu schauen, dass ich mich in den hellen Seen seiner blassgrünen Augen zu verlieren schien. Ich wusste, welche Macht so manchem Heiler gegeben war. Sollte er zu denjenigen gehören, die in die Gedanken seines Gegenüber eindringen konnten, wäre es für ihn jetzt ein leichtes gewesen. Ich war völlig offen, schirmte meinen Geist keineswegs ab.

Dass ich mit meiner Vermutung richtig lag, erfuhr ich nur einen Moment später. Mit einem Kopfschütteln unterbrach er unseren intensiven Sichtkontakt, obwohl er sein Antlitz mitnichten abwandte.

„Nein, ich werde meine Macht unter keinen Umständen dazu missbrauchen, damit du mir glaubst! Ich möchte, dass du mir zuhörst und danach entscheidest, ob du mir vertrauen kannst. Gib mir die Gelegenheit meine Fassung deiner Rettung zu erzählen."

Ich wusste nicht, warum ich ihm so bereitwillig zunickte. Vielleicht war es der innere Kampf gewesen, der sich während seiner Worte so deutlich auf seinem Gesicht abgezeichnet hatte. Andererseits konnte es auch die Hoffnung sein, dass mich der erste Eindruck von Sir

Gordian keinesfalls getäuscht hatte. Oder verzagte ich jetzt ob der Macht der *Bruderschaft der Elemente*?

„Trink etwas!", meinte er mit einem erleichterten Lächeln und griff mit der rechten Hand nach dem Becher. Seine Linke nahm er erst in dem Moment von meiner Brust, als es notwendig wurde, meinen Kopf zu stützen. Allein wäre ich nicht in der Lage gewesen, ihn soweit anzuheben, um meinen Durst stillen zu können. Sogar mit seiner Hilfe erschöpfte mich dieser Vorgang bereits nach wenigen Schlucken. Ich war froh, seine Finger, kaum dass er das Trinkgefäß abgestellt hatte, wieder auf meiner Haut zu spüren.

„Schlaf noch etwas! Es ist viel zu früh dir die ganze Geschichte zu erzählen. Du brauchst nach wie vor Ruhe!", flüsterte er wie ein besorgter Bruder.

„Aber ...", wandte ich ein, um ihn umzustimmen, obwohl ich selbst merkte, dass er recht hatte.

„Ich versichere dir, dass du alles erfahren wirst, wenn du das nächste Mal erwachst!", versuchte er mich zu beruhigen und fügte in der Alten Sprache das Versprechen der Bruderschaft an. „Do'chinn Khbana!"

Diese Versicherung galt nur zwischen Rittern der Ordensgemeinschaft. Eigentlich war es völlig ausgeschlossen, dass ich als Knappe verstand, was er da sagte oder gar dessen Bedeutung erfasste. Seltsamerweise schien er zu wissen, dass nicht einer der Gründe auf mich zutraf. Ich empfand es als sehr wohltuend und war auch etwas stolz, dass er mir so viel Ehre erwies. Daher nickte ich ihm mit einem müden Lächeln zu und versank sogleich in die erholsamen Arme des Schlafes.

7. Kapitel: Die Furie Komtess Candella

Nachdem es mir besser ging, berichtete Sir Gordian mir, wie er und seine Kameraden zu dem ungewöhnlichen Auftrag, mich zu suchen, gekommen waren.

Zunächst hatte ich davon nichts wissen wollen, da ich noch immer überzeugt war, dass er mich nur beruhigen wollte. Gewiss hatte er sich irgendeine Geschichte ausgedacht, mit dem Ziel, dass ich Ruhe hielt. Nachdem er durchblicken ließ, dass die Schwester des eigentlichen Entführungsopfers etwas damit zu tun hatte, wurde ich dann doch neugierig.

„Einen Tag nach deinem Verschwinden stürmte Komtess Candella nachmittags unsere Besitzung. Ganz gegen ihre sonstige Art ließ sie sich von niemandem aufhalten und platzte ohne Anmeldung in die Schreibstube unseres Kommandanten", begann Sir Gordian seine Erzählung.

„Ihr müsst meinen Bruder Cyrill retten!", rief die junge Dame mit den hellbraunen Haaren, in denen Lichtreflexe spielten. Mit offenen Haaren und Dreck bespritztem Kleid riss sie die Tür zum Arbeitszimmer Sir Polykarps auf.

Der Kommandant der Niederlassung, welche nur eine gute Reitstunde von der Burg des Landesherrn entfernt lag, sprang erschrocken von seinem Stuhl auf. Er war so vertieft in seine Arbeit gewesen, dass er den Lärm, der sich mit der Annäherung der Adligen verstärkte, überhört hatte. Es dauerte einen Moment, bis der in mittleren Sommern[20] stehende, bärtige Ritter begriff, wer da vor ihm stand und was die Fürstentochter von ihm verlangte.

Diese Zeit nutzte die Thronfolgerin des Landes, um ihre Forderung zu begründen. „Mein Bruder Cyrill wurde gestern Abend von Unbekannten entführt. Ganz sicher steckt da Baron Nistork dahinter! Und Unser Vater hält es nicht für notwendig, ihm einige unserer Männer hinterher zu schicken, um ihn zu befreien! Ihr werdet sofort den Befehl geben, die Verfolgung aufzunehmen! Wer anders als Ihr kann Cyrill jetzt noch finden? Wer weiß, was besagter Unmensch meinem Bruder bereits angetan hat! Wie ...“

Sir Polykarp ließ den Redeschwall über sich ergehen, wobei er zu ergründen suchte, wovon die Fürstentochter redete. Dann setzte er dazu an, sie zu unterbrechen. Doch mit seinem Ansinnen kam er zu spät. Zwei seiner Männer waren unbemerkt in den Raum getreten. Sie hatten, nachdem sie die neugierigen Ordensbrüder wieder an ihre Arbeit geschickt hatten, die Tür hinter sich geschlossen.

Sir Maurus, Anführer einer Dekanter, zog einen Stuhl herbei und platzierte Komtess Candella kurzerhand auf diesem. Währenddessen stellte sich der Heiler Sir Gordian vor die erschöpfte Frau und sagte knapp: „Haltet ein!“

Erstaunt verstummte die sonst so befehlsgewohnte Thronfolgerin und sah den blonden Mann irritiert an.

„Werte Dame,“, begann Sir Gordian, ging vor ihr in die Hocke und nahm eine ihrer aufgeregt zitternden Hände zwischen seine. Sogleich hörten die fahrigen Bewegungen auf, mit denen sie sich immer wieder das Haar aus dem Gesicht gestrichen hatte. Ihr Atem

---

[20] Sommer = Jahre

beruhigte sich und ihr gehetzter Blick richtete sich endlich auf ihn, wobei er zur Ruhe kam.

Sir Polykarp war es recht, dass diese zwei Ordensbrüder den ersten Schritt machten. So konnte er sich vollständig im Hintergrund halten, was er dadurch sichtbar machte, dass er sich erneut in seinem Stuhl niederließ.

Obgleich er der richtige Mann für seinen Posten war, so überforderte es ihn, einen derart aufgebrachten Menschen zu beschwichtigen. Dass es sich dabei auch noch um eine Dame und die Thronfolgerin des Landesherrn handelte, machte es ihm ums so schwerer. Zudem trat sie, trotz ihrer Aufregung, sehr bestimmend auf.

Der dunkelhaarige Sir Maurus überließ seinem Bruder aus völlig anderen Gründen die Gesprächsführung. Er wusste, dass Gordian als seancha Möglichkeiten zur Verfügung standen, die Adlige zu beruhigen, die einem einfachen Ordensritter – wie er sich gern bezeichnete – versagt blieben. Vorerst würde er sich nicht einmischen, beschloss er und setzte sich rittlings auf den vor dem Schreibtisch stehenden Stuhl. Die beiden Ritter kannten sich lange genug, um zu wissen, wann einer den anderen brauchen würde, ob im Kampf oder einem Gespräch.

„Ich habe volles Verständnis dafür, dass Ihr so entsetzt seid", fuhr Sir Gordian in ruhigem Ton fort. „Dennoch wäre es sehr freundlich von Euch, wenn Ihr uns alles der Reihe nach erzählen könntet. Erst hernach können wir uns ein möglichst genaues Bild von der Lage machen."

Komtess Candella nickte bestätigend und warf mit einer

energischen Kopfbewegung ihre hellbraune Haarpracht nach hinten. Dann berichtete sie das Wenige, was sie über das Verschwinden ihres Bruders in Erfahrung gebracht hatte.

„Heute Morgen vermisste ich meinen Bruder Cyrill, der sonst in aller Frühe mit mir ausreitet. Ich suchte überall dort, wo er sich gerne aufhielt, fragte jeden, dem ich begegnete, nach seinem Verbleib und schickte Diener los. Ohne Erfolg. Er war nirgends zu finden. Schließlich erfuhr ich von einem Stalljungen, dass er ihn gestern Abend, als er auf dem Nachhauseweg war, gesehen hätte. Cyrill sei so betrunken gewesen, dass ihn zwei Männer stützen mussten. Allein schien er sich überhaupt nicht mehr auf den Beinen halten zu können. Dem Stallknecht kam es seltsam vor, dass mein Bruder sich mit Wildfremden derart gut verstand, um sich so volllaufen zu lassen. Dann jedoch sagte er sich, dass es ihn ja auch nichts anginge, was der Sohn des Herrn trieb." Lady Candella machte eine kurze Pause, in der sie einen Schluck aus dem ihr von Sir Maurus gereichten Becher trank.

Sein Vorgesetzter sah ihn zunächst strafend an, als er von dessen auf dem Schreibtisch stehenden Wein einschenkte. Er unterließ es aber eine Bemerkung zu machen, als er sah, für wen das Getränk bestimmt war.

„Danke!", betonte die junge Frau daraufhin mit einem entsprechenden Blick auf den aufmerksamen Ritter. Als sie fortfuhr, behielt sie das Gefäß in der Hand, um zwischendurch ihre Zunge immer wieder anzufeuchten. „Ich wurde sofort hellhörig, als der Knabe behauptete, Cyrill wäre völlig betrunken gewesen. Das ist schlichtweg unmöglich! So seltsam es klingen mag, aber mein

Bruder verabscheut jegliches berauschende Getränk. Nicht einmal verdünnter Gewürzwein zum Aufwärmen kommt über seine Lippen. Und dann soll er auch noch mit zwei Fremden getrunken haben? Ihr könnt Euch keinesfalls vorstellen, wie argwöhnisch Cyrill sein kann. Seit unser Vater schwer krank ist, besteht die Möglichkeit, dass jeder Tag sein letzter sein kann. Einer von uns beiden wird seine Nachfolge antreten. Ihr kennt die unsichere Lage des Landes. Wir trauen uns mitnichten, ohne Geleit die Burg zu verlassen. Eigentlich dürften wir nirgendwo mehr zusammen hinreiten. Die Gefahr einer Entführung ist einfach zu hoch. Selbst, wenn nur einer von uns verschwinden würde, könnte das für dieses Reich zu einer Katastrophe werden. Solange der Wille unseres Vaters, wen er zum Erben bestimmt noch nicht öffentlich bekannt gegeben worden ist, besteht höchste Alarmstufe. Wie Ihr sicherlich gesehen habt, geleitet mich nur ein Mann meiner Leibwache. Eigentlich sollte ich mit einer Eskorte hier angekommen, die mehr wie ein Belagerungsheer wirkt. ..."

„Entschuldigt, dass ich Euch unterbreche, werte Dame. Das ist bei weitem keinesfalls alles, was Euch davon überzeugt hat, dass Euer Bruder entführt wurde?", unterbrach Sir Gordian ihre Abschweifung.

„Ihr habt recht. Ich berichte Euch wegen des Aufwandes, meine Sicherheit zu gewährleisten bestimmt nichts Neues. Dies dürfte Euch ja auch bekannt sein, schließlich ist die Lage keineswegs erst seit kurzem so misslich", gab sie unumwunden zu. „Da mir der Stalljunge nicht sagen konnte, wohin die Fremden mit Cyrill verschwunden sind, schickte ich Leute los. Ich gedachte, auf diese Art herauszufinden, ob ihn noch jemand gesehen hat. Außerdem ließ ich Schweißhunde auf seine Spur setzen. Leider verloren sie sehr schnell die Fährte. Ich weiß nicht, was die Entführer getan haben, um die Hunde zu täuschen. Die Männer waren da wesentlich erfolgreicher – zumindest einer von ihnen. Er trieb einen Bauern auf, der Cyrill gut kannte. Dieser Landmann erzählte ihm, dass er ihn kurz nach Einbruch der Dunkelheit in Begleitung mehrerer Reiter vorbeireiten sah. Ihm kam seltsam vor, dass mein Bruder nicht allein auf seinem Ross gesessen hätte. Um dies zu melden, befand er sich auf halbem Weg zur Burg, als mein Bote ihn antraf. Cyrill gilt als ausgesprochen fähiger Reitersmann, der keinesfalls freiwillig sein Reittier mit jemandem teilen würde. Auf meine Nachfrage bestätigte der Bauer mir, dass er die Leute nie zuvor gesehen hätte. Außerdem hätte mein Bruder wie ein Betrunkener oder Bewusstloser auf ihn gewirkt."

„In welche Richtung sind sie geritten?", fragte Sir Maurus, während die Frau gleich mehrere Schlucke trank. Die Aufregung und der Wein färbten ihre Wangen rot, was ihr die Strenge und Gefasstheit nahm.

„Sie trabten in den Wald von Amalberg", antwortete sie, als gäbe es keinen Zweifel, welchen Weg sie hätten nehmen können. Ehe einer der Ritter eine weitere Frage an sie richten konnte, fuhr sie fort: „Jetzt möchtet Ihr vermutlich wissen, warum ich mich an Euch wende, wenn die Gefolgsleute meines Vaters die Verfolgung dennoch aufgenommen haben? – Das haben sie eben nicht! Als ich meinem Vater erzählte, was ich Euch soeben berichtet habe, hat er sich schlichtweg geweigert, auch nur einen Mann hinterher zu schicken. Könnt Ihr das begreifen? Ich jedenfalls mitnichten! Ich habe gebettelt, gefleht, ihn verwünscht und getobt, aber er blieb hart."

Trotz der beruhigenden Geste des Heilers, der weiterhin ihre Hand hielt, regte Lady Candella sich auf. Es fehlte nicht viel und sie wäre aufgesprungen. „Was, glaubt Ihr, hat er mir gesagt? Welche Begründung hat er mir gegeben, als ich ihm keine Ruhe ließ? – Er würde nicht einen seiner Männer für das Schandmal seiner Familie opfern! – Wisst Ihr, was das bedeutet? Unser Vater schickt sein eigen Fleisch und Blut in den sicheren Tod. Baron Nistork – ich bin davon überzeugt, dass einzig er dahinter stecken kann – wird vor nichts zurückschrecken. Er wird alles daran setzen, um herauszubekommen, wer der Thronfolger wird und welche Pläne derjenige verfolgt."

„Ich verstehe Eure Angst, werte Dame", mischte sich der Kommandant der Besitzung ein, „dennoch weiß ich nicht, wie ich Euch behilflich sein kann. Die *Bruderschaft der Ritter von den Elementen* ist für derlei Angelegenheiten keineswegs zuständig. Wir sind ..."

„Soll dass heißen, dass Ihr meinem Vater recht gebt?", schrie Candella die Männer an. Sie entriss dem überraschten Sir Gordian ihre Hand und baute sich mit in die Taille gestützten Armen vor ihnen auf.

Ob der ihm geballt entgegenschlagenden Wut zuckte Sir Polykarp zusammen und wich, soweit ihm das seine sitzende Stellung erlaubte, nach hinten aus. Unfähig, etwas zu entgegnen, starrte er die vor ihm stehende Furie mit großen, angsterfüllten Augen wie gebannt an.

Ihre Haare mit einem ärgerlichen Schwung über ihre linke Schulter auf den Rücken werfend, fauchte die Wildkatze weiter: „Euch ist also ein Leben genauso gleichgültig wie ihm! Oder habt Ihr etwa Furcht vor dem kleinen Wichtigtuer an der Grenze? Angeblich gehören Eurer Gemeinschaft nur die besten Kämpfer an, sollte das genauso übertrieben sein, wie alles andere, was über die Elementeritter erzählt wird?"

Ohne eine Antwort abzuwarten, drehte sie sich mit Elan um. „Ich gedachte, hier Hilfe zu finden. Leider muss ich feststellen, dass ich mir den Weg hierher hätte ersparen können! – Daher werde ich die Sache eigenhändig erledigen müssen. Ich habe jedenfalls keine Angst vor diesem Emporkömmling Nistork! Zu viel Zeit ist bereits verstrichen! Wer weiß, was Cyrill inzwischen durchmachen musste!"

Während ihrer Rede blieb sie, mit dem Rücken zum Kommandanten stehend, den Blick starr, aber entschlossen auf die Tür gerichtet. Sie war kein verzärteltes Wesen, das nur darauf angewiesen war, bedient zu werden. Fürstin Candella war die geborene Herrscherin. Wenn sie ihrem Zorn auch Luft gemacht hatte, so hatte sie sich dennoch in der Gewalt. Selbst ihr scheinbares Zögern war wohl berechnet. Sie wollte Sir Polykarp einen Moment zum Nachdenken geben, ob er es verantworten konnte, die Bitte der Thronfolgerin abzuschlagen.

Nach ihren letzten Worten steuerte sie zielstrebig die Tür an. Sie hatte bereits die Faust um die Klinke geschlossen, als sich Sir Maurus zwischen sie und das Türblatt schob. Erschrocken zuckte ihre Hand zurück. Gleichzeitig sah sie den Krieger mit ihren dunklen Augen verblüfft an.

„Werte Dame, erlaubt mir, Euch einen Vorschlag zu unterbreiten", meinte er mit einem schalkhaften Lächeln, das nur sie sehen konnte. Während ihres Wutausbruchs hatte er sich unauffällig erhoben und

110

neben dem Ausgang aufgebaut. Noch bevor sie sich zum Gehen gewandt hatte, hatte zwischen ihm und dem Heiler ein kurzer Blickwechsel stattgefunden. Sie waren sich einig darüber, was die junge Adlige mit ihrem Auftritt bezweckte.

„Maurus, du kannst doch ....", versuchte der Kommandant sich einzumischen, wurde indes von dem dunkelhäutigen Ordensangehörigen unterbrochen.

„Wir werden der Dame helfen! Sie hat völlig recht, dass es unverantwortlich ist, nichts zu tun, wenn der mögliche Thronfolger dieses Landesteils gefoltert und verschleppt wird. Ließen wir das durchgehen, würde sich bald jeder Strauchdieb weit mehr herausnehmen, als er es bereits versucht."

Candella atmete hörbar auf und bedachte den vor ihr stehenden Ritter mit einem dankbaren Lächeln. Daher bemerkte sie nicht, dass sich der Heiler ebenfalls erhoben hatte und hinter sie trat. Erschrocken fuhr sie zusammen, als er sie an den Schultern fasste, um sie zu Sir Polykarp umzudrehen. Anfangs wollte sie sich gegen die Behandlung wehren, unterließ es aber, als der blonde Mann zu reden begann.

„Ich stimme mit Maurus überein", klärte er zunächst seinen Standpunkt. Damit überraschte er seinen Vorgesetzten dermaßen, dass dieser sogleich seinen Einwand vergaß und ihn verdutzt anstarrte. Genau darauf hatte Sir Gordian spekuliert, um entspannt fortzufahren.

„Dennoch lasse ich auch die Bedenken von Sir Polykarp gelten."

Der Kommandant wurde dadurch milder gestimmt, wie unschwer an seinem Gesichtsausdruck zu erkennen war. Das spitzbübische

Lächeln seines Kameraden blieb weiterhin erhalten.

„Die Aufgabe unserer Gemeinschaft ist es, für die Sicherheit unseres Landes zu sorgen. Baron Nistork hingegen stört diese, wo immer er kann. Meist ist ihm zwar nicht nachzuweisen, dass er hinter Überfällen auf Reisende steckt, Händler erpresst oder weitere Straftaten begeht. In diesem Fall stimme ich jedoch mit Fürstin Candella überein. Es muss uns ein Anliegen sein, den Mann und seine Bande entweder zu fangen oder, sollte er sich dem widersetzen, anderweitig unschädlich zu machen. Da Cyrill einer der Thronanwärter des Landes ist, hat dessen Entführung weitreichendere Folgen, als wenn er ein einfacher Händlerssohn wäre. Ich finde, wir sollten uns die Gelegenheit, der Dame zu helfen, ihren Bruder lebendig wiederzubekommen und gleichzeitig einen unserer größten Widersacher auszuschalten, nicht entgehen lassen. Oder seid Ihr anderer Meinung, Sir Polykarp?" Der Ritter legte den Kopf leicht schräg und sah seinen Vorgesetzten spitzbübisch an.

„Du hast mich mit deiner Ausführung überzeugt", fand dieser sich genötigt, ihm zuzustimmen. Was blieb ihm übrig, als den beiden die offizielle Erlaubnis für das Unternehmen zu geben? Ansonsten, war er sich sicher, würden sie einen Weg finden, sich dennoch auf die Spur des Entführten zu setzen.

Gegen Mittag desselben Tages trabten zwölf Reiter der *Bruderschaft der Ritter von den Elementen* aus dem Tor der Niederlassung. Sie machten sich auf den Weg zum Gehöft des Bauern auf, der den Thronanwärter als Letzter gesehen hatte. Es handelte sich dabei um einen Dekanter mit Sir Maurus als ihrem Anführer und Sir Gordian in seiner Eigenschaft als Heiler. Von dort begannen sie ihre Suche nach dem Bruder von Fürstin Candella und die Verfolgung dessen Entführer.

Leider stießen sie erst drei Tage später auf die Gruppe von Männern, welche den vermeintlichen Cyrill in ihre Gewalt gebracht hatten. Sie konnten sie zwar nach einem kurzen Kampf festnehmen, trafen indes den von seiner Schwester schmerzlich Vermissten nicht mehr bei ihnen an. Über ihren Auftraggeber konnten oder wollten sie nichts preisgeben. Somit verloren die Ritter einen halben Tag damit, ihre verwundeten Gefangenen zu der nächstgelegenen Befestigung ihrer Bruderschaft zu bringen.

Da es bereits dunkel wurde, als sie die Tore passierten, beschlossen sie die Nacht im Inneren zu verbringen und ihre Suche beim ersten Tageslicht fortzusetzen. Die Maßnahme erwies sich als ausgesprochen sinnvoll, da sie erholt und gestärkt aufbrechen konnten. Zusätzlich erhielten sie von ihren Mitbrüdern Kunde über vermeintliche Gefolgschaften des Barons im Grenzgebiet.

Die Schlussfolgerungen aus der bisherigen Fluchtrichtung und den Auskünften ersparten den Verfolgern eine lange und mühselige Nachforschung. Nach Abwägung aller Fakten, entschlossen sie sich, geradewegs auf die Feste Struck zuzureiten und in deren Nähe ihr Lager aufzuschlagen. Vor Ort wollten sie herausfinden, ob sich der Gesuchte dort befand und wenn ja, wo er gefangen gehalten wurde.

Bedauerlicherweise erwies sich das letztere Vorhaben als äußerst schwierig. Die Festung war sehr gut gesichert und wurde kaum von Fremden aufgesucht. Zum Glück kamen ihnen gleich mehrere Umstände zugute. Zum einen handelte es sich um die Ungeduld und

Ruhelosigkeit Baron Nistorks, gleichzeitig spielte ihnen die Angst Vasir Vatgers vor den jüngst zunehmenden Patrouillen der Elementeritter in der Nähe seiner Befestigung in die Hände.

Nachdem sie den Aufenthaltsort Nistorks herausgefunden hatten, setzten sie sich im Morgengrauen auf dessen Fährte.

Der Freiherr brach auf, umgeben von seinen Männern und dem gefesselten, geknebelten und mit einer Augenbinde versehenen Knappen zwischen sich.

Gerne hätten sie die Entführer bereits außer Sichtweite der Feste dingfest gemacht. Aus Rücksicht auf den Gefangenen entschlossen sie sich, einen wesentlich geeigneteren Moment abzuwarten. Den glaubte Sir Maurus bei dem ersten Halt gegen Mittag für gekommen. Aufgrund der schlechten Verfassung Cyrills und dessen Verzögerungsbemühungen, die einzig für die geübten Augen des Heilers erkennbar waren, warnte Sir Gordian jedoch davor.

Außerdem hinterließ einer von Nistorks vermeintlichen Spießgesellen ihnen geheime Nachrichten in Form von Symbolen, welche lediglich den Mitgliedern der Ordensgemeinschaft bekannt waren. Auch er riet, noch auszuharren, da sie am Abend an einer für den Zugriff der Elementeritter geeigneten Stelle ihr Lager aufschlagen würden.

„Sir Maurus wog die Bedenken unseres Gewährsmannes und die meinigen kurz gegeneinander ab. Daraufhin entschloss er sich, nicht nur das Tagesende abzuwarten. Nach Rücksprache mit allen Brüdern kam er zu der Erkenntnis, dass ein Angriff am frühen Morgen den größten Erfolg haben würde. So wurde es dann auch gehalten, wie du ja weißt", beendete der Heiler seinen Bericht und blickte mich erwartungsvoll an.

Zunächst konnte ich nichts sagen. Allein der Umstand, dass Fürstin Candella sich an den Orden gewendet hatte, überraschte mich. Gerade sie musste ja wissen, dass ihr Bruder Cyrill keinesfalls das Entführungsopfer war. Dennoch schien ihr viel an mir zu liegen. Zufällig hatte ich sie kennen und dabei schätzen gelernt. Sie hatte ein angenehmes Wesen und litt mitnichten unter der Krankheit einiger Adliger: der Überheblichkeit. Trotzdem konnte ich mir vorstellen, dass sie durchsetzungsfähig war. Aufgrund der Schilderung des Verhaltens der Regentin war ich davon überzeugt, dass der Ritter mir keineswegs Märchen erzählt hatte. Kein Außenstehender hätte sich diese Szene derart überzeugend ausdenken können.

Natürlich war ich froh über das Eingreifen von Cyrills Schwester. Dennoch traf mich der Umstand hart, dass sein Vater ihn als Schandmahl der Familie beschimpft hatte und er für ihn keinen seiner Männer opfern würde.

„Ohne die Einmischung der Dame Candella wäre ich einfach verreckt!", entfuhr mir mein nächster Gedanke ungewollt laut. Ich schüttelte den Kopf, weil ich es nicht begreifen konnte. Momentan fühlte ich mich enttäuscht und ausgenutzt. Noch hatte die Wut keinen Raum in mir gefunden. Dennoch verstand ich nicht, weshalb sich mein Dienstherr, Sir Thurid, keine Sorgen um mich gemacht hatte. Eigentlich wäre es an ihm gewesen, sich auf die Suche nach mir zu machen. Wer oder was hatte ihn davon abgehalten?

Mein Blick war starr auf die gegenüberliegende Wand gerichtet, ging dennoch ins Leere. Nichts schien mehr für mich fassbar, nichts mehr vorhanden zu sein: die warmen Sonnenstrahlen, welche durchs Fenster auf meine Bettdecke fielen, das Bett, das Zimmer ... ich selbst. Alles war in dichtem Nebel versunken. Sogar meine Gedanken hatte er verschluckt.

Da griff eine Hand nach meiner bewegungslos auf dem Laken liegenden Linken.

Zunächst zuckte ich zusammen, in dem Bestreben sie Sir Gordian sofort wieder zu entziehen. Als von seiner eine beruhigende Strömung ausging, überließ ich ihm die meinige einfach. Die Berührung fühlte sich angenehm an und half mir, die Verbindung in die wahrhaftige Welt wiederzufinden.

Der Nebel verschwand so schnell, wie er aufgetaucht war. Dankbar sah ich Sir Gordian an.

Für einen Moment glaubte ich, in ein besorgt blickendes Gesicht zu schauen. Vermutlich war ich einer Täuschung erlegen, denn sein Lächeln schien von innen heraus zu strahlen. So hurtig konnte wohl niemand die Stimmung wechseln!

Je länger ich ihn ansah, desto mehr überstrahlte ein von seiner Hand ausgehendes und in mich strömendes Hochgefühl meine Niedergeschlagenheit. Nach wenigen Augenblicken lächelte ich zurück und kurz danach tat ich etwas, das ich mit solcher Ehrlichkeit und tiefster Überzeugung niemals zuvor getan hatte: Noch bevor er es verhindern konnte, zog ich seine Hand an meine Lippen.

Hastig entzog er sie mir, schüttelte bestürzt den Kopf und sprang auf. Er war nahe daran, aus dem Zimmer zu laufen, als er sich im letzten Moment wohl besann. Mit einem Seufzer sank er auf seinen Platz. Sichtlich erschüttert fuhr er sich mit beiden Händen durchs

Gesicht.

Sein Verhalten fühlte sich wie eine Ohrfeige an. Mein Hochgefühl wich Verwirrung. Ich versuchte, mich aufzusetzen, was mir aufgrund meiner Schwäche nicht gelingen wollte. Die durch die lange Bettruhe erschlafften Muskeln würden noch einige Übung brauchen, um ihren alten Leistungsstand wieder zu erreichen. Mein Körper war alles andere als bereit, mir erneut zu gehorchen. Vollkommen außer Atem und total erschöpft gab ich schließlich auf.

So kurz meine vergebliche Mühe auch gewesen war, so hatte diese Zeit dem Heiler völlig ausgereicht, sich zu fassen. Mit einem verständnisvollen Lächeln sah er mich an, während er sich mit seiner Entschuldigung an mich wandte.

„Es tut mir leid, Calan!", begann er vorsichtig nach Worten suchend. „Ich hätte niemals so heftig handeln dürfen, ... aber ich hätte nimmermehr gedacht, ... dass meine Hilfe ... dich zu einer solchen Handlung reizen könnte."

Augenscheinlich wusste er mit seinen Händen nichts anzufangen. Im Wechsel knetete er sie oder strich sich mit ihnen eine nicht vorhandene Haarsträhne aus seinem Gesicht.

„Ich ... wollte ... Euch ... keinesfalls ...", versuchte ich ihm aus seiner Verlegenheit zu helfen. Mein schneller Atem und die Erschöpfung hinderten mich daran, einen einfachen Satz zu sagen, ehe er sich kopfschüttelnd über mich beugte.

Noch bevor ich ein weiteres Wort kundtun konnte, lag bereits sein Zeigefinger auf meinen Lippen.

„Versprich mir, dass du vergisst, wie ich der Ehre, welche du mir erwiesen hast, begegnet bin!", forderte er mich auf. Er hatte seine

Fassung wiedergefunden. „Ich möchte mich nochmals in aller Form bei dir entschuldigen und dir danken."

Verwirrt blickte ich ihm in die Augen. Sein Blick nahm mich derart gefangen, dass ich ohne zu zögern nickte. Daraufhin entfernen er seinen Finger von meinen Lippen und trat einige Schritte vom Bett zurück.

„Nach der ganzen Aufregung solltest du etwas schlafen!" Es klang eher wie ein Befehl, als eine Bitte. „Ich werde später wieder nach dir sehen." Noch während er sprach, wandte er sich zur Tür und verließ das Zimmer.

Erschöpft und durcheinander starrte ich auf das hölzerne Türblatt. Ich fragte mich: *Was soll das?*

*

Meine Genesung schritt innerhalb der folgenden Tage hurtig voran. Das lag wohl auch an der Kraftströmung, welche von Sir Gordian ausging, wenn er mich an jedem Morgen kurz nach Sonnenaufgang das erste Mal aufsuchte. Bei diesen Besuchen tauschten wir einzig Kunde über meinen Gesundheitszustand aus, bevor er seine Hand auf meinen Unterarm legte und die Augen schloss. Sofort verspürte ich die warme Heilströmung dort eindringen und sich in meinem Körper ausbreiten. Ich genoss die wenigen Augenblicke der völligen Entspannung und Ausgeglichenheit meist so sehr, dass ich stets dabei einschlief. War das einmal nicht der Fall, sah ich, wie Sir Gordian wortlos und überstürzt mein Gemach verließ. Oft sah er ausgelaugt und blass aus. Die Kraftübertragung schien ihn gewaltig anzustrengen.

Ich wagte ihn keinesfalls darauf anzusprechen, da bereits das Ereignis, bei dem ich ihm meinen Dank bezeugt hatte, ihn derart fassungslos handeln ließ. So schwiegen wir beide darüber.

*

Der Winter brach plötzlich und überaus heftig an. Von einem Tag auf den anderen sorgte keineswegs nur der massive Schneefall dafür, dass meine Abreise unmöglich wurde. Gleichzeitig tobten auch die von den Bergen kommenden Winterstürme um die dicken Mauern der Niederlassung des Ordens.

Sir Maurus schenkte mir zunehmend mehr Zeit, je weniger Aufgaben er auf dem abgelegenen Außenposten finden konnte. Sichtlich beunruhigt überbrachte er mir schließlich diese Botschaft. Dabei teilte er mir mit, dass er bereits kurz nach unserer Ankunft einen Brief an Sir Thurid gesandt hätte. Darin hatte er ihm von meiner Rettung und meinem Gesundheitszustand berichtet. Sicherheitshalber habe er ihm meine Rückkehr erst für den Frühling versprochen, da er mit dem Wetterumschwung längst gerechnet hätte.

Trotz der keineswegs rosigen Aussicht, mindestens vier, eher fünf Monate hier eingesperrt und von der Außenwelt völlig abgeschnitten zu sein, war ich dennoch erleichtert. Zumindest wusste mein Dienstherr, dass ich mich in Sicherheit befand. Wo anders wäre ich wohl geschützter gewesen als auf einer Besitzung des *Ordens der Ritter von den Elementen* mitten im Nirgendwo? Warum er die Fürstentochter nicht benachrichtigt hatte, war mir indes ein Rätsel.

Schließlich hatte sie für meine Rettung gesorgt. Vielleicht hatte er es doch getan und fand es nicht notwendig, mir dies zu sagen.

*

Eines Abends saßen Sir Maurus und ich in seinem Gemach vor dem wärmenden Kamin und sprachen über dies und das.

„Ich möchte Euch in keinerlei Hinsicht zu nahe treten, Sir Maurus", wechselte ich abrupt das Thema. Ich hatte kurz darüber nachgedacht, wie ich beginnen sollte. Nun lehnte mich in meinem Sessel zurück. „Aber ich fürchte, dass ich Euch nur eine Last bin."

Der dunkelhaarige Ritter wollte etwas einwenden, doch ich winkte ab. „Wegen mir sitzt sowohl Ihr als auch Sir Gordian, den gesamten Winter über hier, abseits aller Siedlungen, fest. Sicherlich habt Ihr Euch Euren Dienst ganz anders vorgestellt, als auf einen Knappen achten zu müssen. Seid ehrlich: Für einen Mann wie Euch kommt dieser Zustand schon einer Bestrafung gleich."

„Ich gebe zu, dass du die Lage richtig einschätzt", stimmte er mir erstaunlich schnell zu, überraschte mich dennoch mit seiner Frage. „Aber fühlst du dich nicht schlechter als ich? Ich kann mir gut vorstellen, dass du, obwohl wir dich befreit und gesund gepflegt haben, weiterhin das Gefühl hast ein Gefangener zu sein."

Um mir Zeit zu einer Antwort zu verschaffen, erhob er sich und legte einige Holzscheite nach, wenngleich dem Feuer genug Brennstoff zur Verfügung stand. Nachdem er mir gegenüber wieder Platz genommen hatte, blickte er mich mit einem verschmitzten Lächeln an.

„Ich will ehrlich sein, denn es liegt keineswegs in meiner Natur, diejenigen zu belügen, die mir geholfen haben", versuchte ich, Aufschub zu gewinnen. Mir war klar, dass ich etwas erwidern musste und dass die Äußerung eine Beleidigung des Ritters war. „Ja, ich komme mir erneut wie ein Gefangener, aber auch pflichtvergessen vor. Diesmal allerdings befinde ich mich hinter den schützenden Mauern einer Niederlassung des Ordens. Ich schätze es, ein Knappe dieser Gemeinschaft zu sein. Und nochmals: Ja, ich fühle mich eingesperrt. Wenn gleichwohl die Umstände gänzlich andere sind. Unser aller Kerkermeister ist der Winter. Dennoch bin ich der Überzeugung, dass es eine Möglichkeit gäbe, mich auf den Weg zu meinem Dienstherrn zu machen. Mir dünkt, dass Ihr dagegen seid. Seit Sir Gordian mir erlaubt hat, kleinere Aufgaben zu übernehmen, überwacht mich jemand, den ich bisher sehr geschätzt und verehrt habe. Ich weiß nicht, was Ihr damit bezweckt, mich hier festzuhalten, Sir Maurus. Ihr wisst, dass ich Sir Thurid diene, so lange er ..."

Mir kam plötzlich der Verdacht, meinem Dienstherrn wäre etwas zugestoßen. Oder hatte er sich von mir losgesagt, weil er annehmen musste, dass ich dem Orden den Rücken gekehrt hatte? Wollte der dunkelhäutige Ritter mich deshalb auf keinen Fall gehen lassen? Glaubte er gar, dass ich ihn bitten würde, die Stelle Sir Thurids einzunehmen? Wir wussten beide, dass es gegen die Ordensregeln verstieß, wenn er mich dazu zwingen würde. Die Beziehung zwischen Ritter und Knappe musste freiwillig eingegangen werden.

Die Handlungsweise des Recken war alles andere als vorhersehbar, denn er lachte aus vollem Hals. Ich sah ihn verständnislos an. Was war an meinen Worten so komisch gewesen?

„Du glaubst also, dass Sir Thurid verletzt oder gar tot ist?", begann er, nachdem er sich so plötzlich, wie er zu lachen begonnen hatte, wieder beruhigte. Während er sprach, schien er erkannt zu haben, dass es eine weitere Möglichkeit gab. „Aber nein! Du befürchtest, dass dein Dienstherr dich freigegeben hätte." Etwas nachdenklicher fuhr er fort: „Hätte Sir Thurid denn einen Grund, den Vertrag mit dir zu lösen, Calan? Du bist weder freiwillig mit deinen Entführern mitgegangen, noch hast du gegen eine Ordensregel verstoßen. Im Gegenteil! Hättest du deine Geiselnehmer nicht bis zuletzt in dem Glauben gelassen, dass du Cyrill wärst, ..." Sir Maurus Geste zeigte mir eindeutig, dass er davon überzeugt war, dass mir die Kehle durchgeschnitten worden wäre.

Ich schluckte, obwohl mir dieser Umstand zur Genüge bekannt war. So manches Mal glaubte ich, meine Entführer nahe an der Schwelle stehen zu sehen.

Gerade wollte ich zu einer Entgegnung ansetzen, als die Tür geöffnet wurde und Sir Gordian eintrat. Erstaunt über sein unplanmäßiges Erscheinen, vergaß ich, was ich sagen wollte. Stattdessen sah ich ihn auffordernd an.

Er wartete, bis er die Tür hinter sich geschlossen hatte, ehe er zu reden begann. „Ich dachte mir, es würde dich erfreuen, eine Nachricht von Sir Thurid zu erhalten, Calan."

Ganz selbstverständlich rechnete ich damit, von ihm ein Schriftstück ausgehändigt zu bekommen. Ich bedachte nicht, dass bei diesen Wetterverhältnissen weder ein menschlicher noch ein tierischer Bote zu uns gelangen konnte. Als ich ihm folglich die Hand entgegenstreckte, um den Brief in Empfang zu nehmen, lachten beide Ritter im gleichen Augenblick los.

Da ich mir ihren Heiterkeitsausbruch nicht erklären konnte, fuhr ich sie ärgerlich an: „Was ist daran so lustig, wenn ich das angekündigte Schreiben selbst lesen möchte?"

„Schreiben ...!", prustete der dunkelhaarige Mann der mir gegenübersaß los. Er steigerte sein Gelächter nochmals ungeachtet meiner wütenden Miene.

Der Heiler fasste sich schneller und klärte mich, wenn auch stockend, über meinen Irrtum auf. „Es gibt ... keine ... Niederschrift! ... Die Botschaft ... kam auf ... anderem Wege!"

Viel schlauer war ich zwar immer noch nicht. Dennoch sagte ich mir, dass ich wohl abwarten müsste, bis er sich gänzlich beruhigt hatte, um zu verstehen, was er mir damit kundtun wollte. So blickte ich die beiden stirnrunzelnd an. Trotzdem dauerte es eine für mich endlos erscheinende Weile, bis ich erfuhr, auf welche Weise die Kunde hierher gelangt war. Ich vernahm, dass nur wenige Mitglieder der Bruderschaft über die Möglichkeit verfügten, sich über weite Entfernungen gedanklich auszutauschen. Diese Art der Verständigung war sehr anstrengend für Sender und Empfänger. Daher wurde sie normalerweise nur angewendet, wenn die Mitteilung äußerst wichtig und dringlich war.

Was Sir Thurid mir übermitteln ließ, war weder das eine noch das andere. Darob empfand ich es als außerordentliche Ehre, dass für uns eine Ausnahme gemacht worden war. Deshalb bedankte ich mich bei den anwesenden Ordensangehörigen. Beide taten dies mit einer wegwerfenden Geste ab. Meine Unwissenheit wegen der Übermittlungsweise sei für sie eine willkommene Erheiterung in den trüben, langweiligen Tagen gewesen.

„Damit du keinen Zweifel an der Echtheit der Botschaft hast, gebe ich sie wortgetreu wieder", merkte Sir Gordian an.

»Calan, kausi[21],«, begann Sir Thurid, wie er schriftliche Nachrichten an mich immer anfing. »Ich bin erleichtert, dich in der Obhut des Ordens zu wissen. Sicherlich kannst du dir vorstellen, dass es mich erschüttert hat, als ich erfuhr, in welchem Zustand du aufgefunden wurdest. Mittlerweile, so teilte man mir mit, bist du fast genesen. Unglücklicherweise verhindern der plötzliche Wintereinbruch und die große Entfernung deine rasche Heimkehr. Andererseits hat dieser Umstand den Vorteil, dass du genügend Muße hast, deine Fähigkeiten zu erweitern. Deshalb bitte ich dich, die Zeit zu nutzen, um mit einigen Ordensbrüdern deine Waffenkenntnisse zu schulen und von ihnen zu lernen. Gewiss wird sich einer der Brüder bereit erklären, deine geistige Ausbildung für die Spanne deines unfreiwilligen Aufenthalts auf der Feste zu übernehmen.

Sobald es das Wetter zulässt, werde ich dich entweder selbst abholen oder einen Weg finden, dich zu mir bringen zu lassen.

Mach mir und dem *Orden der Ritter von den Elementen* Ehre!

Die Götter mögen dich schützen, mein Kätzchen!

Sir Thurid, RdOvdE«

„Schnurrst du auch?", machte sich der dunkelhäutige Ritter über die Anrede als Katze lustig.

---

21 kausi = Katze

„Wenn Ihr mir Grund dazu liefert, Sir Maurus", konterte ich frech.

„Demnach wäre also geklärt, wer dich mit den Waffen schult", stellte Sir Gordian mit einem hinterhältigen Lächeln fest.

Überrascht blickte sein Ordensbruder ihn an, ehe er mich musterte. „Bist du dir sicher, dass ich der geeignete Waffenmeister für dieses Kind bin?"

„Völlig. Im Gegensatz zu dir habe ich verstanden, weshalb Thurid Calan als Kätzchen bezeichnet. Du wirst dich wundern, welche Fähigkeiten in dem zarten Leib stecken."

„Sei's drum. Da ich ansonsten vor Langeweile umkomme, werde ich deiner Bitte nachkommen, Gordian", zeigte Sir Maurus sich einverstanden. Seine verschlagene Miene verriet, bereits ehe er sprach, dass er einen Hintergedanken hatte. „Und, wie ich dich kenne, übernimmst du seine geistige Schulung mit Freude."

„Es sei!", entgegnete der blonde Heiler. „Es ist mir eine Ehre, unserem Ordensbruder Thurid diesen Gefallen zu erweisen. Ich wollte schon immer einmal wissen, wie wissbegierig und lernfähig Katzen sind."

Ich blickte von einem zum anderen und nickte ihnen erfreut zu. „Ich werde meinen Dienstherren nicht beschämen. Seid bedankt, dass Ihr meine Ausbildung fördern wollt."

Vielleicht hätte ich die Worte nicht so unbedarft ausgesprochen, wenn ich gewusst hätte, wie hart ich sowohl körperlich, als auch geistig würde arbeiten müssen. Dennoch lernte ich weit mehr, als ich es normalerweise in dieser Zeitspanne bei Sir Thurid getan hätte.

Als dieser mich nach der Schneeschmelze abholte, wäre ich gerne noch etwas geblieben. Doch mein Knappeneid band mich an diesen Ritter, obgleich ich mir vorstellen konnte, unter Sir Maurus und Sir Gordian gleichzeitig zu dienen.

So verließ ich mit einem lachenden und einem weinenden Auge die Festung in den Bergen.

8. Kapitel: Nercc und die falsche Schwester

Obgleich Baron Nistork unfair kämpfte, hatte er gegen Sir Maurus keine Chance. Leider sah der Freiherr dies überhaupt nicht ein. Selbst, als der Elementeritter ihn bereits entwaffnet hatte, verhöhnte er ihn noch. Ihn kümmerte keineswegs, dass seine Beleidigungen an dem dunkelhäutigen Ordensritter abprallten. Erst, als Sir Maurus ihn fesseln wollte, schien er zu begreifen, dass er ins Hintertreffen geraten war. Aber auch das gedachte er mit einer Dreistigkeit ohnegleichen wettzumachen. Er ergab sich scheinbar, hielt indes plötzlich ein Stilett in der Hand, mit dem er auf Sir Maurus Herz zielte.

Sir Maurus hingegen hatte sich nicht täuschen lassen. Wie alle Ritter, welche an der Grenze zur Baronie patrouillierten, war er mit den Machenschaften und dem Charakter des Freiherrn vertraut. Daher überraschte diese Finte ihn in keinster Weise. Eine andere Sache jedoch war es, seinem Gegner die kleine Waffe zu entwinden, ohne sich oder ihn zu verletzen.

Bei dem Handgemenge geschah, was der Recke zu vermeiden suchte. Baron Nistork rammte sich die Klinge selbst in die Brust. Mit verwundert aufgerissenen Augen stürzte der Freiherr entleibt zu Boden.

Vorsichtig überzeugte Sir Maurus sich vom Tod des Mannes, ehe er zu seinen Kameraden eilte, um ihnen mit den Gefangenen behilflich zu sein. Im Gegensatz zu ihrem Anführer hatten Nistorks Kumpane sofort aufgegeben, als sie der *Ritter vom Orden von den Elementen* ansichtig wurden.

Hätte der dunkelhäutige Ordensritter eine Weile bei dem Hingeschiedenen verharrt, wäre er Zeuge eines seltenen Vorganges geworden.

Im gleichen Augenblick, da die Seele des Freiherrn den Leib verließ, glitt ein ansass hinein. Ihm blieben nur wenige Momente, um den Körper zu übernehmen und sich in ihm einzurichten. Um ihn erneut zu beleben, hatte er nur einen sehr kleinen Zeitrahmen. Doch dank seiner Magie gelang es ihm, das Herz neuerlich zum Schlagen zu bewegen. Damit schaffte er die Voraussetzung, dass auch die anderen Organe ihre Aufgaben wieder aufnahmen.

Um die wiederum blutende Wunde zu schließen und das Gewebe sogleich zu heilen, riss er sich das Stilett blitzschnell aus der Brust. Flugs begann die Gesundung. Gleichzeitig schlossen sich die Löcher in Hemd und Wams und die Blutflecken verschwanden.

Der nächste Schritt forderte von dem ansass viel Kraft, da er den Leib nun dem angleichen musste, den Calan für ihn erträumt hatte. Nur durch diese Umwandlung würde er endgültig seinen Geist und seine Seele mit dem Körper verbinden.

Catandra, Göttin der Erde, gewähre mir deine Hilfe, indem du mir die Erlaubnis gibst, Stärke aus deinem Reich zu ziehen!, bat er in Gedanken und streckte sich auf dem Rücken liegend aus. Dadurch nahm er so viel Körperkontakt mit dem Boden auf, wie es ihm möglich erschien.

Bereits kurze Zeit später durchströmte ihn eine wärmende Welle. Die Gottheit hatte seine Bitte erhört.

„Ich danke dir!", flüsterten die Lippen erste Worte. Doch noch war es der Leib des Freiherrn, der den ansass umschloss.

Er rief sich die Gestalt genau ins Gedächtnis, die Calan erträumt hatte. Dann begann er sich von Kopf bis Fuß in denjenigen zu verwandeln, der künftig als der vierte der *Sieben Mönche* leben würde. Sein Name war Nercc[22].

Kaum war seine Verwandlung geglückt, erhob er sich gemach und fahrig. Nach der langen Zeit, in der er körperlos in seinem Gefängnis verharrt hatte, fühlte sich seine neue Daseinsform seltsam ungewohnt an. So sahen seine Bewegungen recht unbeholfen aus. Er kam sich vor wie ein kleines Kind, das zum ersten Mal die Möglichkeiten erkundet, wie und wozu es seinen Körper einsetzen kann. Dennoch stellte er fest, dass Baron Nistork eine vorzügliche Wahl gewesen war. Später würde er sich auch bei Calan für seinen guten Geschmack, was sein Aussehen betraf, insgeheim bedanken. Hierzu benötigte er eine spiegelnde, ruhige Wasserfläche. Magie wollte er für solche Eitelkeiten nicht verschwenden, das würde ihm zu viel Energie rauben.

Nur langsam kam die Erinnerung zurück, wie es sich anfühlte, einen Leib zu beherrschen. Es würde einige Wochen dauern, bis er sich mit der unbekannten Hülle für seinen Geist vertraut gemacht hatte. Nercc beschloss, sich dafür eine Höhle oder verlassene Hütte zu suchen.

Geschwächt, aber tatendurstig, verließ er den Ort, an dem der Freiherr umgekommen war. Niemand würde den schwarzhaarigen, gebräunten Ritter in den grünen Gewändern mit Baron Nistork in Verbindung bringen.

---

[22] Nercc = Krieger

Natürlich wunderte sich Sir Maurus, als er an den Platz zurückkehrte, an dem er den Toten zurückgelassen hatte. So schnell hätte seiner Ansicht nach kein Raubtier die Leiche davonschleifen können. Er fand auch nicht die geringsten Anzeichen, die darauf schließen ließen. Dafür aber die Abdrücke von Stiefeln. Die Spuren führten ins Gebüsch.

Normalerweise hätte den Ritter das Verschwinden, eines von ihm Getöteten und zum Wiedergänger Erwachten, beunruhigt. Diesmal jedoch grinste er nur.

„Ich hätte nie gedacht, dass ich die Rückkehr der ansassi erleben würde", flüsterte er und kehrte zurück zu seinen Kameraden. Einzig dem seancha Gordian teilte er seine Entdeckung mit. Durch ihn hatte er schließlich erfahren, was sich ereignen würde.

*

Von einer zweiten Angelegenheit, welche mit den ansassi in Verbindung stand, erfuhren nur die magisch begabten Wesen Glendalachs. Es handelte sich um den Auftritt von Cyrills Schwester.

Die wirkliche Candella wusste gar nichts und würde auch nie von der geplanten Entführung ihres Bruders erfahren. Zu ihren Gunsten nahmen alle Eingeweihten an, dass sie sich ähnlich aufgebracht gebärdet hätte wie die Dame, die sich für sie ausgegeben hatte. Wahrscheinlich hätte sie im gleichen Sinne gehandelt.

In Wahrheit offenbarte sich hier eine mimische Glanzleistung der ansass Jyoti. Ihr ainich mai laf[23] Nercc hatte sich mit ihr geistig

---

[23] ainich mai laf = Bruder im Geiste

verbunden und sie um ihre Hilfe ersucht. Gleichzeitig spielte Nissi ihren Leibwächter.

Jyoti war von Calan vor genau einem sekel[24] befreit worden. Somit war sie mittlerweile völlig mit ihrem Leib verschmolzen. Als ansass konnte sie ihr Äußeres zwar nicht nach Belieben verändern, aber Menschen mit Magie täuschen. Da Calan sie in Anlehnung an das Aussehen Candellas erträumt hatte, fiel es ihr nicht schwer, ihnen die Fürstentochter vorzugaukeln. Alle Kunde, die ihr nützlich bei ihrem Spiel erschien, erhielt sie aufgrund der Fähigkeit, Gedanken lesen zu können. Auch Entfernungen zu überwinden stellte für die meisten Lebewesen ihrer Art eine leichte Übung dar. Hinzu kam das Vermögen, Menschen zu beeinflussen, welches die ansassi meisterhaft beherrschten.

Sämtliche Talente zusammengenommen machten diese Geschöpfe so gefährlich. Niemand konnte voraussehen, ob sie ihre Fertigkeiten zum Guten oder zum Bösen einzusetzen gedachten. Deshalb wurden sie sowohl von den Göttern als auch von den ursassi beobachtet.

Bei der Rettung des Knappen hingegen bedeutete der Einsatz von Jyotis Magie die einzige Chance, einen der Ihren zu befreien. Gleichzeitig war es wichtig das Leben Calans zu erhalten, da nur er in der Lage war, alle *Sieben Mönche* zu erwecken.

Natürlich hätte die ansass nicht den Umweg über den Orden wählen müssen. Ihr selbst wäre es jetzt, da sie einen Körper besaß, durchaus möglich gewesen, Calan aus den Klauen Baron Nistorks zu retten. Dadurch hätte sie allerdings die Übernahme eines menschlichen Leibes durch ihren *Bruder im Geiste* gefährdet. Der

---

[24] sekel = Jahr

Vorgang war nur aussichtsreich, wenn das ausersehene Opfer ohne die Mithilfe eines der *Sieben Mönche* zu Tode kam. Außerdem musste der Knappe Calan in der Nacht zuvor die äußere Gestalt des ansass erträumt haben. Trat einer dieser Umstände nicht ein, gab es für das geistige Wesen keine Möglichkeit, sich selbst einen menschlichen Körper zu nehmen.

9. Kapitel: Im Untergrund

Je älter ein Page wurde, desto mehr Aufgaben teilte man ihm in der Niederlassung zu. Gleichzeitig weiteten sich die Zeiträume aus, in denen er lernen musste. Für mich hingegen, der ich meinen Alterskameraden in vielen Bereichen zwei sekels voraushatte, blieb genug Muße.

In meinem neunten Sommer entdeckte ich einen versteckten Einstieg unterhalb des Westturms. Da die abwärts führenden Stufen völlig zugewachsen und auch noch hinter Gesträuch verborgen waren, wurde er augenscheinlich schon seit längerem nicht mehr genutzt. Genau dieser Umstand reizte meine Neugierde.

Bereits am Nachmittag des folgenden Tages schlich ich mich in den ummauerten Garten, der an den Turm grenzte. Vorsichtig schlängelte ich meinen Leib zwischen den Büschen hindurch, um möglichst keine Spur zu hinterlassen. Meine Entdeckung sollte nur mir allein gehören.

Anschließend huschte ich die überwucherte Steintreppe hinab. Das auf den einzelnen Stufen wachsende Gras und die Kräuter würden sich recht schnell nach meiner nur flüchtigen Berührung wieder aufrichten.

Unten angekommen, stand ich vor einer niedrigen, eisenbeschlagenen Holztür. Neugierig drückte ich die Klinke herunter. Zwar ließ sich die Tür nicht so leicht wie eine ständig benutzte öffnen, dennoch schaffte ich es mit ein wenig Schieben und Drücken. Ein schabendes Geräusch ertönte, welches zum Glück nicht sehr laut war. Ich hielt inne und überzeugte mich lauschend davon,

133

dass es niemanden angelockt hatte. Erst danach schlüpfte ich durch die schmale Öffnung. Gerne hätte ich die Tür hinter mir geschlossen, um mein Eindringen möglichst lange geheim zu halten. Allerdings hätte ich es damit drauf ankommen lassen, dass durch das nochmalige schabende Türgeräusch doch jemand auf mein Tun aufmerksam geworden wäre.

Rasch huschte ich in das halbdunkle Gelass. Zwar wurde nur ein kleiner Bereich durch den schmalen Streifen des hereinfallenden Tageslichts beleuchtet, dennoch reichte dies für meine Augen aus. Auch konnte ich weder etwas hören, noch fühlen, was mir Gefahr durch ein anderes Lebewesen angezeigt hätte. Einzig der feuchte Geruch abgestandener Luft gefiel meiner empfindlichen Nase gar nicht. Andererseits reizte mich gerade das daraus entspringende Wissen, dass sich an diesem Ort lange kein Mensch mehr aufgehalten hatte.

Obwohl sich meine Augen immer mehr an das Halbdunkel gewöhnten, entschloss ich mich dazu, die Kerze in meiner mitgebrachten Laterne zu entzünden. Noch war mein Feuerstein trocken, womit es für mich einfach war, eine Flamme zu schlagen. Ob das so bleiben würde, wenn ich tiefer eindrang, konnte ich zu diesem Zeitpunkt keinesfalls wissen.

Die Laterne in einer Hand leuchtete ich in einem Halbkreis um mich herum den Raum aus. Ich stellte fest, dass er die gesamte Grundfläche des Turms ausfüllte. Der Boden bestand aus staubbedeckten Steinplatten, die Wände aus dem gleichen Stein wie die oberirdischen Mauern des Gebäudes. Ein paar Spinnen und Asseln huschten schnell aus dem Lichtkreis. Sowohl meine Ohren als auch meine Nase hatten bereits beim Eintreten diese kleinen Bewohner bemerkt. Daher wunderte ich mich nicht über die Tierchen.

Eine Einrichtung gab es nicht. Allerdings verriet mir mein Gefühl, dass sich hier einmal eine Wachstube mit Tisch und Bänken befunden hatte. Wenn dies auch schon lange her war, so blitzte vor meinem inneren Auge kurz ein Bild von dem auf, wie es hier einmal ausgesehen hatte.

Gegenüber des Eingangs befand sich eine weitere eisenbeschlagene Tür, die mit einem Balken verschlossen werden konnte. Das Holz war schon lange verschwunden, doch die zu beiden Seiten der Tür an der Wand befestigten Halterungen zeugten davon.

Mit festen Schritten ging ich auf die Pforte zu. Ich hoffte, dass sich das Holz nicht so stark verzogen hatte, damit meine Kraft ausreichte, um die Tür zu öffnen. Meine Bedenken zerstreuten sich sofort. Mühelos ließ sich die Klinke herunterdrücken und das erstaunlicherweise trockene Türblatt aufgrund der rostfreien Scharniere bewegen.

Hinter dem Eingang in das Reich unterhalb der Feste erwartete mich ein langer Gang, von dem sowohl mehrere Flure, als auch Türen abzweigten.

Ich streckte zunächst meinen Arm aus, um mit der Laterne den mit Steinplatten belegten Boden, die Wände und die in einem Rundbogen gemauerte Decke zu beleuchten. Zu meinem Erstaunen waren sie alle genauso trocken wie auch die Luft. Normalerweise hätte dieser Keller die Bodenfeuchtigkeit aufnehmen müssen.

Kopfschüttelnd betrat ich den Gang. Spinnweben spannten sich von der Decke teilweise bis zum Boden hinab. Doch ihre Weberinnen hatten längst das Weite gesucht, denn hier gab es schon lange keine Fliegen oder Mücken mehr. Einzelne Asseln huschten vor dem Lichtschein davon, verschwanden in Mauerritzen oder den Fugen des Bodens.

Hier und da hörte ich kleine Füßchen flitzen und das warnende Fiepen der Hausmäuse. Diese Tierchen waren schon immer vor mir geflohen, als wäre ich einer ihrer Hauptfeinde: die Katze. Hätte ich es darauf angelegt, eine von ihnen zu fangen, wäre mir dies auch gelungen, denn ich konnte mich wie die Katze blitzschnell bewegen. Einzig die Geduld, vor einem Mauseloch lange auszuharren, brachte ich in meiner Kindheit nicht auf.

Während ich voranschritt, öffnete ich jede Tür, nur, um festzustellen, dass die dahinterliegenden Gelasse vollständig leer waren. Meine Nase und ein für mich unerklärbares Wissen sagten mir, dass sie als Gefängniszellen gedient hatten. Gleichzeitig kramte ich aus meinem Gedächtnis eine Unterrichtsstunde hervor, in der es um die Anfänge und den Bau der Niederlassung Jotam ging. Sie war eine der ersten Besitzungen des Ordens in einer Zeit, als es das Großkönigreich in den heutigen Grenzen noch nicht gegeben hatte.

In einem der Räume fand ich den Staub von Stroh, der durch den Luftzug des Türöffnens aufwirbelte. Ich verweilte kurz auf der Schwelle und nahm die besondere Stimmung dieses Ortes wahr. Für einen Moment schienen die Steine zu mir zu sprechen und von all den Menschen zu berichten, die in dieser Zelle eingesperrt gewesen waren. Leider plapperten sie dermaßen durcheinander, dass ich überfordert die Tür schloss. Sogleich verstummten die Stimmen und mich umfing die Ruhe der alten Gänge.

Ich schob die Spinnweben mit der freien Hand zur Seite und bewegte ich mich tiefer in den Untergrund hinein. Sobald ein Flur vom Hauptgang abzweigte, huschte ich in diesen und überprüfte auch dort sämtliche Räume. Aber ich fand nur die längst verlassenen Zellen vor.

Als ich meine Erforschung bereits aufgeben wollte, erspähte ich eine Holztreppe, die nach oben führte. Neugierig, wo genau ich in der Feste herauskommen würde, nahm ich mir vor, sie hinaufzusteigen. Doch zuvor musste ich noch eine letzte Tür öffnen, welche sich von allen anderen dadurch unterschied, dass sie beschriftet war. Tangalanische Zeichen prangten auf ihrem Türblatt. Leider konnte ich sie nicht lesen, da es keine Schriftwerke für die Pagen und Knappen in dieser alten Sprache gab. Erst mit dem Ritterschlag wurde den Ordensmitgliedern die Fähigkeit verliehen, tangalanisch sprechen, schreiben und lesen zu können. Bei mir verhielt es sich etwas anders, denn sprechen und verstehen konnte ich die alte Sprache bereits, seit ich fähig war, die ersten Worte zu formen. In diesem Augenblick beschloss ich, meinen Vater zu bitten, mir auch die Schriftzeichen beizubringen.

Mit den Fingern fuhr ich jede Linie der seltsam und doch so vertraut wirkenden Symbole ab. Tief in mir regte sich ein Gefühl, dass sie mir etwas sagen müssten. Leider drang es nicht bis an die Oberfläche meines Verstandes. Vielleicht war es gerade dieses Wissenwollen, was mich veranlasste, nicht nur die Tür zu öffnen, sondern auch in das Gelass hineinzutreten.

Ich hatte erst zwei Schritte getan, da stülpte sich eine Empfindung über mich, als habe mir jemand einen Kartoffelsack vom Haupt bis zu den Füßen übergezogen und ihn um meine Fußfesseln mit einem dicken Strick zugebunden. Fremde Gefühle von Angst, Bestrafung, Unrechtsempfinden, Ohnmacht und Panik überschwemmten mich. Bilder zogen in so rascher Folge an meinem inneren Auge vorbei, dass ich sie im Einzelnen nicht erfassen konnte. Im Gesamten ergaben sie allerdings die Summe von Straftaten angefangen von Diebstahl bis zu Raub und Mord.

Ich hörte Stimmen, die baten, man möge sie begnadigen. Andere forderten, dass jemand ihre Träume beenden sollte. Auch Schreie vernahm ich, als würden Menschen gequält.

Völlig verängstigt hielt ich mir die Ohren zu und kauerte mich auf dem Steinboden zusammen. Doch das alles half nichts gegen die Bilder, Laute und Empfindungen, welche aus den Mauern auf mich einstürmten.

Ich weiß nicht, wie lange ich gebraucht hatte, um den Mut aufzubringen, den Raum zu verlassen. Irgendwann stürzte ich panisch hinaus auf den Gang. Die Tür zog ich hinter mir zu, da ich Angst hatte, das, was in diesem Gelass passiert war, könnte mich verfolgen. Wahrscheinlich war diese ungewöhnliche Furcht auch der Grund, weshalb ich, ohne auf mein Gefühl zu hören, die Holztreppe hinaufrannte. Das Erlebnis übertünchte alle meine Sinneseindrücke und ließ einzig und allein die Panik zurück.

Die untersten Stufen überwand ich, ohne recht zu wissen, was ich tat, und erreichte einen Treppenabsatz, von dem aus weitere Tritte nach oben auf eine Tür zuführten. Kaum hatte ich meinen Fuß auf die zweite dieser Stufen gesetzt, brach sie durch. Verzweifelt versuchte ich mit einer Hand das Geländer zu umfassen, da ich die Laterne nicht fahren lassen wollte. Gänzlich im Dunkeln hätte selbst ich nichts mehr erkennen können. Im nächsten Moment knirschte es unter und über mir. Gleichzeitig brach die Stiege sowohl über, als auch unter mir zusammen. Selbst meine katzenhaften Fähigkeiten retteten mich nicht davor, mitsamt den Trümmern in die Tiefe zu stürzen.

Ich sah noch, wie die Laterne zerbrach und die brennende Kerze herausfiel, dann traf mich etwas schmerzhaft am Kopf. Im nächsten Augenblick wurde es schwarz um mich.

*

Ich erwachte in meinem Gemach im Haus meiner Eltern. Noch ehe ich die Augen aufschlug, wusste ich, wo ich mich befand. Nicht nur meine Nase verriet mir den Duft nach Katzenminze, der meinen Gewändern und meinen Laken entströmte. Auch, dass meine Mutter neben meinem Lager auf dem mit Tierschnitzereien versehenen Lehnstuhl saß, hatte ich keinesfalls nur erschnuppert. Ihr Veilchenduft war unverkennbar. Darüber hinaus fühlte ich ihre Ausstrahlung.

Verwundert war ich indessen, dass mein Vater sich nicht eingefunden hatte, denn ich erschnüffelte eindeutig seinen Körpergeruch. Er vereinte sich mit demjenigen seiner Ordensgewänder zu einer eigenartigen Mischung. Die Reste von dem Heu-Holz-Gemisch befanden sich noch auf meiner Haut, welche leicht nach der Lavendelseife duftete, die meine Mutter jüngst hergestellt hatte.

Bei dem Gedanken daran, dass sie mich gewaschen hatte, verzog ich den Mund. Diese kleine Bewegung gewahrte sie, weshalb sie mich sogleich aufforderte, die Augen zu öffnen.

„Du weißt, dass ich es gar nicht mag, wenn du mich wäschst“, tadelte ich sie und sah sie empört an.

„Der Geruch nach altem Staub und vom Holzwurm zerbröseltem Holz hätte dir auch nicht gefallen, mein Sohn“, hielt sie dagegen. „Hinzu kam der Blutduft von deiner Kopfwunde. So dreckig hättest gerade du nicht aufwachen wollen, ganz abgesehen davon, dass ich jetzt dein Lager neu beziehen müsste.“

„Entschuldige, Mutter!“, bat ich sie und schnurrte.

Sogleich strich sie mir durch meine rote Haarmähne, was den Wohlfühlton noch verstärkte.

„Du solltest heute noch liegen bleiben, Calan“, riet sie mir. Sie wusste genau, dass ich ansonsten gleich aufgestanden wäre, sobald sie das Gemach verlassen hatte. „Der Heiler Method hat mich angewiesen, dir dies einzuschärfen, da du anderenfalls lange unter Kopfschmerzen leiden könntest. Die blauen Flecken, welche du dir durch deinen Sturz zugezogen hast, wirst du ohnehin noch eine Weile spüren. – Weißt du eigentlich, wie viel Glück du gehabt hast? Du hättest dir den Hals brechen und dort unten bis in alle Ewigkeit liegen und vermodern können, ehe dich jemand gefunden hätte. Den Göttern sei Dank, dass Sir Mertin das Poltern gehört hat, als die Stiege zusammenbrach. Er war gerade auf dem Weg zur Büchersammlung des Ordens.“

„Ich werde mich bei Sir Mertin bedanken, Mutter“, sagte ich

pflichtschuldig. „Dennoch solltest du dir keine Sorgen um mich machen, denn die Götter beschützen mich. Außerdem hat eine Katze sieben Leben." Mein Versuch den Kopf leicht anzuheben, bescherte mir die angekündigten Schmerzen, weshalb ich ihn sofort wieder ins Kissen sinken ließ. Auch in dieser Beziehung war ich mehr Katze als Mensch, denn ich musste alles selbst sehen, spüren oder ausprobieren, ehe ich etwas glaubte.

„Dann solltest du in Zukunft sparsam mit deinen restlichen drei Leben umgehen, mein Sohn", meinte sie und lächelte mich an. „Nicht immer können die Götter ihre Zeit für einen ungehorsamen Wildfang wie dich opfern."

Gerne hätte ich ihr darauf geantwortet, aber in diesem Augenblick weinte unser Neuzugang im Gemach meiner Eltern. Der Knabe war erst ein halbes sekel alt. Der seancha Aileam hatte ihn meiner Mutter vor etwa einem manoth[25] übergeben. Damit lebten wieder sechs Knaben – mich eingerechnet – auf dem Gestüt meiner Eltern. Alle fünf waren jünger als ich, da die älteren es vorzogen, sobald sie in den Pagendienst eintraten, in die Niederlassung überzusiedeln.

„Wie du unschwer hören kannst, muss ich nach dem Kleinen schauen. Er wird Hunger haben und benötigt sicherlich auch eine frische Windel", brachte sie, begleitet von einem Seufzer hervor. Letzterer galt wohl mehr mir, wenngleich sie auch nicht mehr die Jüngste war.

Mit einem strengen Blick in meine Richtung verließ sie das Gemach. Ihre Ausstrahlung sagte mir aber weit mehr. Ich konnte die Liebe spüren, welche sie für mich empfand und die Sorge, die sie

---

[25] manoth = Monat

sich um mich machte. Obgleich sie auch wusste, dass ich kein Kind wie jedes andere war, so schien sie manches Mal die Last kaum schultern zu können. Ehrlich gesagt, machte ich es ihr bestimmt nicht leicht, mich aufzuziehen.

Wahrscheinlich hätten selbst die starken Kopfschmerzen mich nicht einmal davon abgehalten, aufzustehen. Die blauen Flecken nahm ich bereits kaum noch wahr. Es lag wohl mehr an den Empfindungen, die unmerklich zwischen uns ausgetauscht wurden, dass ich diesmal ein gehorsamer Sohn war und liegen blieb. Doch morgen früh würde mich niemand mehr auf dem Lager halten können.

10. Kapitel: Nur ein bestimmter Ton

In meinem siebzehnten sekel:

Sir Thurid und ich hatten den Auftrag, zu einer der Grenzfesten zu reiten und eine Botschaft zu überbringen. Um was genau es sich dabei handelte, erfuhr ich nicht. Es ging einen Knappen ja auch nichts an. Ob mein Dienstherr den Inhalt des versiegelten Schreibens kannte, blieb mir bis zuletzt verborgen.

Es sollte ein gemütlicher Ritt ins Gebirge werden. Doch dann trafen Umstände ein, mit denen wohl keiner von uns gerechnet hatte.

Sir Thurid war nicht mehr der Jüngste, aber dennoch rüstig genug, um die Ausbildung eines Knappen zu übernehmen. Wenngleich er in diesem Sommer[26] mehrfach zu mir davon gesprochen hatte, dass ich wohl sein letzter sein würde. Allerhand Zipperlein plagten ihn, vom Gliederreißen und einer gewissen Morgensteifigkeit angefangen, bis zu einer öfters auftretenden Erkältung. Und genau selbige quälte ihn einmal wieder, als wir mehr als die Hälfte unseres Weges zurückgelegt hatten.

„Es ist nicht mehr weit bis zu einer Almhütte", erklärte er mir zwischen zwei Niesern. „Gegen Mittag werden wir sie erreichen."

Wir ritten hintereinander einen schmalen Weg hinauf, der durch einen Bergwald führte. Da er in Windungen hinaufführte, hatten wir uns entschlossen, auf dem Pferderücken zu bleiben. Gerade für Sir Thurid stellte diese Art der Fortbewegung eine wesentlich geringere Anstrengung dar, als hinauf zu gehen. Außerdem schien ihm der harzige Duft der Nadelbäume gut zu tun. Er atmete wesentlich

---

26 Sommer = Jahr

143

leichter als weiter unten, als wir unseren Aufstieg in einem Laubwald begonnen hatten.

„Auf der Alm werden wir uns stärken, um den restlichen Weg zu Fuß zurückzulegen", fuhr er nach einer Weile fort. Ein Niesen unterbrach seine Rede. Laut vernehmlich schnäuzte er sich. „Die verbleibende Strecke ist für die Pferde nicht zu bewältigen. Abgesehen davon, dass der Steig sehr schmal ist, würden wir uns schon auf Bergziegen setzen müssen, wollten wir den Bergpfaden folgen."

„Warum haben wir uns nicht an den Hauptweg gehalten, Vater?", fragte ich neugierig. „Du willst doch nicht behaupten, dass die Feste nur auf diese Art zu erreichen ist."

„Nein, keineswegs, Calan. Allerdings hätten wir zu viel Aufsehen erregt, hätten wir die leichte Strecke genommen. Es heißt, dass sich eine Bande von Wegelageren dort herumtreibt, der bisher keiner auf die Schliche gekommen ist. Und da ich mich ermattet fühle, wollte ich es auf eine Begegnung mit ihnen keinesfalls ankommen lassen." Eine längere Niesattacke verhinderte, dass ich weiter in ihn drang. Vielleicht würde ich auf der Festung mehr über die listige Räuberbande erfahren.

Wie mein Vater es vorausgesagt hatte, erreichten wir gegen Mittag die besagte Almhütte. Sie stand auf der einzigen ebenen Fläche einer Bergwiese. Bereits vom Waldrand aus sahen wir einen Mann vor der Tür auf einer Bank sitzen, der scheinbar sein Mahl hielt.

Als wir näher kamen, unterbrach er es und blickte uns entgegen. Wenig später begrüßten er und mein Vater sich wie alte Bekannte.

Mich hingegen musterte er nur kurz und reichte mir seine schwielige Pranke.

„Werfried", stellte er sich vor.

„Calan, Knappe des Ritters Sir Thurid, Mitglied des *Ordens der Ritter von den Elementen*", erwiderte ich, wie ich es gelernt hatte.

Mein Gegenüber quittierte dies mit einem Grinsen. „Setzt Euch und nehmt an meinem bescheidenen Mahl teil."

„Wir danken dir, Werfried", entgegnete mein Vater und ließ sich neben dem Senner auf der Bank nieder.

Mir kam der Gedanke, dass er das nicht nur tat, weil er von dort aus die schöne Aussicht genießen konnte. Sir Thurid hatte mir beigebracht, dass man stets seinen Rücken schützen sollte. Außerdem sei es wichtig, immer einen guten Überblick zu haben. Man könne nie wissen, woher einem Gefahr drohe.

Aus diesen Gründen setzte ich mich auch nicht den beiden Männern gegenüber, sondern an den Tischkopf. Eigentlich wäre es meine Aufgabe gewesen, Sir Thurid aufzuwarten, aber Werfried erledigte das bereits.

Auf einen Wink meines Dienstherren hin ließ ich ihn gewähren. Dem Senner schien es Freude zu bereiten, denn er pfiff fröhlich vor sich hin, während er zwei Holzbretter, Becher und eine Kanne mit Milch anschleppte. Ein zweites Mal verschwand er im Innern seiner Hütte. Von dort kam er mit einem Brotlaib, einer Schale mit Butter und einem Brett mit einem kleinen Käselaib zurück. Dies alles breitete er vor uns auf dem Tisch aus.

„Langt tüchtig zu, ihr Herren! Es ist genug da. Die Butter habe ich heute Morgen frisch geschlagen und der Käse ist fünf Wochen gereift. So gut habt ihr noch nie gespeist! Hier auf der Höhe schmeckt es nochmal so gut, zumal die Kühe außer Gras viele Kräuter fressen." Werfried klang sichtlich stolz.

„Die Götter mögen dich schützen", sagte Sir Thurid und lächelte. Er führte mit den Händen die segnenden Zeichen der vier Elemente über den Speisen aus. Dann griff er kräftig zu.

Ich kam nun doch noch dazu, meinen Dienstherrn zu bedienen, indem ich erst ihm, dann mir, die Milch eingoss.

Wir verbrachten mit dem Senner eine vergnügliche Stunde, ehe Sir Thurid zum Aufbruch mahnte.

„Verzeiht meine Aufdringlichkeit, werter Ritter", stoppte Werfried uns, „aber Ihr habt Euch da ein Übel zugezogen, das Euch bei der immer dünner werdenden Luft in den Höhen schaden wird. Bleibt ein paar Tage hier und kuriert Euch aus. Ich kenne die richtigen Kräuter, um Euch heilen zu können."

„Guter Mann, Wir haben einen Auftrag auszuführen, der keinen Aufschub duldet. Da können Wir keine Rücksicht auf Unsere Gesundheit nehmen. Auf der Feste gibt es einen Heiler, der Uns behandeln kann, wenn Wir Unsere Pflicht erfüllt haben."

„Sir Thurid, ich bin nur ein einfacher Almhirte, aber dennoch sage ich Euch: Solltet Ihr den Aufstieg wagen, so werdet Ihr niemals in der Niederlassung Eures Ordens ankommen. Die Luft dort oben ist weitaus dünner als hier und der Weg teilweise von Steinschlag verschüttet. Ihr müsstet viel klettern. Diese Anstrengung wäre nicht gut für Euch. Warum lasst Ihr nicht den Knappen Eure Botschaft überbringen? Er ist jung und gesund. Und erlaubt mir die Anmerkung: Der Knabe ist beweglich wie eine Katze. Er wird den

Weg mit Leichtigkeit meistern."

Die Eindringlichkeit, mit der Werfried auf meinen Dienstherrn einsprach, schien ihre Wirkung bei ihm zu hinterlassen, denn er nickte bestätigend. „Da du dich hier gut auskennst, werden Wir deinem Rat folgen." Dann wandte er sich an mich: „Calan, traust du es dir zu, den restlichen Weg allein zurückzulegen?"

„Wenn Ihr mir eine Karte anfertigt, Sir Thurid, sehe ich mich dazu imstande", gab ich mich zuversichtlich. Es wäre nicht mein erster Auftrag, den er mir allein auszuführen zutraute.

Sein leichtes Nicken in Verbindung mit einer nachdenklichen Miene sagte mir, dass er kurz mit sich rang. Dann jedoch kam er zu einem Entschluss. „Wir werden dir nicht nur einen Wegeplan zeichnen, sondern auch einen Buchenstab mitgeben. Dieser wird dir den Zugang zur Feste öffnen und dich als Unseren Boten ausweisen. Mit ihm wirst du ohne Aufenthalt zum Kommandanten der Niederlassung geführt werden. Ihm allein darfst du die Schriftstücke überreichen. Sollte er sich, wider Erwarten nicht auf der Burg befinden, wartest du, bis er zurückgekehrt ist. Lass dich keinesfalls darauf ein sie jemand anderem anzuvertrauen! Nicht einmal der stellvertretende Kommandant darf sie in die Hände bekommen. Hast du Uns verstanden, Calan?"

Die Eindringlichkeit, mit der Sir Thurid seine Worte an mich richtete, sorgte dafür, dass ich begriff, welch große Verantwortung er auf mich lud. „Ich bin mir der Ehre, aber auch der Bürde bewusst, Sir Thurid. Ich werde Euren Weisungen gemäß handeln. – Allerdings frage ich mich: Was soll ich tun, wenn der Kommandant länger ausbleibt? Soll ich mit den Schriftstücken wieder hierher zurückkehren? Oder ..."

„Dein Einwand ist berechtigt, Knappe", stimmte er mir nachdenklich zu. „Sollte dem so sein, dass Sir Evermod länger als zwei Tage außerhalb der Feste weilt, musst du die Papiere notgedrungen seinem Stellvertreter übergeben. Dann raten Wir dir, die Niederlassung unverzüglich zu verlassen. Noch ehe er das Siegel gebrochen hat, musst du aus dem Raum verschwunden sein. Nimm die Beine in die Hand und komm so schnell, wie du kannst, hierher zurück! Lass dich von nichts und niemandem aufhalten! Von deiner Gewandtheit hängt in diesem Fall nicht allein *dein* Leben ab. Hast du das verstanden, Calan?"

„Das habe ich, Sir Thurid!", bestätigte ich ihm, obgleich ich zu gerne den Grund für diese seltsame Anweisung erfahren hätte. Doch ich drang nicht weiter in ihn, da ich annahm, er würde das Geheimnis vor dem Senner keinesfalls offenbaren wollen.

Nach dem Mahl holte er einen Buchenstab aus seiner Satteltasche und schnitzte einige tangalanische Zeichen hinein. Als er mit seinem Werk zufrieden schien, überreichte er mir den Stab, eine Karte und die Ledertasche mit den Schriftstücken. Von dem Senner erhielt ich Mundvorrat für den Weg, welchen ich in meinem Beutel verstaute. Dann verabschiedete ich mich von beiden Männern.

„Mögen die Götter mit dir sein, Knappe Calan!", entließ mein Dienstherr mich, während er mich umarmte.

Mein Weg führte mich eine kurze Zeitspanne einen von den Kühen getretenen Pfad hinauf über die Wiesenfläche, ehe dieser von einem Bergsteig abgelöst wurde. Ihm folgte ich, bis zu einem Bergsturz, der im letzten Lenz den schmalen Weg auf einer breiten Front unter sich begraben hatte. Der Senner hatte mich darauf aufmerksam gemacht und Sir Thurid gebeten die Kunde an die Niederlassung weiterzugeben. Schließlich sei der Orden auch für die Begehbarkeit der Bergpfade zuständig.

Obgleich das von größeren Steinen bedeckte Wegstück nicht einfach zu queren war, half mir meine angeborene Geschicklichkeit, dieses unbeschadet zu überwinden. So erreichte ich am späten Nachmittag die Passhöhe. Dort befand sich eine Burg des *Ordens der Ritter von den Elementen*, die wie ein Adlernest in den Felsen klebte.

Mit Hilfe des Buchenstabes gelangte ich vom Tor ohne Umwege in den Empfangsraum des Kommandanten. Leider schien sich Sir Thurids Vorahnung, dass Sir Evermod zurzeit nicht im Innern der Feste weilte, zu bestätigen. Sein Stellvertreter empfing mich mit dem Hinweis, dass ich seinen Vorgesetzten um wenige Kerzenstriche verpasst hätte. Er würde erst in einer Woche zurückerwartet.

Diese Kunde ließ mich sogleich im Geiste meinen Fluchtweg durchgehen. Schnell war ich mir sicher, dass ich es schaffen konnte, die Burg zu verlassen, ehe mein Gegenüber die Nachricht gelesen hatte. Ohne zu zögern, griff ich in meine umgehängte Ledertasche und zog die zusätzlich in eine geölte Hülle eingeschlagenen Schriftstücke heraus. Ich legte sie vor ihn auf die Tischplatte.

Im nächsten Moment flüchtete ich bereits aus dem Raum. Rasch lief ich den Gang entlang, den mich kurz zuvor ein Page entlanggeführt hatte. Kaum im Innenhof angekommen, durchquerte ich ihn mit hurtigen Schritten und schlüpfte, vom Kopfschütteln der beiden Wächter begleitet, durchs Tor.

So schnell es der Untergrund erlaubte, schlitterte ich den Bergsteig hinunter. Erst als ich den Bergsturz erreichte, musste ich meine Flucht verlangsamen. Ehe ich mich an den gefahrvollen Übergang wagte, versicherte ich mich, dass mich niemand verfolgte.

Genauso sicher, wie ich auf dem Hinweg die schwierige Stelle überquert hatte, brachte ich sie auch diesmal hinter mich. Ich hatte festgestellt, dass ich mich vollständig auf mein Gespür verlassen konnte. Indes kam mir dabei wieder einmal das Gefühl hoch, dass mir ein wichtiges Körperteil für die Balance fehlte. Dennoch schaffte ich es, diesen Mangel auszugleichen. Meine enorme Gelenkigkeit kam mir zupass.

Aufatmend hielt ich hinter der nächsten Wegkehre inne und schaute mich von dort nochmals nach etwaigen Verfolgern um. Ich blickte um eine Felskante und gewahrte zwei Ritter des Ordens, die den Bergpfad herunterschlitterten. Erst vor dem Felssturz blieben sie stehen und schienen sich zu beratschlagen. Beide hielten Langbögen in den Händen und trugen pfeilgespickte Köcher auf den Rücken.

Die Reichweite einer solchen Waffe war nicht mit derjenigen eines Reiterbogens zu vergleichen. Mir lief ein eiskalter Schauder über den Buckel, bei der Vorstellung, sie hätten mich auf meinem Weg über das rutschige Gestein eingeholt. Von ihrem Standort aus wäre es für sie ein Leichtes gewesen, mich zu treffen, obgleich ich durch meine schnellen Bewegungen keineswegs ein einfaches Ziel für sie abgegeben hätte. Dennoch konnte ich mir ausrechnen, dass allein ein Streifschuss unweigerlich einen Sturz in die Tiefe bedeutet hätte.

Wenn ich auch nicht verstehen konnte, was sie sprachen, erkannte ich anhand ihrer Gesten, dass sie aufgaben. Kurze Zeit später machten sie sich bereits auf den Rückweg.

Ich wartete noch, bis sie aus meinem Blickfeld verschwunden waren, ehe ich meinen Posten verließ. Nachdenklich setzte ich meinen Abstieg fort.

Als ich den nächsten Abzweig erreichte, stellte ich fest, dass ich meinen Weg hinab keineswegs auf diesem Steig fortsetzen konnte. Auf einem breiteren Wegstück unter mir standen unbeweglich drei der *Sieben Mönche* in ihren typischen lilafarbigen Kutten. Obwohl ich ihre Gesichter von meinem Standort aus nicht erkennen konnte, war ich mir sicher, dass sie zu mir heraufblickten.

Mit einem Seufzer nahm ich meine Karte aus der Tasche, um herauszufinden, ob ich auch den zweiten Pfad nehmen konnte. Ich stellte fest, dass es einen ziemlichen Umweg bedeuten würde. Dennoch schien es mir die einzige Möglichkeit, den ansassi nicht geradewegs in die Arme zu laufen.

Zwar kannte ich ihre Gründe nicht, weshalb sie mir den Durchgang verwehrten, aber ich nahm es hin. Besser erst nach Anbruch der Nacht in der Almhütte ankommen, als niemals. Nach allem, was ich über die *Sieben Mönche* erfahren hatte, waren sie äußerst gefährlich. Sie mit den ursassi zu vergleichen, die ich als Magier kannte, war wie Äpfel mit Birnen.

Der Großkönig Jolar tu-Jas-Joklas und der Großmeister Rell-Peras waren den Menschen sehr wohlgesonnen. Obgleich sie einst Leiber von Menschen übernommen hatten, hieß es, dass sie das in dem Augenblick getan hatten, als die Seelen dieser Leute ihren Körper ohne ihr Zutun verließen. Bei den ansassi sollte es anders sein. Sie nahmen sich einfach den nächstbesten Leib, um aus ihrer geistigen in eine körperliche Gestalt zu wechseln.

Ich hatte keinesfalls vor, von einem dieser Wesen gekapert zu werden. Wenn ich auch alle Aufzeichnungen gelesen hatte, die ich in den Bibliotheken des Ordens gefunden hatte, war ich mir nicht sicher, ob sie vollständig waren. Es war viele konaschi[27] her, seit sie das letzte Mal in Erscheinung getreten waren. Wer sagte, dass keine der Niederschriften im Laufe der Jahre verschollen oder vernichtet worden waren?

Während sich meine Gedanken mit den ansassi beschäftigten, folgten meine Füße dem Seitenpfad, der an der Bergflanke entlangführte. Er schien weit mehr genutzt zu werden, als der Steig, der geradewegs zur Feste führte. Von einem kleinen Steinschlag, welcher erst vor wenigen Tagen heruntergekommen worden war, zeugten die Reste ober- und unterhalb des Pfades. Er selbst wies keine Spuren davon auf.

Kurz bevor ich eine Gruppe von Menschen den steilen Weg heraufsteigen sah, den ich für meinen Abstieg benutzen wollte, kam mir der Gedanke, dass wohl keines der Ordensmitglieder dafür verantwortlich war.

Ehe mich jemand von den Herannahenden entdeckte, huschte ich, jede kleinste Deckung nutzend, weiter den Steig entlang. Erst, nachdem ich mir sicher war, dass ich genügend Vorsprung hatte, blieb ich, gedeckt durch einen Felsen, stehen. Von dort aus versuchte ich, die Fremden in Augenschein zu nehmen. Nach ausgiebiger Betrachtung kam ich zu dem Schluss, dass es sich um Mitglieder der Räuberbande handeln musste, die bereits Sir Thurid erwähnt hatte.

---

[27] konasch(i) = Jahrzehnt(e)

Ich unterdrückte einen Seufzer und setzte meinen Weg fort. Mir war klar, dass ich erst anhalten konnte, wenn ich ein sicheres Versteck oder einen Abzweig nach unten fände. Hoffentlich reichten die Aufzeichnungen meiner Karte so weit. Einerseits machte ich mir Sorgen, dass ich zu weit von meinem Weg abkam, andererseits wollte ich weder eine Begegnung mit den ansassi noch mit den Räubern wagen. Was blieb mir also übrig? Dass ich nicht mehr zur Almhütte zurückfinden würde, kam mir dabei nie in den Sinn. Von klein auf hatte ich mich darauf verlassen können, immer an die Ausgangsstelle meiner Ausflüge zurückzufinden.

Ein Blick auf die Karte ernüchterte mich. Ausgerechnet hinter dem zuletzt passierten Abstieg endete die Zeichnung. Jetzt hieß es, auf mein Glück zu vertrauen! Zwar würde ich nun mit Sicherheit erst in der Nacht die Almhütte erreichen, aber auch dieser Umstand sorgte mich keineswegs. Nicht umsonst nannte mein Dienstherr mich liebevoll seine Katze. Meine Augen schienen weit besser zu sehen, als diejenigen aller Menschen, denen ich bisher begegnet war.

Nachdem der Steig eine Weile auf gleicher Höhe verlaufen war, stieg er plötzlich stetig an. Die Hoffnung bald ins Tal zu gelangen sanken mit jedem Schritt. Dennoch blieb mir nichts übrig, als weiterzulaufen.

Es mochte wohl ein Kerzenstrich vergangen sein, da bemerkte ich, dass der Pfad nicht mehr gepflegt worden war. Hier, so dünkte mir, endete wohl der Herrschaftsbereich der Räuberbande. Wahrscheinlich lohnte sich die Reinigung des Weges für sie nicht mehr, da kaum jemand ihn zu nutzen schien.

Die Felswände traten immer dichter zusammen, je höher ich kam.

Zusätzlich erschwerte mir ein weiterer Felssturz das Vorankommen. Er füllte die engste Stelle gut mannshoch. Um weiterzukommen, musste ich unter Zuhilfenahme meiner Hände über die Steine klettern. Wieder vermisste ich ein Körperteil, welches mir half, die Balance besser halten zu können. Dennoch half mir mein Bauchgefühl, immer nur auf das Geröll zu treten oder mich mit den Händen dort abzustützen, wo es fest lag. Kein einziges Mal kam ich ins Straucheln, geschweige denn ins Rutschen.

Allerdings benötigte ich eine kurze Rast, um mich von den Anstrengungen zu erholen. Gleichzeitig gab sie mir die Gelegenheit, sie zu nutzen, um meinen leeren Magen zu füllen. Ich wollte die Hälfte meines Mundvorrates, aber nur einige wenige Schlucke des Wassers zu mir nehmen. Dafür setzte ich mich auf einen flachen Felsen und machte mich über meine Mahlzeit her.

Während ich kaute, sah ich mich um. Dass mir niemand gefolgt war und auch sonst keinerlei Gefahr drohte, konnte ich fühlen. Auch dies ist eine Eigenschaft, die mir von klein auf zu eigen ist und auf die ich mich vollständig verlassen kann.

Ich befand mich auf einem mit Felstrümmern übersäten Platz, der höchstens ausgereicht hätte, um einen Dekanter[28] Ritter mit ihren Zelten aufzunehmen. Steil aufragende, glatte Felsanordnungen grenzten ihn von drei Seiten ein. Den einzigen Zugang bildete der verschüttete Steig, auf dem ich hierher gefunden hatte.

Auf den ersten Blick schien es hier nichts zu geben, als Steine. Doch dann fiel mir auf, dass rechts von mir ein Teil der Felswand von Menschen bearbeitet worden war. Neugierig schob ich den

---

[28] Dekanter = Zehnereinheit

letzten Bissen in den Mund und ging auf diese Eigentümlichkeit zu. Je näher ich kam, desto klarer wurde das Muster.

Es handelte sich um eine Art Rankengebilde, das wohl ein Tor darstellen sollte. In der Mitte, wo sich normalerweise die Türflügel befanden, waren einige Sätze in die ebene Fläche eingemeißelt. Sie lauteten:

»WANDERER, DER DU MEIN GEFÄNGNIS FINDEST, WENDE DICH AB ODER LASSE WORTE ERKLINGEN, DIE DU NICHT SPRICHST! DOCH BEDENKE: WENN DU DAS TOR BEZWINGST UND DEINE GIER DICH LEITET, WIRD DEIN LEIB ZU DEM MEINEN! DEINE EINZIGE RETTUNG IST DEIN EIGEN SEIN.«

Wer oder was wurde hinter diesen Felsen eingesperrt?, fragte ich mich in Gedanken. *Es muss sich um etwas Gefährliches handeln. Doch für wen ist es das?*

Je länger meine Lippen die Worte formten, desto überzeugter wurde ich, dass ich diesem Wesen helfen musste. Gleichgültig, um welche Kreatur es sich handelte, sollte sie nicht länger in diesem »Grab« der Erlösung harren.

Schon beschäftigten sich meine Gedanken mit der Lösung des Rätsels. „Was bedeutet: ... lasse Worte erklingen, die du nicht sprichst?", flüsterte ich. „Soll ich etwa singen? Was sonst soll hinter dem Begriff »erklingen« stecken? Besonders schön wird das allerdings nicht. Aber vielleicht verbirgt sich dahinter auch etwas ganz anderes. Und welche Worte sind damit gemeint? Woher weiß ich, dass es die Richtigen sind?"

Unwillkürlich gab ich Laute von mir, die mein Dienstherr stets mit dem Schnurren einer Katze verglich. Sie beruhigten mich, da sie meinen Leib zum Vibrieren brachten. Im nächsten Augenblick wusste ich, dass ich unabsichtlich genau die Töne hervorgebracht hatte, die gewünscht waren. Ein Rumpeln ertönte aus dem Innern des Berges, dem folgte ein Knirschen. Die steinernen Torflügel bewegten sich und öffneten sich langsam nach außen.

Noch ehe sie ganz aufgeschwungen waren, erklang hinter mir eine Jungfernstimme. "Du hast es geschafft! Lass uns den Schatz gemeinsam heben!"

Erschrocken drehte ich mich um. Vom Steinhaufen herunter sprang eine Maid von höchstens sechzehn Sommern. Da sie die graue Kapuze ihrer Gugel[29] über ihren Kopf gezogen hatte, konnte ich ihre Haarfarbe nicht erkennen.

Im nächsten Moment rannte sie bereits an mir vorbei auf die Öffnung im Berg zu.

"Warte!", schrie ich ihr hinterher, da mein Versuch sie festzuhalten, fehlgeschlagen war.

Ich konnte mich durchaus als wendig bezeichnen, aber sie war noch geschmeidiger als ich. Ehe ich sie warnen konnte, befand sie sich längst im Innern des Gefängnisses jener Kreatur. Was blieb mir als Knappe des *Ordens der Ritter von den Elementen* übrig, als ihr zu folgen? Zum einen schuldete ich es dem Ruf des Ordens, zum anderen hatte meine Wissbegierde dafür gesorgt, dass sich das Tor überhaupt geöffnet hatte.

---

[29] Gugel = Kapuzenhaube

Ohne mir um meine eigene Sicherheit Gedanken zu machen, huschte ich in die Dunkelheit hinein. Trotz des spärlichen Sonnenlichtes, welches an diesem Spätnachmittag hereinfiel, erkannte ich noch recht viel. Auch diese Fähigkeit verlieh mir bereits früh den Spitznamen »Kätzchen«. Meine Augen konnten mit sehr schwachem Licht auskommen.

Im Eingangsbereich glaubte ich, mich in einem Tempel zu befinden. Kleine, bunte Steinchen zierten Boden, Wände und Decke. Sie waren zu Bildern geformt, die eine Geschichte zu erzählen schienen. Eine hässliche, halb menschliche, halb tierische Gestalt griff mit unzähligen Armen nach einem vor ihr fliehenden Menschen. Statt in Fingern endeten die Hände in Klauen mit langen spitzen Krallen. Und auch das Maul im menschenähnlichen Gesicht war weit aufgerissen und zeigte messerscharfe Reißzähne. Die Warnung vor dem, was einen Eindringling erwartete, hätte nicht eindeutiger sein können.

Ich weiß nicht, ob die Jungfer die Bildnisse überhaupt gesehen hatte. Vielleicht war sie einfach nur versessen auf den vermeintlichen Reichtum, dass sie ein derartiges Wagnis einging. Jedenfalls fand ich sie einige Schritte entfernt, vor einer auf dem Boden stehenden Truhe, hockend. Der Deckel war zurückgeschlagen und offenbarte mir ihren Inhalt. Bis zum Rand war sie mit Gold- und Silbermünzen gefüllt.

„Sieh nur!", rief die Maid mir erfreut entgegen. „Dies alles kann uns beiden gehören. – Wir sind reich! Unermesslich reich!" Sie wühlte mit beiden Händen in dem Geld herum, nahm eine Handvoll heraus und ließ es wieder zurück in die Kiste fallen.

„Bist du denn verrückt geworden?", schrie ich sie an und wollte sie auf die Füße zerren. Dagegen wehrte sie sich und griff stattdessen nach einem der an den Kopfseiten befestigten Tragegriffe.

Daran zerrend forderte sie keuchend: „Hilf mir die Truhe zu tragen! Es ist genug für uns beide. Wir können uns bis an unser Lebensende ..."

„Das du früher erleben wirst, als dir lieb ist, wenn du mit mir nicht sofort nach draußen kommst!", versuchte ich sie zu warnen und zog weiter an ihr. Mir stellten sich sämtliche Haare auf. Das Gefühl einer drohenden, nahen Gefahr wurde mit jedem Atemzug mächtiger.

„Lass die Münzen, wo sie sind und flieh mit mir, denn uns nähert sich der Tod!" Meine Stimme überschlug sich fast.

„Du willst nur nicht teilen", jammerte sie und wehrte sich nun mit Händen, Füßen und Zähnen gegen mich. Sie bewarf mich sogar mit einigen Münzen. „Da hast du! Sobald wir sie ins Freie geschafft haben, teilen wir sie auf."

Ihre Lockungen verfingen bei mir nicht, denn ich spürte das Unheil auf uns zukommen. Obgleich ich weder eine Gestalt sah, die sich uns näherte, noch Schritte hörte, wusste ich, dass wir sofort fliehen mussten.

Da die Maid sich regelrecht an die Kiste klammerte, versuchte ich, anders zu ihr vorzudringen. „Hast du die Warnung draußen am Tor nicht gelesen?"

„Die war doch nur zur Abschreckung!", behauptete die Jungfer und gab sich alle Mühe, die Truhe in Richtung Ausgang zu zerren.

„Lass endlich los! Irgendwer lauert im Dunklen auf uns! Ich kann das Wesen spüren." Meine Panik steigerte sich ins Maßlose. Mein

Herzschlag galoppierte, mein Atem raste und meine Hände wurden feucht. Doch die Maid konnte ich weder davon überzeugen, den Schatz auf seinem Platz zu belassen, noch sich in Sicherheit zu bringen.

Plötzlich baute sich ein riesiger Schatten vor uns auf. Die Jungfer schrie. Ich zog mein Schwert und versuchte sie gleichzeitig hinter meinen Rücken zu zerren. Da sie aber die Truhe nicht loslassen wollte, hatte ich keinen Erfolg.

„Da deine Gier größer ist als alle Warnungen, sollst du die meine werden!", erklang eine geschlechtslose Stimme. Das Echo ihrer Worte hallte mehrfach aus allen Richtungen wieder.

Für meine empfindlichen Ohren war dies zu viel. Ich ließ die Maid los. Meine Schwerthand öffnete sich und die Waffe entglitt mir. Beide Hände auf die Ohren pressend, sank ich auf die Knie. Dennoch konnte ich meine Augen nicht von dem abwenden, was nun geschah. Es kam mir vor, als hätte ein Bann von mir Besitz ergriffen, der mich zwang dem Geschehen zu folgen.

„Du sollst deinen Lohn sogleich empfangen, törichtes Ding!" Das Wesen lachte auf, wodurch sich der Lärm ins Unerträgliche steigerte, da beides teilweise gleichzeitig, teils versetzt, von den Wänden zurückgeworfen wurde.

Mein Schädel schien mir zu platzen und mein ganzer Leib tat weh. Ich schwitzte vor Angst und Schmerzen. Mein Herzschlag hatte die Geschwindigkeit eines Kanters[30] erreicht und meine Lungen pumpten die Luft so hastig, als wäre ich schnell gelaufen.

Da sah ich, wie der Schatten die erstarrt scheinende Jungfer

---

30 Kanter = kurzer Galopp

regelrecht in sich einsaugte. Vielleicht kam es mir aber auch nur so vor und er senkte sich über sie. Jedenfalls verschwand sie plötzlich vor meinen Augen. Gleichzeitig erstarben die Echos.

Der Bann, der mich aufrecht und meine Augen geöffnet gehalten hatte, löste sich. Doch dieses ganze Erlebnis war für mich zu viel. Eine bleierne Müdigkeit legte sich auf mich. Schwäche ließ meine Glieder nachgeben. Meine Lider schlossen sich und mein Leib sackte in sich zusammen. Ehe ich den Boden berührte, versank ich in den gnädigen Armen der Dunkelheit.

*

Ein Gefühl, als würde der Grund unter mir hin- und herschaukeln, sich aber gleichzeitig auch nach vorn bewegen, weckte mich. Immer noch nicht ganz zurückgekehrt in die Wirklichkeit, öffnete ich die Augen nur einen Spalt. Über mir gewahrte ich das Antlitz meines Vaters. Darüber den Himmel eines frühen Morgens. Meine Nase roch seinen typischen Geruch, aber auch den eines Pferdes, Leder, Metall und einer Kräutermischung, die ich nicht sofort zuordnen konnte. Mit den Ohren nahm ich den gleichmäßigen Hufschlag eines im Schritt gehenden Rosses wahr.

„Da ist ja mein kausi wieder", stellte er erleichtert fest. „Du hast dir viel Zeit gelassen, um aufzuwachen. Aber bekanntermaßen schlafen Katzen ja mehr Kerzenstriche, als sie munter sind. Dennoch hast du mir einen Schrecken eingejagt. Nachdem du gestern Abend nicht zurückgekehrt warst, bin ich in aller Frühe losgeritten, um dich zu suchen. – Gut, dass die Mönche dich gefunden haben und bereits auf dem Weg zur Almhütte waren, um dich dort abzuliefern. Sie haben mir, wie ich von ihnen vernehmen musste, einen weiten und beschwerlichen Aufstieg erspart."

Seine Worte fanden nur langsam in mein Hirn, dennoch beunruhigte mich die Erwähnung von Mönchen so sehr, dass ich mich abrupt aufsetzen wollte. Dabei machte ich die Erfahrung, dass mir das noch nicht möglich war. Alles drehte sich um mich. Welch ein Glück, dass mich der starke Arm Sir Thurids hielt.

„Bleib liegen, Calan!", forderte er mit besorgter Miene. „Sobald wir die Hütte erreicht haben, sollte es dir besser gehen. Das haben mir die vier Mönche jedenfalls versprochen. Eigentlich hast du Glück gehabt, dass sie in dieser verlassenen Gegend unterwegs waren."

„*Vier* Mönche?" Soweit ich mich erinnerte, hatte ich nur drei ansassi gesehen. Damit konnte es sich wohl keinesfalls um diese Wesen handeln. Dennoch wollte ich es genau wissen. „Welche Farbe hatte ihre Kutte?" In dem Moment, bis er antwortete, wünschte ich mir, dass er eine ganz bestimmte Färbung nicht nennen würde.

„Lila."

Für einen Augenblick verschwamm sein Antlitz vor meinen Augen. Panik stieg in mir auf. Mein Herz begann mit meinem Atem um die Wette zu rasen und Schauder jagten über meinen Leib. Ich schwitzte, trotz der morgendlichen Kälte. Entgegen der Warnung meines Vaters setzte ich mich auf.

Diesmal drehte sich alles um mich. Mir wurde übel und ich begann zu würgen. Geistesgegenwärtig verhielt Sir Thurid sein Reittier und drehte meinen Körper in Bauchlage. Kurz darauf konnte ich nicht mehr an mich halten und entleerte meinen Mageninhalt. In hohem Bogen spuckte ich das, was von meiner letzten Mahlzeit übrig war, ins Gras. Danach fühlte ich mich ein wenig besser. Dennoch blieb der Würgereiz.

Ehe ich die zweite Ladung loswerden konnte, sprang Sir Thurid bereits vom Pferd. Mich hob er mit der gewohnten Leichtigkeit herunter und brachte mich in eine für diese unangenehme Beschäftigung angemessene Körperhaltung. Und das keinen Moment zu früh, denn sogleich folgte dem vorverdauten Mahl der Rest hinterher. Doch das Würgen hörte noch immer nicht auf. Ich erbrach mich noch einmal, wobei ich das Gefühl hatte, der Magen würde sich umstülpen und der nach Galle schmeckenden Brühe folgen.

Völlig erschöpft, verkrampft und mit Schmerzen im ganzen Leib war ich froh, dass mich mein Vater noch immer festhielt. Ich spürte weder Arme noch Beine. In meinen Kopf pochte es schmerzhaft. Mein Herz kanterte, mein Atem floh und mein Leib zitterte vor Kälte und Anstrengung.

„Ganz ruhig, mein Sohn!", flüsterte Sir Thurid und hob mich auf. Obgleich ich keinesfalls ein Kind seiner Lenden, sondern unbestimmter Herkunft war, nannte er mich hin und wieder so. Manches Mal, so auch in diesem Augenblick, wünschte ich mir, dass er wirklich mein Vater wäre.

Er nahm mich auf seine starken Arme und drückte mich sanft an seine Brust. Dann trug er mich ein Stück und legte mich auf einen spärlichen Streifen Gras. „Ich hole dir eine Decke. Währenddessen du ruhst dich etwas aus, Calan."

Ich wollte nicht, dass er mich losließ und sich auch nur einen

Moment von mir entfernte. Seine Nähe tat mir so gut und beruhigte mich ungemein – wie immer. Leider fühlte ich mich gar keineswegs in der Verfassung, ihn darum zu bitten. Der Zustand meines Leibes nahm mein ganzes Sein ein. Zusammengeringelt wie eine Katze und mit auf den krampfenden Bauch gepressten Händen, wartete ich sehnsüchtig auf seine Rückkehr.

Obwohl ich kaum fähig war, die Zeitspanne einzuschätzen, empfand ich sie dennoch als recht kurz. Wenn mich meine Ohren nicht getäuscht hatten, befahl er seinen Grauschimmel mit einem Pfiff zu sich. Dass das Pferd knapp neben mir hielt, spürte ich mehr an den Erschütterungen des Bodens, als den Hufschlag zu hören. Dafür rauschte das Blut noch zu laut in meinem Kopf.

Gleich darauf wickelten mich fürsorgliche Hände in eine Decke. Wie ein kleines Kind nahm Sir Thurid mich vom Boden auf und setzte mich auf seinen Schoß. Dort wiegte er mich leicht und summte eine beruhigende Melodie.

Dies brachte meine Kehle sogleich dazu, ein Geräusch, gleich dem Schnurren einer Katze, zu erzeugen. Seine Fürsorge und mein Beruhigungsschnurren sorgten dafür, dass mein Leib sich langsam entspannte und die Schmerzen sich verflüchtigten. Irgendwann fielen mir die Augen zu und ich schlief erschöpft ein.

11. Kapitel: Eleganz ohne Balancegefühl

Sobald ich so fest auf meinen Füßen stand, dass ich, ohne mich irgendwo festhalten zu müssen, gehen konnte, kletterte ich auf jede erreichbare Erhöhung. Zunächst nur im Haus, später im Garten oder Stall. Dabei kam mir mein ungewöhnlich geschmeidiger Leib sehr entgegen.

Leider hatte meine »Katzenhaftigkeit«, wie meine Eltern einige meiner Eigenheiten zusammenfassten, auch seine Nachteile. Als vier sekels alter Bengel kletterte ich einmal bis in die höchsten Äste eines Birnbaums. Dort gefiel es mir zwar zunächst recht gut, aber als mein Magen knurrte, wusste ich nicht, wie ich wieder herunterkommen sollte. Meine Mutter bekam meine Not mit und beschaffte eine lange Leiter. Dann erklärte sie mir genau, wohin ich meine Füße setzen sollte und welche Äste ich als Halt für meine Hände nutzen konnte. So lotste sie mich bis zur Leiter, auf der ich sehr geschickt hinunterstieg. Ich kannte dieses Hilfsmittel bereits aus der Scheune, in der ich mich sehr gerne auf den obersten Böden herumtrieb.

Mutter schimpfte nicht mit mir, als ich die letzte Sprosse bewältigt hatte, sondern nahm mich auf den Arm und drückte mich an sich. Sie trug mich ins Haus und setzte mir ein Glas Milch und eine kräftige Mahlzeit vor. Außerdem riet sie mir, den älteren Pagen und jüngeren Knappen zuzuschauen, auf welche Weise sie von einem Baum herunterkletterten. Gerne beherzigte ich ihren Rat und lernte recht schnell, ohne Hilfe hinunterzugelangen.

Was mir allerdings auch noch während meiner Knappenzeit Mühe bereiten sollte, war das Gleichgewichthalten. Stets überkam mich der

Gedanke, dass mir ein wichtiges Körperteil dazu fehlte. Diesmal nahm ich mir die Hofkatzen zum Vorbild, welche ohne abzustürzen über die schmalsten Zaunlatten laufen konnten. Ich hingegen hatte bereits Schwierigkeiten mit Balken oder Bohlen, die als Querungshilfe über Gräben lagen.

Während selbst die jüngsten Pagen keine Probleme mit dem Hinüberlaufen über diese schmalen Übergänge hatten, landete ich regelmäßig im Wasser. Zu diesem Element hatte ich eine ganz besondere Beziehung; doch davon ein anderes Mal.

Ich erinnere mich noch genau an einen Morgen, an dem wir jungen Pagen mit einem Buch auf dem Kopf zunächst frei durch den Unterrichtsraum schreiten sollten. Diese Übung gelang mir recht gut, denn mein Gang war schon immer sehr geschmeidig gewesen. So manche Schmähung hatte mich deshalb bereits getroffen, doch an jenem Tag neideten alle anderen Knaben mir diese Fähigkeit.

„Ihr solltet euch mehr anstrengen!", forderte unser Lehrer von den anderen, ehe er mich als leuchtendes Beispiel herausstrich. „Calan hat genau verstanden, welch schönes Bild Eleganz und Gewandtheit ergeben. Ihr wollt doch dem Ritter oder Gast, welchen ihr zukünftig beim Mahl bedient, Ehre erweisen. Zusätzlich vertretet ihr damit auch den Orden nach außen. Oder wollt ihr für eure Tölpelhaftigkeit verspottet werden? Dies fällt dann auf mich zurück. – Also noch einmal von vorne! Gebt euch gefälligst Mühe!"

Eisige Blicke trafen mich von allen Pagen im Raum, da sie so lange üben mussten, bis unser Lehrer zufrieden mit ihnen war. Ich hingegen durfte nach Hause gehen.

Am nächsten Morgen steigerte sich der Schwierigkeitsgrad, indem wir entlang eines auf dem Boden liegenden Seils gehen mussten – immer noch mit dem Buch auf dem Kopf. Auch diese Übung meisterte ich gleich beim ersten Mal vortrefflich. Dadurch verdiente ich mir nicht nur ein Lob, sondern konnte mich sogleich wieder verabschieden.

Am dritten Tag legten mich meine Kameraden herein. Sie hatten bemerkt, dass ich Schwierigkeiten mit dem Gleichgewicht hatte, wenn ich über einen schmalen Ast oder höherliegenden Balken balancieren sollte. Daher schlugen sie vor, dass die bisherige Übung von mir auf einer nur fußbreiten Bohle, die an beiden Enden auf zwei Tischböcken auflag, vorgeführt werden sollte. Da unser Lehrer von meinem Hemmschuh nichts wusste, ging er darauf ein.

Zunächst weigerte ich mich, da ich genau wusste, was geschehen würde. Aber unser Lehrer ließ mir keine Wahl, sodass ich seiner Aufforderung schließlich nachkam.

Ich stand noch nicht richtig auf dem dicken Brett, als mir auch schon das Buch vom Kopf fiel. Dann schwankte ich und wäre fast abgestürzt. Mit einem eleganten Sprung rette ich mich jedoch auf den Steinboden. Schadenfrohes Lachen meiner Kameraden begleitete mich dabei.

„Was soll das?" Sir Mertins Tonfall sorgte dafür, dass augenblicklich Stille herrschte. „Wollen wir doch einmal sehen, wie ihr anderen euch anstellt!" Er wies zunächst auf das noch immer auf dem Boden liegende Buch, dann auf einen der anderen Pagen und im nächsten Moment auf die Bohle. Dies reichte aus, um dem Knaben seine Aufgaben vor Augen zu führen.

Wie wohl wir alle vorausgesehen hatten, gelang es weder dem

ersten, noch irgendeinem der folgenden Buben, mit dem Buch auf dem Kopf das Brett entlangzulaufen.

„Somit wäre bewiesen, dass keiner von euch imstande ist, die heutige Übung zu bewältigen", stellte er abschließend fest. „Deshalb werdet ihr alle den restlichen Morgen damit verbringen, die von mir gestellte Aufgabe so lange zu wiederholen, bis ihr sie bewältigt habt."

Wir zogen alle lange Gesichter; ich, weil ich wusste, dass er mir nicht gelingen würde, die anderen, weil sie nicht an einen raschen Erfolg glaubten.

Es sollten noch mehrere Tage des Übens ins Land gehen, bis wir es endlich alle schafften. Dennoch beschlich mich dabei immer wieder das Gefühl, mir würde ein wichtiges Körperteil fehlen. Mit einem Schwanz, so kam mir die Erkenntnis, als ich den Hofkatzen und den Eichkätzchen zusah, hätte ich die Aufgabe spielend gemeistert.

Dass ich es indes möglichst vermied, über ein Brett zu gehen, welches als Querung eines Wassergrabens benutzt wurde, hatte noch einen weiteren Grund: Ich war wasserscheu. Für mich stellte dieses Element eine ernsthafte Bedrohung dar, da ich nicht schwimmen konnte. Nur zum Trinken und Waschen – wobei ich Letzteres lange Zeit nur ungern über mich brachte – schien es mir gedacht zu sein.

Trotz oder gerade wegen meines Mutes, Dinge auszuprobieren, vor denen sich die Pagen und teilweise sogar die Knappen fürchteten, blieb ich ein Außenseiter. Auf der einen Seite bewunderten mich die Knaben, auf der anderen schmähten sie mich oder spielten mir sogar Streiche.

Ich erinnere mich noch genau an einen heißen Sommertag, als selbst Sir Mertin der Schweiß in Bächen über den Leib rann. Bis zum Mittag hielt er durch, da er uns in den kühlen Mauern der Niederlassung unterrichten konnte. Doch die Aufgabe, welche er uns nach dem Mittagsmahl stellen wollte, sollte draußen geübt werden. In Anbetracht der Hitze gab er uns den Nachmittag frei und kündigte an, die Lerneinheit auf den nächsten Morgen zu verlegen.

Für meine Kameraden war sofort klar, dass sie nach dem Mahl zum nahegelegenen Waldsee gehen wollten, um darin Abkühlung beim Schwimmen zu suchen. Dies kam für mich allein aus den genannten Gründen ganz und gar nicht infrage. Außerdem gab es einen weiteren Grund, weshalb ich beschloss, mich ihnen keinesfalls anzuschließen. Da sie splitterfasernackt baden würden, musste ich befürchten, dass sie mich auch dazu drängen würden, mich meiner Gewänder zu entledigen. Dies hätte zur Folge, dass mein Geheimnis der Zweigeschlechtlichkeit gelüftet würde. Sobald das geschähe, würde ich verspottet und noch weit mehr geschmäht, als dies bereits der Fall war.

Zu meinem Glück rief mich Sir Mertin genau in dem Moment zu sich, als wir den Speisesaal verließen. Somit hatte ich einen Grund, zunächst zurückzubleiben.

Wir mussten das Mahl schweigend einnehmen und durften erst nach dem Verlassen des Raums wieder reden. Daher war noch keiner meiner Kameraden mit der Frage an mich herangetreten, ob ich zum See mitkommen würde. Doch im nächsten Augenblick wäre es bestimmt soweit gewesen, hätte Sir Mertin mich nicht zur Seite genommen.

Zu diesem Zeitpunkt war mir gleichgültig, welches Anliegen er haben würde, wichtig für mich war nur, dass er mich vor einer Rechtfertigung rettete.

Bedauernd schauten die Pagen mich an, als sie den Flur entlang gingen. Sicherlich nahmen sie an, dass es mir leidtun würde, mich ihnen nicht anschließen zu können.

„Calan, ich benötige deine Hilfe", begann Sir Mertin, während er in die entgegengesetzte Richtung voranschritt.

Schnell schloss ich mich ihm an. Ich atmete befreit auf, als ich mir sicher war, dass keiner der Knaben dies mehr sehen konnte. Dann wandte ich mich meinem Lehrer zu. „Wie kann ich Euch behilflich sein, Sir Mertin", fragte ich neugierig und sah zu ihm auf.

„Dein Vater, Sir Thurid, hat mich gebeten ...", hier unterbrach er sich. Dann blickte er sich um, ob auch niemand in unserer Nähe weilte, der das Gespräch mit anhören könnte. Da wir uns bereits weit genug vom Speisesaal entfernt hatten und niemand in die gleiche Richtung, wie wir strebten, fuhr er fort: „... dafür zu sorgen, dass du heute eine sinnvolle Aufgabe bekommst. Da dir das Element Wasser ohnehin nicht zusagt, dachte ich mir, dass der Lesesaal bei dieser Hitze ein angenehmer Ort sein könnte."

Meine Sinne waren wesentlich empfindlicher als die eines Menschen. Daher brauchte ich nur einen ruhigen Augenblick, um festzustellen, dass wir die einzigen waren, die diesen Gang benutzten. „Es freut mich, dass Ihr Euch so für mich einsetzt, Sir Mertin. Allerdings wird es nicht einfach werden, immer einen triftigen Grund zu finden, weshalb ich die vermeintlichen Badefreuden nicht mit den anderen Pagen teilen kann."

„Ich bin sicher, dass deinem Vater, dem seancha und mir genügend Aufgaben für dich einfallen werden. Lass das nur unsere Sorge sein, Calan", wiegelte er ab. „Wenngleich ich auch wirklich die Hilfe eines gelenkigen Knaben gebrauchen kann, so hätte die Angelegenheit auch noch einige Tage warten können. Sei's drum. Nun hat es sich eben ergeben, daher möchte ich dir auch mitteilen, was ich zu tun beabsichtige."

Wir bogen in einen weiteren Gang ab, der vor der Tür des Lesesaals endete. Auch hier begegneten wir keinem Menschen, was zu dieser Tageszeit auch nicht zu erwarten gewesen wäre. An diesem Mittag spielte uns zudem die Hitze noch mit in die Karten.

„Der Kommandant unserer Niederlassung bat mich, ihm ganz bestimmte Bände aus unserem Bücherschatz zu bringen", hub Sir Mertin wieder an, wobei er stetig voranschritt.

„Und weshalb braucht Ihr dabei meine Hilfe?", fragte ich ihn und schloss erneut mit schnellen Schritten zu ihm auf. Meine recht kurzen Beine konnten nicht mit ihm mithalten.

„Diese Bücher befinden sich auf dem obersten Brett, das vom Boden aus noch mit einer Leiter erreicht werden kann. Leider bin ich nicht mehr der Jüngste und auch mein Gehilfe traut sich nicht so hoch hinauf."

„Ich verstehe, Sir Mertin." Zum Glück erreichten wir gerade die Eingangstür des Raumes, in dem der gesamte Bücherbestand der Niederlassung Jotam aufbewahrt wurde. Wieder einmal war der Gelehrte mir davongeeilt. Langsam geriet ich etwas außer Atem, da war es mir nur recht, dass Sir Mertin kurz stehen bleiben musste, um die Tür zu öffnen.

„Auch dein Vater meinte, dass es für dich eine Ehre darstellen würde, unserem Befehlshaber und mir den Dienst zu erweisen, die Bände herunterzuholen." Noch während er sprach, drückte er die Klinke herunter und schob die Tür auf.

Gemeinsam betraten wir den Raum, der sich in einem viereckigen Turm befand. Nein, diese Beschreibung ist nicht ganz richtig, denn der Turm diente einzig dem Zweck der Aufbewahrung der Schriftstücke.

An allen Wänden reichten Bücherregale bis in doppelte Mannshöhe hinauf. Einzig zwei Aussparungen waren auf zwei gegenüberliegenden Seiten für Türen gelassen worden. Es handelte sich dabei zum einen um diejenige, durch welche wir den Turm betreten hatten und eine andere, welche in den Lesesaal führte.

Die unteren Gestelle waren so hoch gebaut, dass man ihre obersten Bretter nur mit Leitern erreichen konnte. Darüber befanden sich hölzerne Umgänge, die durch Treppen miteinander verbunden waren. Die erste führte vom Steinboden steil hinauf bis zu einem Podest in halber Höhe des untersten Regals, von dort gelangte man auf einer zweiten hinauf auf die erste Ebene. An ihrem Endpunkt befand sich ein Fenster in der Mauer genau gegenüber, welches mit einem Vorhang verdeckt werden konnte. Zuviel Licht bekam den Büchern nicht.

Auf den Rundläufen standen, dicht an der Wand entlang weitere Gestelle, welche aber nur mannshoch waren. So war gewährleistet, dass selbst das jeweils oberste Brett von einem ausgewachsenen Mann noch erreicht werden konnte.

Der Aufstieg für die dritte Ebene befand sich auf der

gegenüberliegenden Wand. Auch diese Treppe endete genau gegenüber eines Fensters. Mit den weiteren Umläufen verhielt es sich genauso. Der letzte lag etwas mehr als eine Mannslänge unterhalb des Daches.

In der Mitte des Turmes stand ein Tisch, der zur Ablage von Büchern diente, welche wieder einsortiert werden mussten. Dort saß auch der Gehilfe von Sir Mertin und hielt in einer Liste fest, welche Bände zurückgebracht worden waren. Anschließend würde er jedes Buch an seinen Platz im Regal stellen.

„Seid, gegrüßt, Sir Ingbert." Mit einer leichten Verneigung erwies ich ihm meine Referenz.

Der knapp acht Hände messende Gehilfe von Sir Mertin winkte nur mit seiner Schreibfeder. Abgesehen davon, dass sich der pummelige und bucklige Mann nicht gerne erhob, stellte es eine Ehre für mich da, dass er mir überhaupt Beachtung schenkte. Wahrscheinlich lag es daran, dass ich mich öfters in diesem Raum aufhielt, um ein Buch auszuleihen oder zurückzugeben.

Immer wieder lobte der glatzköpfige Mann von etwa 50 sekels mich dafür, dass ich die Bände so sorgfältig behandelte wie er selbst. Nie markierte ich eine Seite durch ein Eselsohr oder schrieb gar etwas an den Rand. Außerdem holte ich sie mir selbst aus den Regalen und stellte sie, nachdem er sie ausgetragen hatte, auch wieder dorthin zurück. So manches Mal hatte ich auch andere Bücher für den etwas verstaubt wirkenden Mann einsortiert, der als lebendes Buchverzeichnis galt.

„Ingbert", sprach Sir Mertin den Mann mit der Stupsnase und den sehr schmalen Lippen an.

Sogleich unterbrach Sir Ingbert seine Arbeit und blickte auf. Langsam und flüsternd fragte er: „Wie kann ich dir behilflich sein, Mertin?"

„Sir Alram, unser uratu[31], bat mich ihm diese Bücher aus unserer Sammlung zu besorgen", sagte der Angesprochene, trat neben seinen Gehilfen an den Tisch und legte ein Blatt vor ihn.

„Dafür brauchen wir eine Leiter, denn alle Bände stehen auf dem obersten Bord der unteren Regale, welche nach Norden ausgerichtet sind", sprudelte es sofort aus Sir Ingbert heraus, kaum, dass er die Titel gelesen hatte. Nun ja, sprudeln ist wohl übertrieben, denn seine Worte kamen nur langsam und flüsternd über seine Lippen. „Allerdings reiche ich selbst dann nicht an sie heran."

„Vielen Dank, Ingbert", entgegnete Sir Mertin und winkte ab. „Deshalb habe ich uns Calan mitgebracht. Er ist jung, gelenkig und weiß mit den Büchern sorgfältig umzugehen. Für ihn ist es ein Leichtes, sie herunterzuholen, wenn du ihm die Stelle genau beschreibst."

Das tat der Gehilfe dann auch, woraufhin ich die dicken Wälzer sehr schnell fand. Das erste Stück bereitete mir Mühe beim Herunterklettern, denn ich musste mich anstrengen, sie nicht fallen zu lassen. Glücklicherweise nahm Sir Mertin sie mir aus der Hand, sobald er sie erreichen konnte. Als er alle zusammen hatte, verließ er den Raum mit den Worten: „Vielen Dank euch beiden. Ich werde sie sofort zu Sir Alram bringen."

Ehe ich nachfragen konnte, ob er meine Dienste noch brauchen würde, hatte er bereits die Tür hinter sich geschlossen. Daher bot ich

---

[31] uratu = Kommandant einer Ordensniederlassung

Sir Ingbert an ihn dabei zu unterstützen, die bereits von ihm ausgetragenen Werke zurück an ihre Plätze zu stellen. Meinen Vorschlag nahm er sehr gerne an.

Von diesem Tag an hatte ich immer eine gute Ausrede, wenn meine Kameraden mich fragten, ob ich sie zum See begleiten wollte. „Nein, Sir Mertin hat mich im Büchersaal eingeteilt", entgegnete ich zumeist. Oder auch: „Sir Ingbert braucht meine Hilfe." Häufig konnte ich dem Gehilfen unseres Pagenmeisters zu Diensten sein, manchmal jedoch gab es für mich nichts zu tun. Dann lieh ich mir ein Buch und las es im Lesesaal, der an die Büchersammlung anschloss.

12. Kapitel: Aufbruch zur *Kare-san-Sui*

In meinem achtzehnten sekel:

Im Grenzgebiet von Kania und Tangalan, jenem Teil, der als Kare-san-Sui[32] bekannt war, kam es in der letzten Zeit vermehrt zu Überfällen. Die nächste Niederlassung des *Ordens der Ritter von den Elementen* lag mehr als zwei Tagesreisen entfernt. Die kleine Steinwüste Kanias wurde nicht so häufig von den Ordensrittern aufgesucht.

Der uratu[33] der Ordensniederlassung Pisens schickte einige Male dekanter[34] aus, um dort nach dem Rechten zu sehen. Doch immer wieder kehrten die Ritter unverrichteter Dinge zurück. Von den Räubern fehlte jede Spur.

Als Sir Thurid und ich in Pisens Halt machten, schlug er vor, dass wir beide uns der Sache annehmen würden. Durch mich hatte er einen einzigartigen Spurensucher. Meine Fähigkeiten lagen weit über denjenigen der besten Fährtensucher des Ordens. Zusätzlich konnten wir uns zu zweit wesentlich unauffälliger in dem Grenzgebiet bewegen, als dies gleich zehn Ordensritter mit ihren Knappen getan hätten.

Diese Gründe führte Sir Thurid an, als er mit dem uratu und seinem Stellvertreter, dem taswert[35], über das Problem mit den Überfällen sprach. Außerdem erläuterte er, was genau er zu unternehmen

---

[32] Kare-san-Sui = trockene Landschaft
[33] uratu = Kommandant einer Ordensniederlassung
[34] dekanter = Zehnerschaft, Einheit der Elementeritter
[35] taswert = stellvertretender Kommandant einer Ordensniederlassung

gedachte.

Nach dem Abendmahl suchten wir unser Gemach auf. Zwar konnte jeder Ritter, der einen Knappen ausbildete, das Vorrecht auf einen eigenen Raum geltend machen, dennoch nahmen es nicht alle in Anspruch. Meist nutzten nur die wenigsten diese Freiheit. In meinem besonderen Fall hingegen bestand mein Vater stets darauf.

„Ich habe den beiden Oberen mitgeteilt, dass du imstande bist, mit einem seancha auf geistiger Ebene zu sprechen", berichtete mein Dienstherr mir.

„Das bedeutet, dass ein dekanter mit einem seancha kurz nach uns aufbrechen wird", folgerte ich aus seinen Worten. Genüsslich räkelte ich mich auf meinem Lager. Ich genoss es immer wieder, ein sauberes und ungezieferfreies Bett für eine Nacht nutzen zu können. Der Nebelung[36] war angebrochen und mit ihm die ersten feucht-kalten Tage. Da war es mir lieber, mich in einem beheizten Raum aufzuhalten, als mich im Regen oder Nebel draußen herumtreiben zu müssen.

„Es tut mir leid, kausi, dass wir nicht, wie geplant, den ganzen Mond auf dieser Niederlassung verbringen können. Aber ich hoffe, dass wir die Räuber mit deinen besonderen Talenten rasch aufspüren werden. Den Rest überlassen wir den Pisenser Ordensbrüdern und ihren Knappen." Während er sprach, legte er ein Holzscheit aufs heruntergebrannte Feuer im Kamin. Normalerweise wäre dies meine Aufgabe gewesen, doch, wenn wir unter uns waren, verwöhnte mein Vater mich mit Freuden. Im Gegenzug kuschelte ich mich, trotz

---

[36] Nebelung = November

meiner achtzehn sekels[37], noch immer gerne an ihn und ließ mich von ihm in den oder aus dem Sattel heben. Ihm allein gestattete ich es jederzeit, mich zu berühren.

„Du weißt, Vater, dass ich stets unsere Aufgaben als Ordensmitglieder an die erste Stelle gesetzt habe", wehrte ich ab. Ich setzte mich auf und nahm den hegranischen Sitz[38] ein.

Sir Thurid ließ sich auf der Kante meines Lagers nieder und forderte mich mit einer Kopfbewegung dazu auf, mich neben ihn zu begeben. Inzwischen meinte er besorgt: „Dennoch weiß ich, dass du das Zusammenspiel von Nässe und Kälte hasst, kausi. Genau aus diesem Grund haben wir diese Niederlassung aufgesucht. Vier klomuti[39] einfach nur den normalen Alltag einer Ordensbesitzung erleben zu können und uns beiden etwas Ruhe zu gönnen, hätte auch mir gefallen. Das ständige Unterwegssein ..."

„Du hast dir mit mir eine Verantwortung aufgeladen, Vater, welche dir mit den sekels zunehmend schwerer fällt", stimmte ich ihm zu, obwohl er seinen Satz nicht zu Ende geführt hatte.

Mittlerweile saß ich neben ihm und lehnte meinen Kopf an seine Schulter. Ich genoss es, die Mischung seines Eigengeruchs in Verbindung mit der nach Heu duftenden Seife, einzuatmen. Gleichzeitig spürte ich die Wärme seines Leibes, von der er mir stets etwas abzugeben schien, wenn ich mich an ihn schmiegte. Bereits mein ganzes Leben lang war ich auf der Suche nach körperlicher Wärme gewesen. Mir kam es immer so vor, als würde mir ein

---

[37] sekel(s) = Jahr(e)
[38] hegranischer Sitz = »Schneidersitz«
[39] klomut(i) = Woche(n)

natürlich gewachsener Pelz fehlen. Leider verfügte ich, genau so wenig wie die Magierkinder und die Magier über eine Körperbehaarung. Das einzige »Fell«, welches mir wie ihnen wuchs, waren die Augenbrauen und das Kopfhaar. Letzteres trug ich bei angenehmen manasses[40] meist zu einem Dutt geformt am Hinterkopf. Ich verhinderte damit, dass mir die schulterlangen Locken ins Antlitz fielen und meine Sicht behinderten. Auf keinen Fall wollte ich das Haar weiter kürzen, da es Kopf und Nacken bei Kälte warmhielt.

Bis zum Alter von sieben sekels durfte es, abgesehen von gelegentlichem Schneiden der Spitzen, ungehindert wachsen. Es bedeckte meinen gesamten Rücken und endete kurz über meinem Gesäß. Erst im dritten sekel nach der Aufnahme in den *Orden der Ritter von den Elementen* als Page trennte ich mich – nicht ganz freiwillig – von einer beachtlichen Länge meines Körperschmuckes. Zum einen wurde ich von anderen Pagen, aber auch vielen Knappen deswegen, gehänselt. Ich sähe mit den ellenlangen Locken wie ein Weib aus, behaupteten sie. Zum anderen behinderten mich die langen Haare bei vielen meiner Aufgaben. Zunächst hatte ich dem abzuhelfen versucht, indem ich sie zu einem Zopf flocht. Gleichwohl reichte mir dieser bald genau so weit wie zuvor die offen getragene Haarpracht und stellte damit wiederum ein Hindernis dar. Hinzu kam mein Widerwille gegen Wasser. Dadurch litt die Pflege, obwohl ich sie täglich bürstete, bis sie glänzten. Schließlich schleppte irgendjemand Läuse in die Niederlassung von Jotam ein. Dies alles zusammengenommen bewirkte, dass ich mir von meiner Mutter die Haare kurz schneiden ließ. Seit jener Zeit trug ich meine Haare

---

[40] manasse(s) = Temperatur(en)

höchstens schulterlang.

Abgesehen von den Gelegenheiten, bei denen wir uns in der Wüste aufhielten oder die manasse warm war, fror ich ständig. Daher bekleidete ich mich meist mit mehreren Gewändern übereinander oder hüllte mich obendrein in den Umhang. In den kälteren naishi[41] bewahrten mich zusätzliche wollene Kleidungsstücke vor dem Erfrieren. Dennoch vermied mein Vater es meist, in den Wintermonden unterwegs zu sein. Bisher hatten wir diese Zeiten regelmäßig im Inneren einer Niederlassung des Ordens verbracht. Wenn es sich ermöglichen ließ, bevorzugten wir unseren Heimatort Jotam. Da wir diesen aufgrund der Entfernung keinesfalls vor dem ersten Schnee erreichen würden, schlug mein Dienstherr die Besitzung Pisens zum Überwintern vor. Die Nähe zur tangalanischen Wüste würde für einen milden Winter sorgen.

Ehe ich von Sir Thurid erfahren hatte, dass wir uns der Aufgabe, die Räuber aufzuspüren, annehmen würden, hatte ich mir Gedanken ganz anderer Art gemacht.

Für mein Alter war ich noch immer zu klein und zierlich. Inzwischen hatte ich es aufgegeben, darauf zu hoffen, dass sich das jemals ändern könnte. Meinem Vater hingegen machten diese sichtbaren Besonderheiten genauso wenig aus wie diejenigen, welche nicht so augenfällig waren. Letztere hüteten wir beide als ein gefährliches Geheimnis. Dieses zu wahren, fiel uns auf unseren Fahrten[42] wesentlich leichter, zumal, wenn wir die Niederlassungen stets nur für eine Nacht aufsuchten. Mehrere Monde stellten allzeit

---

[41] naish(i) = Jahreszeit(en)

[42] Fahrt(en) = Reise(n)

eine größere Herausforderung dar.

Zärtlich legte mein Vater seinen Arm um meinen Leib und drückte mich fest an sich. „Calan, kausi, träumst du mal wieder?"

Sogleich genoss mein Dienstherr wieder meine ganze Aufmerksamkeit. Dies zeigte ich ihm, indem ich ihn anblickte, was ihn dazu veranlasste weiterzusprechen. „Wenn ich auch langsam alt werde, so sollst du nimmermehr daran zweifeln, dass ich dich liebe. Du bist der Sohn, den Mutter und ich niemals haben konnten. Außerdem bist du ein Geschenk der magischen Welt. Wer bin ich, dass ich diese Gabe nicht zu schätzen wüsste? Es ist für mich eine Ehre, als dein Vater erwählt worden zu sein."

Es war mir jedes Mal peinlich, wenn er mich hervorhob, daher wechselte ich rasch zu den Fragen, welche sich mir bei der zu bewältigenden Aufgabe stellten. „Wann brechen wir auf?"

„Morgen früh. Je eher, desto schneller sind wir am Rande der Wüste", überlegte er laut. Sein Blick war in die Ferne gerichtet. Seine Gedanken beschäftigten sich mit ganz anderen Angelegenheiten als unserer bevorstehenden Fahrt.

„Jetzt träumst du, Vater", tadelte ich ihn. Mein gleichzeitiges Lächeln milderte die Worte indes. Ganz in seine Aura eingehüllt, konnte ich es nicht lassen, seine Gedanken zu lesen. Ich tat das nur äußerst selten, obwohl es mir leicht fiel. Auch dies war eine Gabe, welche ich von Kindesbeinen an besessen hatte. „Mutter fehlt mir ebenso wie dir. Daher habe ich dem seancha von Jotam Kunde gegeben, wo wir uns aufhalten und dass wir bis zur Schneeschmelze hierbleiben werden. Er hat es ihr ausgerichtet und dir von ihr folgende Worte übermittelt: »Thurid, ich liebe dich! Pass gut auf unser einziges Kind auf! Obgleich mir Calan nicht mitgeteilt hat, in welche Abenteuer ihr euch wieder einmal stürzen wollt, weiß ich genau, dass ein solches unmittelbar bevorsteht. Eine Gemahlin und Mutter fühlt so etwas. Sei vorsichtig! Überschätze dich nicht, nur weil du ein erfahrener Recke bist! Sende mir Kunde, sobald ihr nach Pisens zurückgekehrt seid!«"

„Deine Mutter!", rief er kopfschüttelnd aus und verzog das Gesicht zu einer Miene, die halb Freude, halb Unwillen ausdrückte. Mein Vater mochte es auf keinen Fall, wenn Mutter ihn durchschaute. „Und welche Predigt hat sie dir gehalten?"

„Das Übliche." Ich verdrehte die Augen. „Ich solle darauf achten, dass du dich keinesfalls übernimmst, denn du seist eben nicht mehr der Jüngste. Andererseits müsse ich mich selbst auch nicht unbedingt in Gefahr bringen. Sie sprach von der Sorglosigkeit eines Jünglings. Außerdem freue sie sich, uns im Lenz wohlbehalten in Jotam begrüßen zu können."

„Da sie von sich selbst nichts mitgeteilt hat, scheint es ihr gut zu gehen und auch auf der Niederlassung muss alles wie gewohnt laufen", merkte mein Vater mit einem seligen Grinsen an.

„Dem wird wohl so sein", stimmte ich ihm zu. Es freute mich immer wieder, wenn er an schöne Dinge dachte und seine Sorgen hintanstellte.

Leider hielt seine Verträumtheit diesmal nur kurz an. Allzu rasch kehrte er in die Wirklichkeit zurück. „Ich habe mit dem taswert abgesprochen, dass er sich sowohl um unsere Wegzehrung kümmert, als auch die Ritter aussucht, welche uns folgen sollen. Daher brauchst du nur unsere Habseligkeiten zusammenzupacken ..."

„... und morgen früh die Pferde zu satteln", beendete ich seinen Satz.

„Wie es sich für einen pflichtbewussten Knappen gehört", ergänzte er, worauf wir beide in lautes Gelächter ausbrachen.

„Reitest du noch immer darauf herum, dass ich zu Anfang meiner Knappenzeit ein einziges Mal dieser Aufgabe nicht nachgekommen bin?", fragte ich und zog eine Schnute.

Sogleich packte er mich und legte mich quer über seine Oberschenkel. Er versetzte mir einen leichten Klaps auf mein Hinterteil, ehe er mich losließ. Dies nutzte ich keineswegs dafür, um aufzuspringen und mich aus seiner Reichweite zu entfernen. Stattdessen kuschelte ich mich wie ein kleines Kind auf seinen Schoß und begann zu schnurren. Ich hatte nämlich festgestellt, dass ihn dieses Geräusch beruhigte. Außerdem hielt es ihn davon ab, mir damit zu drohen, mich wegen meiner frechen Bemerkung einmal richtig zu versohlen.

Dass er diese Ankündigung niemals in die Tat umsetzen würde, war ich mir völlig sicher. Sir Thurid war ein geduldiger Dienstherr und ein fürsorglicher Vater. Sollte ich ihn wirklich jemals so erzürnen, dass er mich dafür schlug, würde es ihm sehr schnell leidtun. Seiner Entschuldigung konnte ich sicher sein. Dennoch hatte ich nie und nimmer vor, seine Geduld auf solch eine harte Probe zu stellen.

„Lass uns das Lager aufsuchen, kausi", meinte er nach einiger Zeit. „Wir sollten ausgeschlafen sein, wenn wir bei Tagesanbruch aufbrechen wollen."

„Wie du befiehlst", konnte ich mir nicht verkneifen zu antworten. Gleichzeitig sprang ich mit einem Lächeln auf. Sogleich huschte ich zum Kamin und legte noch einige Scheite Holz aufs Feuer. Bis zum Morgen würde es brennen, schätzte ich. Auf keinen Fall wollte ich kurz vor Sonnenaufgang in einem kalten Gemach aufwachen.

*

Abgesehen von einem kühlen Wind, der uns in den letzten Tagen auf unserem Ritt zur Kare-san-Sui im Grenzgebiet zwischen Kania und Tangalan begleitet hatte, hatte der Winter keine Vorboten geschickt. Dennoch würde er nicht mehr lange ausbleiben. Ich rechnete bereits in den nächsten zwei Tagen mit dem ersten Schneefall. Auf meine Vorahnungen konnte ich mich stets verlassen. Daher verlor ich auch keine Zeit und suchte die Gegend nach Spuren ab, die uns den Aufenthaltsort der Räuberbande verraten würden.

Zunächst gestaltete sich das alles andere als einfach, da der Weg an der Grenze zu Tangalan eine vielbenutzte Verbindungsstrecke war. Erst nachdem ich von der Hauptroute abwich, stieß ich auf entsprechende Spuren. Es handelte sich dabei zum einen um Pferdeäpfel, welche zu weit abwärts des Weges lagen, um von rastenden Reitern zu stammen. Hinzu kamen die typischen Abriebe von beschlagenen Hufen auf dem felsigen Untergrund der Wüste. Zum anderen fielen mir mehrfach die Abdrücke eines lose sitzenden Hufeisens an vom Wind geschützten Stellen auf. Hier sammelte sich feiner Staub, der wohl aus der Sandwüste Tangalans stammte.

Je weiter mein Dienstherr und ich uns vom Fahrweg entfernten, desto mehr Hinweise auf die Strauchdiebe fand ich. Mal handelte es sich um einen verlorenen Knopf, mal um ein kurzes Seilstück oder einen an einem Dornbusch hängenden abgerissenen Stoffstreifen. Auch die Pferdeäpfel häuften sich. Anhand ihrer Beschaffenheit stellte ich fest, dass sie verschieden alt waren. Da sich auch noch recht frischer Dung darunter befand, tat ich Sir Thurid kund, dass wir der Diebesbande stetig näher kamen. Gleichzeitig nahm ich geistig Verbindung zu dem seancha auf, der uns mit den Rittern aus Pisens folgte. Ich beschrieb ihm mithilfe von Landmarken genau, wie er die Männer zu uns führen konnte.

Seine Antwort erfolgte sehr schnell. Darin teilte er mir mit, dass sie sich zufällig in der Nähe des Ortes auf meine Kunde warteten, an dem wir vom Hauptweg abgebogen waren. Sie würden innerhalb von etwas mehr als einem Kerzenstrich zu uns stoßen.

Ich bat ihn, den Rittern mitzuteilen, dass sie sich vorsichtig nähern sollten, da ich davon ausging, das Lager der Bande bald zu erreichen.

Gegen Abend roch ich den Rauch eines Lagerfeuers, lange, ehe auch nur einer der uns dieweil begleitenden Ordensbrüder und deren Knappen ihn in die Nase bekamen. An diesem Punkt beschloss Sir Thurid, dass wir beide uns nun zurückhalten würden. Alles Weitere lag, wie mit dem taswert vereinbart, in den Händen der Ritter der Niederlassung von Pisens. mittlerweile

Während wir begannen, das Lager für sie aufzuschlagen, stiegen die Ritter und ihre Knappen von den Pferden. Die Tiere sollten bei uns bleiben, damit ihre Reiter sich den Strauchdieben leise nähern konnten, um sie einzukreisen.

Als die Männer und Knaben sich davonschlichen, kümmerten wir uns darum, die Reittiere zu versorgen. Wir sattelten ab und gaben ihnen aus dem mitgeführten Vorrat etwas Hafer. Dann ließen wir sie gehobbelt[43] nach den letzten Herbstgräsern suchen.

Nachdem wir die Feuerstelle vorbereitet hatten, kehrten die Ordensbrüder und ihre Knappen mit den gefesselten Mitgliedern der Diebesbande zu uns zurück. Dass sie Erfolg gehabt hatten, hatte ich bereits weit früher anhand der mich erreichenden Geräusche vernommen. Daher konnte ich Sir Thurid die Rückkehr der Männer schon ankündigen, ehe diese sich auf den Rückweg machten.

„Einer ist uns entkommen", berichtete uns der Anführer des dekanters, als er sich bei uns am nun brennenden Feuer niederließ. „Zwei sind tot und drei oder vier verletzt. Der seancha kümmert sich um sie."

Ich blickte Sir Thurid fragend an, woraufhin er mir wissend zunickte. Dann wandte er sich an seinen Ordensbruder. „Mein Knappe und ich werden uns sofort auf seine Fährte setzen. Weit kann er ja noch nicht sein."

Gleichzeitig erhoben wir uns.

„Bei dem Geflüchteten handelt es sich um ein Weib", fügte der Ritter an, während wir uns in die Richtung aufmachten, aus der die Ordensmitglieder mit ihren Gefangenen eben erst gekommen waren. „Sie ist nach Norden gelaufen."

„Gut zu wissen", merkte mein Vater an.

Die Spur bis zum Lager der Diebe zu verfolgen, war aufgrund des niedergetrampelten Grases und unzähliger geknickter Zweige keine besondere Leistung. Auch, als der Boden steinig wurde und nur vereinzelt noch kleinere Pflanzen auf ihm wuchsen, erkannte ich eine

---

[43] hobbeln = Pferden mit einem weichen Strick die Vorderbeine in ausreichendem Abstand zusammenbinden, damit sie nicht weit weglaufen können.

breite Fährte. Zusätzlich beleuchtete der fast volle Mond unseren Weg.

Dennoch ließ mein Dienstherr mich vorangehen. Wir vermuteten beide, dass die Geflüchtete sich in einem Bogen an die Lagerstätte der Ritter heranpirschen würde. Sie würde nach einer Gelegenheit Ausschau halten, um die Flucht ihrer Kumpane zu ermöglichen, sobald die Menschen darin zur Ruhe kamen.

Gleichwohl wollte ich ihre Spur vom Ausgangspunkt an verfolgen. Sollten wir uns geirrt haben, und das Weib hatte beschlossen, seine Spießgesellen im Stich zu lassen, würden wir ihm auf diese Weise eher auf die Schliche kommen.

Selbst, als wir das Räuberlager erreichten, mussten wir uns noch lange keine Gedanken darum machen, dass das Weib bereits weit gekommen sein könnte. Aufgrund des unwegsamen, steinigen Geländes und der Vorsicht, welche es walten lassen musste, würde es nur langsam vorankommen.

Da wir von Süden auf die Reste des ehemaligen Räubernestes stießen, beschloss ich, es zunächst in westlicher Richtung zu umgehen. Sollte sie sich entschlossen haben, unsere erste Vermutung zu bestätigen, müssten sich Anzeichen für ihre Richtungsänderung finden lassen. Selbst, wenn wir das gesamte Lager umrunden mussten, um auf ihre Fährte zu stoßen, empfand ich mein Vorgehen nicht als vertane Zeit.

Ich blendete alle Sinneseindrücke aus, welche der verlassene Ort mir übermittelte, um mich ganz auf meine Suche einlassen zu können. Keinesfalls wollte ich mich mit den Resten der Auren belasten, welche mir von dort entgegenkamen.

Dennoch blieb ich wachsam, obwohl ich mich scheinbar nur dem Boden zu widmen schien. Gleichzeitig beobachtete Sir Thurid die Umgebung mit der Erfahrung eines altgedienten Recken.

Wie nicht anders zu erwarten, gab es genügend Fußspuren um das Lager herum, aber keine führte eindeutig in Richtung Süden. Erst, nachdem ich fast wieder am Ausgangsort meiner Suche angekommen war, stieß ich auf eine vielversprechende Fährte.

Mittels einiger Handzeichen machte ich meinen Vater darauf aufmerksam. Er nickte mir auffordernd zu, verstärkte aber gleichzeitig seine Wachsamkeit.

Wie ich vermutet hatte, führte die für kaum sichtbare Fährte ein Stück neben dem Pfad entlang, welchen die Ordensritter mit ihren Gefangenen und deren mit Diebesgut beladenen Pferden getrampelt hatten. Das Weib schien sich anfangs von einem größeren, aus dem Boden aufragenden Stein zum nächsten geschlichen zu haben. Das jedenfalls las ich aus den Abdrücken ihrer Schuhe im Staub. Später hatte sie Deckung in dem sich bis zum Feldlager vermehrenden Buschwerk gefunden.

Plötzlich drang Lärm vom Rande des Lagers an meine Ohren. Ein Ross wieherte ängstlich, als würde es gegen seinen Willen etwas tun müssen. Ein Mann rief: »Haltet den Dieb! Er hat ein Pferd gestohlen.« Hufschlag entfernte sich. Menschen liefen herum. Befehle wurden geschrien. Das Lager geriet in Aufruhr.

„Sie ist entkommen", stellte ich fest und grinste Sir Thurid an.

„Nicht, wenn wir es verhindern können", entgegnete er mir mit einem wissenden Lächeln.

Leichtfüßig rannte ich zu unseren Pferden, die wir in weiser

Voraussicht nicht abgesattelt hatten. Einzig die Gurte hatte ich etwas gelockert. Bis mein Vater mich erreichte, hatte ich die Riemen bereits festgezurrt und saß im Sattel. Nicht ganz so hurtig schwang sich auch Sir Thurid auf sein Ross.

„Wir fangen sie wieder ein", rief er seinen Ordensbrüdern zu, die ob unseres überstürzten Handelns nur die Köpfe schütteln konnten.

Im nächsten Moment galoppierten wir davon und hinter dem flüchtigen Weib her. Dass ich die Führung übernahm, nahm ich ganz selbstverständlich an. Ich besaß nicht nur die besseren Sinne, sondern zudem eine Ahnung, wohin die von uns Verfolgte sich wenden würde.

Auf dem Ritt zur Kare-san-Sui hatte ich mir die Karte der Gegend eingeprägt, welche der taswert von Pisens für uns hatte abzeichnen lassen. Da diese Landkarten sehr genau waren, stand für mich fest, dass die Diebin nur ein Ziel haben konnte. Sie versuchte, ihre Spuren zu verwischen, indem sie tiefer in die Steinwüste hineinritt. Wahrscheinlich glaubte sie, uns dort, wo sie sich bestens auskannte, in die Irre führen zu können. Dass sie dafür bis zur Grenze von Tangalan reiten müsste, um an Wasser zu gelangen, nahm sie scheinbar in Kauf.

Dies brachte mich auf einen Gedanken. „Sollen wir sie weiter verfolgen oder am See Dub Aankhamaa[44] auf sie warten?", rief ich Sir Thurid zu.

„Wir bleiben hinter ihr", entschied mein Vater. „Vielleicht fangen wir sie vorher ein. Damit würden wir uns einen weiten Weg durch trockenes Land ersparen."

---

[44] Dub Aankhamaa = schwarze Augen

„Wie du wünschst!", willigte ich ein, obwohl ich davon überzeugt war, dass die zweite Möglichkeit erfolgversprechender sein würde. Da das Weib sicherlich nicht den unmittelbaren Weg zum See einschlug, hätten wir einen Vorsprung, wenn wir querfeldein ritten. Sicherlich war das Sir Thurid auch bewusst, dennoch entbehrte seine Aussage nicht einer gewissen Folgerichtigkeit.

Wahrscheinlich hätte uns sein Vorschlag innerhalb kürzester Zeit Erfolg beschert, wenn der Grauschimmel meines Ritters nicht plötzlich gelahmt hätte. Obwohl ich dies keineswegs sehen konnte, hörte ich, wie unregelmäßig der Rhythmus seines Ganges wurde. Dann fiel er bereits zurück.

Noch während das Ross langsamer wurde, zügelte ich *Smiur*[45]. Dann kehrte ich zu Sir Thurid und seinem Pferd *Dusc*[46] um. Gemeinsam untersuchten wir das lahmende Bein bis zum Huf. Dabei entdeckten wir, dass es sich einen langen Dorn eingetreten hatte. Zwar konnten wir ihn entfernen und die Wunde versorgen, dennoch beschlossen wir, das Tier zu schonen.

„Jetzt entkommt sie uns doch noch", stellte ich enttäuscht fest.

„Warum verfolgst du sie nicht allein, kausi?", schlug mein Dienstherr vor. „Mit deinen achtzehn sekels traue ich dir zu, dass du mit diesem Weib keine Schwierigkeiten haben wirst. Reite nur! Ich kehre zu meinen Ordensbrüdern zurück. Falls du bis morgen früh nicht im Lager sein kannst, bringe sie unverzüglich nach Pisens. Wir brechen bei Sonnenaufgang auf. Da wir den gleichen Weg wählen werden, der uns hierher geführt hat, wirst du uns wahrscheinlich

---

[45] Smiur = Feuer
[46] Dusc = Nebel

bereits vorher einholen. – Verliere keine Zeit und schnapp dir das Weib, Calan!"

Mein Vater umarmte mich, als würden wir uns eine lange Weile nicht mehr sehen, dann nahm er *Dusc* am Zügel und führte ihn davon.

Überrascht blickte ich ihm einen Augenblick nach. *Dass er mir zutraut, diese Aufgabe allein zu bewältigen,* dachte ich kopfschüttelnd. Dann schwang ich mich in den Sattel. Ich ließ meinen Fuchs sogleich angaloppieren, wechselte aber die Richtung. Da ich nun auf mich gestellt war, wollte ich meinen ursprünglichen Plan umsetzen, die Diebin am Dub Aankhamaa zu erwarten.

Ein Kerzenstrich später erreichte ich das südliche Seeufer. Wie ich erwartet hatte, war das Weib noch nicht eingetroffen. Daher suchte ich für mich und *Smiur* ein Versteck, von dem aus ich nach ihr Ausschau halten konnte. Ein turmhoher Steinhügel schien mir dafür geeignet zu sein, zumal er sich für mich auch als Aussichtspunkt eignete.

Nachdem ich meinen Wallach am See getränkt und ihm Hafer aus dem mitgeführten Beutel gegeben hatte, kletterte ich auf die einzige größere Erhebung am Seeufer. Einem Menschen wäre es schwergefallen, im Mondschein die winzigen Flächen zu sehen, auf die er die Füße setzen konnte. Auch für die Finger Halt zu finden, wäre ihm wohl kaum möglich gewesen. Mir hingegen halfen meine geschärften Sinne. Ohne maßgebliche Anstrengung erreichte ich ein ebenes Felsstück, auf dem ich mich niederlassen konnte. Hier gab es eine Art natürliche Mauer, hinter der ich mich, wenn ich hockte, verstecken konnte. Meine mittelblauen Gewänder eigneten sich keineswegs dafür, mit dem Gestein zu verschmelzen. In solchen Momenten wünschte ich mir, dass ich einfache, ungefärbte Leinenkleidung tragen würde.

Was mag sich der Großmeister des Ordens, Rell-Peras, damals gedacht haben, als er die Farben für die Ordensgewänder festlegte?, fragte ich mich. Mein Blick schweifte über die weite, nur von wenigen Erhebungen durchsetze Ebene. *Bestimmt würde so manche Unternehmung der Elementeritter erfolgreicher gewesen sein, wenn sie nicht so auffällig gewandet dahergekommen wären. Zwar fiel das Dunkelblau der Ritter keineswegs so sehr auf wie das Mittelblau ihrer Knappen, dafür schwitzten sie darunter gerade in den wärmeren naishi[47] weit mehr. Andererseits war dem Großmeister wohl zur Zeit der Gründung des* Ordens der Ritter von den Elementen *wichtig gewesen, dass deren Mitglieder Eindruck erweckten. Damals mussten Recht und Gesetz erst wieder im Land Einzug halten.*

Obwohl ich es mir in meinem Versteck so bequem wie möglich gemacht hatte, war der Flecken doch recht klein, um sich dort länger aufzuhalten. Keinem der Knappen in meinem Alter wäre es wohl gelungen, sich bis zum Morgengrauen ohne schmerzende Muskeln zu verbergen. Einzig meine geringe Größe und die Gelenkigkeit meines Leibes sorgten dafür, dass ich davon verschont blieb.

Als sich das erste Licht am Horizont zeigte, nahm ich ein seltsames Schauspiel wahr. Vier in burachs[48] gewandete Reiter näherten sich aus Richtung der tangalanischen Grenze meinem Hügel. Ihre

---

[47] naish(i) = Jahreszeit(en)
[48] burach = burnusartiges Gewand der Wüstenbewohner

Häupter verhüllten sirachs[49], ihre Gesichter sirachans[50].

Ich rieb mir die Augen. Dann steckte ich jeweils einen Finger in meine Ohren, um sie zu reinigen, denn sie mussten wohl verstopft sein. Zuletzt zwickte ich mich selbst in den Arm. Nein, ich träumte nicht!

Noch während ich mich fragte, wieso ich ihre Annäherung mit keinem meiner Sinne bereits viel früher wahrgenommen hatte, kamen sie am Fuße meines Versteckes an. Dort stiegen sie aus den Sätteln und trafen Anstalten sich zu einem Frühmahl niederzulassen.

Als ich sie dabei beobachtete, stellte ich fest, dass es sich bei ihnen um zwei Männer und zwei Frauen handelte. Mittlerweile hatten sie zunächst die sirachans gelöst und anschließend die sirachs abgenommen. Entgegen der sonstigen Art der Menschen sprachen sie nicht miteinander. Auch vermieden sie es, Geräusche zu verursachen. Einzig ihre Pferde schnaubten hin und wieder. Sobald sie sich bewegten, knarrte das Leder der Sättel oder die Metallringe ihres Zaumzeugs klirrten.

Irgendwoher kamen sie mir bekannt vor, obwohl ich ihre Antlitze nicht richtig erkennen konnte. Eine seltsame Form von Nebel schien sich zwischen sie und meine Augen geschoben zu haben. Zunächst glaubte ich, dass diese Täuschung mit den geringen Lichtverhältnissen des frühen Morgens zusammenhing. Aber auch, als die Sonne über den Horizont stieg, verbesserte sich meine Sicht keineswegs. Hinzu kam, dass ich auch keine menschlichen

---

[49] sirach = turbanartige Kopfbedeckung der Wüstenbewohner
[50] sirachan = Endstück des sirach, welches als Schutz vor Mund und Nase befestigt wird

Körpergerüche erschnuppern konnte. Stattdessen roch ich Laubwald im Herbst, Wachskerzen, alte Bücher, Eisen, Leder und Bergluft. *Was ist nur mit meinen sonst so zuverlässigen Sinnen los?*

Ehe ich mir allerdings weitere Gedanken über dieses Phänomen machen konnte, erfassten meine Ohren das Geräusch eines sich nähernden, trabenden Pferdes. Als es sich herankam, erkannte ich die Reiterin als das Weib, welches Sir Thurid und mir entkommen war. Anders, als ich es erwartet hatte, verhielt sie ihr Reittier nicht, als sie die lagernde Reisegruppe sah. Scheinbar unbekümmert ritt sie unmittelbar auf sie zu.

Ehe sie aus dem Sattel stieg, hörte ich sie fragen: „Ist es gestattet bei Euch zu rasten? Ich bin die ganze Nacht unterwegs gewesen. Mein Brauner bedarf ebenso der Ruhe wie auch ich."

„Es sei dir gewährt", entgegnete die Frau mit den dunkelbraunen Haaren. „Nimm Platz und teile unser bescheidenes Morgenmahl mit uns!" Sie zeigte zunächst neben sich. Dann führte ihre Hand eine weitausladende Bewegung aus, welche die auf einem Laken zwischen den Reisenden ausgebreiteten Getränke und Viktualien[51] einschloss.

Die Flüchtige bedankte sich für die Einladung und nahm das großzügige Angebot an. Sie setzte sich und nahm den ihr von der zweiten Frau gereichten Becher mit einem Lächeln und einer Neigung des Hauptes entgegen. Durstig leerte sie ihn, ehe sie nach den Speisen griff, die alles andere als ein bescheidenes Mahl bildeten.

Im gleichen Augenblick erkannte ich, dass alles nur Trug war. Die

---

[51] Viktualien = Esswaren, Nahrungsmittel

zunächst so frisch und knackig erscheinenden Früchte waren wurmig und verhutzelt. Schimmel überzog das Brot. Maden krochen auf Wurst und Käse herum und die Butter roch ranzig. Selbst die Obstsäfte stanken vergoren.

Ohne nachzudenken sprang ich auf. „Nicht essen! Spuck das Getränk sofort wieder aus! Alles ist verdorben", rief ich aus und stürzte fast den felsigen Hügel hinunter.

Erschrocken fuhr das Weib zusammen, griff indessen aber unbekümmert und kopfschüttelnd nach den Speisen.

Während ich den Hang herabrutschte und dabei einiges an losem Geröll vorausschickte, drang eine Männerstimme an mein Ohr. Leider verstand ich aufgrund des Lärms, den ich verursachte, nicht, was genau er sagte. Allein, dass es etwas Beruhigendes war, wähnte ich an der Stimmlage erkannt zu haben. Außerdem sah ich, dass der Gast der Reisegesellschaft beherzt abwechselnd in eine Frucht biss und sich ein Stück Wurst in den Mund schob.

„Nein! Nicht! Du vergiftest dich!", schrie ich von der halben Höhe hinab. Gleichzeitig glitt ich aus. Der vermeintlich feste Halt, den ich mit einem Fuß gefunden zu haben glaubte, erwies sich als trügerisch. Ein faustgroßer Brocken löste sich und sprang vor mir hinunter. Er hüpfte gegen und über massives Gestein, wobei er immer mehr Geschwindigkeit entwickelte.

Als ich der Länge nach hinfiel, zerbarst der Stein auf eine Kante des Hügels. Seine Splitter flogen genau auf die unbekümmerten Esser zu. Keiner schien die ihnen drohende Gefahr erkannt zu haben.

Was dann genau geschah, konnte ich nicht sehen. Ich war damit beschäftigt, Halt für meine Hände und Füße zu finden, um zu verhindern, dass ich den restlichen Abhang hinunterschlitterte.

Bereits nach einer Mannslänge endete mein unfreiwilliger Rutsch auf einem schmalen Vorsprung. Dort überprüfte ich zunächst einmal, ob ich mir etwas gebrochen oder verstaucht hatte. Zum Glück stellte sich heraus, dass dem nicht so war. Allein meiner Katzennatur verdankte ich es, mir nur ein paar blaue Flecken und kleinere Schürfwunden zugezogen zu haben.

Sogleich erhob ich mich, um einen Blick auf das unvernünftige Weib und die seltsame Reisegesellschaft zu werfen. Für einen Augenblick fühlte ich mich wie gelähmt. Ich musste entsetzt schlucken.

Keinem der in die burachs gehüllten Menschen schien etwas geschehen zu sein. Einzig die Flüchtige lag reglos auf dem Boden. Ihr Haupt war blutüberströmt.

Ist sie tot? Hat sie ein Gesteinssplitter getroffen? Noch während ich mir diese Fragen stellte, kletterte ich von dem Hügel hinunter.

Als ich bei der Verletzten ankam, wunderte ich mich über die Verhaltensweisen der vier Gastgeber. Sie aßen und tranken schweigend weiter, ohne sich um das Weib zu sorgen.

Zunächst glaubte ich, dass sie, in den wenigen Momenten, in denen ich mich um mich selbst hatte kümmern müssen, bereits ihren Tod festgestellt hatten. Nachdem ich allerdings ein leichtes Heben und Senken der Brust des Weibes bemerkt hatte, kam mir die zur Schau gestellte Teilnahmslosigkeit seltsam vor.

Ehe ich mich dazu äußern oder die Verletzung aus der Nähe anschauen konnte, traf mich die Erkenntnis, wer die Männer und Frauen wirklich waren. Sämtliche Sinne meldeten mir gleichzeitig ihre Eindrücke. Alarmiert wich ich einige Schritte zurück und musterte die nun nicht mehr unkenntlichen Gesichter. Schlagartig stellte ich fest, dass die vermeintlichen Menschen alles andere als solche Wesen waren. Es handelte sich bei ihnen um ansassi.

In der mich überkommenden Panik gefangen, verschwendete ich keine Gedanken mehr an das verwundete Weib. Ich wollte nur noch weg.

Leider hatten die vier magischen Kreaturen meine Absicht wohl vorausgesehen. Ehe ich auch nur einen Schritt in Richtung meines Pferdes machen konnte, hatten sie mich umzingelt. Eine Flucht schien ausgeschlossen.

„Setz dich, Calan!", befahl der weizenblonde ansass mit den hellblauen Augen und zeigte auf das Laken mit der verdorbenen Mahlzeit. Er war derjenige, welcher den Leib des Priors Zeno übernommen hatte.

Bei seinem Anblick und der bekannten Stimme versteifte sich mein gesamter Körper. Vor meinen inneren Augen liefen die Bilder meines Martyriums abermals ab, das ich vor vier sekels im Kloster erleiden musste. Wahrscheinlich erschreckte mich die Erinnerung daran dermaßen, dass ich tat, was er verlangte.

Nun nahmen alle ansassi ihre Plätze wieder ein. Unbekümmert griffen sie nach den Speisen und Getränken.

„Sei unser Gast, Calan und nimm dir, wonach dich gelüstet", lud mich die Jungfer mit den kastanienroten Haaren ein. Ihr Leib hatte noch bis vor einem sekel der Räuberin gehört, welche ich in den Bergen getroffen hatte.

„Ich danke Euch für die Einladung, aber mein Magen ist noch gut gefüllt", lehnte ich ab. Meine rumpelnden Därme straften meine Aussage Lügen.

Der zweite männliche ansass, mit dem Körper von Baron Nistork, grinste mich kopfschüttelnd an, ehe er meinte: „Dein Leib verrät dich, Calan. Willst du uns beschämen?"

Ich überlegte fieberhaft, wie ich mich herauswinden könnte. Dabei war es nicht gerade hilfreich, dass mich alle drei ansassi erwartungsvoll ansahen. Unbewusst starrte ich auf die madenverseuchte Wurst. Erst, als mir bewusst wurde, was ich eigentlich sehen sollte, kam mir die Erleuchtung.

„Besonders ihr müsstet wissen, dass für ein magisches Wesen viele Speisen unverträglich sind", versuchte ich mich herauszureden. Gleichzeitig kam mir eine Idee, wie ich flüchten könnte. „Deshalb führe ich stets meine eigenen Mundvorräte mit mir. Lasst mich sie holen gehen, dann kann jeder von uns das zu sich nehmen, was ihm beliebt."

Obwohl ich meine Gedanken abgeschirmt hatte, errieten sie meine Absicht. Ehe ich mich erheben konnte, lag genau die Satteltasche vor mir, in der sich meine Viktualien befanden. Einen Moment lang brachte mich die Erkenntnis, damit meinen Plan durchschaut zu sehen, aus der Fassung. Doch dann beschloss ich, auf eine bessere Gelegenheit zu warten. Irgendwie musste ich diese Wesenheiten doch überlisten können.

Zunächst blieb mir nichts anderes übrig, als mein Mahl in ihrer Gegenwart einzunehmen. Obwohl es mir nicht leicht fiel, mit den Gerüchen der verdorbenen Speisen in der Nase und vor den Augen, füllte ich meinen Magen ausnahmslos mit meinen Vorräten.

Den ansassi schien der Zustand der Nahrung nichts auszumachen, denn sie aßen mit Genuss.

Um mich abzulenken, fragte ich sie, weshalb keiner von ihnen sich der Verwundeten annahm. Mit ihren magischen Fähigkeiten sollte es ihnen doch möglich sein, ihr zu helfen.

„Nur ihr Leib wird noch benötigt", entgegnete mir die weibliche ansass, welche den Körper in der Kapelle des Drachen vor drei sekels übernommen hatte. Sie sprach mit einer Gleichgültigkeit, die mir bewusst machte, wie wenig ihr ein Menschenleben bedeutete.

„Deine Aufgabe ist es, unsere Schwester zu befreien", wies mich der Zeno-ansass auf das für ihn Augenfällige hin. „Du hast ihr diesen Leib erträumt."

Oh, nicht schon wieder!, rief ich in Gedanken aus. *Welche gefahrvolle Aufgabe muss ich diesmal bewältigen, damit sie mich für ein weiteres sekel verschonen?*

„Sie wurde in der Wüste eingesperrt", erhielt ich die spärliche Kunde von dem einstigen Baron Nistork. „Du hast höchstens eine Woche Zeit sie zu befreien. So lange wird die Seele im Leib dieses Weibes verweilen. Danach wird er unbrauchbar für einen ansass."

Er redete nicht von Leben oder Sterben, was für mich als in Tangalan geschaffenes Wesen eine Selbstverständlichkeit darstellte. Nur Menschen empfanden den Übergang von einem Sein ins nächste als sehr bedrückend. Dass es die Zwischenstufe – allgemein als Tod bezeichnet – geben musste, war für die meisten Lebewesen ein natürlicher Vorgang.

„Wo genau? Und welchen Preis muss ich diesmal für die Befreiung einer der euren bezahlen?" Obwohl ich innerlich zitterte, brachte ich die Worte gelassen hervor. Mir war klar geworden, dass nur ich allein diese Aufgabe übernehmen konnte. Nach allem, was ich über die ansassi gelesen hatte, gab es für sie keine Möglichkeit, einen der ihren aus den jeweiligen Kerkern zu befreien. Auch den passenden Leib auszusuchen, in dem der ansass zukünftig leben sollte, oblag allein mir. Kein ansass durfte dafür einen Menschen verletzen, vergiften oder gar töten. Dies alles lag in meiner Verantwortung.

Gleichzeitig wurde mir gewiss, dass ich vor ihnen so lange sicher war, bis ich den sechsten von ihnen befreit hatte. Erst dann musste ich befürchten, von ihnen zu einem der ihren gemacht zu werden. Es sei denn, ich konnte sie zuvor auch mit dem siebten Mönch vereinen.

„Du musst deinen Weg, wie stets, selbst finden, Calan. Wir dürfen dir nur die Richtung weisen. Dir mehr Hilfe zu geben ist uns verwehrt", beantwortete die ansass, welche ich in der Kapelle des Drachen erlöst hatte, meine Fragen.

„Die tangalanische Wüste ist groß", stellte ich fest. „Wenn mir nur eine Woche bleibt, brauche ich einen Hinweis, in welchem Teil meine Suche zum Erfolg führt."

Alle vier Wesen schüttelten ihre Köpfe.

Ich überlegte kurz, welche Strecke ich bis zum Ablauf dieses Zeitraumes mit meinem Fuchs bewältigen konnte. Weiter weg sollte sich das Gefängnis nicht befinden, so meine Annahme richtig war. Vielleicht könnte mir eine winzige Regung in den Antlitzen der ansassi einen Hinweis geben. Daher beschloss ich, einige Bereiche aufzuzählen und ihre Mimik genau im Auge zu behalten.

„Bis zur *rih fedasch*[52] könnte ich es vielleicht schaffen. Es ist der

---

[52] rih fedasch = Wüste des flüsternden Windes

weiteste Punk, bis zu dem ein Pferd die Unbilden der Wüste überstehen kann", überlegte ich laut. Doch in keinem ihrer Gesichter zeichnete sich Zustimmung ab. Deshalb versuchte ich es mit einem anderen Teilgebiet. „Nicht ganz so weit müsste ich bis zur *anfaid fedasch*[53] reiten."

Diesmal zuckte ein Muskel im Antlitz der ehemaligen Räuberjungfer.

Ich nickte nur und grinste. Mein Ziel war gefunden. Nun würden die ansassi mich wohl reiten lassen. Eine Frage kam mir indessen in den Sinn. „Was geschieht mit dem verwundeten Weib? Muss ich sie mitnehmen?" Dieser Umstand könnte sich zu einem schwierigen Unterfangen gestalten.

„Nein. Sie kann in unserer Obhut bleiben", erlöste mich der Zeno-ansass. „Wir werden dafür sorgen, dass sie eine klomut[54] überlebt. Solltest du länger brauchen, benötigen wir einen neuen Leib oder du musst versuchen, ein anderes unserer Geschwister zu befreien. Doch bedenke: Wenn es dir nicht gelingt, alle sieben von uns zu erlösen, werden wir dich als Ersatz einfordern."

Ein eisiger Schauder jagte mir den Rücken herunter. *Es stimmt also, was in den alten Schriften steht!*

Alle vier ansassi nickten, zeigten aber ein bekümmertes Gesicht.

Ich nahm das zum Anlass, sofort aufzubrechen.

---

[53] anfaid fedasch = Wüste der Stürme
[54] klomut = Woche

13. Kapitel: In der Wüste

Obwohl die *anfaid fedasch*, was wörtlich übersetzt *stürmischer Wüstenwind* bedeutete, nur etwa einen Fünftagesritt entfernt war, machte ich mir Sorgen. Zum einen bezeichnete man diesen Bereich nicht umsonst als stürmisch, denn dort schleuderten oft orkanartige Böen den Sand jedem Reisenden entgegen. So manche Mitglieder einer Karawane hatten sich während eines Sturms keineswegs nur verirrt, sondern waren durch die Naturgewalten umgekommen. Als die Menschen und Tiere gefunden wurden, hatten Wind und Sand ihnen die Haut regelrecht abgeschmirgelt. Dieses Schicksal wollte ich in keinster Weise teilen.

Zum anderen besaß ich nur geringe Vorräte für mein Pferd und mich. Selbst, wenn ich mit den einzelnen Rationen sehr sparsam umging, würde der Hafer für den Fuchs höchstens fünf Tage reichen. Dies bedeutete, dass ich nur Futter für den Hinweg hatte. Was aber sollte ich ihm auf dem Rückweg anbieten?

Mit den Speisen für mich sah es noch schlechter aus. Unsere Mission war darauf ausgerichtet, dass Sir Thurid und ich nach dem zweitägigen Ritt zur Kare-san-Sui sich höchsten zwei Tage dort aufhielten. Länger schätzten wir die Suche nach dem Räuberlager nicht ein. Sobald wir das uns folgende dekanter der Elementeritter dorthin geführt hätten, wollten wir sogleich nach Pisens zurückkehren. Dementsprechend betrug unser jeweiliger Vorrat bei unserer Abreise von der Niederlassung Rationen für sieben esuhnins[55]. Von diesen hatte ich bereits diejenigen für deren drei verspeist.

Im Umkehrschluss bedeutete das: Meine Viktualien reichten, selbst, wenn ich sparsam mit ihnen umging, für fünf bis sechs Tage. Gab ich allerdings einen Teil an *Smiur* ab, ... Da er uns zurückbringen sollte, musste ich ihn bevorzugen.

Meine Planung ging hingegen nur dann auf, wenn kein Teil meiner Vorräte verdarb. Allein die Hitze konnte meine Speisen ungenießbar machen, der Sand ihnen schaden. So gut ich sie auch verpackt hatte, die winzigen Körnchen fänden zweifellos einen Weg hinein.

Was mir indes die größten Sorgen bereitete, war, wie ich den Wasservorrat auffüllen sollte. Mehr als einen Beutel führte ich nicht mit mir. Unter den von Sir Thurid und mir geplanten Umständen hätte die Menge ausgereicht, bis wir auf dem Rückweg auf einen Bach gestoßen wären. Doch in der Kare-san-Sui gab es weit und breit kein Gewässer.

In Gedanken stellte ich mir die Karte vor, die der taswert[56] von Pisens meinem Dienstherren ausgehändigt hatte. Mein ausgezeichnetes Gedächtnis zeigte mir jede Kleinigkeit, welche dort verzeichnet war. Und richtig: Es gab eine Oase mit einem abgedeckten Brunnen am Rande der *anfaid fedasch*.

Ich beschloss, zunächst dorthin zu reiten, um den Fuchs ausgiebig saufen zu lassen und meinen Wasserbeutel bis zum Pfropfen prall zu füllen. Auch ich selbst würde reichlich trinken. Da ich durch meine katzenhafte Natur wenig schwitzte, könnte meine Mission gelingen.

---

[55] esuhnin(s) = Tag(e)
[56] taswert = stellvertretender Leiter einer Ordensniederlassung

Alles in allem hoffte ich, es bis zu dem Ort zu schaffen, an dem der fünfte ansass gefangen gehalten wurde und ihn befreien.

Wie *Smiur* und ich den Rückweg bewältigen sollten, stand in den Sternen. Dennoch gab ich mich zuversichtlich, da die ansassi mich noch brauchen würden, um die restlichen zwei ihrer Kameraden zu erlösen.

Während ich diese Beschwernisse wälzte, hatten wir den Rand der Kare-san-Sui erreicht. Mein Fuchs blieb aufgrund meiner Bitte stehen. Gemeinsam blickten wir auf das vor uns liegende, scheinbar unendliche Sandmeer.

Es wird für uns beide nicht leicht werden, mein Freund, schickte ich ihm meine Gedanken. *Dennoch werden wir die Aufgabe bewältigen, welche uns die ansassi gestellt haben.*

Bisher haben sie immer dafür gesorgt, dass wir wieder zurückgekehrt sind, Calan, versuchte *Smiur* uns beiden Mut zu machen.

Dass er ausließ, in welchem Zustand ich mich teilweise befunden hatte, beruhigte mich indes nur wenig. Trotzdem war ich zuversichtlich, dass die ansassi zumindest für ihn sorgen würden. So sehr ich bei den vier bisherigen Aufgaben gelitten hatte, mein Pferd war stets verschont geblieben.

Lass uns aufbrechen, mein Kamerad!, forderte ich den Fuchs auf, woraufhin er seine Hufe hob und sie in den Sand tauchte.

*

Erstaunlicherweise kamen *Smiur* und ich gut voran, sodass wir bereits nach zwei Tagen die ersten Ausläufer der *anfaid fedasch* erreichten. Wie eine stürmische Sandwüste kam sie uns indessen in keinster Weise vor. Hätte ich die Landkarte zuvor nicht gründlich gelesen, wäre mir keineswegs aufgefallen, dass wir sie betreten hatten. Sie unterschied sich in nichts von dem Sandmeer, welches hinter uns lag.

Dennoch freute es uns, dass mich meine Erinnerung keinesfalls getrogen hatte. Wir fanden den mit Steinplatten abgedeckten Brunnen genau dort vor, wo ich ihn auf dem Plan entdeckt hatte.

Es bereitete mir einige Mühe, eine von ihnen so weit zur Seite zu schieben, um an den mit Wasser gefüllten Eimer zu gelangen. Beim Heraufziehen schmerzten uns beiden die Ohren, weil das Rad ein quietschendes Geräusch verursachte, während der am Henkel befestigte Strick über es lief. Doch dies mussten wir hinnehmen, da es die einzige Oase im weiten Umkreis war.

Der Fuchs und ich tranken so viel, wie uns möglich war. Dann füllte ich den leeren Wasserbeutel auf und verschloss den Brunnen wieder mit der Platte.

Eigentlich hatte ich vorgehabt, eine längere Rast einzulegen, um nicht nur etwas zu essen und den Wallach mit einer Ration Hafer zu füttern. Anschließend wollten wir uns eine Weile ausruhen, indem wir ein paar Kerzenstriche schliefen. Danach hätten wir uns nochmals an dem köstlich kühlen Nass gelabt, ehe wir unseren Weg fortgesetzt hätten.

Leider schienen wir nicht die einzigen Reisenden zu sein, die so spät im Nebelung durch die Wüste reisten. Da *Smiur* und ich lange, ehe wir die Menschen sehen konnten, auf sie aufmerksam geworden waren, beschlossen wir, sofort nach dem Mahl aufzubrechen.

Noch befanden wir uns nicht in Tangalan, dass uns vor unliebsamen Begegnungen geschützt hätte. Dieser Wüstenteil war natürlichen Ursprungs und rührte keineswegs von *Inishs*[57] Gewaltakt gegen den Urwald.

Da sowohl den Fuchs, als auch mich ein ungutes Gefühl was die Herannahenden betraf, beschlich, tilgte ich unsere Spuren, soweit dies möglich war. Dann hieß ich mein Pferd vorausschreiten und verwischte seine und meine Abdrücke, welche von dem Brunnen wegführten.

In diesem Augenblick wäre es mir ganz recht gewesen, wenn die *anfaid fedasch* ihrem Namen Ehre gemacht hätte. Zumindest ein starker Wind hätte wehen können. Leider tat *Adalar*[58] uns diesen Gefallen nicht.

Als ich mir sicher war, genügend Abstand zwischen die Oase und mich gebracht zu haben, schwang ich mich in den Sattel. Wenngleich *Smiur* mich auch nur im Schritt davon trug, um seine Kräfte zu sparen, legten wir in kurzer Zeit ein beachtliches Wegstück zurück.

Die Reisenden schienen kein Bedürfnis zu verspüren uns zu verfolgen, denn weder unsere Gefühle, warnten uns, noch bemerkten wir, dass sie uns nachkamen.

Einen Kerzenstrich später legten wir eine längere Rast ein. Obwohl wir zur Mittagszeit keinen Schatten in den Dünen fanden, beschlossen wir auszuruhen.

Sobald die größte Hitze vorbei war, brachen wir wieder auf und

---

[57] siehe mein Buch »Die Legende von Tangalan«
[58] Adalar = Gott des Windes

setzten unseren Weg bis in die Nacht hinein fort. Gerade, weil die Kälte uns ohnehin nicht lange schlafen lassen würde, verfielen wir auf den Gedanken, zukünftig dafür die heißen Zeiten zu nutzen.

Unsere Strategie führte dazu, dass wir viel schneller und ausgeruhter vorankamen als bisher. So erreichten wir am frühen Morgen des fünften Tages die Mitte der *anfaid fedasch*.

Noch immer zeigten sich keine Anzeichen für einen Sturm. Nur ein leichtes Lüftchen wehte. Wir nutzten diesen Umstand, um ein Morgenmahl einzunehmen. Gleichzeitig überprüfte ich die kärglichen Vorräte. Sie würden, wenn wir weiterhin so sparsam damit umgingen wie bisher, höchstens noch für zwei Tage reichen. Diese Sorge teilte ich auch dem Fuchs mit.

Calan, wenn die ansassi uns hier verhungern lassen, versuchte er diese zu zerstreuen, *wer sollte denn die noch fehlenden Wesen erlösen?* Ein Schütteln seines gesamten Leibes unterstrich diese Aussage.

Das sage ich mir auch immer wieder, Smiur. Aber, was machen wir, sobald du die letzten Haferkörner gefressen hast? Selbst, wenn ich dir danach meine Rationen überlasse, müsstest du auf dem Rückweg hungern. Das kann und will ich dir nicht antun.

Meinen Kopf an seinen Hals gelehnt, standen wir beide ruhig da.

Du machst dir zu viele Gedanken, Freund, antwortete er mir. *Du bist zu viel unter Menschen. Wir sollten öfter allein durch die Gegend streifen. Lebe im Jetzt! Alles andere wird sich finden.*

Du hast ja recht, gab ich mit einem Seufzer zu. *Dennoch würde ich gerne des Kerkers des fünften ansassi bald ansichtig werden. Ich hoffe nur, dass ich dafür nicht eine dieser Sanddünen umgraben muss.*

Das stelle ich mir lustig vor. Das Schnauben des Pferdes klang einem Lachen zu ähnlich.

Spotte nur, Smiur! Wenn das wirklich der Fall sein sollte, darfst du mir gerne helfen.

Seine Antwort blieb aus. Stattdessen wandte er sich seinem restlichen Hafer zu.

Nur, wenn wir auf dem Kamm einer Düne ankamen, konnten wir erkennen, was vor uns lag. Allerdings gelang uns das auch nur in den ersten Kerzenstrichen des Morgens. Danach flimmerte die heiße Luft derart, dass wir froh sein konnten, wenn wir den Grat der vor uns liegenden Sandanhäufung erkannten. Die von den Menschen so gefürchteten Spiegelungen, welche Wasser oder grüne Oasen an Orten erscheinen ließen, wo sich weder das eine noch das andere befand, narrten mich nicht. Als ein Geschöpf Tangalans war ich vor solchen Gaukelspielen gefeit. Vielleicht fiel es mir deshalb so leicht, das Gebäude, welches ich am späten Vormittag vom Kamm einer Düne erkannte, für wahrhaftig zu halten.

Die Landschaft ringsum unterschied sich gänzlich von derjenigen, die wir bisher durchquert hatten. Der Tempel – um einen solchen handelte es sich nämlich – ragte auf einer weiten, ebenen Fläche in den strahlendblauen Himmel.

Als wir die letzte Düne überquert hatten, erstreckte sich vor uns eine flache Steinwüste, die in der Ferne wiederum in diejenige aus Sand überging. Der einzige Halt, den meine erstaunt um mich blickenden Augen fanden, war das prachtvolle Gebäude, das ich hier nicht vermutet hätte.

Sicher, mein Ziel erreicht zu haben, ritt ich auf den Tempel zu. Bereits auf halber Strecke bemerkte ich eine breite Treppe. Sie führt hinauf zu einer überdachten Plattform, die sich, als ich mich weiter näherte, als ein Arkadengang, der sich um das ganze Gebäude herumzog, entpuppte. Jede der Säulen bestand aus tiefschwarzem oder weinrotem Marmor, wobei man nicht von einfachen Pfeilern reden konnte. Jeder war mit kunstvollen Ranken oder fremdartigen Zeichen übersät. Diese waren nicht nur in den Stein hineingemeißelt, sondern zudem mit Gold ausgekleidet. Manche Symbole stachen aus den anderen hervor, da sie wie ein Relief wirkten. Staunend umrundete ich das Gebäude, um abermals vor der Treppe auf der Vorderseite anzuhalten.

Nun entschloss ich mich, abzusteigen und *Smiur* hier zurückzulassen. Ich bat meinen Freund, auf mich zu warten. Insgeheim hoffte ich, dass er, während ich nach dem ansass suchte, etwas zu Fressen fand.

Obgleich ich mich bei meiner Umrundung des Gebäudes davon überzeugt hatte, dass weit und breit keine Gefahr drohte, sah ich mich nochmals um. Erst dann entschloss ich mich, die Treppe hinaufzusteigen, um mir den Tempel näher zu betrachten.

Wenngleich mir die Hitze wenig anhaben konnte, freute ich mich dennoch die Arkaden zu erreichen. Hier im Schatten war es wesentlich angenehmer, als in der prallen Sonne.

Bevor ich in das Gebäude, dessen Doppeltür sich vor mir einladend öffnete, eintrat, glitten meine Finger über die erhabenen Schriftzeichen einer Säule. Der Stein fühlte sich herrlich kalt an, aber auch seltsam glatt und kantenlos, etwas, was mir außerordentlich gut gefiel. Gleichzeitig stellte ich fest, dass dort verschiedene Botschaften in die Säulen gemeißelt waren. Seit ich lesen gelernt hatte, war ich versessen darauf, mir auf diese Weise möglichst viel Wissen anzueignen. Weder Bücher in der Allgemeinsprache noch in tangalanisch, das mir mein Vater beigebracht hatte, waren vor meiner Wissbegierde sicher.

Da ich indes auf keine Warnung stieß, den Tempel besser nicht zu betreten, entschied ich mich, das Innere des scheinbar unbeleuchteten Heiligtums aufzusuchen.

Mein erster Schritt über die Schwelle sorgte dafür, dass sich unzählige Kerzen entzündeten. Im gleichen Augenblick erklang eine wundersame sphärische Musik. Mein Fuß stockte kurz, da ich von den vielen Lichtern geblendet war. Gleichzeitig lockten mich die Klänge eines Instrumentes, bei dem es sich nur um einen Psalter handeln konnte. Mich hatte es bereits als Page gereizt, Melodien auf Lyra oder Flöte zu spielen. Doch an diesem Tag blendete ich die Töne aus, denn der Raum enthielt so viel Märchenhaftes, dass ich aus dem Staunen nicht mehr herauskam.

Die Wand zu meiner Rechten war völlig mit dem weinroten Marmor bedeckt, aus dem auch die Säulen der Arkaden im Außenbereich bestanden, während zu meiner Linken der schwarze Stein demselben Zweck diente. Über und über mit den gleichen Symbolen übersät, gewahrte ich, dass sie eine Geschichte erzählten. Sogar der Boden, auf dem meine Fußbekleidung nicht den geringsten Laut verursachte, bestand aus den edlen und seltenen Gesteinsarten. Nur verhielt es sich hier umgekehrt. Rechts glänzte die Fläche schwarz, links weinrot. Beide enthielten zu meiner Verwunderung allerdings keine dieser markanten Zeichen. Dafür erkannte ich sie auf dem goldenen Mittelteil wieder, welches beide Farben miteinander verband. Diesmal waren die Schriftzeichen abwechselnd rot und schwarz. Sie waren links so angeordnet, dass sie nur beim Hineingehen richtigherum zu lesen waren, und rechts beim Verlassen des Bauwerks. Und noch eine Besonderheit wies dieser Steinbelag auf. Die Symbole lagen genau eine Schrittweite auseinander. Jedes Mal, wenn ich auf eines der linken meinen Fuß setzte, sank es sogleich in den goldenen Stein ein. Trotzdem hatte ich keinesfalls das Gefühl, dass ich auf eine erhabene Steinmetzarbeit getreten war. Ich wählte meinen Weg so, dass ich nur die Zeichen auf der einen Seite berührte. Stets versenkte ich mit dem rechten Fuß ein rotes und dem linken ein schwarzes. Dies ergab für mich Sinn, denn dies gehörte zu einer uralten Zeremonie. Bereits meine einsame Umrundung des Tempels und die Berührung bestimmter Symbole auf den Säulen im Außenbereich waren ein Teil davon.

Die unzähligen Kerzen, welche sich bei meinem Eintritt alle zugleich entzündet hatten, standen rundherum an den Wänden und waren etwa hüfthoch. Ihr Wachs war in den Farben des Regenbogens eingefärbt, verbreiteten aber ein klares helles Leuchten. Unterstützt wurden sie dabei auch noch durch den Lichteinfall der in den gleichen Farben erstrahlenden Glasscheiben im Kuppeldach. Jedes Mal, wenn ich an einem der bunten, sich auf dem dunklen Marmorboden spiegelnden Flächen vorbei ging, staunte ich über dessen Aussehen. Keines der Fenster ähnelte dem anderen. Sie wiesen die seltsamsten Formen auf, wirkten dennoch als Ganzes so harmonisch, dass sie die Symmetrie nicht beeinträchtigten.

Mit einem staunenden Blick nach oben blieb ich etwa in der Mitte des von außen quadratisch, im Inneren aber rund wirkenden Gebäudes stehen. Die Kuppel war ausgekleidet mit dem gleichen goldenen Gestein, über welches ich am Boden schritt. Auch dort befanden sich in rot und schwarz gestaltete Motive. Sie entpuppten sich bei genauerer Betrachtung als Drachen in den unterschiedlichsten Varianten und als die Zeichen der Elemente.

Auf einem Podest an der vor mir befindlichen Außenwand lag die pferdegroße Figur eines goldenen Drachens. Um dessen Kopf ordneten sich die Symbole für die Elemente in einem Halbkreis an. Jedes der goldfarbenen reliefartigen Zeichen war etwa so groß wie die Länge eines durchschnittlichen Dolches. Aber auch diese Zurschaustellung von Reichtum und Macht war es nicht, was mich so erstaunte. Ich wusste plötzlich, dass der Kerker des fünften ansass diese Drachenfigur war. Allerdings ahnte ich nicht, wie ich ihn daraus befreien könnte.

„Was muss ich tun, damit ich Euch erretten kann?", fragte ich laut. Meine Worte hallten von den Wänden des Heiligtums wieder. Zuletzt blieb noch eines übrig, dass sich indes verändert hatte: Aus *kann* war *wann* geworden.

Ich fasste es als Hinweis auf, dass ich keine sofortige Lösung anstreben konnte. Dennoch wollte ich nicht tatenlos abwarten, zumal der Mundvorrat sowohl für mich als auch für *Smiur* zu Ende ging. Viel bedenklicher hingegen war, dass auch der Wasserschlauch nur noch wenige Schlucke enthielt.

Da ich davon ausging, dass die Götter für das Wohlergehen der

Pilger sorgten, die ihre Heiligtümer aufsuchten, musste es selbst hier eine solche Möglichkeit geben. Ich musste sie nur finden.

Wo nur soll ich mit der Suche beginnen?, fragte ich mich in Gedanken. *Ich glaube nicht, dass die Lösung sich mir durch die tangalanischen Schriftzeichen offenbart. Die Alte Schrift ist schließlich keineswegs für jeden lesbar. Da hierhin sicherlich gerade Menschen ohne diese Fähigkeit pilgern, muss es einen Hinweis geben, der auch ihnen leicht zugänglich ist.*

Ich drehte mich gemach um mich selbst und suchte Boden, Wände und Decke danach ab. Zunächst ließ sich nirgends ein Anhaltspunkt für meine Vermutung finden. Erst unterhalb des Drachenleibes wurde ich fündig. Das in ganz Glendalach gültige Symbol für die Nähe eines Gasthauses fiel mir dort auf. Ein Pfeil deutete nach rechts.

Als mein Blick langsam über die Seitenwand glitt, gewahrte ich eine Tür, welche mir eben noch nicht aufgefallen war. *Seltsam,* dachte ich, *es scheint, als narre mich dieser Tempel. Sonst entgeht meinen Katzenaugen doch etwas so Offensichtliches niemals!*

Kopfschüttelnd schritt ich auf die Pforte zu, die ohne mein Zutun vor mir aufschwang. Als ich eintrat, wurde mir inne, dass der nun vor mir liegende Raum ein Festsaal war.

Die Mitte nahm eine lange, festlich geschmückte Tafel ein. Auf einem weißen, mit tangalanischen Zeichen bestickten Laken standen goldene und silberne Pokale. Genau wie das Leinentuch waren sie mit funkelnden Edelsteinen verziert. Die Teller und Löffel bestanden aus buntem Glas. Kerzenleuchter aus rotem und schwarzem Marmor erhellten das Gemach von ihren Standorten auf der Tafelmitte und an den Wänden entlang. Das Licht brach sich in den geschliffenen

Steinen und den gläsernen Gegenständen.

In meinen Augen schmerzte diese Lichtfülle derart, dass ich mich von der Tafel abwandte. Kurz glitt mein Blick über die edlen, mit Schnitzereien versehenen Holzstühle, welche zu beiden Seiten aufgereiht auf eine zahlreiche Gesellschaft zu warten schienen. An den beiden Tischköpfen standen hingegen jeweils zwei einfache Lehnstühle.

Mich verwunderte die Schlichtheit der Ehrenplätze, welche ansonsten doch die edelsten waren. Auf ihnen nahmen die Gastgeber oder hochgestellte Personen Platz.

Die Wände bedeckten Teppiche, auf denen Landschaften aus dem ganzen Großkönigreich Glendalach abgebildet waren. Von der Meeresküste Ohilunds, Phusimarits und Tangalans hoch im Norden, über die daran anschließende Wüste von Hegran bis zu den Hügeln Drudias und den schneebedeckten Bergen von Hydit ganz im Süden gab es riesige, gestickte Bilder. Aber auch den Sümpfen und dem vulkanischen Teil von Phusimarit waren Teppiche gewidmet. Dagegen wirkten die Abbildungen der Seenlandschaft von Urtiklet und dem waldreichen Kania in der Mitte des Reiches geradezu idyllisch. Auch die ertragreichen Felder Ohilunds mit ihren vielfältigen Früchten wurden durch eines dieser Bilder naturgetreu dargestellt. Doch am meisten faszinierte mich die Stickerei, auf der ein Stück des Urwaldes von Tangalan abgebildet war. Hierauf gab es so viel zu entdecken, wie nirgendwo sonst. Die Tier- und Pflanzenwelt war so vielfältig, bunt und ungewöhnlich, dass es selbst mir, dem weitgereisten Knappen, den Atem verschlug.

Lange schritt ich an den Wandteppichen entlang, um sie genau zu betrachten. Dabei fiel mir auf, dass sich in jedem einzelnen Worte versteckten. Sie waren so kunstvoll in die Landschaften eingefügt worden, dass sie kaum als solche zu erkennen waren. Da sie sicherlich eine wichtige Bedeutung haben mussten, beschloss ich, gezielt nach ihnen zu suchen.

So gelangte ich schließlich zu dem folgenden Satz: »Nur, wer über sich hinauswächst und den reichen Gaben widersteht, kann denjenigen erretten, der lange schon seiner Befreiung harrt.«

Ich fragte mich, ob mit den »reichen Gaben« bereits die Ausstattung der Tafel gemeint war oder es sich dabei um die Speisen und Trünke, welche dort wahrscheinlich aufgetragen wurden, handelte.

Auf das glitzernde Geschirr, das Besteck und den Zierrat verzichtete ich nur allzu gerne. Das lag nicht allein daran, dass ich als Knappe des *Ordens der Ritter von den Elementen* ohnehin kein Gefallen an solchem Prunk fand. Hinzu kam, meine Abneigung für Dinge, welche meine Augen blendeten.

Sollte allerdings ein üppiges Mahl gemeint sein, würde es mir sehr schwer fallen, meinen knurrenden Magen nicht mit wenigstens einigen der Speisen zu füllen.

Kaum hatte ich darüber nachgedacht, erschienen auf der Tafel dampfende Schüsseln mit herrlich duftendem Inhalt. Es roch nach gebratenem Fleisch, gekochtem Gemüse, mit Gewürzen verfeinerten Breien, Süßspeisen, verschiedenen Käsesorten und Obst. Hinzu gesellten sich die Aromen von Trünken, deren Namen mir teilweise unbekannt waren.

Wenn ich auch meine Augen ob der Lichtfülle abwenden musste, so stiegen die Düfte dieser Herrlichkeiten mir in die Nase und ließen mir das Wasser im Mund zusammenlaufen. Gleichzeitig meldete sich mein Magen mit schmerzhaftem Zwicken.

Es fiel mir äußerst schwer, diesen Raum zu verlassen, doch, wenn ich das nicht auf der Stelle getan hätte, wäre ich über die Speisen und Trünke hergefallen. Deshalb huschte ich schnell hinaus und schloss die Tür hinter mir. Auf keinen Fall wollte ich von dem Anblick und dem Geruch der Köstlichkeiten verführt werden.

Ich gelangte zu der Entscheidung, dass ich mich leichter ablenken konnte, indem ich nach etwas Fressbarem und Wasser für mein Pferd suchte. Wo eine Tafel sich unter Auserlesenem für eine Festtagsgesellschaft bog, musste es auch Futter und Wasser für die Reittiere und Kutschpferde geben, welche die Menschen hierher gebracht hatten. Daher ging ich zurück in den Hauptraum des Tempels und hielt nach einer unscheinbaren Pforte Ausschau.

Sämtliche Wände suchte ich mit allen Sinnen nach einer Tür ab. Dicht an den Mauern entlanggehend schnupperte ich diese ab, während ich sie mit Augen und Fingern abtastete. Doch nirgends stieß ich auf den erhofften Zugang zu einem Heulager.

Einzig in der Nähe des Drachenstandbildes roch es verdächtig nach getrocknetem Gras und verschiedenen Kräutern. Auch den Duft von Möhren und Hafer glaubte ich dort wahrzunehmen.

Zunächst schalt ich mich einen Träumer, der sich diese Gerüche einbildete. Dann jedoch ertasteten meine Finger unterhalb der Figur eine Fuge, durch die ein leichter Luftzug zu spüren war. Neugierig beugte ich mich über die Ritze und stellte mit Augen und Nase fest, dass ich mich keinesfalls getäuscht hatte. Ganz eindeutig musste es hier einen geheimen Zugang zu einem Futterlager geben.

Jetzt musste ich nur noch herausfinden, wie ich ihn öffnen konnte. Daher besah ich mir die Drachenstatue nicht nur ganz genau, sondern strich auch mit den Fingerspitzen über sie. Sollte ein versteckter Hebel an ihr angebracht sein, würde ich ihn wahrlich finden.

Von der Schwanzspitze über den Rücken glitten meine Hände den Körper auf und ab, ohne jedoch auf eine Spur zu stoßen. Erst auf seinem Schädel wurde ich fündig. Einer der Dornfortsätze ließ sich drehen.

Kurz darauf bewegte sich die gesamte Figur ein Stück zur Seite und gab einen Einstieg frei, aus dem es eindeutig nach Heu, Möhren, Kräutern und Hafer roch.

Entschlossen, zumindest mein Pferd zu versorgen, griff ich nach dem nächsten Kerzenständer und stieg mit der unhandlichen Lichtquelle auf seiner Spitze die vor mir hinabführenden Stufen in die Dunkelheit hinein.

Zu meinem Erstaunen war die Holzstiege so trocken, dass sie knarrte. Erschrocken blickte ich mich im Tempel um, ob ich damit nicht irgendeinen Wächter auf mich aufmerksam gemacht hatte. Dann versuchte ich, auch die Finsternis unter mir zu erhellen, indem ich die Kerze hin- und herbewegte. Leider reichte ihr Lichtschein nur bis zu den seitlichen Mauern des Einstiegs und zwei Stufen in die Tiefe.

Auch mein Gehör meldete mir kein Herannahen eines lebenden Wesens. Daher wagte ich es, weiter hinabzusteigen.

Bereits nach gut einem Dutzend Trittflächen erreichte ich das Ende der Treppe. Hier unten bedeckten einfache Steinplatten den Boden.

Gleichzeitig stellte ich mit Hilfe des Lichtes und meiner Nase fest, dass ich vor einem großen Vorrat an Futter für mein Pferd stand.

Selbst einen geflochtenen Korb mit zwei Henkeln fand ich dort vor. Er lud geradezu dazu ein, um ihn mit allem zu beladen, was mein Fuchs benötigte, um seinen Magen zu füllen.

Ein Gefühl der Vorahnung breitete sich in meinem Leib aus, dass sich die Öffnung sehr rasch schließen würde und dies meine einzige Möglichkeit darstellte, an die Viktualien zu gelangen. Daher stopfte ich, soviel ich nur konnte, in das Behältnis hinein. Das Heu und die Kräuter drückte ich so fest zusammen, wie ich es nur vermochte. Darauf schichtete ich die Möhren so hoch, dass sie sogar über den Rand hinausragten. Zuletzt wuchtete ich einen Sack mit Hafer auf die fünfte Stufe von unten.

Es war nicht einfach, mit dem schweren Weidenkorb die Stiege zu erklimmen, ohne dass ich etwas von meiner kostbaren Fracht verlor. Ob ich den Raum ein zweites Mal betreten konnte, war ungewiss. Daher ging ich davon aus, dass das Futter in dem Korb und der Hafer alles war, was ich für meinen Fuchs erlangen konnte. Ich hoffte darauf, meine Aufgabe hier schnell beenden zu können, damit mir wenigsten ein kleiner Vorrat für den Rückweg blieb.

Kaum hatte ich den Korb vor mir auf den Tempelboden gestellt, fingen meine Ohren ein knirschendes Geräusch auf. Entsetzt stellte ich fest, dass die Platte, welche den unterirdischen Vorratsraum verbarg, sich von selbst über die Öffnung bewegte. Rasch huschte ich die Stufen hinab bis zu dem Hafersack. Diesen schwang ich mir auf den Rücken und beeilte mich mit dem schweren Gewicht die Treppe hinauf zu steigen.

Obgleich ich mich darauf besann, keinen Fehltritt zu tun und auch das Gleichgewicht nicht zu verlieren, lauschte ich gleichzeitig auf das schabende Geräusch der sich mir stetig nähernden Bodenplatte. Daher warf ich den Sack, sobald er sich auf Höhe des Tempelbodens befand, dort hin. Im nächsten Moment rettete ich mich, indem ich hinterhersprang.

Kaum war ich auf den Marmorfliesen aufgekommen, rastete hinter mir die Platte ein. Erschöpft und erleichtert drehte ich mich auf den Rücken und wischte mir den Schweiß von der Stirn. Erst jetzt begriff ich, in welcher Gefahr ich geschwebt hatte. Hätte sich die Öffnung nur einen Atemzug früher geschlossen, wäre mindestens einer meiner Füße steckengeblieben. Ach, was vermutete ich da nur! Nein, sicherlich wäre er zerquetscht worden. Aufgrund der Schmerzen und der Verletzungen wäre ich elendig zugrunde gegangen. Selbst, wenn ich es mit Hilfe meines Schwertes geschafft hätte, mir den Fuß abzutrennen, glaube ich kaum, dass ich überlebt hätte.

Als mein Atem sich beruhigt hatte, sprang ich auf. Gleichzeitig vertrieb ich alle Gedanken an die Gefahr, in der ich geschwebt hatte und deren mögliche Folgen, aus meinem Kopf. Viel wichtiger war es, mein Ross zu versorgen, dass inzwischen eine Tränke gefunden hatte.

Nachdem ich *Smiur* seine Ration gegeben und selbst aus der mit abgestandenem Wasser gefüllten Vertiefung getrunken hatte, machte ich mich auf die Suche nach etwas Essbarem für mich. Zwischenzeitlich nagte ich an einer Möhre, um meinen ärgsten Hunger zu stillen.

Zunächst ging ich um den ganzen Tempel herum und suchte mit

allen Sinnen das Mauerwerk nach versteckten Eingängen und Türen ab. Erst, nachdem ich dort keinen Erfolg hatte, betrat ich erneut sein Inneres. Auch hier verfuhr ich ebenso, konnte aber außer den beiden Räumen, die ich bereits entdeckt hatte, keine weiteren finden.

Mein Magen knurrte bereits seit längerem, denn die kleine, trockene Wurzel füllte ihn nicht im Geringsten.

In Gedanken versunken, setzte ich mich neben das Drachenstandbild. Mir taten sich nur zwei Möglichkeiten auf, meinen Hunger zu stillen: Entweder nahm ich mir von den Speisen im Nebenraum und gefährdete so die Befreiung des in diesem Gebäude eingeschlossenen ansass. Oder ich versuchte noch einmal, die unterirdische Vorratskammer zu öffnen und mir von dort einen weiteren Sack Hafer, einige Kräuter und Möhren zu besorgen. Mithilfe zweier Steine könnte ich aus dem Getreide Mehl mahlen. Versetzt mit den Kräutern, Möhren und Wasser würde sich daraus eine nahrhafte Mahlzeit kochen lassen. Allein die Beschaffung des Brandes[59] stellte sich als Hindernis dar.

„Eines nach dem anderen, Calan!", sagte ich laut zu mir. Zunächst musste ich herausfinden, ob ich ein zweites Mal an die »Schätze« herankäme. Aus Erzählungen wusste ich, dass das meist nicht der Fall war. Doch ich musste es wagen, sonst würde ich verhungern.

Die Mahnung der Inschrift schlich sich während meiner Überlegungen immer wieder in meine Gedanken, sodass ich keinen anderen Weg sah, als denjenigen, über den ich zuletzt nachgedacht hatte. Daher erhob ich mich und ging die Angelegenheit an.

Ich drehte an dem Dornfortsatz auf dem Drachenkopf. Sogleich

---

[59] Brand = Brennmaterial

hörte ich, wie sich die versteckt angebrachten Verschlüsse aushakten. Dann ertönte das schleifende Geräusch erneut, als sich die Statue zur Seite bewegte. Diesmal wartete ich nicht ab, bis sie den Weg gänzlich freigegeben hatte, sondern schlüpfte, noch während sie in Bewegung war, an ihr vorbei.

Schnell hastete ich die Treppe hinab, griff mir einen Hafersack, wuchtete ihn auf den Rücken und schleppte ihn die Stufen hinauf. Kaum hatte ich ihn auf dem Tempelboden fallengelassen, stürmte ich die Stiege wieder hinunter. Dort füllte ich einen kleineren Korb mit Kräutern und Möhren.

Ich wusste, dass meine Zeit knapp bemessen war, dennoch überraschte es mich, als sich die Öffnung wiederum zu verschließen begann. Rasch krallte ich mir noch eine Handvoll des gelben, orangefarbenen und rötlichen Wurzelgemüses und warf es in das Körbchen. Dann drückte ich es an mich und rannte, so schnell mich meine Beine trugen, die Treppe hinauf. Diesmal brauchte ich mich nicht mit einem verzweifelten Sprung zu retten. Die Zeit reichte aus, um auch gefahrlos den letzten Tritt hinter mich zu bringen.

Atemlos, aber glücklich den ersten Teil meines Ziels unbeschadet erreicht zu haben, stellte ich den Korb vor der Drachenstatue ab. Mir schien es der richtige Ort dafür zu sein. Anschließend holte ich mir aus dem Speiseraum, in dem noch immer die herrlichsten Gerichte mit ihren Düften meine Nase und mit ihrem Aussehen meine Augen zu verführen versuchten, eine einfache Holzschale. Mein Blick fiel durch Zufall auf das unscheinbare Behältnis unterhalb eines Stuhles.

Als ich es mit dem Hafer aus dem Sack füllte, bemerkte ich den Geruch eines Hundes an ihm. Sogleich sah ich vor meinem inneren

Auge, wie ein Jagdhund aus ihm Rest vom Tisch fraß.

Für einen Augenblick ekelte ich mich vor dem Gefäß, doch dann schüttelte ich dieses Empfinden von mir. Ich benötigte es, um nicht den gesamten Sack hinaustragen zu müssen.

Draußen suchte ich mir einen größeren, ebenen Stein, der mir als Reibefläche dienen würde. Ein etwa zwei Hände umfassender sollte als Mahlstein herhalten.

Noch ehe ich mit meiner schweißtreibenden Arbeit beginnen konnte, gewahrte ich einen in einen burach gekleideten Reiter auf den Tempel zuhalten. Er schien weder mich noch mein Pferd gesehen zu haben, denn er verschwand, kaum aus dem Sattel gestiegen, flugs im Gebäudeinneren.

Neugierig, was er dort tun würde, schlich ich ihm hinterher. Ich fand ihn nicht im Haupt-, sondern im Nebenraum. Er oder besser gesagt, sie, saß zu Tisch und schlang eilig die Köstlichkeiten herunter, welche sie sich auf einen Teller gehäuft hatte. In ihrem Kelch befand sich ein schwerer Rotwein, den sie in ihrer Hast zu trinken, halb über ihr Gewand schüttete.

Mein Magen knurrte nur für mich vernehmlich, denn die Maid an der Tafel schmatzte und schlürfte so laut, dass sie dieses Geräusch übertönte.

Wie gerne hätte ich mich ihr zugesellt, doch die Warnung hielt mich davon ab. Allerdings war ich auch nicht dazu fähig, die Jungfer, welche ich als diejenige erkannte, die ich verfolgt hatte, in irgendeiner Weise zu warnen. Ich konnte weder einen Schritt tun, noch gehorchte mir meine Stimme.

Plötzlich verschluckte sich die Maid an einem wohl zu hastig heruntergeschlungenem Bissen. Zunächst versuchte sie ihn noch mit dem Wein hinunterzuspülen, doch er schien sich nicht zu bewegen. Ein heftiger Hustenanfall sorgte anschließend dafür, dass sie Speisen und Getränke durch den Raum spuckte. Aber auch damit stellte sich der gewünschte Erfolg keinesfalls ein. Ihr Gesicht lief rot an, während sie nach Luft rang.

Schließlich sprang sie auf, noch immer abwechselnd hustend und vergeblich versuchend, Atem zu holen. Dabei stieß sie ihren Stuhl um, der mit einem lauten Krachen auf dem Boden aufschlug. Panisch versuchten ihre Hände irgendwo Halt zu finden, dabei verkrallten sie sich im Tischtuch, welches sie mitsamt den Schüsseln, Tellern, Kelchen und Kandelabern herunterriss.

Die Jungfer wurde regelrecht unter all diesen Dingen verschüttet. Gleichzeitig spürte ich einen Luftzug und sah eine weibliche Gestalt an mir vorbeischreiten. Sie ging gezielt auf die noch immer hustende und sich unter dem Tafeltuch und Geschirr hervorkämpfende Maid zu.

Plötzlich verstummten das Husten und die vergeblichen Versuche, Luft in die Lungen zu pressen. Auch regte sich nichts mehr unter dem Tuch- und Geschirrberg. Zeitgleich verschwand die gerade hereingetretene Dame. Nur Augenblicke später kam sie mit einem völlig anderen Aussehen unter diesem herausgekrochen.

Als die dunkelhäutige Dame mit den hüftlangen schwarzen Haaren und den braunen Augen in einem bodenlangen roten Kleid auf mich zutrat, wich meine Erstarrung von mir. Dies war die Edeldame, von der ich in der letzten Nacht geträumt hatte. Daher wusste ich nun mit Gewissheit, dass ich einer weiteren ansass gegenüberstand.

Galant verneigte ich mich vor ihr, ehe ich auf den Handrücken der mir entgegengestreckten Linken einen Kuss hauchte. Mit fielen sogleich ihre feingliedrigen Finger auf, an denen ungewöhnlich geformte Ringe steckten.

Als ich mich wieder erhob, lächelte sie mich an. „Ich bin dir sehr verbunden, Calan, dass du dich nicht dazu verleiten ließest, auch nur eine der Speisen zu kosten. Du hättest damit meine Erlösung unmöglich gemacht. So hingegen brachtest du mir einen neuen Leib und die Gewissheit, mit meinen Brüdern und Schwestern erneut vereint zu werden. Meinen Dank möchte ich dir damit abstatten, dass ich dich und dein Ross zurück nach Kania bringe."

Noch ehe ich etwas erwidern konnte, lösten sie und der Tempel sich vor meinen Augen auf. Ich hatte das Gefühl, mich immer schneller zu drehen, dann verlor ich das Bewusstsein.

14. Kapitel: Gehetzt

Der fuchsfarbene Wallach kam schaumbedeckt und mit Schlamm bespritzt auf das Tor der Niederlassung Kampret im Landesteil Kania zugaloppiert. Da das Pferd anhand der Satteldecke deutlich erkennbare Ordensmerkmale aufwies, ließ die Wache es in den Hof laufen. Dort würde es leicht einzufangen sein, schließlich machten sich ebenda gerade zwei Ritter und ein Knappe reisefertig.

Die beiden Torwächter hatten erfahren, dass es sich dabei um Sir Thurid, Sir Hagar und dessen Knappen Ivo handelte. Sie wollten gemeinsam nach Sir Thurids verschwundenem Knappen Calan suchen. Der junge Mann von 18 sekels sollte bereits am gestrigen Abend von seinem Ausflug zurück sein. Da er als äußerst zuverlässig galt, sorgte sein Dienstherr sich um seinen Verbleib. Seine Bedenken teilte er mit seinem Ordensbruder und guten Freund Hagar, der sich sofort bereit erklärte, ihm bei der Suche behilflich zu sein.

„Das ist sein Pferd!", rief Sir Thurid erschrocken aus und fing den Fuchs eigenhändig ein. Mit geschultem Blick überflog er Sattel, Decke und das Fell des Reittieres. Anhand der Verschmutzung, den Wetterbedingungen der letzten Nacht, der Geschwindigkeit und seines körperlichen Zustandes schloss er darauf, wie lange das Tier bereits ohne Reiter gelaufen sein konnte.

„Was meinst du, Hagar? Auf einer Galoppstrecke von einem halben bis einem Kerzenstrich müssten wir auf Calan treffen." Die Straße hatte Sir Thurid bereits von der Spitze eines Turmes aus nach beiden Richtungen auf eine Entfernung von einem halben Kerzenstrich abgesucht.

Beide Ritter sahen sich kurz an, ehe der mit Hagar angeredete seinem Freund zunickte. Er und sein Knappe saßen längst im Sattel. Um sich selbst einen Überblick zu verschaffen, hatte der Mann seinen Braunen zu dem Ordensbruder gelenkt.

„Wir sollten uns beeilen; denn wenn mich nicht alles täuscht, ist das da Blut!" Der gebräunte Hüne zeigte auf einen roten Fleck in der Pferdemähne.

Sir Thurid drückte die Zügel des Pferdes einem herbeieilenden Stallknecht in die Hände und übernahm sein eigenes Reittier von Ivo. Der Knappe hatte eine Pferdlänge entfernt hinter seinem Dienstherrn auf dem Pferderücken seines Braunen gewartet, wie er es gelernt hatte. Dennoch besaß er die Umsicht, Sir Thurids Grauschimmel mit sich zu führen.

Wenige Augenblicke später galoppierten die drei Reiter auf dem Weg davon, den zuvor das reiterlose Tier in entgegengesetzter Richtung zurückgelegt hatte. Die beiden Ritter brauchten keine große Absprache über ihr Vorgehen zu treffen. Sie waren lange genug befreundet, um sich auch ohne Worte zu verstehen.

Nach einer Wegstrecke von einem halben Kerzenstrich zügelten sie ihre Pferde und suchten im Schritt die Wegränder beidseits auf Spuren des Knappen Calan ab. Die gepflasterte Straße führte nun rechts am Waldrand entlang. Links trennten sie ein wasserführender Graben und ein Gebüschstreifen von den Feldern.

Sie dehnten ihre Suche auf diese Weise so weit aus, bis sie in etwa die Galoppstrecke, welche ein Pferd in einem Kerzenstrich zurücklegen konnte, erreicht hatten. Dann wendeten sie, trabten die abgerittene Strecke zurück bis zu dem Ort, an dem sie von Galopp in

Schritt gewechselt hatten. Mit dem Abschnitt bis zur Niederlassung verfuhren sie genauso wie zuvor.

Schon konnten sie die weitläufigen, hinter einer sie umschließenden Mauer gelegenen Gebäude der Ordensniederlassung erkennen, da schrie Ivo: „Hierher! Da unten liegt Calan." Noch während er die Ritter damit zurückrief, brachte er sein Reittier zum Stehen und sprang aus dem Sattel. Den Graben übersprang er mit einem Satz. So landete er auf der anderen Seite nahe der Stelle, an der der Gesuchte halb im Wasser, halb im buschbestandenen Hang lag.

„Warte, Ivo!", befahl Sir Hagar, ehe sein Knappe sich allein an die Bergung des augenscheinlich Bewusstlosen machen konnte. „Wir kommen zu dir. Gemeinsam wird es uns leichter gelingen, Calan dort herauszuholen."

Mittlerweile waren die Ritter abgestiegen und schickten sich an, ihrerseits die wasserführende Vertiefung zu queren.

„Fast wären wir an ihm vorbeigeritten", stellte Sir Thurid mit einem Kopfschütteln fest. „Wie konnte ich ihn nur übersehen?"

„Vom Weg aus lag er halb hinter einem Busch verborgen", versuchte Sir Hagar ihn zu trösten, erleichtert, dass sie den Jungen überhaupt gefunden hatten. „Dennoch sollten wir keine Zeit verlieren und ihn rasch dort hinausholen. Das Wasser ist am frühen Morgen eiskalt."

Gleichzeitig sprangen die Freunde auf die andere Seite. Hier mussten sie erkennen, dass sie den Knappen, selbst wenn sie sich auf den Rand des Grabens knieten, von oben keinesfalls erreichen konnten. Kurzentschlossen rutschte Sir Thurid den Hang hinunter.

Bis zu den Knien stand er im Wasser, das ihm oberhalb der Stiefelschäfte in seine Fußbekleidung floss. Doch das war für ihn in diesem Moment nebensächlich.

Noch während er den Knappen nach Verletzungen absuchte, rief er den beiden Ordensangehörigen zu: „Springt zurück auf die andere Seite! Ich werde euch Calan anreichen, damit ihr ihn dort hinaufziehen könnt."

Sein Freund und Ivo folgten seiner Empfehlung. Dann legten sie sich auf den Boden, um weit genug hinunterlangen zu können, damit sie dem dunkelhäutigen Mann den Knaben abnehmen und ihn den Hang hinaufhieven konnten. So gut es ging, unterstützte Sir Thurid sie dabei von unten. Erst, als Calan für ihn nicht mehr erreichbar war, kletterte er selbst nach oben.

Hier betrachteten die Ritter den durch ihre Handlung zu sich gekommenen Knappen genauer. Seine zerrissenen Gewänder, etliche Schnitte und Risse in der Haut zeugten von einer überstürzten Flucht durch dichtes Gestrüpp. Eine Beule an der Stirn war wohl der Grund für den Sturz aus dem Sattel.

„Sir Thurid ... ich wollte ...", versuchte der Knappe sich mitzuteilen, als er den Mann erkannte, der sich über ihn beugte.

„Du kannst mir alles erklären, wenn du trocken und von dem seancha versorgt in einem Bett liegst, Calan", wehrte der Ritter ab. Er zog seinen Umhang aus und wickelte seinen zitternden und mit den Zähnen klappernden Sohn hinein.

Mit der Hilfe von Sir Hagar und Ivo nahm er Calan vor sich aufs Pferd. Sogleich ritten sie gemeinsam im Schritt zurück zur Niederlassung, wo sich der seancha des Verletzten annahm.

*

Ich erwachte im Wald. Dies wusste ich, noch ehe ich meine Lider aufschlug. Meine Sinne meldeten mir, dass mir keine Gefahr drohte. Die kalte Brise roch nach vermoderten Blättern. Der Boden unter mir war trocken, denn bei der geringsten Bewegung raschelte das spät gefallene Laub von Buchen. Eine armdicke Wurzel ragte, sich schlängelnd, genau dort aus der Erde, wo mein Becken auflag.

In der Baumkrone über mir huschte ein Eichhörnchen keckernd über die Äste. Es fühlte sich durch meine Anwesenheit gestört, da ich mich mitten in seinem Futter aufhielt. Die wenigen, noch unter dem Baum verbliebenen Eicheln wollte es für die Winterzeit vergraben, um einen Vorrat anzulegen. Wenn erst die Wildschweinrotten hier vorbeikämen, gäbe es dazu keine Möglichkeit mehr. Was die Nasen dieser Waldbewohner nicht fanden, würde auch kein anderes Tier aufstöbern.

Am Himmel flog indes eine Rabenschar mit lautem Gekrächze vorbei. Die schwarzen Vögel erzählten sich gegenseitig von den Erlebnissen des Tages, während sie auf dem Weg zu ihrem Schlafbaum waren.

Ganz in der Nähe schnaubte mein Fuchs *Smiur*[60] zur Begrüßung. Die Metallteile seines Zaumzeugs klirrten leise bei jeder seiner Bewegungen. Seine Schritte erzeugten entweder raschelnde Geräusche im Laubbett oder klopfende, wenn er mit dem Huf gegen eine Wurzel stieß. Einmal knackte ein morscher Ast, als er ihn beim

---

[60] Smiur = Feuer

Auftreten zerbrach.

Steh endlich auf, Calan!, forderte er mich auf. *Ich habe Hunger auf eine gute Hafermahlzeit, garniert mit Möhren und Rüben; dazu noch leckeres Kräuterheu und nicht zu kaltes Wasser. Außerdem sehne ich mich nach einer bequemen, dick mit Stroh gepolsterten Box im warmen Stall.*

Langsam öffnete ich die Augen und blickte mich um. Ich lag mitten im kahlen Winterwald. Um mich herum wuchsen hauptsächlich blattlose Laubgehölze, nur selten unterbrochen von einigen Nadelbäumen. Über mir konnte ich den hellblauen Himmel sehen, an dem vereinzelt ein paar Schönwetterwolken vorbeizogen.

Wir brechen am besten sofort auf, denn spätestens in zwei Kerzenstrichen ist es dunkel, dachte ich und sprang auf die Füße. *Auch ich sehne mich nach der Ordensniederlassung und leckerem Essen. Während ich dir im Tempel Futter besorgt habe, bin ich leer ausgegangen. Von einer einzigen trockenen Möhre werde ich nicht satt.*

Ohne die Steigbügel zu benutzen, schwang ich mich in den Sattel, dennoch landete ich dort für *Smiur* so schonend wie möglich. Niemals würde ich mein Ross schlecht behandeln.

Der Fuchs schritt los, noch ehe ich die Zügel aufgenommen hatte. Die Lederriemen waren ausschließlich Beiwerk, denn ein Mundstück war an ihnen nicht befestigt. Genau wie die Magier lenkte ich *Smiur*, indem ich mich mit ihm gedanklich unterhielt.

Eine Möhre wäre mir momentan ganz recht, meinte er und kaute genüsslich, als hätte er sie bereits zwischen den Zähnen. *Selbst, wenn sie trocken sein sollte, hätte sie mehr Geschmack, als die bittere*

Rinde, an der ich eben herumgeknabbert habe.

Während ich meinem Pferd zugehört hatte, suchte ich die Umgebung mit allen Sinnen nach möglichen Gefahren ab. Wenngleich wir uns nur noch einen Kerzenstrich von der Ordensniederlassung Kampret entfernt befanden, beschlich mich eine Ahnung, dass jemand mich beobachtete. Ich ging zwar keineswegs davon aus, dass sich Räuber so nah an einen Stützpunkt des Ordens heranwagen würden, dennoch beunruhigte mich etwas. Noch war das Gefühl zu vage, als dass ich wusste, was genau ich wahrnahm.

Ich spüre auch etwas, das ich nicht zuordnen kann, meldete sich *Smiur* besorgt. *Es ist kein Tier und genauso wenig ein Mensch. Es ist eine Mischung aus Mensch und Geistwesen.*

Die Mönche!, rief ich in Gedanken panisch aus. *Sie wollen mich holen und zu einem der ihren machen. – Rasch, Smiur! Wir müssen so schnell wie möglich von hier weg. Nur in Kampret sind wir vor ihnen sicher.*

Meine Panik übertrug sich auf den Fuchs, der sogleich aus dem gemütlichen Schritt in einen schnellen Trab wechselte. Allein diese Gangart war für das unwegsame und von Bäumen und Sträuchern dicht bewachsene Gelände bereits gewagt. Dennoch glaubten wir, es gemeinsam schaffen zu können, den Wald zu verlassen und die Straße zu erreichen. Dort würden wir wesentlich schneller vorankommen.

Während ich *Smiur* mit meiner katzenhaft scharfen Sicht half, seine Hufe sicher aufzusetzen, richtete ich meine anderen Sinne auf die sich nähernde Gefahr. Wir wussten beide, dass den ansassi ganz andere Möglichkeiten zur Verfügung standen, sich uns zu nähern, als uns, vor ihnen zu fliehen. Gleichwohl vertrauten wir darauf, dass uns die Flucht gelingen würde, solange wir zusammenarbeiteten.

So gut es ging, wichen wir den Büschen in unserer Fluchtrichtung aus, doch manches Mal war es uns nicht möglich. Zweige streiften uns und Dornenranken versuchten, uns festzuhalten. Allein die Geschwindigkeit sorgte dafür, dass wir uns wieder losreißen konnten. Dies sorgte allerdings bei *Smiur* für blutende Schrammen. Mir zerfetzten sie zunächst die Gewänder, ehe sie auch meine Haut aufrissen. Manches Mal verzweifelte ich fast, weil ich glaubte, dass sich die Gewächse des Waldes mit den ansassi verbündet hätten. Dennoch kamen wir voran.

Fast hatten wir es geschafft, die Straße zu erreichen, als der Fuchs mir übermittelte: *Den Graben muss ich überspringen. Halt dich gut fest!*

Kaum hatte ich begriffen, was er vorhatte, sprang er ab. Noch während wir uns in der Luft befanden, warnte er mich: *Kopf einziehen!*

Abgelenkt von dem, was ich spürte, duckte ich mich zu langsam. Ein dicker Ast traf mich an der Stirn. Kurz war ich benommen, konnte mich indes im Sattel halten. Allerdings gelang es mir nicht so gut, das Aufsetzen von *Smiurs* Hufen auf der Straße abzufedern. Völlig orientierungslos und mit brummendem Schädel musste ich es dem Fuchs überlassen, die richtige Richtung einzuschlagen. Ich hatte genug damit zu tun, mich im Sattel zu halten.

Soll ich langsamer laufen?, fragte er mich auch sogleich, da er spürte, dass es mir nicht gut ging.

Nein, Smiur, ganz im Gegenteil. Du musst uns so schnell wie möglich nach Kampret bringen. Die ansassi holen auf. Hab dennoch Dank für deine Sorge. Mir fiel es schwer, die Sätze zu formen und ihm zu übermitteln, denn nun kamen auch noch Sehstörungen hinzu und mir wurde übel. Ich befürchtete, dass mich bald die Kraft verlassen würde, mich im Sattel zu halten. Außerdem musste ich würgen. Es war keine gute Vorstellung, den kläglichen Inhalt auszuspucken, denn in meinem Magen befand sich nichts außer der Möhre.

Während *Smiur* fast aus dem Stand in Galopp fiel, kämpfte ich dagegen an, aus dem Sattel zu fallen. Mein Leib verkrampfte sich, klammerte sich aber dennoch auf dem Pferderücken fest.

Gleichzeitig unterdrückte ich den Würgereiz gewaltsam, indem ich tief durchzuatmen versuchte und ständig schluckte. Dies gelang mir zunächst noch recht gut, doch als wir den Wald hinter uns gelassen hatten, verließen mich meine Kräfte und der Schmerz übermannte mich. Kurz überkam mich das Gefühl, zu fliegen, ehe ich irgendwo schmerzhaft aufschlug.

Wie von fern drangen die gedachten Worte des Fuchses in mein Hirn: *Ich hole Hilfe. Halte aus, Calan!* Im nächsten Moment sog mich eine tiefe Dunkelheit auf.

*

Mein Erlebnis erzählte ich nur meinem Vater, der genau verstand, was mich so sehr beunruhigt hatte. Selbst der seancha bekam nur eine gekürzte Fassung meines Abenteuers zu hören. Ob Sir Thurid dem uratu[61] von Kampret ausführlich berichtete, weiß ich nicht. Allerdings glaube ich bis heute nicht daran.

---

[61] uratu = Kommandant einer Ordensniederlassung

15. Kapitel: Der Fluch

In meinem neunzehnten Sommer verlor ich nicht nur meinen Dienstherren, sondern auch meinen Vater. Gleichzeitig entdeckte ich eine neue Fähigkeit.

Mein Vater und ich beschlossen, ans Meer zu reiten. In Phusimarit hatten wir uns lange Zeit zunächst durch einen Landesstrich mit heißen Quellen und giftigen Dämpfen gequält. Anschließend trafen wir auf eine Moorlandschaft, die schließlich in eine von vielen Bächen und kleineren Flüssen zerteilte fruchtbare Gegend überging. Dass sie dennoch menschenleer war, lag wohl eher daran, weil die unzähligen, fließenden Gewässer höchst selten genug Raum für ein gezieltes Bebauen der unterschiedlich großen Flächen boten. Ständig mit dem Boot von einem Feld bis zum anderen fahren zu müssen, schien sich kaum zu lohnen. Außer einer Ordensniederlassung, die für den Grenzschutz entlang der Küste zuständig war, gab es keine bemerkenswerte Siedlung. Daran angeschlossen war ein Gut, auf dessen Land die meisten Nahrungsmittel angebaut wurden. Alle anderen wurden aus dem Landesinnern dorthin verfrachtet. So entfiel der Anreiz, hier zu siedeln und sich ein Auskommen zu schaffen.

Nachdem mein Vater mir dies erklärt hatte, meinte er: „Ehe wir die Nacht in der Niederlassung des Ordens verbringen, sollten wir die Gelegenheit nutzen und an einem der einsamen Strände haltmachen. Ich war lange nicht mehr an der See. Und du solltest das Meer wenigstens einmal in deinem Leben gesehen haben, um zu begreifen, welche Anziehungskraft es auf manchen Menschen ausübt."

234

Zunächst suchten wir einen flachen Sandstrand auf, in dessen Nähe sich ein Flussarm in die bis zum Horizont reichende Wasserfläche ergoss.

Staunend betrachtete ich vom Sattel aus, was mein Vater mir angekündigt hatte. Seine Beschreibungen reichten bei weitem nicht an das heran, was meine Augen erblickten.

Schon Kerzenstriche vorher roch ich eine eigentümliche Mischung von mir unbekannten Essenzen, die der Wind mit sich trug. Meine Augen erspähten Vögel am Himmel, die ich noch niemals gesehen hatte. Später ließen mich meine Ohren seltsame Geräusche vernehmen.

Obgleich mein Vater dies alles zu diesen frühen Zeitpunkten keineswegs wahrnehmen konnte, erklärte er mir die Eindrücke, welche ich ihm beschrieb. Dennoch empfand ich es als überwältigend, am Strand zu sitzen und das Wunder mit allen Sinnen aufzunehmen.

Erst, als mein Pferd mit einem Huf im Sand scharrte, stieg ich aus dem Sattel. „Ich habe verstanden, *Smiur*[62], du möchtest dich etwas vergnügen", zeigte ich Verständnis. Sogleich nahm ich dem Wallach Sattel und Zaum ab.

Kaum dieser Dinge ledig, schritt er ein Stück ins Wasser, bis es ihm bis zum Bauch reichte. Mit einem lauten Wiehern bekundete er seine Lebensfreude, ehe er wieder zurück zum Strand kam. Doch auf halbem Weg änderte er abrupt die Richtung. Wie ein Fohlen begann er zu bocken und trabte parallel zum Strand los. Das Meerwasser spritzte nur so um ihn herum.

---

62 Smiur = Feuer

Mittlerweile hatte auch mein Vater seinen Grauschimmel abgesattelt und abgezäumt. Sofort jagte dieses sonst so gefasste Pferd hinter meinem Fuchs her. Erst, kurz bevor wir sie aus den Augen verloren, wendeten die beiden und leisteten sich ein Wettrennen bis zu uns zurück. Das gleiche Spiel wiederholten sie in die entgegengesetzte Richtung.

Während unsere Reittiere sich vergnügten, entledigte sich mein Vater seines Gewandes. „Da ich deine Abneigung gegen Wasser kenne, frage ich dich erst gar nicht, ob du mit mir hinausschwimmen möchtest, Calan", meinte er. Mit einem Lächeln auf den Lippen lief er soweit ins Meer hinein, bis ihm das Wasser bis zur Taille reichte, dann schwamm er los.

Ich schüttelte mich, da mir ein Schauder über den ganzen Leib rann. Dabei fragte ich mich, wie jemand eine solche Freude dabei empfinden konnte, nass zu werden.

Sicherheitshalber setzte ich mich in einiger Entfernung von den am Strand auslaufenden Wellen nieder. Abwechselnd beobachtete ich kopfschüttelnd meinen Vater, die herumtollenden Pferde und die endlose Wasserfläche. Auf die Umgebung brauchte ich mein Augenmerk nicht zu richten, da mich meine feingestimmten Sinne bei Gefahr warnen würden.

„Das tat richtig gut", meinte mein Vater, als er aus dem Meer stieg und auf mich zukam. Mit den Händen presste er das Wasser zunächst aus den Haaren, um es anschließend von seinem Körper zu streifen. „In der Nähe sprudelt eine Quelle. Dort werde ich mir das Salz vom Leib waschen. Inzwischen könntest du unsere Wasserbeutel auffüllen. Ich habe nämlich beschlossen, dass wir einen kleinen

Umweg machen, ehe wir die Niederlassung aufsuchen. Es gibt da einen Ort, den ich dir unbedingt zeigen möchte, Calan."

„Wie Ihr wünscht, Sir Thurid", zeigte ich mich einverstanden und begleitete ihn zu dem Brunn.

Während er sich wusch, tat ich, was er mich geheißen hatte. Dann kehrte ich an den Strand zurück, wo sich unsere Pferde wieder bei den im Sand liegenden Reitersitzen eingefunden hatten. Ich wollte sie sogleich aufzäumen und satteln.

„Bring die Tiere erst zur Quelle und wasche ihnen das Salz aus dem Fell, Calan!", hielt mich mein Dienstherr davon rechtzeitig ab. „Sowenig ich eine Kruste auf meiner Haut haben möchte, sollten wir auch ihnen das nicht zumuten." Noch immer unbekleidet kam er auf mich zu.

„Entschuldigt meine Gedankenlosigkeit, Sir Thurid!", bat ich und machte mich, gefolgt von den Pferden zur Quelle auf.

Als ich mit den noch feuchten Reittieren zurückkehrte, traf ich meinen Dienstherrn vollständig bekleidet an. Er schien in Gedanken versunken auf das Meer hinauszustarren. Erst, nachdem ich damit begonnen hatte, seinen Grauschimmel abzureiben, drehte er sich zu mir um.

„Es ist sehr löblich, dass du deine Aufgabe so ernst nimmst, dennoch wollen wir heute eine Ausnahme machen. Überlasse mir die Arbeit mit meinem Pferd und kümmere dich um das deine, Calan!"

Kurz blickte ich ihn irritiert an, ehe ich mit den Schultern zuckte. „Wie Ihr wünscht", bekundete ich. In all den Sommern, die ich unter ihm gedient hatte, war es recht selten vorgekommen, dass er seinen Grauschimmel selbst versorgt hatte. Noch während ich mich meinem

Fuchs zuwandte, überlegte ich, was in ihn gefahren sein konnte. Irgendetwas schien ihn zu beschäftigen, worüber er mit mir nicht reden konnte oder wollte. In solchen Momenten hätte ich mich gerne einfach an ihn geschmiegt und ihm Beruhigung zugeschnurrt. Aber ich hatte gelernt, dass es von ihm manchmal auf keinen Fall erwünscht war. *Menschen sind schon seltsame Wesen*, dachte ich bei mir. Dann verwarf ich den Gedanken wieder. Einzig meine Aufgabe, *Smiur* abzureiben, zählte für mich in der nächsten Zeit. Mühelos konnte ich im Augenblick verharren und alles andere ausblenden.

Nachdem wir unsere Pferde gezäumt und gesattelt hatten, ritten wir ein Stück weit ins Hinterland. Mein Dienstherr erklärte mir, dass es von dort einen Weg hinauf auf eine der Klippen gäbe. Von oben hätte man einen wunderschönen Ausblick aufs Meer und einen einzigartig geformten Felsen.

Neugierig folgte ich ihm auf einem steinigen Pfad, den unsere Rösser nur mühsam erklimmen konnten, auf den Felsblock.

Uns erwartete eine von rauen Winden abgeschmirgelte und vom Regen freigespülte Felsplatte. Kein Grashalm fand hier genug Erde, um zu wurzeln. Eine stetig wehende Brise wehte selbst den letzten Krümel davon.

„Wir lassen die Pferde hier zurück", befahl Sir Thurid, kaum, dass wir einige Schritte auf der glatten Fläche geritten waren.

Gleichzeitig stiegen wir ab und ließen unsere Rösser mit hängenden Zügeln stehen. Sie würden auf uns warten.

„Wir müssen ziemlich nahe an den Rand der Klippe. Nur von dort können wir sowohl die Kräfte des Elementes Wasser an ihr nagen sehen, als auch den Felsen vor der Küste bewundern." Dies erklärte mein Dienstherr mir, während wir hintereinander über das Hochplateau gingen. „Allerdings sollten wir uns kurz vor der Abbruchkante sicherheitshalber auf alle viere niederlassen. Der Wind könnte uns sonst erfassen und hinabwehen."

„Wie Ihr wünscht, Sir Thurid", entgegnete ich ihm, als er stehen blieb und sich zu mir umdrehte. Ein Gefühl drohender Gefahr durchströmte mich, dieweil er mich eindringlich musterte. Da ich mich stets auf meine Vorahnungen verlassen konnte, wagte ich es, meine Warnung auszusprechen. „Mir ist nicht wohl bei dem Vorhaben, Vater. Lass uns ein anderes Mal die Schönheit bewundern. Mich drängt es nach einem weichen Nachtlager und einer Mahlzeit in der Niederlassung des Ordens."

Ich bemerkte ein winziges Zögern, als denke er über meine Worte nach, ehe er sein Haupt schüttelte und mit fester Stimme verkündete: „Wer weiß, wann unsere Fahrten uns wieder ans Meer führen? Jetzt sind wir hier. Sollen wir den Pferden diesen beschwerlichen Aufstieg umsonst zugemutet haben? Wir setzen mein Vorhaben wie geplant um!"

Mit ausgreifenden Schritten marschierte er auf die Kante zu. Mir blieb nichts anderes übrig, als ihm zu folgen, obwohl sich mein mulmiges Gefühl mit der schrumpfenden Entfernung verstärkte.

Je mehr wir uns dem Ziel näherten, desto stärker wehte der Wind. Hatte er zunächst nur an unseren Umhängen gezupft, so zerrte er bereits auf halber Strecke derart an dem meinigen, dass ich mich entschloss, ihn abzunehmen. Ich rollte ihn zusammen und drückte ihn mit beiden Händen gegen meinen Leib, hoffend, dass er dadurch nicht zu faltig wurde.

Dem muskulöseren Ritter schien der Zug des hinter ihm herwehenden Kleidungsstückes weniger auszumachen. Jedenfalls entschied er sich dazu erst, als er den Punkt erreichte, an dem er sich auf alle viere niederlassen wollte. Zuvor kämpfte er mit der Schließe des Umhangs.

Da der Wind ständig die Richtung änderte, waren wir, sobald wir ihn im Rücken hatten, schnell vorangetrieben worden. Kam er allerdings von vorn, mussten wir uns regelrecht dagegenstemmen – ich weit mehr als mein Vater.

Ehe mich eine starke Böe auf die Knie warf, gewahrte ich, wie sich der dunkelblaue Ordensumhang Sir Thurids zunächst durch einen Windstoß vom Klippenrand her aufblähte. Dann flatterte er waagerecht hinter ihm. Um dem entgegenzuwirken, drehte mein Dienstherr sich mit dem Rücken zum steil abfallenden Ende des Plateaus. Kurz legte sich der Umhang dicht um ihn, wodurch es ihm fast gelungen wäre, die Schließe zu lösen. Jedenfalls schloss ich das aus seiner erleichterten Miene. Doch bereits im nächsten Augenblick kehrte sich die Windrichtung ins genaue Gegenteil. Während mich eine starke Böe die Haare ins Gesicht wehte und mich zunächst auf die Hände stürzen ließ, packte dieselbe das weite Teil seiner Gewandung. Ich bekam noch mit, wie es sich zu einer Art Segel hinter ihm ausbreitete. Dann trieb der in dem Kleidungsstück gefangene Wind ihn unaufhaltsam auf den Abgrund zu. Ein weiterer Windstoß drückte mich zu Boden, sodass ich nicht mehr sehen konnte, was mit meinem Vater geschah.

Für eine mir endlos erscheinende Zeitspanne pressten mich die Windböen auf den glatten Felsen. Sie tobten derart laut um mich herum, dass ich außer ihrem Tosen nichts anderes hören konnte. Seltsamerweise versuchten sie kein einziges Mal, mich hochzureißen. Dennoch rebellierte mein Magen. Mein Herz raste. In meinen Ohren klopfte das Blut. Eisige Schauder jagten über meinen Leib. Die Luft schien mir regelrecht vom Mund weggesaugt zu werden, sodass ich glaubte, ersticken zu müssen. Ich kämpfte gleichzeitig gegen das Würgen und die Atemnot an – versuchte beides zu verdrängen, um nicht in Panik zu geraten. Dann überlief ein Zittern meinen Körper. Im nächsten Augenblick fiel ich in ein schwarzes Loch.

*

Das Schnauben zweier Pferde dicht an meinen Ohren und das Zupfen ihrer Zähne an meiner Gewandung holte mich in die Wirklichkeit zurück. Ein leichtes Lüftchen spielte mit meinen fuchsfarbenen Haaren. Die Brise strich warm über meinen auf dem Bauch liegenden Leib, während der Schatten von *Smiur* über mich fiel. Ehe ich richtig begriff, wo ich mich befand, schnurrte ich, um mich zu beruhigen. Gleichzeitig dehnte und streckte ich mich, damit meine verkrampften Muskeln sich entspannten.

Nur langsam kehrte die Erinnerung an mein Erlebnis und den Ort, an dem ich lag, zurück. Einzelne Bilder schwebten wie Nebelfetzen durch meine Gedanken. Zunächst empfand ich sie als so wirr und ungreifbar, dass ich mit ihnen gar nichts anfangen konnte. Erst als ich mich, noch immer mit einem leichten Schwindelgefühl, aufsetzte und gedankenverloren mit jeder Hand eines der Rösser streichelte, begannen sie, Sinn zu ergeben.

Ich wusste plötzlich – ohne es selbst gesehen zu haben – was sich nach meiner Besinnungslosigkeit ereignet hatte. Wenngleich ich keine Bilder vom Absturz meines Vaters vor Augen hatte, traf mich die Wahrheit mit einem Schlag. Doch anders, als Menschen normalerweise mit einer jähen Erkenntnis umgehen, nahm ich diese als gegeben hin.

Zwar machten sich Gefühle der Verlassenheit und Trauer in meinem Inneren breit, aber auch die Überzeugung, nichts falsch gemacht zu haben. Ich hatte meinen Dienstherrn gewarnt, mehr konnte ich keineswegs tun. Seine Erfahrung hätte ihn davon abhalten sollen, den Umhang bei dem ständig stärker werdenden Wind so lange zu tragen. Ihm musste klar gewesen sein, wie gefährlich sein Unterfangen war, da er dieses Plateau schon mindestens einmal betreten haben musste.

Noch immer vor mich hinschnurrend, erhob ich mich und tastete mich vorsichtig, einen Fuß vor den anderen setzend, an den Rand der Klippe. Das letzte Stück beschloss ich, auf allen vieren zurückzulegen. Dicht an der Kante legte ich mich flach hin und schob nur den Kopf über den Felsen hinaus.

Diesmal hinderte mich kein sich ständig drehender Wind daran, mein Ziel zu erreichen. Das laue Lüftchen zupfte eher spielerisch an mir herum, als wollte es mich von seiner Harmlosigkeit überzeugen.

Was ich zu sehen bekam, überraschte mich, obwohl es mich auch zugleich entsetzte. Die Klippe war höher als jeder Turm der Ordensniederlassungen, die ich jemals besucht hatte. Dennoch fiel sie so steil ab, als hätten Steinmetze sie behauen. Hier fand nicht mal einer der sonst an diesen Felsen brütenden Seevögel Raum. Kein Kraut krallte seine starken Wurzeln in eine noch so winzige Spalte. Doch selbst wenn es eine solche überhaupt gab, hätte es sich aufgrund des hier vorherrschenden Fallwindes keinesfalls zu halten vermocht.

Mein Verharren an diesem gefährlichen Ort war allein dem Ausblick geschuldet. Die Gewalt der Brecher, welche sich im immer gleichen Rhythmus an den sichtbaren Fuß der Klippe warfen, faszinierte mich. Gleichzeitig schreckte mich die Kraft des Meeres ab. Abgesehen davon, dass Wasser ohnehin nicht mein Element war, überforderte mich auch seine Ausdehnung.

Dann jedoch zog mich der Anblick eines sich vor der Küste fast genauso hoch erhebenden steinernen Gebildes in seinen Bann. Sir Thurid hatte ihn einmal als Brandungspfeiler bezeichnet. Dieser aus verschiedenfarbigen Gesteinsschichten bestehende Felsen zog mich regelrecht an. Mir schien, er lockte mich, zu ihm zu kommen und ihn zu erklimmen. Je länger ich zu ihm herüberblickte, desto sicherer war ich, dass er mir eine Herausforderung entgegenschrie. Gleichzeitig übermittelte er mir die Gewissheit, Sir Thurid an diesem Ort lebendig wiederzusehen.

Natürlich wusste ich, dass mein Vater den Sturz aus dieser Höhe auf die harte Wasseroberfläche unmöglich überlebt haben konnte. Andererseits hatte ich allein in den letzten sekels durch meine Begegnung mit den ansassi wahre Wunder erlebt. Außerdem beschlich mich eine Ahnung, dass mich während meiner Ohnmacht wieder einmal einer dieser sonderbaren Träume heimgesucht hatte. Es musste sich nun schon zum sechsten Mal um die Befreiung eines weiteren ansass gehandelt haben. Doch wie immer konnte ich mich nicht an die genaue Abfolge der Ereignisse erinnern. Einzig die wage Erkenntnis, dass ich davon geträumt hatte, blieb mir in Erinnerung.

Der Sonnenstand sagte mir, dass ich fast zwei Kerzenstriche bewusstlos gewesen war. Daher erübrigte es sich für mich, nach dem Leib meines dahingeschiedenen Vaters zu suchen. Entweder war er bereits untergegangen oder von einem der in diesen Gewässern häufig vorkommenden Meeresraubtieren verschlungen worden. Obgleich beide Möglichkeiten mir für den mir stets zugewandten Mann nicht recht gefallen wollten, nahm ich auch das hin. Allerdings brachten mich meine Schlussfolgerungen dazu, meinen gefahrvollen Platz zu verlassen. Ehe der Wind wieder auffrischte, wollte ich dem Plateau den Rücken zugekehrt haben.

Vorsichtig rutschte ich so weit von der Kante zurück, dass ich mir sicher war, mich gefahrlos erheben zu können. Dann lief ich rasch zu den Pferden.

In mir reifte der Entschluss, hinunter zum Strand zu reiten. Dort wollte ich auf ein Zeichen der ansassi warten. Stets hatten sie es geschafft, mich an den Ort zu führen, wo einer der ihren auf Befreiung wartete. Zwar glaubte ich, dass der Brandungsfelsen diesmal eine Rolle spielen würde, konnte mir aber keinesfalls vorstellen, wie ich dorthin gelangen sollte. Dass ich nicht schwimmen konnte und mich niemals freiwillig dem Meer ausliefern würde, dürfte auch diesen magischen Wesen bekannt sein.

Wenn ihr meiner Hilfe bedürft, lasst euch etwas einfallen, wie ich trockenen Fußes den Felsen erreiche!, forderte ich sie in Gedanken heraus.

Mittlerweile hatte ich den Ort erreicht, an dem die Pferde meiner harrten.

„Wir brechen auf", verkündete ich ihnen und verknotete ihre Zügel so, dass sie auf den Hälsen zu liegen kamen. Den Pfad hinunterzureiten empfand ich als Zumutung. Daher nahm ich *Smiur* kurz am Lenkriemen und führte ihn bis zum Beginn des Steiges. Von hier aus sollte er mir in seiner eigenen Geschwindigkeit folgen. Der Grauschimmel würde sich ihm anschließen.

*

Die Abenddämmerung brach gerade herein. Zuvor hatte ich einen herrlichen Sonnenuntergang am Horizont bewundert.

Weit genug entfernt von den an den Strand leckenden Wellen hatte ich es mir gemütlich gemacht. Mittlerweile füllte ein Mahl aus den letzten Vorräten meinen Bauch. Die Pferde grasten frei in den Dünen. Ihre Sättel und Zäume lagen neben mir, auf dass sie ihre volle Bewegungsfreiheit genießen konnten. Schließlich rechnete ich damit, dass die ansassi mir in Bälde einen Weg zu dem von meinem Platz aus unsichtbaren Felsen zeigen würden. Da ich die Rosse unmöglich mit hinübernehmen konnte, wollte ich es ihnen anheimstellen, hier auf mich zu warten oder zur nächsten Ordensniederlassung zu laufen.

Gerade wollte ich meine Decken neben dem Feuer ausbreiten, um mich schlafen zu legen, da verspürte ich einen inneren Sog. Obwohl ich keinen der ansassi sehen konnte, stellten sich mir die Haare auf den Armen auf. Ich fühlte, dass sich zumindest einer von ihnen in der Nähe aufhielt.

Kurzentschlossen erhob ich mich und schlich, die Hand auf dem Schwertgriff, in Richtung der Klippe am Strand entlang. Meine ungewöhnliche Nachtsicht sorgte dafür, dass das Licht der Sterne und des abnehmenden Mondes für mich ausreichte. Ich bewegte mich auf unbekanntem Boden, dennoch stolperte ich weder über ans Land geschwemmtes Treibgut, noch ließ ich die Umgebung außer Acht. Alle meine Sinne angespannt, vermittelten sie mir ein genaues Abbild meines Weges.

Wenn auch das Meeresrauschen viele Geräusche für Menschenohren übertönte, so vernahm ich das Wispern des Windes. Er strich nicht nur über die Pflanzen in den Dünen, sondern sorgte auch dafür, dass die winzigen Sandkörnchen ständig ihre Plätze veränderten. All dies konnte ich auseinanderhalten. Doch es gab noch eine größere Anzahl von Lauten, welche keineswegs natürlichen Ursprungs waren.

Meine Ohren hörten über Gräser streichende Gewandsäume, das leise Knarren von Lederschuhen und das Reiben von Waffengurten auf Stoff. Als ich stehen blieb und mich sammelte, vernahm ich den Klang von Metall, das stets im gleichen Rhythmus gegeneinanderstieß. Auch das Ein- und Ausatmen mehrerer Lebewesen drang bis zu mir.

Dies alles zusammengenommen konnte ich fünf Geschöpfe unterscheiden. Anhand der kaum wahrnehmbaren Geräusche und des fehlenden menschlichen Geruchs kam ich zu dem Schluss, dass ich es mit magischen Wesen zu tun hatte. Nachdem mir eine seltsame Mischung aus verschiedenen Gerüchen in die Nase stieg, wusste ich ganz genau, wer sich zu mir parallel fortbewegte. Es handelte sich eindeutig um ansassi.

Ich hatte in den letzten sekels alle Aufzeichnungen über die ansassi gelesen, die in den Bibliotheken der von uns aufgesuchten Ordensniederlassungen zu finden gewesen waren. Selbst die Geschichten, welche beim einfachen Volk die Runde machten, sog ich regelmäßig wie ein Schwamm auf. Somit wusste ich auch, dass jedes dieser magischen Wesen, sobald es verkörpert war, einen eigenen Geruch verströmte. Diese Düfte entstammten den Orten, an denen sie bisher gefangen gehalten wurden.

Trotz des vorherrschenden Ruches nach Salz und Tang hier an der Meeresküste unterschied ich fünf sehr markante andere. Bergluft, Laubwald im Herbst, Wachskerzen und alte Bücher, heißer Wüstensand, sowie das Gemisch aus Eisen und Leder drang in meine Nase. Eigentlich hätte ich Letzteres gar nicht so eindringlich wahrnehmen dürfen, denn auch mir haftete dieser Wohlgeruch unter anderem an. Allein mein feines Näschen sortierte zwischen diesen Aromen und denen, welche von außen zu mir strömten. Ich selbst hielt es in dieser Hinsicht mit den Katzen: Ich besaß keinen Eigengeruch.

Bald erreichte ich den ins Land hereinragenden und damit den Strand beendenden Teil der Klippe. Zunächst betrachtete ich ratlos den dunkel vor mir aufragenden Felsen. *Soll ich ihn etwa erklimmen? Aber dort oben war ich bereits. Wenn ihr auch überall erscheinen könnt, wo ihr wollt, so fehlt mir diese Fähigkeit gänzlich.*

Meine an die ansassi gerichteten herausfordernden Gedanken entstammten der Gewissheit, dass sie mich für die Befreiung ihrer beiden gefangenen Geschwister noch brauchen würden. Die

Erkenntnis verdankte ich meinen ausgiebigen Nachforschungen zu allem, was mit den besonderen magischen Wesen zu tun hatte. Ich wähnte mich vor ihnen sicher, bis ich den sechsten *Mönch* gefunden und erlöst hatte. Ob sie dazu bereit waren, abzuwarten, dass ich auch den Siebten fand und befreite, wusste ich nicht. Laut aller gesammelten Kunde bestände auch die Möglichkeit, dass sie mich in diesen verwandelten. Zwar hatte ich keine Ahnung, wie dies geschehen sollte – Aufzeichnungen oder verlässliche Aussagen darüber gab es nicht – dennoch stieß ich immer wieder auf entsprechende Andeutungen. Doch dieses Problem schob ich vorerst beiseite. Ich würde mich darum kümmern, wenn es anstand.

Zunächst erhielt ich eine Antwort auf meine vorrangige Fragestellung. Nein, keiner der ansassi näherte sich oder sprach mit mir. Stattdessen funkelten viele kleine Lichter vor mir. Sie wirbelten anfangs durcheinander, bis sie sich in einem Halbkreis an der vor mir aufragenden Felswand niederließen.

Als ich nähertrat, stellte ich fest, dass die winzigen Leuchtpunkte Glühwürmchen waren, die den Eingang einer Höhle markierten. Ehe ich hineinging, musste ich erst ein weiteres Problem ansprechen oder in meinem Fall andenken.

Zunächst bedankte ich mich, wie es die Höflichkeit gebot. Ich verneigte mich in Richtung der magischen Wesen. *Ich habe verstanden, dass ich in die Höhle treten soll. Allerdings ergibt sich für mich damit die Schwierigkeit in eine Dunkelheit zu gelangen, der selbst meine Katzenaugen keine Helligkeit abgewinnen können. Habt ihr dafür auch eine Lösung oder soll ich zurück zum Feuer laufen und mir einen brennenden Ast zur Beleuchtung holen?*

Kaum hatte ich das letzte Wort gedacht, flogen die ersten Glühwürmchen ins Innere. Nach und nach folgten ihnen alle anderen. *Seid bedankt für Eure Umsicht!*, sandte ich ihnen in Gedanken, ehe ich auf die Öffnung zuschritt.

Drinnen bildeten die lebenden Lichter auf den Wänden jeweils einen breiten Leuchtstreifen. Er reichte aus, damit ich mich umsehen konnte. Viel gab es jedoch nicht zu betrachten.

Der Raum war in etwa so groß wie die einzige Stube einer Kate. Allerdings bestand er, bis auf den sandigen Boden aus einer gewölbten Felsgrotte.

Gerade, als ich mich fragte, was ich hier sollte, flogen die nahe am Eingang sitzenden Glühwürmchen auf. Sie setzten sich an die jeweiligen Enden der beiden Lichtstreifen. Dadurch gewahrte ich, dass aus diesem Vorraum ein Gang herausführte.

Da ich nicht nur von Natur aus neugierig war, sondern auch davon ausging, dass die ansassi sich der kleinen Tiere bedienten, schritt ich zwischen ihnen hindurch. Dabei stellte ich fest, dass sie sich, sobald ich an ihnen vorbeigegangen war, von ihren Plätzen erhoben. An mir vorbei flogen sie tiefer in den sich vor mir auftuenden Stollen hinein, um sich dort erneut an den Wänden niederzulassen.

Nachdem der Gang ein kurzes Stück ebenerdig verlaufen war, erreichte ich eine abwärts führende Treppe. Auch hier beleuchteten mir die kleinen Tierchen den gewundenen Abstieg.

Je mehr ich mich dem Grund näherte, desto feuchter wurden die ausgetretenen Stufen. Auf den Vertiefungen der letzten standen Wasserpfützen. Auch die Wände waren nass, was mir nicht nur meine Augen sagten, sondern obendrein der salz- und tangartige

Geruch verriet.

Ich musste mich bereits weit unterhalb des Felsens befinden, als die Stufen endeten. Von hier aus verlief ein schnurgerader Gang eine immense Strecke ins scheinbar Endlose. Jedenfalls kam es mir so vor, denn das Licht der Glühwürmchen reichte nur so weit, wie sie dichtgedrängt zu beiden Seiten an den Wänden saßen.

Wenn mich mein Orientierungssinn nicht im Stich ließ, befand ich mich unter dem Meeresboden. Zunächst hörte ich noch die Brandung gegen die Felsenküste schlagen. Mit der Zeit aber ebbte das Geräusch ab. Dafür trat das Tropfen des durch winzige Risse in der Decke rieselnden Salzwassers in den Vordergrund. Dazu kam das Platschen meiner Stiefel, während ich dem sich am Boden zu einem Rinnsal sammelnden Nass folgte. Viel leiser, indes ständig vorhanden, gesellte sich das Summen der Flügelschläge meiner leuchtenden Begleiter hinzu.

Je weiter ich vorwärtsschritt, desto sicherer war ich mir, dass ich mich auf dem Weg zu dem Brandungsfelsen befand.

Es ist also mal wieder soweit, dachte ich bei mir. *Welche Prüfung muss ich heute bestehen, damit sich der sechste Mönch befreien kann?*

Diesmal wusste ich ganz genau, wesen Leib er sich bedienen würde: Sir Thurids. Schleierhaft war mir indessen, wie der ansass ihn zum Leben erwecken wollte. Dass mein Ziehvater den Sturz von der Klippe nicht überlebt hatte, stand für mich außer Frage. Bisher hatte jeder der *Mönche* sich des lebenden Körpers eines Menschen in meiner Nähe bedient, um ihn zu übernehmen. Auch alles, was ich über die Wiederverkörperung dieser magischen Wesen gelesen hatte, ließ keinen anderen Schluss zu: Die ansassi brauchten einen Leib, in dem zumindest noch ein winziger Lebensfunke vorhanden war.

Warum beschäftige ich mich mit diesem Problem? Es ist nicht das Meinige. Soll derjenige es lösen, den es betrifft. Noch während ich die Erkenntnis errang, wurde mir bewusst, weshalb ich mich an diesem Gedanken festgebissen hatte. Ich hasste es, nass zu werden. Gleichzeitig von oben ständig Tropfen auf Haupt und Schultern zu erhalten und unten durchs Wasser waten zu müssen, war fast mehr, als ich ertragen konnte.

Der schmale Weg und die mageren Lichtverhältnisse machten mir kaum etwas aus. Bereits als kleines Kind hatte es mir Freude bereitet, in die engsten und dunkelsten Durchlässe zu kriechen. Auch die Aussicht, den Felsen erklimmen zu müssen, zerrte beileibe nicht so stark an meinen Nerven, wie die fortwährende Nässe. Hinzu kam das Wissen um die Wassermenge über mir.

Wenngleich ich mir stets sagte, dass eine dicke Gesteinsschicht mich von dem Meerwasser trennte, sah ich vor meinem inneren Auge das Unheil auf mich zukommen. Jeden Spalt beäugte ich misstrauisch, damit rechnend, dass er sich zu einem Riss ausweiten könnte. Dieser würde sich aufgrund des enormen Drucks so rasend schnell vergrößern, dass eine Flucht unmöglich wurde. Schon glaubte ich, eine Flutwelle von hinten auf mich zustürzen zu sehen. Sie würde mich von den Beinen reißen, gegen die Wände oder die Decke schleudern und mir die Luft zum Atmen nehmen. Entweder starb ich aufgrund des Aufpralles oder weil ich unter Wasser gedrückt wurde. Da war es doch besser, sich mit anderen Dingen zu beschäftigen.

In Gedanken versunken, hatte ich gar nicht bemerkt, wie ich immer rascher ausgeschritten war. Allein, dass die Glühwürmchen nun vor mir herflogen und sich nicht mehr an den Wänden niederließen, veranlasste mich dazu, auf meine Schritte zu achten. Fast wäre ich über ein Hindernis gestolpert. Nur meinen außergewöhnlichen Reflexen verdankte ich es, dass ich mich im letzten Augenblick noch abfangen konnte. Unaufmerksamkeit gepaart mit der Dunkelheit waren keine guten Voraussetzungen meinen Auftrag auszuführen!

Als die ersten meiner leuchtenden Begleiter meinen Standort erreichten, stellte ich fest, dass ich am Fuß einer nach oben führenden Treppe stand. Die in den Felsen gehauenen Stufen sahen genauso aus wie diejenigen, die mich hinab in den Gang geführt hatten. Hier wiederholte sich, was ich zu Beginn meines Abstiegs erlebt hatte. Auf den unteren, mittig ausgetretenen Trittflächen befanden sich Pfützen des Salzwassers. Je höher ich stieg, desto weniger Flüssigkeit bemerkte ich, bis ich auf die ersten trockenen Stufen stieß.

Meine Annahme, ich würde in etwa nach der gleichen Anzahl abermals auf einen Stollen stoßen, erfüllte sich indessen keinesfalls. Zwar gab es auf dieser Ebene einen Wanddurchlass, aber die Glühwürmchen ignorierten ihn. Sie flogen weiterhin vor mir die Treppe hinauf. Dennoch erhaschte ich einen kurzen Blick in den Raum, der sich hinter der Öffnung befand. Obgleich ich nur wenige Schritte weit sehen konnte, schien es sich um einen größeren Saal zu handeln. Ob er eingerichtet oder leer war, blieb mir verborgen. Zu schnell verlosch das Licht.

Noch zweimal kam ich bei meinem Aufstieg an weiteren Wanddurchbrüchen vorbei, ohne, dass meine leuchtenden Begleiter davon Notiz zu nehmen schienen. Bei dem nunmehr vierten und letzten Durchbruch änderten sie ihr Verhalten, indem sie hindurchflogen. Diesmal landeten sie allesamt erst, nachdem sie mich durch ein beachtlich geräumiges Gemach geleitet hatten.

Ausgestattet war der Saal mit einem Himmelbett an der hinteren Wand, dessen Kissen, Decken und Vorhänge aus tannengrünen Samtstoffen bestanden. Auf einem Nachttisch neben dem Kopfende stand ein irdener Krug mit einem dazu passenden Becher. Beide Gefäße zierten fremdartige Muster.

In der Mitte des Raumes erhob sich ein aus dunklem Holz gefertigter für sieben Personen gedeckter Tisch. Dessen Beine waren mit den gleichen Schnitzereien verziert, wie die dazugehörigen Lehnstühle. Das edle Geschirr wies auf hochgestellte Gäste hin. Indessen ließ es auch auf einen betuchten Gastgeber schließen. Speisen waren noch keine aufgetragen worden. Dennoch brannten jeweils sieben nach Honig duftende Kerzen auf den drei gleichmäßig auf der Tischmitte verteilten Kandelabern.

Mir kam sofort in den Sinn, dass diese Tafel für niemand anderen als die *Sieben Mönche* bestimmt war. Zwar hatte ich erst fünf von ihnen aus ihren *Kerkern* befreit, gleichwohl sprach das häufige Auftreten der Zahl sieben, eine eindeutige Sprache. Zur selben Zeit gab mir der Raum zu verstehen, dass hier eine Feier stattfinden sollte. Sicherlich befand sich der sechste ansass in unmittelbarer Nähe, wenngleich ich sein Gefängnis noch nicht entdeckt hatte.

Während ich meinen Gedanken nachhing, ließen sich die Glühwürmchen an der Wand, zu beiden Seiten des Bettes nieder. Dort bedeckten Wandbehänge mit jeweils einer Waldlandschaft die rohen Felsen. Sie waren so lebensecht gestaltet, dass sie fast echt wirkten. Dadurch schien es, als säßen die kleinen Leuchtkäfer in ihrem natürlichen Lebensraum.

Mein Blick wanderte weiter an den Felswänden entlang. Dabei gewahrte ich, dass beide Längsseiten gleich gestaltet waren. Nach der jeweiligen Ecke folgte ein Wandstück, welches mit einem Wandteppich bedeckt war. Dann folgte je eine in den Fels gehauene fensterartige Öffnung, gefolgt von einem weiteren Wandbehang und einer Fensteröffnung. Dies wiederholte sich nochmals, sodass es im Gesamten sechs dieser Fenster gab. Rechnete ich den Durchgang hinzu, durch den ich den Saal betreten hatte, kam ich erneut auf die Zahl sieben.

Einzig die Wandteppiche schienen das Gleichmaß zu durchbrechen, da ich bisher deren zehn gezählt hatte. Als ich tiefer in den Raum trat, bemerkte ich, dass es je zwei weitere, an der Felswand zu beiden Seiten des Durchlasses gab. Auf diesen waren rechts Wüstenszenen, links Schauplätze aus den vulkanisch geprägten Tälern Phusimarits zu sehen. Neben und zwischen den Fensteröffnungen erkannte ich Bilder vom Meer, von Bergen, Steppen und Seen. Die jeweiligen gleichen Landschaftsformen waren stets gegenüber angeordnet. Auffällig fand ich, dass auf jedem der »Wandbilder« ein Drache in der Mitte abgebildet war. Was es damit auf sich haben konnte und in welchem Zusammenhang das mystische Wesen und die ansassi standen, verstand ich zu diesem Zeitpunkt noch nicht.

Neugierig, was ob und wenn ja, was ich beim Blick aus den Fenstern sehen würde, trat ich an das erste heran. Vor mir erstreckte sich eine endlos scheinende Wasserfläche, einzig beleuchtet von tausenden Sternen. Auf der gegenüberliegenden Seite konnte ich bis zum Festland schauen. Dort fiel mir die steil aufragende Felsenklippe auf, daneben, zu beiden Flanken lange flache Strände. Als ich denjenigen zur linken Hand betrachtete, wanderte mein Blick auch ein Stück weit ins Landesinnere. Ebendortselbst entdeckte ich die typische Anordnung von Einfassungsmauer und Gebäuden einer Ordensniederlassung. Dorthin hatten Sir Thurid und ich gewollt, ehe er von der Klippe gestürzt war.

Da es aus diesem Gemach keinen weiteren Aufgang zu geben schien und die Glühwürmchen keine Anstalten machten, weiterzufliegen, beschloss ich, mich in die Fensteröffnung zu setzen. Vielleicht, so dünkte mir, waren sie entweder erschöpft oder an ihrem Ziel angekommen. Um mir die Wartezeit zu verkürzen, schob ich mich so weit hinaus, dass ich auf der Außenseite der Brüstung die Beine baumeln lassen konnte. Höhenangst war für mich ja schon immer ein Fremdwort gewesen. Einzig die gegen den Felsen tief unter mir brandenden Wellen und die fast bis zu dessen Hälfte hinaufspritzende Gischt, nötigten mir Respekt ab. Wasser und das damit verbundene Nasswerden hasste ich; lediglich als Getränk war es mir genehm.

Wie lange ich dort oben gesessen und dem Spiel der Brandung und dem Wogen der See zugesehen hatte, weiß ich nicht mehr. Irgendwann zeigte sich der Mond in seiner vollen Größe und beleuchtete auch den Sockel und das kleine flache Felsstück neben der steil aufragenden Klippe. Das Meer beruhigte sich, womit aus dem Anbranden ein eher gemäßigtes Anlaufen wurde. Dadurch fiel mir auch ein Lumpenhaufen auf, der sich auf dem Landstück neben dem Felsen verfangen haben musste. Von den Wellen wurde er nur leicht hin- und hergerollt. Erst als ich genauer hinschaute, wurde mir bewusst, dass dieses dunkle Lumpenbündel die Leiche eines Menschen war. Ein zweiter Blick offenbarte mir, dass es sich um meinen Ziehvater und Dienstherrn Sir Thurid handelte.

Im gleichen Augenblick, als mir aufging, dass ich allein deshalb hierher geführt worden war, suchte ich die Felswand bereits nach Unebenheiten ab. Mein Entschluss sofort hinunterzuklettern und die sterblichen Überreste vor dem Zugriff des Meeres zu retten, stand fest. Wie ich ihn bis zu einer der Fensteröffnungen hinaufschaffen sollte, schien mir zunächst nebensächlich. Es galt schnell zu handeln, ehe die See ihr Opfer erneut in ihre schwarzen Tiefen riss und damit meinem Blick entzog.

Dennoch siegte dann doch die Vernunft und ich huschte zurück ins Innere des Saales. Dort fand ich, genau unterhalb der Fensterbank ein sehr langes Seil vor, welches an einem in die Wand eingelassenen Metallring befestigt war. Ich prüfte beider Haltbarkeit, ehe ich das Ende durch das Fenster warf.

Wäre es nur darum gegangen, von hier oben hinunterzuklettern, hätte ich dieses Hilfsmittels mitnichten bedurft. Der Brandungsfelsen bot genug Ritze und Unebenheiten, an denen ich mich festhalten oder die ich als Trittflächen für meine Füße benutzen konnte. Wenn auch sowohl mein Ab-, als auch mein Aufstieg wesentlich länger gedauert hätte, wäre mir niemals in den Sinn gekommen, ein Seil zu verwenden. Da mein Vorhaben jedoch lediglich dem Zweck diente meinen toten Vater in das oberste Gemach zu bringen, konnte ich auf das Tau nicht verzichten.

Während meines Abstiegs dachte ich über die Gründe nach, welche die ansassi dazu bewogen, mir meine Aufgabe zu erleichtern. Erneut kam ich zu dem Schluss, dass es nur einen einzigen Anlass geben konnte, weshalb ich hierher geführt worden war: Der sechste Mönch sollte von mir befreit werden und benötigte anschließend einen Leib. Dennoch fiel mir auch diesmal keine Erklärung dafür ein, in welchem Zusammenhang mein toter Vater und diese Tatsache standen. Zwar hatte ich in der letzten Nacht wieder einmal von einem mir völlig unbekannten Mann geträumt, aber dieses Ereignis wie stets nicht einordnen können. Erst jetzt kam mir der Gedanke, dass ich das Aussehen des sechsten der *Sieben Mönche* damit festgelegt hatte.

Dank des Seils erreichte ich sehr schnell den Fuß des Brandungsfelsens. Ich verschob das Nachdenken auf später. Zunächst war es wichtiger, das Tauende um den entseelten Leib zu binden. Keinesfalls wollte ich es riskieren, dass mir die See den Toten nochmals entriss.

Im fahlen Mondlicht, das immer öfter von Wolken gedämpft wurde, tastete ich mich zwischen den zerklüfteten Felsen hindurch. Nur meine katzenhaften Fähigkeiten, sowohl die Balance zu halten, als auch keinen Fehltritt zu tun, halfen mir, mein Ziel zu erreichen.

Das Seilende noch immer in der Hand haltend, beugte ich mich über den durchnässten Mann und drehte ihn auf den Rücken. Bevor ich mich daran machte, ihn mit hinauf zu nehmen, wollte ich sicher sein, dass es sich wirklich um Sir Thurid handelte.

Diesmal machte es mir nicht ganz so viel aus, nass zu werden. Es fühlte sich unangenehm an, weshalb ich mich des Öfteren schüttelte, wenn mich die Gischt traf. Dennoch nahm ich diesen Umstand hin.

Als mich das bleiche, angsterfüllte Gesicht meines Ziehvaters anstarrte, musste ich schlucken. Obwohl ich geglaubt hatte, dass ich darauf vorbereitet war, griff scheinbar eine kalte Hand nach meinem Herzen. Heiße Tränen liefen über meine Wangen, wenn ich mir auch einzureden versuchte, dass es sich dabei um Meerwasser handelte.

Erst als eine kühle Welle meine Füße überspülte, fand ich in die Wirklichkeit zurück. Ohne nachzudenken, schlang ich das Tau um die Leibmitte des Entseelten und sicherte ihn mit mehreren Knoten. Dann fasste ich ihn unter den Armen und schleifte ihn näher an den Brandungsfelsen heran.

Bisher hatte ich die Geräusche des Meeres völlig ausblenden können, um meine Angst vor dem nassen Element nicht ins Unermessliche wachsen zu lassen. Aber genau in dem Augenblick, da ich den Toten mit dem Rücken gegen den Felsen lehnte, drangen die Laute wieder an meine Ohren. Ich fühlte meine durchweichte Gewandung und den aufkommenden Wind auf der Haut. Ein Blick von mir zum Himmel reichte aus, um anhand der sich verdichtenden Wolkendecke festzustellen, dass es bald regnen würde. Es war eine Sache, einen steil aufragenden Brandungsfelsen bei Trockenheit, eine ganz andere, ihn bei strömendem Regen ohne Hilfsmittel zu besteigen. Dies alles zusammengenommen machte mir klar, dass es höchste Zeit war, hinaufzuklettern.

Der Aufstieg dauerte wesentlich länger als mein Abstieg, da ich diesmal wirklich gezwungen war, für Hände und Füße ausreichend Halt zu finden. Beim Heruntersteigen hatte ich mich mit den Händen am Seil festgehalten, während ich mich mit den Füßen von der Wand abgedrückt hatte.

Oben angekommen schob ich mich durch die Fensteröffnung erst einmal ins Innere. Dort versicherte ich mich, dass das Tau noch immer fest an dem Ring in der Mauer befestigt war. Warum ich das tat, wusste ich nicht, denn dieser Umstand spielte für das Heraufziehen der Last keine Rolle.

Ich schnaufte ein paar Mal tief durch, um meinen Atem zu beruhigen. Dann setzte ich mich auf den steinigen Boden, stemmte die Stiefelsohlen gegen die Felswand unterhalb des Fensters und umfasste das Seil mit beiden Händen.

Ehe ich es anzog, kam mir in den Sinn, dass mich eine unermessliche Kraftanstrengung erwartete. In diesem Augenblick wäre es mir lieber gewesen, es hätte noch einen anderen Weg gegeben, die Leiche hinauf in dieses Gemach zu holen. Kurz stellte ich mir vor, wie ich sie mir über die Schulter warf und über die Treppen trug. Unterwegs hätte ich zumindest auf den Absätzen Rast einlegen können. Allerdings eigneten sich die engen Aufgänge auch nicht gerade für eine solche Beförderung. Außerdem wusste ich nicht, ob die Glühwürmchen mich dabei begleitet hätten und wie gut sie mir hätten leuchten können.

Mit einem Kopfschütteln befreite ich mich von diesen unnützen Flausen. Zweimal atmete ich tief durch, dann spannte ich meine Muskeln an und zog an dem Seil. Nun gab es keinen Weg mehr zurück. Zwar würde ich auch Pausen einlegen können, in denen ich nicht zog, dennoch musste ich darauf achten, das Tau immer gespannt zu halten. Ausruhen und die Arme ausschütteln war erst wieder angesagt, wenn ich den Leib zumindest in der Fensteröffnung liegen hatte.

Zunächst schien meine Aufgabe müheloser vonstattenzugehen, als ich es erwartet hatte. Obgleich der Körper keinesfalls leicht war, sammelte sich eine beachtliche Seillänge neben mir. Ich rechnete mir aus, dass ich ihn in etwa die Hälfte der Strecke hinaufgehievt haben musste, als ich es draußen donnern hörte. Ein Gewitter bahnte sich an, denn auch meine Haut kribbelte schon seit längerem von der Spannung, welche in der Luft lag. Um möglichst viel Kraft in den Zug legen zu können, hatte ich alle Sinneseindrücke um mich herum ausgeschaltet. Doch der nächste Donnerschlag dröhnte so heftig, dass ich ihn keinesfalls überhören konnte.

Jetzt hieß es sich beeilen, denn mit dem Gewitter würde der Wind auffrischen, die Gefahr von Blitzeinschlägen steigen und sich Regen einstellen. Das alles würde mir meine Aufgabe zusätzlich erschweren. Eine Pause konnte ich mir nun nicht mehr leisten.

Bereits nach einer kurzen Spanne brannten meine Handflächen und die Finger beider Hände fühlten sich taub an. Das Seil war trocken, was bedeutete, dass es der Brandung nicht ausgesetzt gewesen war. Und auch der Regen schien noch nicht eingesetzt zu haben. Zwar war der Strick so griffiger, verursachte mir aber Blasen und rieb mir schließlich die Haut auf.

Genau in dem Augenblick, als sich die erste Blase öffnete, gewahrte ich Feuchtigkeit auf dem Tau. Im nächsten Augenblick stockte es abrupt. Selbst mit der größten Kraftanstrengung bewegte es sich nicht mehr.

Das hat mir gerade noch gefehlt!, dachte ich mir. *Jetzt hat das Seil sich irgendwo eingeklemmt.* Ich gab etwas Tau nach, in der

Hoffnung, dass es sich dadurch lösen würde. Meine Angst, es hätte sich dermaßen verkantet, dass ich hinunterklettern und es aus einem Felsspalt befreien müsste, bestätigte sich zum Glück diesmal nicht. Nach einem kurzen Ruck schaffte ich es, einige Armlängen des immer nasser werdenden Strickes neben mir zu sammeln.

Nun mischte sich die salzige Feuchtigkeit mit meinem Blut. Beide Tatsachen zusammen bewirkten, dass das Seil immer glitschiger wurde und mir das eine oder andere Mal durch die Hände rutschte. Ich fluchte laut. Das konnte ich unter keinen Umständen gebrauchen. Meine Muskeln verkrampften sich bei jedem Zug mehr und mehr. Finger und Handinnenseiten bestanden nur noch aus rohem Fleisch. Die Schmerzen steigerten sich ins Unerträgliche. Mein Atem raste und mein Herz galoppierte. Nur mein eiserner Willen und die Gewissheit, die sterbliche Hülle meines Ziehvaters müsste jeden Augenblick in der Fensteröffnung erscheinen, sorgten dafür, dass ich nicht nachließ.

Als ich mich am Ende meiner Kraft glaubte, versperrte der Leib des Toten den Durchbruch. Der Rumpf hing quer vor dem Einstieg. Ein erneuter Fluch kam über meine Lippen. Fast hatte ich es geschafft und nun so was!

„Denk nach, Calan!", ermahnte ich mich laut, eine rasche Lösung zu finden. Mein ganzer Leib zitterte vor Anstrengung.

„Ein kleines Stück nachlassen!", ermutigte ich mich selbst. „Wenn er sich dann nicht hineinziehen lässt, musst du das Seil an einem der Bettpfosten festbinden und hinausklettern, um nachzuhelfen."

Stöhnend gab ich etwas Tau nach. Anschließend zog ich noch einmal an. Diesmal sträubte der tote Körper sich nicht mehr. Der

Oberkörper kippte genau in dem Moment nach vorn, als er vor dem Fenster ankam. Nochmals zerrte ich am Strick, um den gesamten Leib in die Öffnung zu ziehen.

„Gleich hast du es geschafft, Calan!", redete ich mir gut zu, während ich, das Seil weiterhin auf Spannung haltend, aufstand.

Mit zitternden Beinen, die mir kaum noch gehorchten, schwankte ich auf den Durchbruch zu. Knapp davor wollte ich prüfen, ob ich das Tau loslassen konnte, ohne dass der Tote wieder hinausrutschte. Dafür musste ich wenigstens eine Hand vom Seil lösen. Doch weder die Rechte noch die Linke wollten mir diesen Dienst erweisen. Sie waren so verkrampft, dass ich bereits glaubte, sie wären festgewachsen. Es dauerte eine Weile, bis ich die Linke zumindest so weit öffnen konnte, dass sie zwar noch gekrümmt blieb, aber den Strick fahren ließ.

Dass ich das Seil nur mit einer Hand unmöglich gespannt halten konnte, kam mir keineswegs in den Sinn. Zum Glück blieb der Leib liegen. Mit der Rechten weiterhin das Tau umklammernd und die zu einer Klaue verformte Gliedmaße in den, noch vorhandenen Waffengurt, verhakend, strengte ich mich ein letztes Mal an. Kurz schloss ich die Lider, um nochmals Kraft zu sammeln.

Erschöpft aufschreiend zerrte ich den schweren Körper von der Fensterbank herunter. Rückwärts stolpernd stürzte ich zu Boden, wobei der Leib des Toten mich unter sich begrub. Die Wucht, mit der er auf meiner Brust landete, presste mir sämtlichen Atem aus den Lungen. Mein Hinterkopf schlug schmerzhaft auf dem Steinboden auf. Mir wurde schwarz vor Augen. Dann fiel ich in eine samtige Tiefe.

16. Kapitel: Zwei neue Dienstherren

„Calan", hörte ich eine fremde Stimme meinen Namen rufen. „Knappe Calan, wach endlich auf!" Die Ungeduld nahm zu.

„Lasst mich in Ruhe!", wehrte ich mich schlaftrunken gegen das Aufwachen. „Vater, sag ihm, dass ..."

„Es ist fast Mittag, KNAPPE!", ermahnte mich die gleiche Jungmännerstimme und entzog mir das Laken, mit dem ich mich zugedeckt hatte.

Ausgerechnet diese Handlung veranlasste mich, sofort hellwach aufzuspringen. Von einem Moment auf den anderen erinnerten sich sämtliche meiner Sinne wieder an ihren Dienst. Im selben Augenblick, da ich begriff, dass ich mich nicht im Gemach von Sir Thurid aufhielt, stürzte eine Flut von Eindrücken auf mich ein.

Noch ehe meine Augen mir ein Bild von dem Raum vermittelt hatten, gewahrte ich, dass ich leicht geduckt auf einem Dielenboden stand. Meine Linke griff – nein, wollte nach dem Dolch am Waffengurt greifen. Doch weder die Waffe noch der Riemen befanden sich an ihrem Platz. Meine Nase nahm, neben den üblichen Gerüchen eines Schlafgemachs, den Duft von Äpfeln und Minze wahr. Gleichzeitig wusste ich, dass sich zwei Wesen im Zimmer aufhielten, obgleich meine Augen nur einen von Kopf bis Fuß in schwarz gekleideten Mann erfassten. Er stand dicht vor mir, sodass ich seine Ausstrahlung erfassen konnte. Doch bevor ich all das, was da auf mich einstürzte, zu einem Ganzen zusammensetzen konnte, wurde mir schwindelig. Das Gemach drehte sich. Ehe ich jedoch jeglichen Halt verlor, spürte ich, dass mich derjenige auffing, der nach Äpfeln roch.

Für einen kurzen Augenblick fand ich mich auf den Armen eines mittelblonden Wesens wieder, das mich freundlich anlächelte. Wenn es auch das Antlitz eines jungen Mannes von etwa fünfundzwanzig Sommern aufwies, so wusste ich sofort, dass es weitaus älter war. Außerdem war es kein Mensch, sondern ein magisches Geschöpf. Seine Aura strahlte in lichten Farben um seinen Leib. Gleichzeitig strömten von allen Stellen, an denen sich unsere Leiber berührten, Wellen der Ruhe von seinem in meinen Körper.

Beruhigt atmete ich auf, ehe ich die Augen schloss, um mich zu sammeln. Ich hoffte, damit das Gefühl, dass sich das Gemach noch immer um mich zu drehen schien, ausschalten zu können.

„Leg das Kätzchen zurück ins Bett, Bruderherz!", hörte ich das schwarz gekleidete Wesen mit einem belustigten Ton in der Stimme sagen.

Seine Worte machten mich darauf aufmerksam, dass ich schnurrte. Zum einen versuchte ich mich auf diese Art zu beruhigen, zum anderen übermittelte ich demjenigen, der mich noch immer auf seinen Armen hielt, dass mir seine Berührung gefiel. Normalerweise mochte ich es nicht sonderlich wie ein Spielzeug herumgetragen zu werden. Aber dieses magische Geschöpf vermittelte mir, dass es mir nur helfen wollte.

„Calan benötigt unsere Hilfe, Luc", entgegnete der nach Äpfeln duftende Mann. „Du hast ihn zu jäh geweckt, anstatt ihn von allein zu sich kommen zu lassen. Der Knabe ist von dem Blutverlust und den Anstrengungen, welche ihm die ansassi abverlangt haben, noch geschwächt. Wir sollten ihm noch einige Kerzenstriche Ruhe gönnen.“

Ich kam gar nicht dazu mich zu äußern, denn die Müdigkeit legte sich wie eine wärmende Decke um mich. Immer leiser schnurrend versank ich in den Tiefen des Schlafes.

*

Ich sitze auf dem Ehrenplatz an der Kopfseite einer reichgedeckten Tafel im Innern des Brandungsfelsens. Sämtliches Geschirr und Besteck ist aus den wertvollsten Materialien hergestellt, die das Großkönigreich zu bieten hat. Die Trinkgläser bestehen aus geschliffenem Kristall. Mehrere dazu passende Karaffen mit verschiedenfarbigen Flüssigkeiten verteilen sich auf der Tischmitte zwischen den goldenen Servierplatten. Auf diesen türmen sich erlesenste Speisen, wie sie wohl sonst nur in den Palästen und Anwesen der reichsten Untertanen des Landes zu finden sind. Die Tischplatte scheint sich unter der Auswahl zu biegen. Die Teller und die Löffel sind aus edelstem Metall. Selbst die Tischwäsche und die Mundtücher wurden aus dem trefflichsten Leinen gefertigt und mit Gold- und Silberfäden bestickt.

Von meinem Platz aus überblicke ich den größten Teil des Gemaches, denn mein mit aufwendigen Schnitzereien verzierter Lehnstuhl steht mit dem Rücken zum Himmelbett. Dadurch ist meine Blickrichtung genau auf den Durchgang ausgerichtet. So kann ich die anderen sechs Gäste dieses üppigen Mahles betrachten.

Auf den ebenso reich geschmückten Sitzmöbeln an den Längsseiten des Tisches haben sich Mönche in lilafarbenen Kutten

265

niedergelassen. Ihre Kapuzen bedecken nicht nur die Köpfe. Sie sind so weit nach vorn gezogen, dass es mir ganz und gar unmöglich ist, ihre Gesichter zu erkennen. Zunächst nehme ich an, dass allein meine Betrachtungsweise daran schuld ist, da ich seitwärts auf sie blicke. Doch selbst, als sie mir ihre Häupter zuwenden, vermag ich kein einziges Antlitz auszumachen. Nur absolute Schwärze scheint im Innern der Kopfbedeckungen zu herrschen.

Kalte Schauder laufen mir von Kopf bis Fuß über den Leib. Ich merke, wie sich die kleinen Härchen zuerst auf meinen Armen aufstellen, ehe sich dieser Vorgang am ganzen Körper fortsetzt. Hätte ich einen Pelz, so würde er sich gewiss sträuben. Mein Herzschlag beschleunigt sich genauso wie die Atmung. Mein Mund wird trocken und meine Muskeln spannen sich an. Kurz: Mein gesamter Leib ist in höchste Alarmbereitschaft versetzt.

Möglichst unauffällig suche ich den Raum nach Fluchtmöglichkeiten ab. Ich stelle fest, dass es zum einen den Durchgang gibt, durch den ich hereingekommen bin. Zum anderen könnte ich auch eines der sechs Mauerdurchbrüche nutzen.

Meine Ohren melden mir, dass kein lebendes Wesen im Treppenaufgang weilt. Gleichzeitig übermitteln sie mir die Geräusche der gegen den Felsen schlagenden Brandung und des auffrischenden Windes. Anhand der Lautstärke beider Elemente bin ich mir gewiss, dass ein Sturm bevorsteht – ein ungünstiger Zeitpunkt, um an der Außenseite des Brandungsfelsen herunterzuklettern. Für meine Flucht bliebe also nur der Durchgang zur Treppe übrig. Allerdings bezweifle ich, dass meine Gastgeber mich einfach so gehen lassen. So geschmeidig und schnell ich mich *auch zu bewegen imstande bin, glaube ich nicht daran, das Gemach durchqueren zu können, ohne von ihnen aufgehalten zu werden.*

Ich brauche dringend eine Eingebung, wie ich entfliehen kann. Meine Gedanken rasen, denn ich befürchte, den Grund für das Festmahl zu kennen: Nachdem ich sechs Mönche befreit und ihnen Leiber verschafft habe, wollen sie unter keinen Umständen darauf warten, dass ich ihren siebten Kameraden aufspüre. Stattdessen trachten sie danach, mich in diesen zu verwandeln.

Panik befällt mich, als ihre Hände – ja aus den Ärmeln schauen wirklich menschliche Hände hervor – auffordernd auf die Speisen und Getränke weisen.

Ich weiß plötzlich, dass ich ihnen unwiderruflich ausgeliefert bin, sollte ich auch nur einen Bissen oder einen Schluck zu mir nehmen.

Da mir nur die Wahl bleibt zwischen Bleiben und verwandelt werden oder Fliehen und ihnen mit viel Glück und Geschick zu entkommen, entschließe ich mich, augenblicklich zu handeln. Mir ist nämlich gerade der entscheidende Gedanke gekommen, wie ich die ansassi überlisten kann.

Mit einem Lächeln nicke ich jedem Einzelnen von ihnen zu. Dann greife ich nach der nächststehenden Karaffe und fülle mein Glas mit der roten Flüssigkeit. Sie riecht süßlich und erinnert mich an eine Frucht, die mir mein Ziehvater einmal aus Tangalan mitgebracht hat. Ihren Namen habe ich leider vergessen.

Anschließend nehme ich mir von der Platte vor mir einen Löffel voll des starkgewürzten Gemüses. Auch dieses, so scheint mir, kann nur in dem verbotenen Land wachsen.

Nun stehe ich auf, um meinen Teller mit jeweils einer kleinen

Menge der Köstlichkeiten zu füllen, die weiter entfernt und auf der gesamten Tafel verteilt stehen. Dass ich derweil stets zwischen zwei der Mönche hindurchreichen muss, gefällt mir zwar nicht, trägt aber zur Ablenkung bei.

Mit diesem Manöver erreiche ich schließlich die zuunterst stehende Platte auf dem Tisch. Auch von diesem herrlich duftenden Gericht lege ich mir etwas auf. Dabei stelle ich nicht nur den schweren Teller ab, sondern begebe mich bewusst auf die unbesetzte Kopfseite der Tafel.

Kaum habe ich den Löffel zurück auf die Servierplatte gelegt, wirbele ich herum in Richtung des Durchlasses. Zwei Schritte trennen mich von dem Ausgang und nur drei zusätzliche von der hinabführenden Treppe.

Mir gelingt es durch die Wandöffnung zu schlüpfen, ohne dass ich verfolgt werde. Dennoch bleibe ich angespannt und mein Leib in Alarmbereitschaft. Rasch überwinde ich die Entfernung bis zur ersten Stufe.

Gerade will ich den Fuß darauf setzen, da gewahre ich, dass dort einer der Mönche steht. Panisch greife ich nach dem Dolch an meinem Gürtel, schaffe es aber keineswegs, ihn zu ziehen. Gleichzeitig werfe ich mich, da ich meinen Schwung nicht mehr abbremsen kann, gegen den Körper des magischen Wesens, um es zu Fall zu bringen.

Ich rechne verbindlich damit, dass es rücklings die Treppe hinabstürzt und mir so zumindest ein Stück des Weges freigibt. Mit etwas Glück und Schnelligkeit könnte ich an ihm vorbeischlüpfen, ehe es sich wieder aufgerappelt hätte.

Doch mein Plan geht in keinerlei Hinsicht auf. Der ansass bleibt nicht nur wie angewachsen stehen, sondern packt mich und dreht mich um. Entsetzt stelle ich fest, dass einer seiner Kumpane genau vor mir aufragt. Panisch schreie ich auf und schlage um mich, als dessen Hände nach mir greifen.

„Beruhige dich, Calan!", flüstert eine Jungmännerstimme mir ins Ohr. „Es war nur ein Traum. Wir sind bei dir. Komm in die Wirklichkeit zurück, kausi! Niemand wird dir etwas tun."

Kausi. Dieses eine Wort sorgte dafür, dass ich die Lider öffnete. Der Einzige, der mich allzeit als Katze oder Kätzchen bezeichnet hatte, war Sir Thurid gewesen. Bei ihm hatte ich mich stets sicher und behütet gefühlt. Daher erstaunte es mich, nicht von seinen starken Armen gehalten auf seinem Schoß zu sitzen.

Mich noch immer gegen die Umklammerung wehrend und mit unflätigen Worten um mich werfend, blickte ich in ein grau-grünes Augenpaar. Dieses musterte mich aus einem braungebrannten Antlitz, welches von mittelblonden, kinnlangen Haaren umrahmt wurde.

Voller Panik wand ich mich, trat um mich und schimpfte weiter auf ihn ein. In meinem Hirn setzte sich der Gedanke, dass dieses Wesen keiner der ansassi sein konnte, nicht durch. Bei klarem Verstand wäre mir aufgefallen, dass der Mann die dunkelblaue Ordenstracht eines Elementeritters trug.

„So erreichst du ihn mitnichten, Bruderherz!", stellte eine andere Jungmännerstimme fest.

Im gleichen Augenblick spürte ich eine beruhigende Welle von dem Leib ausgehen, an den ich gedrückt wurde. Sie hüllte mich wie eine warme, weiche Decke ein. Gleichzeitig wiegte der mittelblonde Mann mich wie ein kleines Kind.

Mein Gezeter erstarb mir auf den Lippen. Meine Gegenwehr erlahmte. Ich konnte gar nicht anders, als mich dem Gefühl des Beschütztseins hinzugeben. Und das zeigte ich durch Schnurren. Zugleich kuschelte ich mich an seinen Leib und legte meinen Kopf an seine Schulter.

„Wie du siehst, Luc, kann ich sogar eine Wildkatze zähmen."

Die Worte des mittelblonden Wesens, das nur äußerlich die Gestalt eines Menschen aufwies, bekam ich nur gedämpft mit. Stattdessen spürte ich seine Aura und diejenige des Dunkelhäutigen sehr stark. Von beiden empfing ich jeweils eine magische Ausstrahlung, die mir bekannt schien. Es handelte sich dabei keineswegs um die gleiche wie sie mir von den ansassi oder einem Vollmagier wie dem Großmeister Rell-Peras erinnerlich war. Ich verspürte weder Angst noch Panik bei dem Gedanken, mich ihnen anheimzugeben. Abgesehen davon, dass die beruhigende Welle keine dieser Empfindungen zugelassen hätte, gewahrte ich in mir eine Gewissheit, die mir sagte: *Du kannst ihnen vertrauen! Sie passen auf dich auf! Sie lassen dich niemals im Stich!*

Genau diese Erkenntnis sorgte dafür, dass ich mich traute zu fragen: „Würde einer von Euch mich als Knappen annehmen? Mein Dienstherr ist, so wie ich ihn gekannt habe, gestorben. Sein Leib und seine Seele sind nun diejenigen eines ansass, wie Euch sicherlich bekannt sein dürfte. Auch wisst Ihr höchstwahrscheinlich, dass ich eine Aufgabe zu erfüllen habe, die noch nicht ganz beendet ist. Ich benötige für die letzte Wegstrecke den Beistand eines Wesens, das mich sowohl vor einem Übergriff der sechs *Mönche* beschützen kann, als auch vor den Menschen um mich herum. Ihr wisst, dass ich kein einfacher Knappe bin. Mein Geheimnis muss unbedingt gewahrt bleiben. Bitte billigt mein Ansinnen!"

Voll Vertrauen blickte ich von dem Geschöpf, auf dessen Schoß ich noch immer saß, zu dem von Kopf bis Fuß in Schwarz gekleideten. Beide sahen mich erstaunt an. Gleichzeitig ebbte die Welle ab und verschwand schließlich ganz. Die feste Umklammerung wandelte sich in ein leichtes Festhalten. Wahrscheinlich war der Mittelblonde der Meinung, dass ich eine derartige Beruhigung nicht mehr benötigte.

Nun ja, es ist schon reichlich ungehörig, welche Last ich einem von ihnen aufbürde, dachte ich. Dennoch war ich davon überzeugt, genau an die richtigen Wesen geraten zu sein.

Sie schienen kurz zu überlegen. Anders konnte ich mir nicht erklären, warum ich zunächst keine Antwort erhielt.

Dann jedoch äußerte sich zu meinem Erstaunen der Dunkelhäutige. „Eine solche Dreistigkeit ist Uns selten untergekommen. Wir gehen davon aus, dass dies auf dem Unwissen über Unseren Rang beruht." Seine Augen verengten sich zu Schlitzen und seine Haltung veränderte sich von dem zur Schau gestellten Gleichmut zu einer sprungbereiten Anspannung.

Gerade setzte ich zu einer Entgegnung an, da schüttelte derjenige, welcher mich noch immer auf dem Schoß festhielt, sein Haupt. Mit seinen Worten kam er mir zuvor.

„Nein, Bruderherz, das Kätzchen missachtet weder Unsere

Stellung, noch ist sein Unwissen darüber der Grund seines Vorstoßes." Ein spitzbübisches Lächeln lag auf seinem Antlitz.

Das Unverständnis war dem Angesprochenen ins Gesicht geschrieben. „Was weißt du über ihn", seine Hand wies auf mich, „was du mir bisher verheimlicht hast?"

„Nichts." Die kurze Antwort stellte den anderen keinesfalls zufrieden, dennoch schüttelte er nur den Kopf. Erwartungsvoll musterte er uns beide.

„Calan weiß, dass wir beide keine Menschen sind, Luc", begann der in den Ordensfarben gewandete Ritter. „Er sieht unsere Aura und spürt die Magie. Genau das ist es auch, weshalb nur er allein die ansassi finden, befreien und ihnen eine Gestalt erträumen kann. Bisher reichte es aus, dass sich Sir Thurid, sein Dienstherr und Ziehvater, seiner annahm. Nun, da er ihn verloren hat, braucht er den Beistand und Schutz von magischen Wesen. Gleichzeitig gewähren Unser jeweiliger Rang und das Ansehen, welches Wir sowohl beim Orden, als auch bei den gewöhnlichen Menschen genießen, ihm ein sicheres Leben. Als Knappe unter Unserer beider Obhut ..."

„Du schlägst doch nicht ernsthaft vor, dass ich ihn als meinen Knappen ...", unterbrach, der von seinem Gefährten als Luc bezeichnete Recke, ihn. Die Dreistigkeit des Vorschlags ließ ihn sogar vergessen, von sich selbst in der Persona Majestatis zu sprechen.

Weiterhin schien der Mittelblonde sich köstlich zu amüsieren; das zumindest schloss ich aus seinen Gesichtszügen. „Nun, ganz allein sollst du diese Aufgabe mitnichten stemmen, Bruderherz. Wir sind schließlich auch noch da. – Was würdest du dazu sagen, wenn wir uns den Knappen teilen?"

Sein Gegenüber schüttelte den Kopf. „Warum sollten Wir Uns eine solche Verantwortung aufladen? Ein Knappe würde Uns nur einschränken."

Ich glaubte deutlich aus dem Gesagten anstelle des Wortes *Knappe* »*Mensch*« herauszuhören. Und noch etwas fiel mir auf: Die Farben seiner Aura wechselten rasch hintereinander. Daran ließ sich für mich seine Unentschlossenheit ablesen. Völlig abgeneigt schien er also doch nicht davon zu sein, mich näher kennenzulernen. Vielleicht sagte ihm einzig die Art und Weise, welche ihm aufgedrängt wurde, kein bisschen zu. Daher entschloss ich mich, diesen Umstand zu ändern, zumal ich nun davon überzeugt war, dass ich zwei der Magiersöhne des Großmeisters Rell-Peras vor mir hatte: Master Luciano Da'Simh und Sir Cameron.

Ehe der mittelblonde Ritter etwas entgegnen konnte, blinzelte ich ihm mit einem Auge zu und rutschte von dessen Schoß. Hurtig huschte ich zu dem im Gemach hin- und herlaufenden dunkelhäutigen Mann und stellte mich ihm in den Weg. Als er daraufhin verwundert stehen blieb, blickte ich aus meinen verschiedenfarbigen Augen bewundernd zu ihm auf. Mit seiner Körpergröße von neuneinhalb Händen[63] überragte er mich um eineinhalb Hände. Hinzu kam noch der muskulöse Leib, gegen den der meine schmächtig wirken musste. Ich hatte festgestellt, dass ich daran nichts ändern konnte, soviel ich mich auch abmühte. Jeder Knabe meines Alters wirkte im Vergleich zu mir – abgesehen von meinem geringen Körperwuchs – geradezu athletisch. Damit will ich

---

[63] Eine Handhöhe entspricht 20 cm (hier 1,90 m).

keinesfalls behaupten, dass ich keine Muskeln besaß, aber eben nicht in dem Umfang wie die anderen.

Der Gesichtsausdruck von Master Da'Simh änderte sich von überrascht zu verärgert. „Du bist dir anscheinend immer noch nicht im Klaren darüber, wen du vor dir hast, Knappe!" Seine Feststellung knurrte er fast, dennoch blieb er stehen und musterte mich von oben herab.

„Ich spüre, dass Ihr kein Mensch seid", entgegnete ich mit ruhiger, schmeichelnder Stimme. Mit leicht schräg geneigtem Kopf blickte ich ihm mit einem Lächeln ins Antlitz. Gleichzeitig schnurrte ich, um ihn zu besänftigen.

„So, so! Du *spürst*, dass ich kein Mensch bin", hielt er mir vor, wobei sein Tonfall bereits ein wenig versöhnlicher klang. „Was bin ich deinem *Gefühl* nach denn für ein Wesen?" In seiner Miene mischte sich das raubtierhaft Lauernde mit einem spöttischen Zug.

„Ihr seid ein magisches Geschöpf mit einem menschlichen Anteil", entgegnete ich ihm prompt. „Deshalb gehört Ihr weder den ursassi noch den ansassi an. Daher gehe ich davon aus, dass Ihr ein Magiersohn seid. Und als solcher – das müsst Ihr zugeben – die perfekte Mischung, um mich weiterhin anzuleiten, als auch für meinen Schutz zu sorgen, Master Da` Simh."

Der dunkelhäutige Ritter lachte lauthals los, beruhigte sich allerdings rasch wieder. Kopfschüttelnd legte er mir beide Hände auf die Schultern und meinte: „Es sei dir gewährt! Wer mit solch einer Leidenschaft darauf dringt, unter Uns zu dienen, dem wollen Wir keine Knüppel zwischen die Beine werfen. Gleich morgen sollst du Uns und Unserem Bruder den Knappeneid vor der gesamten

Versammlung der Ordensmitglieder dieser Niederlassung leisten."

Hatte er geglaubt, dass ich einen Rückzieher machen würde, weil er zusätzlich Sir Cameron ins Spiel brachte und die Frist so knapp setzte? Dann musste ich ihn enttäuschen.

„Wenn auch Ihr mir diese Ehre angedeihen lassen würdet, Sir Cameron, so würde mich das glücklich machen", erklärte ich mich bereit, auf die Bedingungen einzugehen. Meine Worte unterstrich ich durch ein Neigen des Kopfes in Richtung Master Da`Simhs. Er war scheinbar so erstaunt über meine Antwort, dass er seine Hände zurückzog. Anschließend drehte ich mich zu seinem blonden Bruder um und verneigte mich mit einem verschmitzten Lächeln angemessen vor ihm.

Sir Cameron lächelte erfreut zurück, trat auf mich zu und umarmte mich herzlich. Meine Einwilligung, dass ich ihm erlaubte, in meine Aura einzudringen, hatte ich ihm zuvor übermittelt. Da wir gegenseitig die Möglichkeit hatten, diese zu lesen, würde es zwischen uns Dreien keine Missverständnisse geben.

*

Master Da`Simh machte seine Ankündigung wahr. Am nächsten Morgen leistete ich sowohl ihm als auch seinem Bruder Sir Cameron den Knappeneid im Beisein aller Ritter, Knappen und Pagen der Niederlassung.

Ich war mir gewiss, dass ich eine ausgezeichnete Wahl getroffen hatte. Nur ein Vollmagier hätte mir mehr Schutz gewähren können, als die Söhne von Rell-Peras. Andererseits hätte niemand so reichlich

Zeit in meine Knappen-Ausbildung stecken können wie diese beiden Magiersöhne. Zahlreiche Fähigkeiten, welche mir später sehr von Nutzen sein würden, verdankte ich ihnen. Gleichzeitig brachten sie mir viel Verständnis entgegen, was meine Andersartigkeit anging. Wahrscheinlich lag dies daran, dass auch sie keine Menschen waren.

17. Kapitel: Waghalsige Kinderspiele

„Das traust du dich nicht!", forderte mich einer der älteren Pagen heraus.

„Das wirst du gleich sehen", konterte ich. Dann lief ich auf den alten Apfelbaum zu, in dessen höchsten Ästen der Lumpenball hing, mit dem die jüngsten Pagen gerade noch gespielt hatten. Ich selbst hatte ihnen zunächst zugesehen, ehe ich mich in Tagträumen verlor. Mitspielen ließen sie mich schon lange nicht mehr, da ich ihnen seltsam erschien. Einzig meine jüngeren Brüder nahmen mich so, wie ich war. Sie kannten mich schließlich von klein auf und wussten, dass ich mich anders benahm, als sie selbst. Die älteren wollten, sobald sie mit sieben Sommern in den Pagendienst eintraten, nichts mehr von mir wissen. Es war ihnen wichtig, von den anderen Knaben als ihresgleichen angenommen zu werden. Da störte ein jüngerer Bruder nur, der sich mehr wie eine Katze, denn wie ein Junge benahm.

Obwohl ich auch unter den jüngsten Knappen als Außenseiter galt, feuerten sie mich an. Ich kletterte mit einer Leichtigkeit, die nur einer Katze eigen sein konnte, den Stamm hinauf. Dann hangelte ich mich behände von Ast zu Ast bis in die Krone hinauf. Dort wurden die Zweige immer dünner, bis sie – wie ich wusste – selbst mein geringes Gewicht nicht mehr tragen würden. Kurz, ehe ich diese erreichte, bekam ich den Lumpenball zu fassen. In weitem Bogen warf ich ihn über die Krone hinüber, sodass er inmitten der zu mir aufschauenden Pagenschar herabfiel. Ob einer ihn auffing, war mir gleichgültig, denn ich befand mich bereits auf dem Weg nach unten.

Nur beiläufig nahm ich wahr, dass einige der Knaben mit Handgeklapper meine Leistung würdigten. Die meisten – vor allem die älteren – winkten ab, als ich einen kurzen Blick auf die Versammlung warf. Ich hörte sie mich schmähen und meinen Verdienst herabwürdigen.

Euch werde ich es zeigen!, schwor ich mir, denn es wurmte mich schon sehr. Damals hatte ich noch nicht gelernt, mich zurückzunehmen. Ich wollte ihre Anerkennung, die mir nun einmal zustand – wie ich fand.

Kaum hatte ich wieder festen Boden unter den Füßen, kündigte ich allen Umstehenden an: „Kommt morgen früh bei Sonnenaufgang zum äußeren Sockel des Nordturms! Dort werdet ihr erleben, was wahrhafte Kletterkunst ist."

Ehe auch nur einer der Pagen ein Wort dazu sagen konnte, riefen unsere Lehrer nach uns. Die Pause war zu Ende. Wir Jüngsten mussten uns erneut mit Schreiben- und Lesenlernen, die Älteren mit der Geschichte von Glendalach, seinen Landschaften oder dem Tier- und Pflanzenvorkommen herumschlagen.

Am kommenden Morgen, kurz vor Sonnenaufgang hatten sich alle Pagen auf der Wiese vor dem Nordturm versammelt. Von den jüngsten, welche in meinem Alter waren, bis zu denjenigen, die fast vierzehn Sommer zählten und damit bald in den Knappenstand wechseln würden, warteten alle auf mein Erscheinen.

Doch ich ließ mir Zeit und beobachtete jeden einzelnen aus meinem Versteck hinter den Beerenbüschen. Erst, als sich die ersten auf den Weg zurück in ihre Betten machen wollten, erschien ich wie aus dem Nichts mitten unter ihnen. Erschrocken zuckten alle zusammen. Einige äußerten auch ihr Erschrecken – vor allem die Jüngsten. Die Ältesten überspielten es mit Gemurre, warum ich mich nicht früher eingefunden hätte.

„Calan hat wohl doch Angst bekommen", hörte ich jemanden flüstern.

„Nein", trumpfte ich auf, „Calan hat keine Angst, euch zu beweisen, was wahre Kletterkunst ist."

Ohne weiter auf die leisen Worte, welche an meine Ohren drangen, einzugehen, stellte ich mich vor die unebene Mauer des Nordturms. Ich hatte mir eine genaue Route ausgewählt, welche mich – wenn mich die Kraft in Armen und Beinen nicht verließ – bis zu den Dachzinnen führen würde.

Innerlich gesammelt stellte ich den linken Fuß auf den untersten Stein, welcher aus dem Mauerwerk herausragte und griff mit der Rechten nach einem weiteren, der sich etwa in Höhe meines Hauptes befand. Langsam und nur auf die jeweiligen Tritt- oder Griffsteine achtend, kletterte ich an der Außenmauer des Turmes in die Höhe.

Als ich die Hälfte hinter mich gebracht hatte, verschaffte ich mir einen sicheren Stand und blickte von dort auf die Pagen herab. Zu meinem Leidwesen hatten sich bei ihnen auch einige Ritter eingefunden. Selbst meine Mutter und mein Vater befanden sich in der zu mir heraufschauenden Menge.

Spätestens zu diesem Zeitpunkt war mir klar, dass ich Ärger bekommen würde. Es war nicht das erste Mal, dass ich mich selbst in Gefahr brachte, wohl aber der gewagteste Versuch, meine Kletterkünste zu erproben. So gut ich die Ängste meiner Eltern und

Lehrer verstehen konnte, so sehr reizte es mich, den Turm zu bezwingen. Natürlich wollte ich den mich herabwürdigenden Pagen zeigen, dass ich weitaus mutiger als sie war, aber es gab auch einen weiteren Grund für mein Verhalten. Ein innerer Drang verleitete mich zu solchen gewagten Vorhaben. Manchmal konnte ich gar nicht anders, als mich in Gefahr zu begeben, um mich zu beweisen.

Dies veranlasste mich wohl auch diesmal, mein hochgestecktes Ziel anzuvisieren. Daher kletterte ich, die Rufe von unten ausblendend, weiter hinauf. Bewusst vermied ich es, den Fenstern auf den einzelnen Stockwerken zu nahe zu kommen, damit mich niemand von dort aus an meinem Vorhaben hindern konnte. Dennoch nahm ich wahr, dass sich an jeder Öffnung ein Ritter für einen Rettungsversuch bereithielt.

Je höher ich kam, desto lahmer wurden meine Arme. Meine Beine begannen, vor Anstrengung, zu zittern. Indes biss ich die Zähne zusammen und stieg langsam, aber stetig empor.

Als ich mit meiner Linken zwischen zwei Zinnen griff, wäre ich fast abgerutscht. Nur dem schnellen Zugriff einer starken Männerhand verdankte ich es, dass dies nicht geschah. Erstaunt und auch erleichtert gewahrte ich, als ich aufsah, dass mein Vater sich zu mir herabbeugte. Er umfasste sogleich auch das Handgelenk meiner Rechten und zog mich fast mühelos zu sich auf die Plattform.

Erleichtert und froh wollte ich mich bei ihm bedanken, als er ein Donnerwetter über mich hereinbrechen ließ.

„Der Drache soll dich holen!", schrie er mich an, kaum, dass er mich losgelassen hatte und ich auf dem hölzernen Boden der Turmplattform stand. „Wie bist du nur auf den irrsinnigen Gedanken verfallen, an der Außenseite des Turms hinauf zu klettern? Selbst dir muss doch klar gewesen sein, dass du jederzeit abstürzen könntest! Nicht einmal ein Seil hast du als Sicherheit ..." Anstatt den Satz zu beenden, versohlte er mir den Hintern.

Es sollten einige Tage vergehen, bis ich mich mit einem untergeschobenen Kissen wieder setzen konnte. Wesentlich schlimmer fand ich allerdings, dass mein Vater meine Leistung nicht anerkannte.

Meine Mutter schimpfte zwar auch, nahm mich dann aber erleichtert, dass mir nichts zugestoßen war, fest in die Arme. „Nicht auszudenken, wenn du abgestürzt wärst!", wiederholte sie immer wieder. „SIE hätten es uns nie verziehen, dass wir nicht besser auf dich geachtet haben."

Während ich ihre ersten Worte noch deuten konnte, verstand ich keineswegs, was sie mit ihren letzten beiden Sätzen meinte. Allerdings war mir ganz und gar nicht danach, sie um eine Erklärung zu bitten, dafür schmerzte mein Gesäß viel zu sehr.

Sowohl von den Pagen als auch von den jüngeren Knappen erntete ich Anerkennung für meinen Mut. Obgleich sie mir dies nur mit einem heimlichen Handzeichen oder im Vorbeigehen zugeflüsterten Worten bekundeten, freute ich mich darüber. Dennoch blieb ich weiterhin ein Außenseiter, da sie meine Andersartigkeit fürchteten.

Eine weitere Strafe verhängte der Pagenmeister der Niederlassung von Jotam. Als mein Vorgesetzter im *Orden der Ritter von den Elementen* musste er ein Exempel statuierten. Auf gar keinen Fall sollte ein weiterer Knabe auf den Gedanken kommen, mir nachzueifern. Daher verfügte er auf einer kurzfristig vor dem

Frühmahl einberufenen Versammlung aller Pagen und Knappen der Niederlassung, dass ich eine Woche bei Wasser und Brot in einer Arrestzelle verbringen müsste.

„Während dieser Zeit wirst du fleißig schreiben und lesen lernen und über dein Vergehen nachdenken", schloss er seine Ermahnung.

Mit dem Nachdenken über mein »Vergehen« war es nicht weit her. Jedenfalls kam ich dabei nicht zu dem Schluss, dass ich solche waghalsigen Kletterpartien zukünftig meiden sollte. Im Gegenteil: Ich malte mir aus, welche Herausforderung es in der Nähe gab, die ich als nächste in Angriff nehmen könnte.

Etwas Gutes hatte diese Woche der Ruhe und Abgeschiedenheit. Meinen Fähigkeiten mit Feder und Tinte umzugehen, als auch ein Buch zu handhaben, verbesserten sich ernorm. Was ich niemals für möglich gehalten hatte, geschah sogar: Ich fand Gefallen am Lesen.

Diese neue Fähigkeit sollte dafür sorgen, dass ich wesentlich schneller lernte als meine gleichaltrigen Kameraden. Leider bewirkte meine Strebsamkeit eine weitere Ausgrenzung bei den Pagen. Stattdessen machte ich mir den Leiter der Büchersammlung gewogen, der immer wieder für altersgerechten Nachschub meines Lesestoffes sorgte. Als ich alle für mich infrage kommenden Bücher der Niederlassung Jotam gelesen hatte, besorgte er mir weitere aus anderen Besitzungen des Ordens. Aber auch dort stieß er bald an seine Grenzen. Daraufhin vereinbarte er mit dem Pagenmeister und Sir Thurid, mir die Schriften für die Pagen von sieben und acht Sommern zu geben. So verleibte ich mir bereits das Wissen ein, welches meinen gleichaltrigen Kameraden erst im nächsten oder übernächsten Sommer zuteilwürde.

So kam es, dass ich in einigen Bereichen nicht mehr bei ihnen im Unterricht saß, sondern zunächst eine Stufe, später sogar deren zwei höher. Bei den Aufgaben hingegen, die ein Page für den Dienst an der Tafel lernte, musste ich zurück zu meinen Alterskameraden. Beim Bedienen war ich mich übereifrig, was meist damit endete, dass ich den Wein über das Gewand des Pagenmeisters goss. Und auch beim Vorlegen von Speisen rutschte mir diese meist davon und flog zu Boden oder auf die Bekleidung des zu Bedienenden. Manchmal stolperte ich auch einfach über meine eigenen Füße, wodurch der Schaden noch größer wurde.

Als meine Mutter von meiner Ungeschicklichkeit erfuhr, übte sie mit mir an der heimischen Tafel. Seltsamerweise gelang es mir dort, meine Pflichten als Page ohne irgendwelche Missgeschicke zu bewältigen. Daraufhin kam der Pagenmeister zu der Ansicht, dass ich wohl bei vielen Zuschauern zu nervös wäre. Dies hatte zur Folge, dass ich niemals als Page zur Bedienung an der Tafel in der Niederlassung Jotam eingeteilt wurde. Nachdem ich in den Stand eines Knappen aufgestiegen war, schien meine Pechsträhne endlich ein Ende zu haben. Es gelang mir, selbst bei den größten Versammlungen, meinem Vater und Dienstherren elegant und ohne dessen Gewänder zu beschmutzen, aufzulegen oder einzuschenken.

18. Kapitel: Ein ungewöhnlicher Besucher

In meinem zwanzigsten sekel:

„Du hast lange geschlafen, Knappe Calan", sprach mich eine unbekannte, sanfte Männerstimme an.

Verwirrt öffnete ich die Lider und sah mich um. Dieser Raum war keineswegs das Gemach, welches ich mit Sir Thurid teilte. Er kam mir bekannt vor, obgleich ich ihn nicht benennen konnte.

Ganz sicher war ich mir hingegen, dass ich dem braungebrannten Fremden mit den hellblauen Augen und den strohblonden Haaren noch nie begegnet war. Sein engelhaftes Aussehen wäre mir ganz gewiss in Erinnerung geblieben.

Um einen Ritter oder einen seancha konnte es sich bei ihm mitnichten handeln. Kein Ordensangehöriger der *Ritter vom Orden von den Elementen* hätte es gewagt, in weißen, mit Goldfäden bestickten Gewändern herumzulaufen. Dennoch musste es jemand sein, der beim Orden in hohem Ansehen stand. Einem einfachen Gast war es verboten, weiter als bis zum Gästehaus vorzudringen.

Während ich den auf meiner Bettkante sitzenden Mann musterte, meinte er: „Wir müssen dir wohl auf die Sprünge helfen, Calan, denn die Zeit drängt. Du befindest dich noch immer in der Ordensniederlassung von Kampret. Gestern trafst du mit Sir Cameron und Master Da'Simh hier ein. Ihr hattet einen langen und anstrengenden Ritt hinter euch, weshalb du dich niederlegtest, sobald du deine Pflichten als Knappe erfüllt hattest."

Ich war dem Mann dankbar, dass er mir berichtete, was sich ereignet hatte. Dadurch begann meine Erinnerung sich langsam zu regen. Doch so ganz wollten die Bilder, die mir wie Nebelfetzen durch den Kopf schwebten, keinen Sinn ergeben.

„Du bist noch immer verwirrt, da du nicht annehmen kannst, was sich dir im Traum gezeigt hat."

Das Einfühlungsvermögen dieses Fremden erstaunte mich. Ich konnte mir seine Worte nur so erklären, dass ich einen entsprechenden Gesichtsausdruck zeigte. Dass dies bei weitem keineswegs alles war, weshalb er meine Lage so gut verstand, bewiesen seine nächsten Aussagen.

„Wir wissen, was sich ereignet hat, Calan. Die sechs *Mönche*, welche du befreit hast, kamen im Traum zu dir. Sie drängen darauf, dass du auch den Siebten aus seinem Gefängnis herausholst."

Jetzt brach sich mein Erstaunen Bahn. „Woher stammt Euere Kenntnis? Habt Ihr mit Sir Cameron oder Master Da'Simh gesprochen?"

„Nein, Calan, das brauchten Wir nicht. Seit du den ersten der *Sieben Mönche* erlöst hast, ist Uns bekannt, welch schwere Aufgabe du übernommen hast. Nun ist es an der Zeit, sie zu Ende zu führen."

„Aber ..." Ich sträubte mich keineswegs nur geistig. „Warum glaubt Ihr, mir dies sagen zu müssen? Habe ich nicht genug gelitten? Wenn Ihr soviel über die *Sieben Mönche* und mich wisst, dann muss Euch auch klar sein, was geschieht. Sobald ich den letzten zurückgeholt und ihm einen Leib erträumt habe, werden sie gemeinsam über mich herfallen. Bisher bin ich ihnen immer knapp entkommen, aber diesmal werden sie ganz in der Nähe auf mich lauern. Nur hier in den von Magie geschützten Mauern bin ich sicher vor ihnen. Ich muss mich damit abfinden, mein restliches Leben innerhalb der

Niederlassung zu verbringen. Denn auch, wenn ich mich weigere, dieses Wesen zu befreien, wird mich außerhalb der Mauern ein weitaus schlimmeres Schicksal ereilen. Sie machen mich zu einem der ihren. Fortan müsste ich als der *Siebte Mönch* mit ihnen ziehen. Nein, dazu kann keiner mich zwingen!"

Während ich sprach, wollte ich mich aufsetzen, aus dem Bett springen und den Raum schleunigst verlassen. Dies verhinderte der weiterhin beruhigend lächelnde Mann, indem er mir seine Hand flach auf die Brust legte. Diese Geste hatte keinerlei anzügliche Gründe, wie mir sogleich bewusst wurde. Sie diente allein dazu, mich an meiner Flucht zu hindern. Obwohl er keinen starken Druck ausübte, fühlte ich mich unfähig, mich zu regen.

Mit einem Mal fiel es mir wie Schuppen von den Augen. Ich wusste, was der Fremde war.

„Ja, Calan, das hast du richtig erkannt. Ich bin ein Magier", gab er ganz freimütig und noch immer lächelnd zu.

Seine Hand zog er zwar zurück, dennoch glaubte ich nicht daran, mich auch nur aufsetzen zu können. Mein Entschluss, das Weite zu suchen, verflüchtigte sich sogleich. Einem solchen Wesen konnte man niemals entkommen. Bei einem ansass gab es derartige Möglichkeiten, doch er war ein ursass, die weitaus mächtigere Art eines übersinnlichen Geschöpfes. Seit ich mit den *Sieben Mönchen* zu tun hatte, las ich alles, was ich in den Ordens-Bibliotheken über Magie finden konnte. Natürlich gab es widersprüchliche Aussagen, gerade über die Eigenarten der Lebewesen.

Dieses Wissen hatte mir in der Vergangenheit oft geholfen, die magischen Fallen, welche mir gestellt wurden, rechtzeitig zu erkennen und zu umgehen. Daher fragte ich mich, warum mein Gespür bei diesem mächtigen Wesen versagt hatte.

„Nein, Calan, es liegt mitnichten an dir", beantwortete der Blonde meine Frage. Ich hatte ganz vergessen, dass ursassi Gedanken lesen können, während sie die ihren sogar vor ihresgleichen abschirmen konnten. „Du bist noch recht erschöpft von dem Traum. Die Begegnungen mit den ansassi hinterlassen Spuren in einem Lebewesen. Daher habe ich dir im Anschluss eine ruhige Handlung für die restliche Nacht geschickt." Sanft tröstend strich seine Hand über meine Wange. „Gleichzeitig sorgte ich dafür, dass dein Leib sich vollständig erholte und von allen Spuren ehemaliger Verletzungen heilte."

Seine Worte brachten mich genau auf die richtige Fährte. Obwohl ich herausgefunden hatte, dass jeder Magier und auch dessen Kinder kleinere Wunden heilen können, war ich sicher, mit wem ich es zu tun hatte. Tief bewegt griff ich nach seiner Rechten und küsste deren Innenfläche mehrfach, ehe er sie mir entziehen konnte.

„Mein König und Herr!", hauchte ich und schlug verlegen die Lider nieder. „Dass ich Euch nicht sofort erkannt ..."

„Das war der Sinn Unserer Abschirmung, Calan. Hättest du bereits beim Erwachen die Anwesenheit eines magischen Wesens gespürt, wärst du in Panik verfallen. Du musstest davon ausgehen, dass du selbst hier in der geschützten Niederlassung keinesfalls mehr sicher vor den ansassi wärst. Wenngleich du das Aussehen jedes *Mönches* erträumt hast, hätte das dich keineswegs davor bewahrt, in mir einen der ihren zu sehen. Wahrscheinlich sogar den siebten noch fehlenden."

Seine besorgte Miene zeigte mir die Ehrlichkeit seiner Rede, weit mehr als das Fallenlassen des Schutzschildes, welchen er aufgebaut hatte. Nun traf mich die Ausstrahlung seines wahren Wesens derart heftig, dass ich erschrocken zusammenzuckte. Tief durchatmend versuchte ich, meine Gefühle in den Griff zu bekommen.

Er ließ mir die Zeit, während er sein Haupt wandte, um aus dem Fenster zu blicken. Allein, dass er mich nicht mehr unmittelbar anschaute, erleichterte es mir, mich zu fassen. Meine Gedanken wurden klarer. Mir wurde bewusst, dass etwas Großes, enorm Wichtiges im Gange war. Warum sonst sollte ausgerechnet der Großkönig der unbedeutenden Ordensfeste einen Besuch abstatten? Weshalb war es Jolar tu-Jas-Joklas so wichtig, dass die Nachwirkungen meiner Verletzungen getilgt wurden, die ich in zwanzig sekels davongetragen hatte? Musste ich für die Erweckung des letzten der *Sieben Mönche* körperlich vollständig geheilt sein, um die Aufgabe, welche mir diesmal gestellt wurde, bewältigen zu können? Sollte ich richtig mit meiner Annahme liegen, brauchte es dazu den wohl mächtigsten naomh von Glendalach[64].

„Damit hast du vollkommen Recht, Calan", beantwortete Jolar tu-Jas-Joklas meine Fragen. „Wir sind gekommen, um dich auf dem schnellsten Wege zu dem Ort zu geleiten, an dem der *Siebte Mönch* deiner Hilfe harrt."

Allein diese Kunde ließ mich den Atem anhalten. Sogleich drehte er den Kopf und schaute mich mit verständnisvoller Miene an.

„Atme, Calan!", forderte er mich auf, woraufhin ich tief Luft holte. „Nein, Wir wollen dich keinesfalls in dein Verderben schicken. Es ist

---

64 Glendalach, Großkönigreich = Zusammenschluss mehrerer Länder

deine Aufgabe, die *Sieben Mönche* aus ihren Gefängnissen zu befreien und ihnen ihre Leiber zu erträumen. Sie haben dich dazu auserwählt. Niemand anderes, selbst ein Magier Unseres Könnens, ist dazu nicht in der Lage. Wen diese ansassi ausersehen, bestimmen sie allein. Du solltest deine Erwählung als Ehre ansehen, so schwer dir dies momentan fallen mag."

„Ihr habt gut reden, di-saier[65]!", empörte ich mich so sehr, dass ich mich aufsetzte. Diesmal ließ er mich gewähren, schüttelte allerdings tadelnd sein Haupt. Dennoch sprach ich unbeirrt weiter. „Bereits der erste ansass, den ich unbewusst befreit habe, stellte mir nach. Und das wiederholte sich bei jedem weiteren. Ihr wisst selbst, dass einige meiner Verwundungen auf der Flucht vor den *Mönchen* geschuldet waren. Hätten sie mich gefunden, wäre ich ihnen hilflos ausgeliefert gewesen. Ich habe sämtliche Ordensbibliotheken nach jeder Kunde über diese magischen Wesen durchstöbert. Mehr als ich weiß wohl kein Mensch über sie. Wenn auch manches sich widerspricht, so ist doch eines klar: Die *Sieben Mönche* sind mächtige Geschöpfe, die mich zu allem zwingen können, was sie begehren. – Ja, ich habe schreckliche Angst vor ihnen! Nennt mir einen Grund, warum ich mich weiterhin in Gefahr begeben sollte! Ihr selbst seid ein Magier und kennt ihre Macht. Nein, ich habe genug von alldem!"

„Da du sämtliche dir zugänglichen Bücher und Aufzeichnungen über Magie und den dazu fähigen Wesenheiten gelesen hast, weißt du auch, dass die *Sieben Mönche* nur erweckt werden können, wenn große Gefahr droht." Der Großkönig stellte dies in ruhigem Ton fest.

„Ja, auch das ist mir bekannt, di-saier! Dennoch ..." Während ich

---

[65] di-saier = Anrede für den Großkönig

sprach, fiel mir ein, worauf der Herrscher über Glendalach hinauswollte. „Ihr seid gekommen, um mich dazu zu zwingen, auch den *Siebten Mönch* aus seinem Gefängnis zu befreien." Die Ungeheuerlichkeit dieser Erkenntnis traf mich wie ein Schwerthieb aus dem Hinterhalt.

In Gedanken malte ich mir aus, wie er meinen bewegungsunfähigen Körper auf einen Altar legte. Dann wartete er darauf, dass die sechs *Mönche* sich um ihn versammelten, bereit, mir die Kleider vom Leib zu reißen, um mich anschließend ...

„Nein, Calan!", stoppte der Magier meine Fantasien. Sogleich katapultierten mich seine Worte zurück in die Wirklichkeit. Erleichtert atmete ich auf.

„Dies wird niemals geschehen! Dennoch sollten wir uns schnellstmöglich auf den Weg zu dem Ort begeben, an dem der letzte *Mönch* deiner Hilfe harrt. Wenn wir morgen früh bei Sonnenaufgang aufbrechen, hast du einen halben Tag Vorsprung vor den sechs ansassi. Und Wir versprechen dir, dass weder Wir, noch eine einzige der anderen Wesenheiten dich gegen deinen Willen aufs Lager zerren wird. Das ist doch deine größte Angst. Nicht wahr, Calan?" Mit seinem Kopfschütteln unterstrich er seine Worte weit mehr, als sein bekümmerter Gesichtsausdruck mir klar machen sollte.

Ich hatte vor Angst und Besorgnis über mein Zusammentreffen mit den *Mönchen* ganz vergessen, was wohl jeder über Jolar tu-Jas-Joklas wusste. Er selbst stieß mich geradezu darauf, wohl um seine Worte noch glaubhafter zu machen.

Eigentlich machten Magier und deren Kinder sich nichts aus

niederer Minne[66]. Das einzige dieser Wesen, das dafür bekannt war, dass es das Lager hin und wieder mit einem Knaben oder Mann teilte, war der Großkönig. Soweit mir bekannt war, hatte er bisher niemals jemanden dazu gezwungen, obwohl er die Macht dafür besaß. Man erzählte sich, dass jeder seiner Bettgenossen von seinen Künsten schwärmte. Es galt als Ehre, von ihm auserwählt zu werden.

Meine Nachforschungen hatten ergeben, dass diese Eigenart wohl von dem Leib herrührte, den er vor weit mehr als hundert sekels übernommen hatte. Dieser Körper hatte einem Jüngling von damals sechzehn Sommern gehört, der ein Sohn und Partner des Sklavenhändlers Geluk zu Vorberg gewesen war. Bei der Bekämpfung des Hexers Fentor kamen beide Menschen ums Leben. Die damals noch als Geistwesen mit Scheinkörpern bestehenden ursassi übernahmen die Leiber im Augenblick des Todes. Während der spätere Großkönig den seinen unverändert beibehielt, glich der zweite ursass – Rell-Peras – den des Barons Geluk seinem Wesen an. Er wollte keinesfalls die Vergangenheit des Sklavenhändlers als Makel mit sich schleppen. Mit der Zeit wurde so aus dem Magier Rell-Peras der Großmeister und Gründer des *Ordens der Ritter von den Elementen*. Beide ehemaligen Geistwesen halfen mit ihrer Magie beim Aufbau des späteren Großkönigreiches Glendalach[67]. An Jolar tu-Jas-Joklas engelsgleichem Aussehen stießen sich die Menschen genauso wenig, wie an der für einen Magier ungewöhnlichen Leidenschaft, sein Lager zu teilen.

Nachdem ich mir all dies ins Gedächtnis gerufen hatte, war ich mir

---

[66] niedere Minne = körperliche Liebe
[67] siehe auch mein Buch »Die Legende von Tangalan«

mit einem Mal der Aufrichtigkeit seines Versprechens gewiss. Dennoch konnte ich es keineswegs unterlassen ihn gezielt auf seine Besonderheit anzusprechen. Wann hat man schon einmal die Gelegenheit, mit einem solch mächtigen Wesen ungestört reden zu können?

„Ich glaube an Eure Lauterkeit, di-saier. Dennoch bin ich mir sicher, dass es Euch reizen würde, mit einem Menschen, der weder Weib noch Mann ist oder aber beides zugleich, das Laken zu teilen."

Von einem Moment zum anderen veränderte sich die Miene des Großkönigs. Entsetzt sah er mich an. „Für welches Scheusal hältst du Uns? Ist das die landläufige Meinung, welche Unsere Untertanen von ihrem Herrscher haben? Wir suchen Uns außergewöhnliche Knaben aus und zerren sie auf Unser Lager?"

Ich schüttelte schuldbewusst den Kopf und hielt abwehrend die gespreizten Hände vors Gesicht. Mehr konnte ich im Augenblick nicht tun, den die Stimme versagte mir. Mein Herz galoppierte, mein Atem raste, meine Hände schwitzten und kalte Schauder jagten mir den Rücken herunter.

Meine Gedanken befanden sich in heillosem Aufruhr. Eine Abfolge von Bildern flackerte kurz vor meinem inneren Auge auf. *Bitte nicht schlagen! Das habe ich so mitnichten gemeint. Sicherlich denken das die wenigsten. Damals haben mich der Abt und der Prior doch auch nur wegen meiner körperlichen Besonderheiten ...*

„Beruhige dich, Calan!" Die Stimme des Magiers drang mitten in meine chaotischen Geistesblitze hinein, unterbrach sie und bedeckte sie, wie tangalanischer Honig eine Wunde.

So plötzlich, wie meine Aufregung über mich gekommen war, legte sie sich wieder. Atem und Herzschlag beruhigten sich, meine Hände trockneten und die kalten Schauder verflüchtigten sich. Gleichzeitig gab ich meine Abwehrhaltung auf. Meine Gedanken klärten sich. Dennoch blieb ein schaler Geschmack in meinem Mund zurück, weshalb ich mich gezwungen sah, zu reden.

„Entschuldigt meine Deutlichkeit, di-saier! Aber die Wahrheit ist nun einmal, dass Ihr für bestimmte Vorlieben bekannt seid. Könnt Ihr es ausgerechnet mir verdenken, dass ich das Offensichtliche ausspreche?"

Ein amüsiertes Lächeln überzog sein Antlitz, das ihn wirklich sehr anziehend machte. Schulterzuckend meinte er: „Dass Wir gewisse Neigungen ausleben, geben Wir gerne zu. Dies war niemals ein Geheimnis. Allerdings wollten Wir nie, dass der Eindruck entsteht, Wir würden gegen den Willen auch nur eines Menschen handeln. Unsere Bettgefährten kamen zu Uns, weil sie der Hilfe bedurften, anzuerkennen, wer sie waren. Für manch einen Knaben ist es keineswegs einfach, festzustellen, dass er anders als seine Freunde oder Brüder ist. Wir sind naomh und haben Uns der Heilung verschrieben. Auch die Freuden der niederen Minne mit einem solchen Jüngling zu teilen, kann Gesundung bedeuten. Warum soll der Vorgang der Genesung für den Hilfesuchenden und den Helfer immer nur Schmerz oder Anstrengung mit sich bringen? Das soll allerdings nicht heißen, dass Wir jeden Unserer Untertanen, den ein solches Erschwernis quält, gleich auf Unsere Laken holen." Er pausierte kurz mit seiner Erklärung und musterte mich. Erneut schüttelte er sein Haupt. „Du benötigst Unsere Dienste in dieser Beziehung mitnichten. Dennoch wären Wir bereit, dir Unsere Gunst zu schenken, wenn du dir sicher wärst, dass du in Uns keine Trophäe siehst. Im Augenblick sehen Wir, dass es dich schon reizen würde, Unsere Qualitäten zu testen. Aber deine Sehnsucht nach Nähe und Tröstung sind keinesfalls geeignet, einen so gewichtigen Schritt zu wagen. Zunächst liegt die Vollendung deiner Aufgabe vor dir. Sollte dich dann noch immer nach einer Nacht in Unseren Armen verlangen, werden Wir sie dir mit Vergnügen gewähren."

Wir besiegelten diese Vereinbarung mit einem Handschlag.

19. Kapitel: Abt Sebalds Rückkehr nach Kampret

Lang hatte Sebald nach einer Möglichkeit zur Flucht gesucht. Bis vor sieben Sommern war er der Abt eines Klosters gewesen, welches nur wenige Kerzenstriche von der Ordensritterniederlassung Kampret entfernt lag. Gemeinsam mit gleichgesinnten Mönchen seiner früheren Gemeinschaft war er auf eine Insel inmitten des großen Sees Alban Elued[68] verbannt worden. Dieses Urteil verdankte er den Elementerittern unter Vorsitz des Magiersohnes Master Da'Simh.

Während seinen untergebenen Ordensbrüdern bereits nach drei oder fünf Sommern erlaubt wurde, die Insel zu verlassen, musste er seine gesamte Zeit dort verbringen. Erst vor wenigen Tagen war es ihm geglückt, einen Fischer, der seine Netze in Sichtweite des Eilandes ausgeworfen hatte, anzurufen. Mit seiner Hilfe war es dem Abt, als der er sich noch immer verstand, gelungen, aus seinem »Kerker« zu entkommen.

Sebald war dermaßen erpicht darauf, möglichst weit weg zu gelangen, dass ihm gar nicht auffiel, wie leicht sich seine Flucht anließ. In all den Sommern, in welchen er immer wieder versucht hatte, die Insel zu verlassen, war er stets gescheitert. Selbst, als er sich unter die Brüder geschmuggelt hatte, die nach Beendigung ihrer Gefangenschaft mit einem Boot abgeholt worden waren, schaffte er es nicht einmal, dort einzusteigen. Ihm war, als hielte ihn eine unsichtbare Macht auf dem Eiland fest.

Nachdem der Fischer ihn am Ufer absetzt hatte, hatte er nichts Eiligeres zu tun, als sich auf den Weg nach Kampret zu machen. Er

---

[68] Alban Elued = Das stille Licht des Wassers

wollte die Herrschaft in seinem ehemaligen Kloster wieder an sich reißen. Es war ihm gleichgültig, wen die zurückgebliebenen Brüder zu ihrem Oberen erwählt hatten, denn dessen Stand erkannte er keinesfalls an. Sebald war und blieb der Abt. Nur der Tod würde ihn dereinst von seinem Amt entheben, hatte er sich geschworen.

Sieben Sommer lang hatte er Zeit gehabt, sich zu überlegen, wie und wen er für seine schmähliche Niederlage bestrafen würde. Da war zunächst einmal dieser Bruder Side, der sich immer wieder gegen ihn und Prior Zeno gestellt hatte. Der Heiler trug die meiste Schuld daran, dass er und Zeno sich nicht länger mit dem Knappen vergnügen konnten, der beide Geschlechter in sich vereinte. Auch die erhofften, von Ausschweifungen gefüllten Tage, mit den beiden Kindern, hatte Side vereitelt. Doch, was er ihm nie verzeihen würde und wofür er büßen sollte, war, dass er dem Ritter, dem Knappen und den Kindern zur Flucht verholfen hatte. Während seiner Gefangenschaft hatte Sebald sich immer wieder in allen Einzelheiten ausgemalt, wie er den Heiler zu seinem Ergötzen schänden würde.

Aber nicht allein diese Bilder spornten den abgesetzten Abt an, schnellstmöglich seinen ehemaligen Amtssitz zu erreichen. Zusätzlich malte er sich aus, dass er es auch mit dem Knappen von damals treiben würde. Zwar würde es bei weitem nicht so einfach sein, an den Knaben, der nun fast ein Mann sein würde, heranzukommen, aber Sebald würde schon einen Weg finden. Sicherlich wäre es eine Herausforderung, einen in vielen Sommern gestählten Leib zu bändigen, der fast einem Ritter gehörte. Schade fand er nur, dass Zeno ihm dabei nicht mehr zur Hand gehen konnte. Allerdings würde Sebald auch allein mit einem muskulösen Mann fertigwerden, denn er kannte so einige Hilfsmittel. Bereits als er zusammen mit dem Prior über den gerade einmal vierzehn Sommer zählenden Knappen hergefallen war, hatte ein solches den Knaben gefügig gemacht. Warum sollte es bei dem Mann versagen?

Noch immer in seine genüsslichen Gedanken vertieft, bekam er gar nicht mit, dass ein Fuhrwerk neben ihm anhielt. Erst als der Bauer, welcher vom Markt kam, ihn ansprach, fand der ehemalige Abt in die Wirklichkeit zurück. Die Einladung, ein Stück Weg mitzufahren, schlug Sebald nicht aus. Er würde sein heutiges Ziel dadurch wesentlich schneller und für seine Füße schonender, erreichen.

Um Neuigkeiten zu erfahren, ließ Sebald sich auf ein Geplauder mit dem Wagenlenker ein. Zunächst berichtete der Mann nur Nebensächliches oder von Begebenheiten, die den abgesetzten Abt ermüdeten. Weder die Preise auf dem Markt, noch die Hochzeitspläne der Dörfler waren es seiner Meinung wert, lang und breit durchgekaut zu werden. Daher brachte er das Gespräch auf »sein« Kloster und die Niederlassung der *Ritter vom Orden der Elemente*. So erfuhr er, dass Side zum Abt aufgestiegen war. Seinen Zorn darüber musste Sebald allerdings herunterschlucken, da der Bauer den jungen Mönch als gütig und gerecht beschrieb.

Um an Kunde über den Knappen zu gelangen, dessen Körper ihn sogar noch in der Erinnerung nach wie vor erregte, musste er vorsichtiger vorgehen. Auf keinen Fall wollte der ehemalige Klostervorsteher erkannt werden, obgleich er annahm, dass der junge Bauer recht einfältig war. Daher sprach Sebald zunächst mit ihm über die Aufgaben des *Ordens der Ritter von den Elementen* an sich. Nur langsam näherte er sich seinem wirklichen Anliegen, indem er auf die Niederlassung Kampret zu sprechen kam. Schließlich konnte er sich nicht mehr zurückhalten und redete über die Vorfälle, welche zu seiner Verbannung geführt hatten. Er glaubte nämlich aus einer Andeutung des Bauern herausgehört zu haben, dass dieser ähnlichen Neigungen nachging.

„Es ist bereits mehrere Sommer her, dass ich zuletzt durch diese Gegend gekommen bin", begann er, wobei er stets das Mienenspiel des Fuhrmannes im Auge behielt. „Damals soll sich ein Mönch mit einem Knappen vergnügt haben."

Der so lange zur Schau getragene Stumpfsinn wich von dem jungen Mann. Während er den neben ihm sitzenden Fahrgast zum ersten Mal ausgiebig zu mustern schien, zog er die Zügel straff. Mit einem »Hüh« brachte er sein Ochsengespann zusätzlich zum Stehen.

„*Ein* Mönch?", rief er aus. „Bis vor sieben Sommern war hier keine Maid und kein Knabe vor dem Kinder schändenden Abt und seinem Lüstling von Prior sicher. Ja, beide haben sich auch an einem Knappen der Elementeritter vergangen. Zuvor aber mussten die meisten unserer Kinder die abartigen Grausamkeiten der beiden über sich ergehen lassen."

Sebald bekam es mit der Angst zu tun, denn ihm kam der Gedanke, dass er den Bauern falsch eingeschätzt hatte. Ehe er jedoch auch nur ein Glied rühren konnte, um vom Wagen zu springen, ließ der Fuhrmann die Zügel fallen. Seine großen, schwieligen Hände schlossen sich plötzlich um den Hals des ehemaligen Abtes und drückten langsam, aber stetig zu. Dabei lag ein zufriedenes Lächeln auf dem Gesicht des jungen Mannes.

Obgleich Sebald sich wehrte, kam er nicht gegen die Kraft des

Bauern an. Zusehens erlahmte seine Gegenwehr, während er sich die Worte seines »Henkers« anhören musste. „Ich weiß, wer du bist. Du selbst bist Sebald, der ehemalige Abt des Klosters, in dem auch ich unter deinen und den abartigen Gelüsten Zenos zu leiden hatte. Wie schade, dass ich allein auf dich getroffen bin. Jedem, an dem du dich vergangen hast, sollte es vergönnt sein, dich genau so zu quälen. Doch womöglich würdest du auch noch Lust dabei verspüren. Daher werde ich für alle meine Leidensgenossen, ob Maid oder Knabe, das Urteil über dich sprechen und vollstrecken. – Der Drache soll dich holen!"

Bei seinen letzten Worten drückte er so fest zu, dass Sebald die Luft ausging. Seine Gegenwehr erlosch, seine Glieder erschlafften. Dennoch verstärkte der Bauer den Druck, bis er sich sicher war, dass das Herz des Mannes, der so viel Leid über ihn und die Kinder seines Dorfes gebracht hatte, zu schlagen aufhörte.

Mit den Worten: „Noch nicht einmal Master Da'Simhs Strafe konnte dich heilen", stieß er den toten Leib vom Kutschbock. Ohne ihn noch eines Blickes zu würdigen, trieb er die Ochsen wieder an. Mit der Genugtuung, einer gerechten Sache gedient zu haben, setzte er seinen Weg fort.

Der leblose Körper rollte die Böschung neben dem Weg herunter und blieb erst liegen, als ihm die Klostermauer Einhalt gebot.

Im gleichen Augenblick, da die Seele Sebalds seinen Leib verließ, schlüpfte der letzte und siebte ansassi in diesen hinein. Dennoch sollte es bis zum Morgen dauern, bis der Körper sich, dem Traum Calans gemäß, verwandelt hatte. Hinzu kam, dass der neugestaltete

Leib die Lebenskraft der vier Gottheiten[69] aufnehmen musste, um fürderhin leben zu können.

---

[69] Hier sind folgende Götter gemeint: Adalar, Catandra, Dilar und Melar.

20. Kapitel: Calans 7. Aufgabe

Am Morgen, nachdem der Großkönig mich in meinem Gemach besucht hatte, brachen Jolar tu-Jas-Joklas und ich Seite an Seite reitend auf. Ich war bereit meine Bestimmung zu erfüllen, wenngleich mir die Angst, was mich diesmal erwarten würde, wie ein Nachtmahr im Nacken saß. Eine Nacht über eine Entscheidung zu schlafen, hatte mir schon oft die rechte Erkenntnis gebracht.

Eigentlich hätten wir für die Strecke gut einen halben Tag gebraucht. Dank der Magie meines Begleiters erreichten wir den Ort, an dem der *Siebte Mönch* auf seine Befreiung harrte, innerhalb eines knappen Kerzenstriches.

Ich wunderte mich sehr, als wir vor dem Tor genau jenes Klosters anhielten, in dem ich vor sieben Sommern von dem damaligen Abt und seinem Prior mehrfach brutal geschändet worden war. Kopfschüttelnd fragte ich den Großkönig: „Hier soll sich der siebte *Mönch* befinden? Ihr wisst, was ...“

„Ja, das tun Wir“, unterbrach er mich und legte mir eine Hand auf meine Zügelführende. „Wo alles begonnen hat, soll es auch enden. Damals war die Zeit noch nicht reif, um gleich zwei der ansassi aus ihren Gefängnissen zu befreien. Jetzt hingegen kannst du deine Aufgabe zum Abschluss bringen. Genau das Erlebnis, welches du vor sieben Sommern hier hattest, war wichtig, damit du heute mit der Befreiung beginnen kannst. – Oder willst du es dir noch einmal anders überlegen?“

Ich atmete ein paar Mal tief durch, wie es uns bereits als Page beigebracht wurde, um uns zu sammeln. Dann nickte ich leicht. „Was ich begonnen, werde ich beenden, gleichgültig, welche Prüfung hier auf mich wartet. Wenn selbst der Großkönig mir seine Begleitung angedeihen lässt, wie könnte ich da einen Rückzieher machen?"

Sogleich lenkte ich mein Pferd zu dem Strick, an dem die Glocke befestigt war, welche den Pförtner herbeirief. Nach zweimaligem Läuten öffneten sich beide Torflügel weit.

Bei dem Mann, der uns freudig begrüßte, handelte es sich aber nicht wie ich erwartet hatte, um einen alten Mönch. Dieser hatte vor sieben Sommern Sir Thurid und mich hineingelassen. Meine Freude kannte keine Grenzen, als ich in ihm Bruder Side, den seancha des Klosters erkannte. Ohne auf die Etikette zu achten, sprang ich aus dem Sattel und warf mich in seine weit geöffneten Arme.

„Es freut mich, dich wohlbehalten vorzufinden, Bruder Side!", flüsterte ich ihm ergriffen ins Ohr. „Danke nochmals, dass du mir damals geholfen und uns vieren die Flucht ermöglicht hast."

„Vater Side, muss es richtig heißen, Calan!", verbesserte er mich lachend. Kurz drückte er mich an sich, ehe er mich ein Stück von sich schob, um mich von oben bis unten zu mustern. „Die Gemeinschaft hat mich, unverweilt, nachdem Master Da'Simh und die Elementeritter abgereist waren, zu ihrem neuen Abt gewählt. Wie du vermutlich weißt, wurde Vater Sebald von dem Sohn deines Großmeisters auf eine Insel vor der Küste verbannt. Bruder Zeno verstarb, ehe auch ihn dieses Schicksal ereilen konnte. – Aber reden wir von etwas Erfreulicherem! Außerdem muss ich noch deinen Begleiter begrüßen. Nicht, dass er mich auf das gleiche Eiland schickt, nur, weil ich ihm den nötigen Respekt versagt habe."

Damit ließ das Oberhaupt der Ordensgemeinschaft mich los und ging freudestrahlend auf den inzwischen abgestiegenen Großkönig zu. Zunächst sah es für mich so aus, als wollte der Abt seine Ehrerbietung in Form einer Kniebeuge zeigen. Doch mir dünkte, dass dem Herrscher dies keineswegs recht war. Kaum befand Vater Side sich in Reichweite von Jolar tu-Jas-Joklas Händen, zog er ihn an seine Brust und umarmte ihn herzlich.

Laut sagte er, nachdem er ihn losgelassen hatte: „Wie könnten Wir dir eine solche Schmach antun, Vater Side? Deinem Einsatz und deiner Umsicht ist es doch zu verdanken, dass Calan den ersten der *Sieben Mönche* zu erwecken überhaupt imstande war. Außerdem hast du dafür gesorgt, dass der ansass mit dem Knappen das Kloster verlassen konnte."

An der Haltung und der Miene des Abtes glaubte ich zu erkennen, dass er zunächst erstaunt über das Wissen des Großkönigs war. Dann jedoch fing er sich wieder und lächelte.

„Wir wissen, dass du das Geistwesen sogar mehrfach in Calans Nähe gesehen hast. Daraufhin war dir recht schnell klar, was es mit dem Knappen auf sich hatte. Und noch etwas ist Uns bekannt: Du hast dich nach der Abreise der Menschen und des ansass` in alten Schriften über diese Wesenheiten kundig gemacht", überraschte ihn der blonde Magier erneut.

Jedenfalls fiel Vater Side die Kinnlade herunter, während sein Blick zwischen seinem Gegenüber und mir hin- und herwechselte.

Auch ich staunte nicht schlecht ob der Neuigkeiten, weshalb ich ganz vergaß, mich des königlichen Schimmels anzunehmen.

„Lasst uns hineingehen!", forderte der amüsierte Herrscher uns auf. Gefolgt von seinem Pferd, dessen Zügelenden über dem Hals hingen, trat er durchs Tor.

Kopfschüttelnd beeilte sich der junge Abt mit wehender Kutte, seinen hohen Gast einzuholen.

Ich brauchte einen Augenblick länger, um zu begreifen, dass ich zusammen mit meinem Fuchs allein draußen stand. Da dieses Reittier gut ausgebildet war, blieb es grasend in meiner Nähe. Erst, als ich seine herabhängenden Zügel in die Hand nahm, beendete es seine Mahlzeit und ließ sich von mir hinter den anderen her führen.

Wie von Geisterhand schloss sich das Tor, kaum, dass mein Pferd es durchschritten hatte. Erschrocken drehte ich mich um, konnte allerdings niemanden sehen. Vor mir hingegen lachte der Magier kurz auf. Er schien es wohl lustig zu finden, dass ich zunächst nicht begriff, dass er sich als Pförtner betätigt hatte.

In diesem Moment dachte ich: *Sobald ich den Letzten der ansassi erweckt habe, werde ich mich schleunigst zurück zu meiner Mutter begeben. Was der Großkönig macht, ist mir einerlei. Ich hoffe, dass ich so schnell keinem Magier mehr begegne. Ich mag keineswegs immer auf der Hut vor ihren kleinen Scherzen sein.*

Nach einem ausgiebigen Mahl in den Gemächern des Abtes, erklärten mir Vater Side und der Großkönig, was ich tun musste, um meine Aufgabe zu beenden. Anschließend führte der Vorsteher des Klosters mich, der ich einzig mit meiner knappen Bruche und meinem Umhang bekleidet war, zu einem mir wohlbekannten Gebäude. Dort hatten der frühere Abt Sebald und sein Prior Zeno Sir Thurid während seiner Genesung gefangengehalten. Zunächst war mein Dienstherr in den Räumen des seanchas untergebracht worden.

Als es ihm so gut ging, dass er eine Gefahr für sie hätte darstellen können, betäubten sie ihn. Im Anschluss daran ließen sie ihn durch ihre Speichellecker in dem Rundbau einschließen.

Das Bauwerk schien keine Fenster zu besitzen. Der einzige Zugang erfolgte durch eine doppelflügelige, eisenbeschlagene Holztür. Dass sie von außen einen Riegel aufwies, war mir bereits bekannt. Nun, da einer der Flügel offenstand, erkannte ich auch auf der Innenseite einen ebenso ehernen Verschluss.

Scheinbar hatte der Abt meinen Blick bemerkt, denn er erklärte sogleich: „Dies ist unser Rückzugsort, falls uns Unheil drohen sollte. Es gab hin und wieder Räuberbanden, die glaubten, fette Beute bei uns machen zu können. Da diese Menschen in ihrer Gier auch nicht vor Gewalt zurückschrecken, brauchen wir eine feuerfeste Stätte. – Den äußeren Riegel habe ich unverzüglich nach meinem Amtsantritt entfernen lassen. Dieser Ort soll nie wieder als Gefängnis dienen!"

Während er sprach, schloss er die Tür so weit, dass ich deren Außenseite begutachten konnte. Wie er gesagt hatte, befand sich dort kein Verschluss mehr.

Erleichtert ob dieser Tatsache, atmete ich auf. Meine Befürchtung, dort eingeschlossen zu werden, ohne die Aussicht mich selbst befreien zu können, schien sich damit zerschlagen zu haben.

Die auf meine Gedanken folgende Aussage Jolar tu-Jas-Joklas' allerdings ließ Panik in mir aufsteigen. „Dennoch wirst du dieses Gebäude mitnichten verlassen können, denn ich werde es magisch sichern. Sobald du deine Aufgabe erledigt hast, wird dieser Bann erlöschen und du kannst die Tür von innen öffnen."

Ich schluckte heftig und blickte beide Männer gequält an. „Muss das wirklich sein? Was, wenn mich eine Welle der Furcht überströmt?"

„Denke immer daran, Calan: Niemand kann zu dir eindringen! Außerdem hast du bereits sechs äußerst schwierige Lagen gemeistert. Warum glaubst du, diese siebte und letzte nicht genauso bewältigen zu können?" Vater Sides Worte klangen sehr zuversichtlich und bestimmt.

Keineswegs überzeugt von seinem Vertrauen, trat ich dennoch über die Schwelle. Mich empfing ein stockdunkler, kühler Raum. Viel weiter als eine Mannslänge reichte das von der Tür einfallende Licht keinesfalls. So erkannte ich, dass der Boden aus einem bunten Mosaik winziger Steinchen bestand. Ob sie ein Muster bildeten und wenn ja, welches, blieb mir indes verborgen.

„Sollte dich dürsten, findest du linker Hand einen gefüllten Becher. Rechts neben der Tür steht ein Abtritteimer mit einem Deckel für deine Notdurft", gab der Abt mir Kunde, indem er auf die jeweilige Seite deutete. Er und der Großkönig verharrten draußen. „Gib mir deinen Umhang und die Bruche! Die Zeit für deine letzte Prüfung ist gekommen."

Tief durchatmend öffnete ich die Senkel des Capes und zog die Bruche aus. Beides reichte ich ihm über die Schwelle hinaus. Jetzt gab es kein Zurück mehr!

Vater Side nahm die Kleidungsstücke mit einem beruhigenden Lächeln entgegen. Dann sagte er: „Und denke immer daran: Niemand kann zu dir eindringen, Calan! Vergess das nicht!"

Seine Worte hallten noch lange in meinem Kopf wieder, während sich die Tür von selbst schloss. Das letzte Bild, an das ich mich erinnere, waren die Antlitze der mir ermutigend zulächelnden beiden Männer.

Kaum hatte sich der einzige Weg hinaus geschlossen, herrschte tiefste Schwärze um mich herum. Die angenehme Kühle in diesem Raum verwandelte sich sogleich in Kälte, welche meinen Leib erzittern ließ. Die Dunkelheit schien regelrecht nach mir zu greifen. Ich fragte mich: *Wie lange halte ich das aus, ehe ich verrückt werde?*

Da meldete sich die vertraute Stimme Sir Thurids aus meinen Erinnerungen. *Calan, denke immer daran, was du genau für solche Ereignisse gelernt hast!*

So recht er hatte, dennoch empfand ich es unter diesen Umständen nicht gerade als einfach umzusetzen, was sich unter anderen Voraussetzungen als hilfreich erwiesen hatte.

Die Angst packte mich mit unzähligen Händen, schnürte mir die Kehle zu, ließ mich verzweifelt nach Atem ringen. Eisige Schauder jagten über meinen ganzen Leib wie Finger von Verstorbenen. Meine Augen spielten mir zusätzlich Streiche, indem sie mir Gestalten vorgaukelten, die ich unmöglich sehen konnte. Das Herz galoppierte wild in meiner Brust. Schweiß trat mir aus allen Poren.

Ich war nahe daran, mich gegen die Tür zu werfen und mit den Händen dagegenzuschlagen. Laut schreiend würde ich darauf bestehen, dass sie geöffnet wurde und man mich aus meinem Gefängnis entließ.

Fast hätte ich meine Fantasie auch in die Tat umgesetzt, wenn mich nicht zum zweiten Mal Sir Thurids Stimme in meinen Gedanken ermahnt hätte: *Stell dich nicht so an, Calan! Du befindest dich mitnichten in Gefahr. Erkunde mit deinen Sinnen, wo genau du bist!*

Rieche! Höre! Fühle! Mache dir auf diese Art ein Bild von dem Ort, an dem du dich aufhältst! Denke zurück: Du hast bereits etwas erlebt, was sich ähnlich angefühlt hat. Auch damals mustest du, ohne deine Augen nutzen zu können, herausfinden, wo du warst und was um dich geschah. Erinnere dich!

Seine Worte gaben mir Zuversicht. Ja, sie sorgten dafür, dass die Angst sich zurückzog und einer winzigen Flamme der Entschlossenheit wich.

Ja, Sir Thurid, Ihr habt recht!, dachte ich bei mir. Ein paar Mal tief durchatmend beschloss ich, das Gebäude zu erkunden.

Zunächst tastete ich mich mit nach vorn ausgestreckten Armen bis zur Tür. Meine Finger fühlten das gehobelte Holz, erkannten seine Maserung und schufen mir eine Vorstellung von seiner Beschaffenheit. Lange befingerte ich die Pforte, prägte mir ein, auf welcher Höhe der zurückgeschobene eiserne Riegel und die Beschläge sich befanden. Dann wandte ich mich nach rechts. Dort fand ich auf Brusthöhe eine in die Mauer eingelassene Nische, in welcher der von Vater Side erwähnte Becher stand. Wiederum ließ ich mir viel Zeit, um mir die Größe der Nische und die Form der Steine ringsum einzuprägen.

Auch das Trinkgefäß nahm ich in die Hände, um festzustellen, aus welchem Material es war und ob es Verzierungen aufwies. Nachdem ich davon überzeugt war, dass es aus Holz bestand und keinerlei Schnitzereien es schmückten, stellte ich es vorsichtig zurück. Auf keinen Fall wollte ich auch nur einen Tropfen des kostbaren Inhalts verschütten. Daher ertastete ich mit einer Hand, wo genau ich es platzieren musste.

Erleichtert atmete ich aus, als ich es in Sicherheit wusste. Mir war bis dahin gar nicht aufgefallen, dass ich den Atem angehalten hatte.

Weiter wanderten meine Finger an der Wand entlang. Da ich davon ausging viele Kerzenstriche[70] hier verbringen zu müssen, nahm ich meine selbstgestellte Aufgabe, den gesamten Innenraum genauestens zu erforschen, sehr ernst. Jeden Fingerbreit der Mauer befühlte ich, vom Fußboden bis zu der Höhe, die ich mit ausgestreckten Armen gerade noch erreichte. So entstand langsam ein genaues Bild vor meinem inneren Auge. Gleichzeitig beschäftigte ich auch meinen Geist, um mich vor einer weiteren Angstwelle zu bewahren.

Die auf diese Weise erstellte Übersicht über den Raum sollte mir helfen, mich in ihm zurechtzufinden.

Irgendwann stießen meine Füße gegen einen auf dem Boden stehenden Gegenstand, den meine Finger als Eimer mit Deckel erkannten. Mit der Erkenntnis den Abtritteimer gefunden und somit meine Runde fast beendet zu haben, benutzte ich ihn sogleich. Danach verschaffte ich mir einen »Überblick« über die restliche Räumlichkeit.

Zunächst nahm ich mir das Bodenmosaik vor. Wieder begann ich von der Tür aus meine Erkundung. Diesmal dauerte es lange, bis ich auch nur eine Handbreit ertastet hatte. Ich stellte recht schnell fest, dass die winzigen Steinchen bestimmte Muster ergaben, mit denen ich leider nicht das geringste anfangen konnte. Es handelte sich meiner Ansicht nach um verschlungene Zeichen, die mich an irgendetwas erinnerten. Bedauerlicherweise fiel mir zuerst mitnichten ein, woher sie mir bekannt vorkamen. Mit der Zeit jedoch

---

70 Kerzenstrich(e) = Stunde(n)

stiegen Bilder in mir auf. Und dann wusste ich es: Der Boden war übersät mit tangalanischen Worten.

Sir Thurid und ich hatten des Öfteren Tempel der einzelnen Gottheiten besucht. In einigen bedeckten diese Schriftzeichen die Wände, den Fußboden oder auch die Decke. Sie stellten für mich schon lange keine verworrenen Gebilde mehr dar. Auf meine Bitte hin hatte mein Vater mich bereits als Page, sowohl das Schreiben als auch das Lesen der *Alten Sprache*[71] gelehrt. So konnte ich die Geschichten, welche sie erzählten, selbst entziffern. Ich lernte auf diese Weise manche Schilderung von Ereignissen kennen, welche mir bis dahin unbekannt gewesen war.

Jedem anderen Mitglied des Ordens wurde diese Gabe erst verliehen, wenn es zum Ritter geschlagen wäre, so hatte er mir erklärt. Gleichzeitig würde er auch die *Alte Sprache* sprechen können. Dies stelle ein Geschenk des Großmeisters an seine Ordensritter dar.

Bereits damals empfand ich es als Vergünstigung, in so jungen sekels, solch einer Ehre als würdig befunden zu werden. Andererseits war ich kein normales Ordensmitglied. Viel zu oft waren mir im Gespräch mit meinem Vater von klein auf tangalanische Begriffe entschlüpft, sodass er schon früh meine Begabung für und das Verständnis dieser Sprache erkannte.

In meiner jetzigen Lage kam mir zupass, dass ich anhand der Formen die tangalanischen Zeichen ertasten konnte. So vertrieb ich mir die Zeit, sie zu entziffern und damit einiges über dieses Bauwerk zu erfahren.

---

[71] Alte Sprache = Tangalanisch

Vertieft in die mir selbst auferlegte Beschäftigung spürte ich weder Kälte noch Hunger. Einzig der Durst machte sich irgendwann bemerkbar. Und die Knie schmerzten von dem ständigen Aufenthalt auf den harten Steinchen. Daher entschloss ich mich, aufzustehen, mich umzudrehen und einfach geradeaus, mit ausgestreckten Armen loszugehen. Meiner Ansicht nach musste ich entweder auf die Tür oder die daran anschließende Mauer stoßen. Behutsam einen Fuß vor den anderen setzend, tastete ich mich durch die völlige Dunkelheit. Dabei zählte ich die Schritte, um später in etwa wieder dorthin zu gelangen, wo ich zuletzt gekniet hatte. Ich empfand es als wichtig, mir eine Beschäftigung zu suchen, um die Angst zu verdrängen.

Erfreut stellte ich nach fünfunddreißig Schritten fest, dass ich mit den Händen die Eingangspforte berührte. Von dort aus fanden meine an der Wand entlang tastenden Finger recht schnell die Nische und den darin befindlichen Becher. Vorsichtig setzte ich ihn an die Lippen und trank einen Schluck. Wie überrascht war ich, statt des erwarteten Wassers ein süßes Getränk zu schmecken. Dieses einzigartige Geschmackserlebnis verleitete mich dazu, das Trinkgefäß ein zweites Mal anzusetzen. Oh, hätte ich dem nur nicht nachgegeben, denn nun konnte ich es erst absetzen, als auch der letzte Tropfen meine Kehle heruntergeronnen war.

Zunächst fühlte ich mich erfrischt und gestärkt wie nie zuvor in meinem Leben. Bereits, als ich den Becher zurück in die Nische stellte, schalt ich mich einen Dummkopf.

Calan, du hättest dir die Flüssigkeit einteilen müssen! Du weißt weder, wie viel Zeit vergangen ist, noch wie viel vor dir liegt. Jederzeit hättest du an die Tür zurückkehren können, um zu trinken.

Du hast doch soeben selbst erlebt, dass deine Vorgehensweise, den Raum zu erkunden, erfolgreich war. Warum nur hast du dich nicht beherrschen können? Jetzt musst du darben, falls dich noch einmal der Durst überkommt. Das hast du nun von deiner Gier!

Obgleich ich es selbst war, der sich solche Vorhaltungen machte, traf mich die Erkenntnis dennoch hart. Ich schämte mich, während ich, die Schritte zählend, zu dem Ort zurückkehrte, an dem ich zuletzt die Zeichen befühlt hatte. Dort verdrängte ich diese zermürbenden Gedanken sofort, als ich mit den Fingern das Mosaik vor mir berührte.

Mir kam in den Sinn, dass es nichts brachte, mich weiterhin zu schelten. Rückgängig machen ließ es sich ohnehin in keinem Fall. Mit neuem Schwung nahm ich meine Aufgabe in Angriff und vergaß darüber alles andere.

Wann genau ich das erste Mal eine leichte Müdigkeit verspürte, ist mir nicht mehr erinnerlich, nur, dass sie von Schriftzeichen zu Schriftzeichen zuzunehmen schien. Als ich mich vor Gähnen und einem Gefühl der Verwirrtheit kaum noch den Zeichen widmen konnte, stießen meine Finger auf etwas Weiches. Ausgiebig befühlte ich es, um festzustellen, dass es sich um ein größeres Stoffstück handeln musste. Erleichtert, mich nicht auf den kalten, harten Boden betten zu müssen, kroch ich darauf und legte mich hin. Wenig später schlief ich bereits ein.

Aus der Dunkelheit nähert sich mir eine gewichtige Gestalt, der eine hagere folgt. Ich kann sie zwar mitnichten sehen, aber ihre Anwesenheit spüren. Wieso ich mir sicher bin, dass sie so unterschiedlich aussehen, weiß ich nicht; genauso wenig, dass auch sie unbekleidet sind.

Ich will aufstehen und vor ihnen fliehen, aber mein Leib gehorcht mir nicht. Meine Glieder scheinen jemand anderem zu gehören und in meinem Kopf macht sich ein Nebel breit, gegen den ich ankämpfe.

„Niemand kann zu dir eindringen!", höre ich von irgendwoher laut und deutlich die Stimme Vater Sides mich ermahnen. Sogleich lösen sich die angsteinflößenden Gestalten auf.

Viel Zeit, mich in Sicherheit zu wiegen, bleibt mir indes keineswegs. Diesmal begrabschen mich unzählige Hände. Überall auf meinem Leib spüre ich Finger, die meine Haut streicheln, sie zwischen sich quetschen, an meinen Haaren zerren oder in sämtliche Körperöffnungen eindringen. Dazu kommen Münder, deren Lippen an meinen Brüsten saugen und Zungen, die an meiner Haut lecken. Gemeinsam widmen sich jeweils einige Finger, eine Zunge und zwei Lippen sowohl meinen männlichen, als auch meinen weiblichen Geschlechtsteilen.

Meine Empfindungen reichen von Lust bis zu Qual, je nachdem, was sie gerade tun. Dennoch fühle ich mich unfähig zur Gegenwehr.

Wieder erklingt die Stimme des Abtes: „Calan, niemand kann zu dir eindringen!" Im gleichen Moment verschwinden alle Finger, Zungen und Lippen.

Wenig später liege ich ohne einen Fetzen Stoff mit dem Oberkörper quer auf dem Altar der Klosterkirche. Meine Arme sind nach beiden Seiten ausgestreckt, die Handgelenke mit breiten Ledergurten an den gegenüberliegenden Ecken des grauen Marmorsteins befestigt. Um die Füße meiner weit gespreizten Beine fühle ich ebensolche

Lederstreifen. Selbst mit größter Anstrengung gelingt es mir nicht, sie von der Stelle zu bewegen. Daher gehe ich davon aus, dass auch die Fesseln am Altartisch angebracht sein müssen.

Im gleichen Augenblick, da mir dies alles bewusst wird, packt mich jemand an den Haaren. Ich schreie vor Schmerz und Empörung auf. Da wird mir ein Gegenstand in den Mund geschoben, der sich wie ein Stück Röhrenknochen anfühlt. Meine Schreie werden dadurch gedämpfter und undeutlicher.

Schon schiebt sich der hagere Unterleib des Priors Zeno in mein Blickfeld. Ich erkenne ihn an dem herzförmigen Mal auf dem nackten Oberschenkel. Sein Gemächt steht in voller Größe dicht vor meinem Gesicht.

Ich spanne alle Muskeln an, versuche vergeblich, mich zu befreien. Gleichzeitig beschimpfe ich ihn, was allerdings durch den Knochen zwischen den Zähnen merklich abgeschwächt wird. Mit der Zunge bemühe ich mich, das Hindernis zu beseitigen, woraufhin Zeno meine Haare so plötzlich loslässt, dass mein Gesicht auf die Steinplatte knallt. Der Schmerz lähmt mich kurz. Diesen Moment nutzt der Prior aus, um mir zwei Bänder, die an den Seiten des Gebeins befestigt sind, um den Kopf zu schlingen. Dies geschieht so schnell, dass ich mich nicht dagegen wehren kann.

„Wir werden viel Vergnügen mit dir haben, kleines Hengstfohlen!“, verhöhnt er mich dabei und lacht auf.

Hinter mir fällt jemand in sein Gelächter ein. „Ein wahres Wort. Wahrlich, ein wahres Wort!“, bestätigt der Bass des Mannes, den ich nicht sehen kann. An seiner Sprechweise erkenne ich Abt Sebald.

Halb benommen versuche ich, mich nochmals zu befreien. Aber alles Zerren hilft nichts. Ich kann die Fesseln mitnichten sprengen. So schreie ich meine Wut und Verzweiflung heraus. Doch, was in der Kirche widerhallt, hört sich gar nicht danach an.

„Lass uns das Fohlen zureiten, Zeno!", erklingt hinter mir die lüsterne Stimme Sebalds. Seine Pranken umklammern meine Hüften, ehe er seinen fetten »Knüppel« mit wilden Stößen in mich hinein stößt.

Ich schreie vor Schmerz und Erniedrigung gleichermaßen auf, während er stöhnend und grunzend immer tiefer in mich eindringt.

Zeno lacht wie verrückt auf, ehe er mir seinen »Schwanz« in den Mund rammt.

„Niemand kann zu dir eindringen!", erklingen die Worte Vater Sides in meinen Gedanken. Sie katapultieren mich keineswegs nur aus dieser schrecklichen Lage, sondern auch aus dem Schlaf.

Schweißgebadet, zitternd und schreiend erwachte ich in völliger Dunkelheit. Ich wusste zunächst nicht einmal, wo ich war. Zusammengerollt wie ein kleines Kind wickelte ich mich in den Stoff, auf dem ich lag. Mein Herz raste und ich schnappte nach Luft wie ein Fisch auf dem Trocknen.

Für mich verging eine Ewigkeit, bis ich mich beruhigt hatte und begriff, wo ich mich befand. Erst einmal musste mir klar werden, dass ich all diese Scheußlichkeiten nur geträumt hatte. Dann liefen mir Tränen der Erleichterung über die Wangen. Schluchzend setzte ich mich auf und hüllte mich fest in das Stoffstück.

Mit den Zähren löste sich endlich eine ungeheure Last, die ich seit sechs Sommern mit mir herumgetragen hatte. Mir war, als würde ich all das, was mir in den Mauern dieses Klosters widerfahren war, ausschwemmen.

Lange ließ ich dieses Gefühl zu, bis ich erschöpft zu Boden sank und einschlief. Diesmal suchten mich keine Abträume mehr heim.

Ich stehe in einer Säulenhalle, trage Gewänder aus einem Stoff, den ich nie zuvor gesehen habe. Sie schimmern in blauen Pastelltönen. Vor mir knien in einem Halbkreis sechs Mönche in lilafarbenen Kutten. Da sie ihre Kapuzen über die Köpfe gezogen und Letztere gesenkt haben, kann ich ihre Gesichter nicht erkennen. Dennoch weiß ich, dass es sich um die von mir befreiten ansassi handelt.

Hinter einer Säule tritt ein weiterer Mönch hervor. Auch er versteckt sein Antlitz in der Dunkelheit der Kopfbedeckung.

„Erträume mir mein Aussehen, Calan!", bittet er mich mit einer dünnen, kindlich anmutenden Stimme und sinkt dicht vor mir auf die Knie.

Ich merke, dass ich lächele und beide Arme, wie segnend, über ihn halte. „Steh auf! Der Leib, der vor dem Rundbau liegt, gehört dir." Im gleichen Augenblick schlägt er die Kapuze zurück und sieht mich von unten herauf befreit lächelnd an.

Ein muskulöser Mann von etwa 20 Sommern mit hellbraunen Augen und halblangem, mittelbraunem Haar blickt mich an. Besonders ansprechend finde ich die Stupsnase inmitten seines breiten Gesichts.

„Ich danke dir, Calan!", erklingt jetzt seine tiefe Bassstimme.

Elegant erhebt er sich neun Hände[72] hoch vor mir und überragt

---

[72] eine Hand hoch = Maßeinheit (20 cm)

mich damit um gut eine. Neben ihm wirke ich wesentlich schmächtiger und kleiner, als ich bin. Man sagt mir eine katzenhafte Gestalt nach. Den Mönch vor mir würde ich – um im Tierreich zu verbleiben – als Bär bezeichnen. Dennoch bewegt er sich mit einer Gewandtheit, die den Vergleich Lügen straft.

Wache oder schlafe ich?, fragte ich mich wenig später. Ich rieb mir die Augen und konnte nicht glauben, was ich sah und weshalb dass ich Umrisse erkannte. Erstaunt setzte ich mich auf, kniff mich in den Unterarm. Da ich den Schmerz empfand, musste ich wohl aufgewacht sein.

Höchst verwundert schaute ich zur Decke hinauf. Aus deren Mitte fiel ein fingerbreiter Lichtstrahl genau auf die Stelle, an der ich soeben noch gelegen hatte. Geblendet schloss ich die Lider, öffnete sie aber sogleich wieder. Diesmal tat ich es langsam und hielt mir eine Hand schützend vor die Augen, um sie zu schützen.

Ein winziger Spalt schien sich dort geöffnet zu haben. *Ein Riss!*, schoss mir erschrocken durch den Kopf. *Setzt er sich fort, stürzt gleich der ganze Rundbau ein?* Eine Welle der Furcht ergriff mich. Mein Herz raste. Mein Atem wurde schneller. Schweiß brach mir am ganzen Leib aus. Gleichzeitig rannen eisige Schauder über meinen Rücken. Aufspringend blickte ich mich gehetzt um und wollte zur Tür laufen. Ich sah mich bereits an der verschlossenen Tür rütteln, mit den Fäusten dagegen schlagen und um Hilfe rufen. Da erlebte ich ein Wunder.

Plötzlich war ich in Licht getaucht, das sämtliche Farben des Regenbogens aufwies. Meine Angst verschwand. Eine Ruhe breitete sich in mir aus, die sich genauso anfühlte wie diejenige, die mir der Großkönig auf meinem Lager hatte zukommen lassen. Eingetaucht in diese beruhigende Helligkeit, wandte ich meinen Blick hinauf zur Kuppel.

Dort gab es mit einem Mal Fenster. Ein jedes erstrahlte in einem anderen Farbton. Der Lichteinfall reichte aus, um das gesamte Innere des Gebäudes auszuleuchten.

Neugierig auf die den Fußboden bedeckenden Mosaike, ergriff ich die Gelegenheit, sie mir anzusehen. Ja, meine Vermutung stimmte genau mit dem überein, was ich sah. Die kleinen Steinchen waren bunt und bildeten Zeichen der *Alten Sprache*. Selbst, wenn es mir nicht möglich gewesen wäre, sie zu deuten, so hätte ich allein ihre Formenvielfalt als berauschend schön empfunden.

Mein Blick wanderte, ausgehend von den Symbolen zu meinen Füßen, weiter in den Raum hinein. Wie staunte ich, dass sich im hinteren Teil des Rundbaus ein marmorner Altar erhob. Aus dem massiv aussehenden dreieckigen, in einem dunklen Lilaton schimmernden Opfertisch entstieg eine kräftig gebaute Gestalt. Auf den zweiten Blick erkannte ich, dass sie muskulös war, ohne dick zu wirken. Zunächst war sie vollkommen nackt, weshalb ich ihre für einen Mann verhältnismäßig großen Brüste erkennen konnte. Andererseits wies ihr Leib auch eindeutige männliche Geschlechtsmerkmale auf. Von einem Moment zum anderen war mir klar, dass es sich bei diesem Wesen um eines meiner Art handelte.

Kaum berührten seine Füße den Boden, bedeckte eine lavendelfarbene Kutte seinen Körper. Hier war unzweifelhaft Magie im Spiel.

Meine Gedanken wirbelten wild durcheinander. Keine einziger ließ sich fassen, obwohl sie mir bedeutsam schienen.

„Du brauchst dich vor mir nicht zu fürchten, Calan", ertönte eine Bassstimme aus der Richtung des Fremden. „Ich werde dir kein Leid zufügen. Du hast mich aus meinem Gefängnis befreit. Warum sollte ich dir schaden wollen? – Lass uns diese ungastliche Stätte schnellstmöglich verlassen! Draußen werden wir sehnlich erwartet. Doch zunächst solltest du dich gewanden."

Der siebte Mönch schenkte mir noch im lichtdurchfluteten Rund des Grabmals eine kurze Bruche sowie lange Beinkleider. Beide Kleidungsstücke schimmerten in mehreren ineinander übergehenden, pastellfarbenen Blautönen.

Voller Dankbarkeit, nicht nackt hinaustreten zu müssen, ich zog sie mir rasch in seinem Beisein an. Sie passten wie für mich gemacht. Mit einer tiefen Verbeugung zeigte ich mich erkenntlich, da mir die Worte fehlten.

„Dies ist das Mindeste, was ich für dich tun kann", wehrte er ab. „Sieh, die Tür öffnet sich! Lass uns hinausgehen!"

Seite an Seite gingen wir auf den Ausgang zu. Ehe wir ihn erreichten, blieb er zurück.

Die Helligkeit des Mittagslichtes blendete mich, sobald ich das Portal durchschritten hatte. Mit zusammengekniffenen und mit einer Hand abgeschirmten Augen verhielt ich meine Schritte. Ich benötigte eine Weile, um mich an das grelle Tageslicht zu gewöhnen. Erst dann gewahrte ich am anderen Ende des Säulenganges den Großkönig und den Großmeister. Beide Magier lächelten mir zu. Gleichzeitig wiesen ihre Handbewegungen mich an, mich nach rechts und links zu wenden.

Ihren Anweisungen folgend, sah ich mich um. Zwischen den Säulen standen auf jeder Seite drei in lavendelfarbene Kutten gehüllte Mönche.

Eine Welle der Angst spürte ich in mir aufsteigen, dennoch war ich zu keiner Handlung fähig. Ich vermutete, dass Jolar tu-Jas-Joklas seine Magie einsetzte, denn bereits im nächsten Augenblick wurde ich innerlich ganz ruhig.

Sogleich trat von links einer der lila gewandeten Mönche auf mich zu. Hier im hellen Sonnenlicht gewahrte ich, dass seine Kutte mit goldenen Zeichen bestickt war.

Er blieb mit einer leichten Neigung seines Hauptes vor mir stehen und überreichte mir ein langärmeliges Hemd und ein Wams. Auch sie schimmerten in den gleichen blauen Pastelltönen wie meine Bruche und die Hose.

„Sag nichts, Calan!", meinte er seinen Kopf schüttelnd. „Du benötigst gebührliche Gewänder. Und für uns ist es eine Freude, dich einzukleiden." Mit einer Handbewegung forderte er mich auf, seine Geschenke anzuziehen.

Mir schoss die Röte ins Gesicht, dennoch bedachte ich ihn mit einer angemessenen Verbeugung.

Während ich mir die Kleidung überzog, schritt er an seinen vorherigen Platz zurück. Dafür kam nun von rechts der zweite Mönch auf mich zu. Seine Gaben waren Strümpfe aus dem gleichen Stoff wie meine restlichen Kleidungsstücke und mittelbraune, lederne Reiterstiefel.

„Mögen diese Zeichen meiner Dankbarkeit dir nützlich sein", war alles, was er sagte, ehe er sich zurückzog.

Wieder bedankte ich mich einzig, indem ich mich in seine Richtung verneigte. Um ihm meine Begeisterung zu zeigen, schlüpfte ich schnell in die Fußbekleidungen hinein. Nun wagte ich mich auf den gepflasterten Weg, der geradeaus zwischen den Säulen hindurchführte.

Nach nur wenigen Schritten stellte sich mir der dritte Mönch in den Weg. Bei seinen Geschenken handelte es sich um einen pastellblauen Umhang und einen mit tangalanischen Zeichen bestickten ledernen Waffengurt.

Vom vierten erhielt ich, auf einem Kissen liegend, ein Schwert, in dessen Griff Symbole in der *Alten Sprache* eingraviert waren und die passende, ebenso verzierte Scheide.

Nachdem mir der fünfte Mönch eine Dolchscheide, welche gleichfalls wie diejenige für das Schwert geschmückt war, überreicht hatte, glaubte ich, meine Ausrüstung vollständig erhalten zu haben. Doch noch immer war einer der ansassi übrig.

Der sechste und letzte hielt einen Isabelle mit hellblauen Augen am Zügel. Dessen Zaum, Sattel und Decke wiesen, genau wie die Waffengriffe und deren Hüllen, die Schriftzeichen der *Alten Sprache* auf. Die Satteldecke war aus dem gleichen Stoff wie meine Gewänder gewebt.

Überwältigt umfasste ich den Lenkriemen und strich der Stute über den Nasenrücken. Sogleich schnaubte sie erfreut. Im gleichen Augenblick wusste ich, dass sie Kimana[73] hieß.

Dann wandte ich mich den *Sieben Mönchen* zu, die allesamt ihre

---

[73] Kimana = Schmetterling

Kapuzen tief in ihre Gesichter gezogen hatten. „Ich kann solche kostbaren Gaben unmöglich von euch annehmen." Ich versuchte, meine Bedenken in Worte zu fassen. „Dieses wertvolle Gewebe, die erlesenen Waffen und zu allem Überfluss auch noch ein edles Streitross, stehen mir mitnichten zu. Was ich für euch getan habe, war meine Pflicht als zukünftiger Ritter."

Nacheinander traten sie hinter den Säulen wieder hervor. Nur eine Pferdelänge entfernt von mir stellten sich in einer Reihe nebeneinander auf. Einer nach dem anderen schob seine Kopfbedeckung zurück, sodass ich nicht nur ihre Antlitze, sondern auch ihre Haare sehen konnte.

Vor Erstaunen klappte mir glatt die Kinnlade herunter. Bei den vor mir stehenden Mönchen handelte es sich um drei junge Männer und drei Maiden in meinem Alter. Der Zweigeschlechtliche, als der er sich mir bereits im Innern des Grabmals zu erkennen gegeben hatte, wies sowohl männliche als auch weibliche Züge auf.

Obwohl ich auf jeden von ihnen nur einen kurzen Blick werfen konnte, verblüffte mich die Tatsache, dass sie alle genauso aussahen, wie ich sie mir vorgestellt hatte. Dies schloss sogar diejenigen ein, welche mir nicht bereits in der Wüste begegnet waren. Die Möglichkeit, sie näher zu betrachten, würden sie mir später noch gewähren.

„Du hast unsere Erscheinungsbilder in den Nächten, ehe du uns aus unseren jeweiligen Gefängnissen befreit hast, erträumt. Warum wunderst du dich nun darüber, dass wir diesen entsprechen." Bei dem Sprecher handelte es sich um den siebten Mönch, den ich eben erst kennengelernt hatte. „Mit den kleinen Geschenken möchten wir uns erkenntlich zeigen.“

„Da du momentan ohnehin sprachlos bist, nutzen wir die Gelegenheit uns vorzustellen“, ergriff er erneut das Wort. „Ich bin Brathair[74]. Wie du weißt, bin ich der Letzte von uns ansassi[75], dem du Gestalt verliehen und ein neues Leben geschenkt hast.“

Mit seinen mittelbraunen, halblangen Haaren und den hellbraunen Augen sah er genauso aus, wie ich ihn in der vergangenen Nacht im Traum gesehen hatte. Die Stupsnase und sein tiefer Bass, den ich bereits im Rundbau zu hören bekommen hatte, ließen ihn mir liebenswert erscheinen. Für mich passte er von allen Mönchen am besten in seine lavendelfarbene Kutte. Sein einfaches Gewand wurde ungemein aufgewertet durch die mit Goldfäden aufgestickten tangalanischen Zeichen. Obwohl er auf den ersten Blick seinem Namen, der *Bruder* bedeutete, völlig zu entsprechen schien, strahlte er unterschwellig Macht aus. Dies war auch nicht verwunderlich, da ein ansass eine niedere Form eines ursass[76] ist.

Während Brathair sich zurückzog, trat derjenige seiner »Brüder« auf mich zu, der mir Hemd und Wams überreicht hatte. Der junge Mann von etwa fünfundzwanzig sekels neigte sein Haupt vor mir, als er vor mir stehen blieb. Seine hellblauen Augen blickten mich aus einem von der Sonne gebräunten Antlitz an, dessen Schönheit mich erstaunen ließ. Seine glatten, bis zu den Schultern reichenden weizenblonden Haare umrahmten es und unterstrichen diesen Eindruck noch weiter.

---

[74] Brathair = Bruder
[75] ansassi = Mehrzahl von ansass = niedere Form eines ursass
[76] ursass = magisches Wesen aus Tangalan

Ich fragte mich, ob und wann ich ihm dieses Aussehen erträumt hatte.

„Mein Name ist Nissi[77]. Wir trafen uns an diesem Ort vor sieben sekels", half er mir mich zu erinnern. „Nach meinem Bruder Kola haben wir wohl am meisten Zeit miteinander verbracht." Der Geruch von einem Laubwald im Herbst umwehte ihn bei jeder Bewegung.

Sogleich wusste ich, worauf er anspielte, dennoch wollte ich nicht an die erniedrigenden und schmerzensreichen Tage zurückdenken. Daher wechselte ich schnell zu einer Frage, welche momentan meine Neugier erregte. „Seid Ihr mit Eurem Äußeren zufrieden?"

„Was sollte ich an dieser Erscheinung auszusetzen haben, Calan?", fragte er, während seine Miene Unverständnis ausdrückte. Voller Stolz sah er an seinem Körper herunter. „Du hast meinen Leib genau so erträumt, wie er für mich und meine Zwecke erforderlich ist. – Viel wichtiger hingegen erscheint mir eine andere Angelegenheit der Klärung zu bedürfen."

Diesmal war ich es, der nicht wusste, worauf er anspielte. Daher blickte ich ihn fragend an.

„Ich spreche jetzt und hier für uns alle, welche als die *Sieben Mönche* bekannt sind. Wir möchten, dass du uns wie deinesgleichen anredest. Ohne deine Hilfe und deine Opfer würden wir heute keinesfalls hier sein. Daher ist es nur recht und billig, dass dir diese Ehre gebührt." Nach diesen Worten ging auch er an seinen Platz zurück.

Dass nun derjenige ansass vor mich trat, der mir die Strümpfe und die Lederstiefel geschenkt hatte, bemerkte ich erst, als dieser zu

---

[77] Nissi = Schutz

sprechen begann.

„Man nennt mich Maisi[78]. Mich hast du aus der Berghöhle befreit, indem du deinen Wohlfühlton erklingen ließest", sagte sie mit einer weichen Stimme.

Ich war von ihrer Schönheit dermaßen geblendet, dass ich mich nicht rühren konnte. In meinem Mund schien sich kein Tropfen Speichel mehr zu befinden, weshalb mir auch das Sprechen unmöglich erschien.

Sie gehörte zu den kleineren ansassi – was, wie mir der ebenso große Nissi soeben bewiesen hatte, nicht unbedingt für ein weibliches Wesen sprach. Ihre Hände waren zierlich, was mich auf eine ebensolche Gestalt schließen ließ. Leider verbarg die Kutte mehr von ihrer Figur, als sie preisgab. Trotz ihres kastanienroten Haares, dessen Locken bis zu ihrer Hüfte reichen mussten, wies ihre Haut einen Hauch von Bräune auf. Ihr feenhaftes, betörendes Wesen wurde von den kindlich erscheinenden, mandelförmigen Augen noch betont. Zwischen ihren bernsteingoldenen Augen saß eine schmale Nase, welche auf die vollen, roten Lippen hinzuweisen schien. Wäre sie ein Mensch gewesen, hätte ich sie auf siebzehn sekels geschätzt. Der typische Geruch von Bergluft an einem klaren Frühlingstag ging von ihr aus.

Da sie meine Verlegenheit zu bemerken schien – wahrscheinlich hatte ich sie wie ein Mondkalb angestarrt – sprach sie erneut. „Ich danke dir, dass du mir diesen Leib zugeführt hast und ihn in deinem Traum in diesen hübschen Zustand versetzt hast."

Ehe ich mich fassen konnte, suchte sie ihren Platz zwischen den

---

[78] Maisi = Schönheit

Säulen wieder auf.

„Von mir erhieltest du als Geschenk den Umhang und den Waffengurt", sagte der eindeutig männliche Mönch, welcher nun auf mich zutrat. „Mein Name ist Kola[79]. Wir kennen uns fast so lange, wie du ein Leben als menschliches Geschöpf führst. Allerdings besaß ich damals die Gestalt des Ritters Thurid."

Während ich ihn ungläubig anstarrte, wehte mir eine Meeresbrise entgegen. Dieser Geruch gehörte unleugbar zu dem ansass, der genauso groß wie Brathair war. Im Gegensatz zu diesem wirkte er eher schmächtig. Die Kutte schlackerte um seinen hageren, schlaksigen Leib.

Wenngleich er wesentlich knochig als Sir Thurid war, erinnerte mich sein sonstiges Aussehen doch sehr an meinen Ziehvater. Scheinbar hatte ich ihm das Erscheinungsbild einer jüngeren Ausgabe des Ritters im Traum verliehen. Kolas Haut wies den gleichen dunklen Ton auf. Auch seine fingerbreite Nase über den schmalen Lippen hätte ihn als Sir Thurids Sohn durchgehen lassen. Selbst die dunkelbraunen Augen und die tiefschwarzen Haare waren genaue Kopien derjenigen meines Vaters. Einzig das Fehlen der grauen Strähnen und des Kinnbartes zeugte davon, dass der ansass einen jungen Mann von ungefähr 21 sekels verkörperte. Dennoch war ich verwirrt, als Kola mit der gleichen wohlklingenden Stimme wie mein Vater sprach.

„Wann und wo du mich befreit hast, brauche ich dir nicht zu erklären", begann er mit einem Lächeln, welches das gesamte Antlitz erhellte. „Wenngleich du deine Gedanken abgeschirmt hast, ist deine

---

[79] Kola = Freund

Miene beredeter als diese es je sein könnten. Auch wenn es dir peinlich erscheint, dass du mir das Aussehen Thurids gegeben hast, ist es eine Ehre für mich. Als einziger meiner Geschwister durfte ich unter den Menschen leben, obzwar ich nichts von meiner wahren Bestimmung ahnte. Warum sollte ich nicht weiterhin seine äußere Erscheinung beibehalten? Wer kann schon wissen, ob dies zukünftig von Nutzen sein kann?"

Ich brauchte einen Augenblick, um meine Gedanken zu ordnen, ehe ich erleichtert aufatmete und ihn anlächelte. Dazu, etwas zu ihm zu sagen, kam ich hingegen nicht mehr, denn Kola und ein wahrer Kämpe wechselten die Plätze. Dass ich mit meiner ersten Einschätzung richtig lag, bestätigte der schwarzhaarige ansass mir sogleich.

„Mein Name ist Nercc[80]." Seine leicht raue Stimme passte so gut zu dem muskulösen, geschmeidigen Mönch, der nach Eisen und Leder roch.

„Ihr ... äh ... du hast mir das Schwert und die herrlich bestickte Scheide überreicht", fühlte ich mich gedrängt zu sagen.

Die Gestalt vor mir schien mich weit mehr zu überragen als nur eine Hand[81]. Vor mir stand das Idealbild eines Ritters, obwohl seine leichte Raubvogelnase in keinster Weise eine Schönheit aus ihm machte. Ein energischer Zug um seinen Mund, die nebelgrauen Augen und die tiefschwarzen Haarstoppeln vervollständigten das Bild eher noch.

„Du hast mir den Leib von Baron Nistork zugeführt", sprach er

---

80 Nercc = Krieger
[81] eine Hand hoch (Maßeinheit) = 20 cm

weiter, als hätte er meine Erklärung nicht gehört. „Eine gute Entscheidung, denn auch er war ein Kämpfer. Allerdings war sein Antlitz das eines Laffen. Dieses hier“, er fuhr sich mit einer Hand von der Stirn bis zum Kinn, „ziemt mir mehr.“

Nach einer knappen Neigung seines Hauptes drehte er sich um und marschierte an seinen Platz zurück.

Verblüfft starrte ich ihm nach.

„Mich nennt man Jyoti[82]“, sagte eine leise, weibliche Stimme vor mir. Obgleich sie nur schwach an meine Ohren drang, riss sie mich aus meinen Gedanken.

Ich schüttelte mich kurz, um wieder im Augenblick anzukommen. Dann wandte ich meine Aufmerksamkeit ganz der schlanken, ätherisch wirkenden Gestalt vor mir zu. Obwohl sie die kleinste der ansassi war, überragte sie mich um eine halbe Handbreite[83].

Während sie sprach, musterte ich die etwa neunzehn sekel alte ansass unaufdringlich. Sie umgab der Geruch von Wachskerzen und alten Büchern, was wohl daher rührte, dass ich sie aus einer Kapelle befreit hatte. Vielleicht beruhte ihr schüchtern scheinendes Wesen auf dieser Tatsache.

Allerdings hatte ich ihr ein solch niedliches Aussehen erträumt, dass sie sich keinesfalls vor ihren Geschwistern verstecken musste. Zwischen ihren wasserblauen Augen saß eine Stupsnase wie ein Weg, der zwei Seen voneinander trennt. Darunter leuchtete ein roter Kussmund wie eine Rose. Ihr Haupt schmückten hellbraune Haare, in denen sich das Sonnenlicht zu spiegeln schien. Wie lang es

---

[82] Jyoti = Licht
[83] Handbreite (Maßeinheit) = 10 cm (hier 5 cm)

wirklich war, konnte ich nicht erkennen, denn sie hatte es in einem dicken Zopf gebändigt. Das Geflecht hing ihr auf dem Rücken herunter bis zur Taille.

„... passend zu dem Dolch, welchen ich dir bereits bei unserer ersten Begegnung geschenkt hatte." Allein diese Worte verstand ich bewusst, da meine Aufmerksamkeit mehr ihrem Äußeren, als dem, was sie zu mir sagte, gegolten hatte.

Mit einem amüsierten Lächeln und einem leichten Neigen ihres Kopfes suchte sie ihren Standort zwischen den Säulen wieder auf.

Als Letzte kam die schwarzhaarige ansass auf mich zu, welche mir die Zügel des Isabelles überreicht hatte. Sie stellte sich mit ihrer rauchigen Stimme als Laila[84] vor, und genauso geheimnisvoll wirkte sie auch auf mich. Obwohl mir ihr Geruch von heißem Wüstenwind eher die Tage in der *anfaid fedasch* sich ins Gedächtnis rief.

Ihre dunkelbraune Haut und die eher runde Augenform wies sie als Hegranerin[85] aus. Hierzu passten auch die vollen Lippen und die schmale, mittellange Nase. Mit ihren etwa 20 sekels und den feingliedrigen Fingern, die mit ungewöhnlich geformten Ringen geschmückt waren, erinnerte sie an eine Märchenprinzessin. Allerdings schien ihre Körpergröße von achteinhalb Händen[86] nicht zu diesem Stand zu passen.

Soweit ich ihren Leib unter der Kutte erahnen konnte, wirkte er wohlgestaltet und ausgewogen, aber wesentlich rundlicher als der von Jyoti.

---

[84] Laila = Nacht
[85] Hegran = Landesteil von Glendalach
[86] achteinhalb Hände = 1,70 cm

Anders, als ihr Geschwister ließ sie meine Musterung schweigend über sich ergehen. Erst, nachdem ich ihr einen anerkennenden Blick zugeworfen hatte, begann sie zu sprechen. „Wie ich mit Wohlgefallen feststellen konnte, bist du wieder vollständig an Leib und Geist genesen, Calan. Aber dies war auch nicht anders zu erwarten, denn es liegt in der Natur der Katze, dass ihre Wunden schnell heilen."

Sie hielt kurz inne, um das Thema zu wechseln. „Bisher hattest du in dem Fuchs *Smiur* einen prachtvollen Gefährten an deiner Seite. Allerdings handelt es sich bei ihm um ein Pferd, welches dir vom *Orden der Ritter von den Elementen* für deine Knappenzeit zur Verfügung gestellt wurde. Diese neigt sich nun dem Ende zu, weshalb du eine neue Freundin benötigst. Dafür hat sich Kimana gemeldet. Sie ist demnach kein Angebinde[87], sondern eine Weggefährtin. Dennoch möchte ich nicht mit leeren Händen vor dir stehen. Daher bekommst du von mir ihr Zaumzeug, die Decke und den Sattel. Ich hoffe, dass du damit zufrieden bist."

„Es ist mir eine Ehre, auch diese Gaben zu erhalten", war zunächst alles, was ich als Dank hervorbringen konnte. Ich war regelrecht überwältigt von den Geschenken und der Achtung, welche mir die *Sieben Mönche* erwiesen. So bekam ich gar nicht mit, dass auch Laila wieder an ihren Platz zwischen den Säulen zurückkehrte.

Erst, als ich mich etwas gefasst hatte, fiel mir dies auf. Trotzdem wusste ich keineswegs, wie ich mich bei den ansassi gebührend bedanken konnte. Deshalb verneigte ich mich in die Richtung jedes einzelnen, was sie mit einem Lächeln und einer leichten Neigung

---

[87] Angebinde = Gabe, Geschenk

ihres Hauptes beantworteten.

Nachdem ich mehrfach tief durchgeatmet und meine Gedanken geordnet hatte, fasste ich sie in Worte. Ganz sicher war ich mir nicht, ob ich mein Schutzschild die ganze Zeit über aufrecht erhalten hatte. Falls dies nicht so gewesen sein sollte, waren sowohl den ursassi als auch den ansassi diese bereits bekannt. Dennoch erschien dies mir als ein Akt der Höflichkeit Side gegenüber. Der Abt hatte sich inzwischen zu dem Großmeister und dem Großkönig gesellt. „Ich gehe davon aus, dass ihr euch mitnichten hier nur versammelt habt, um mir eure Dankbarkeit in Form der erlesenen Geschenke zu erweisen."

„Deine Annahme ist richtig, Calan", entgegnete mir Brathair. „Einzig, um dir die Gaben zu überreichen, hätten wir uns hier keinesfalls alle versammeln müssen. Es hätte ausgereicht, damit einen Boten zu beauftragen."

Ich wartete darauf, dass er weitersprach, zumal ein amüsiertes Lächeln sein Antlitz überzog. Nachdem er dazu keinerlei Anstalten machte, fühlte ich mich bemüßigt, meinerseits die Unterhaltung voranzutreiben. Dennoch wollte ich es ihm keineswegs zu einfach machen, indem ich den Grund ihres Hierseins gezielt ansprach.

„Es ist mir eine Ehre, dass ihr alle euch die Mühe gemacht habt, einzig, um euch mir vorzustellen, hierher zu reisen. Wie ihr mir soeben bestätigt habt, seid ihr mit dem jeweiligen von mir erträumten Aussehen zufrieden. Es ist erfreulich, sich mir zu zeigen, um mich dies wissen zu lassen."

„Wir sollten das Spiel hier beenden, Calan!" Das Grinsen auf den Gesichtern aller Versammelten sagte mehr, als die Worte Brathairs.

„Du weißt genauso gut, wie wir alle, dass uns gänzlich andere Gründe an diesen Ort geführt haben. Um es frei herauszusagen: Wir bieten dir an, als Ritter in unsere Dienste zu treten."

Mir klappte die Kinnlade herunter. Mit allem hätte ich gerechnet, nur nicht mit diesem Anliegen. Unfähig mich dazu zu äußern, ja, auch nur einen klaren Gedanken zu fassen, starrte ich den lila gewandeten Mönch an.

Zum Glück rettete mich der Großmeister, ehe es wirklich peinlich wurde. „Wie ihr feststellen könnt, habt ihr euren Befreier sprachlos gemacht. Da er schier überfordert ist, schlagen Wir vor, uns mit ihm, Jolar und dem Abt dieses Klosters zurückzuziehen. Sicherlich wird er viele Fragen an Uns zu seiner jetzigen Stellung haben."

Ich war Rell-Peras dankbar, dass er zum einen eingegriffen, zum anderen aber auch mit keinem Wort meine Menschlichkeit als Entschuldigung angeführt hatte. Zusätzlich trat Vater Side zu mir. Er legte einen Arm um meine Schultern und führte mich von den geheimnisvollen Mönchen weg. Als wir an den Magiern vorbeigegangen waren, schlossen sie sich uns an. Kurz darauf betraten wir das Gebäude gegenüber dem Rundbau. Dort befanden sich, wie mir von meinem ersten Besuch hier noch erinnerlich war, die Räumlichkeiten des Heilers.

Entgegen meiner Annahme suchten wir diese allerdings nicht auf. Wir strebten einem Nebengelass zu, welches mit einem Tisch und sechs Stühlen ausgestattet war. Auf der anderen Raumseite gewahrte ich eine weitere offenstehende Tür, die in den Heilpflanzengarten hinausführte.

Noch immer nicht ganz Herr meiner Sinne, ließ ich es geschehen, dass der Abt mich auf einem dieser Zimmerseite zugewandten Sitzmöbel platzierte. Er selbst nahm sich den Lehnstuhl zu meiner Rechten, während die Magier sich an die Köpfe der Tafel setzten.

Vor jedem von uns erschien aus dem Nichts ein mit süßem Saft gefüllter Becher. Vater Side drückte ihn mir in die Hand und forderte mich auf, daraus zu trinken. Kaum hatte ich dies getan, kam mein Geist zur Ruhe. Mein Starren in den Garten wich einem klaren Blick.

„Brathair ist etwas forsch vorgegangen", bemerkte der Großkönig kopfschüttelnd. „Aber so sind viele magische Wesenheiten. Nimm es ihm nicht übel, Calan. Wichtiger ist jetzt, welche Fragen dir auf der Zunge brennen. Sprich frei heraus!"

„Ich danke Euch, di-saier", brachte ich mit rauer Stimme hervor. Erst ein Räuspern befreite mich. „Abgesehen davon, dass ich keine Ahnung habe, wie ich den *Sieben Mönchen* behilflich sein kann, bin ich noch immer Mitglied des *Ordens der Ritter von den Elementen*. Mir ist keinesfalls bekannt, dass jemals ein Ordensmitglied die Gemeinschaft einfach so verlassen hat. Andererseits bin ich ein Knappe und kein Ritter. Wie soll es möglich sein, dass ich als solcher in den Dienst der ansassi trete? Bis zu meiner Ernennung müssen sowohl der Herbst als auch der Winter noch vergehen. Erst im Lenz kann ich damit rechnen, dass ich für diese Ehre vorgeschlagen werde. Außerdem frage ich mich, was ein Mensch für magisch begabte Wesen tun kann, was sie mitnichten selbst können." Hier machte ich eine Pause und blickte hinaus auf die Farbenpracht der blühenden und grünenden Pflanzen.

„Die Antwort, was ein Menschenkind für die ansassi tun kann, sollen sie dir selbst geben. Wir verstehen, dass dieses Wissen dir sehr wichtig ist, zumal du dies gleich zweimal erwähnst. Zuvor hingegen besprechen wir die Voraussetzungen, welche es dir ermöglichen, den *Orden der Ritter von den Elementen* ehrenhaft zu verlassen. Vorab möchten Wir dir dieweil bestätigen, dass dein jetziger Stand für die *Sieben Mönche* unerheblich ist. Für sie hast du bewiesen, dass dir der Ritterstand zusteht." Sir Rell-Peras enttäuschte mich etwas, hatte ich doch erwartet, dass er mir alle meine Fragen beantworten würde.

Gerade wollte ich mich dahingegen äußern, als er auch schon fortfuhr. „Zunächst einmal müssen Wir als Oberhaupt des Ordens unsere Einwilligung geben. Diese erhältst du hiermit im Voraus, falls du dich für den Dienst bei den *Sieben Mönchen* entscheiden solltest. Dann müssen dich noch meine Söhne von den Verpflichtungen, welche du ihnen gegenüber eingegangen bist, lossprechen. Auch das dürfte unter diesen Umständen kein Problem sein. Wenn du eine offizielle Entlassung wünschst, können Wir den Zeitpunkt für die Zeremonie kurzfristig festsetzen. Andernfalls senden Wir nach meinen Söhnen, damit sie dich im Beisein des Großkönigs, Abt Sides, Unserer Wenigkeit und den ansassi lossprechen. Danach wärst du frei für den Dienst bei den *Sieben Mönchen*."

Erstaunt, dass es so einfach war, blickte ich erst den Großmeister und dann Seine Majestät Jolar tu-Jas-Joklas an. Beide nickten mir lächelnd zu.

„Ja, Calan, in diesem besonderen Fall wird dir niemand Steine in den Weg legen. Ansonsten ist eine Entlassung aus dem *Orden der Ritter von den Elementen* mit viel mehr Aufwand verbunden."

Ich konnte kaum glauben, was mir Sir Rell-Peras bestätigte. Dennoch zweifelte ich daran, ob ich das Angebot der ansassi annehmen sollte. Entsprechend wirr jagten sich meine Gedanken.

„Wir verstehen deine Bedenken, Calan", ging der Großkönig auf mich ein. „Bisher hast du nur das Leben im Orden gekannt. Du warst knapp sieben Sommer alt, als du erwählt wurdest. Als Page wurdest du ausgebildet, bis du in deinem vierzehnten Sommer in den Knappenstand erhoben wurdest. An der Seite von Sir Thurid hast du das Großkönigreich bereist. Du übtest dich in der Waffenkunst. Dabei vergaßest du aber auch nie, dich in allen anderen Bereichen, welche ein zukünftiger Ritter erlernen sollte, kundig zu machen. Zusätzlich wurdest du gezwungen, die Gefangenschaft der *Sieben Mönche* zu beenden. Gerade dabei hast du viel erdulden müssen. Doch stets konntest du auf den Rückhalt einer mächtigen Gemeinschaft zählen. Sie war dir Familie und Schutz gleichermaßen. Das alles hinter dir zu lassen für ein Leben, von dem du noch nicht einmal weißt, wie es aussehen wird, ist keine einfache Entscheidung. Daher raten Wir dir: Sprich mit den ansassi! Frage sie, was sie dir bieten und was du dafür tun musst! Erst dann macht es Sinn, abzuwägen, welche Zukunft dir am verlockendsten erscheint."

In Gedanken vor mich hin nickend, begrüßte ich den Vorschlag meines Königs. „So werde ich es machen! Danke, di-saier, dass Ihr Euch in meine Lage hineinversetzt und meine Bedenken verstanden habt. Mir die Möglichkeiten vor Augen zu führen, war genau das, was ich im Augenblick allein keinesfalls gekonnt hätte.« Ich erhob mich, um mich vor den beiden Magiern zu verneigen. »Entschuldigt mich, damit ich den *Sieben Mönchen* gegenübertreten und ihnen meine Fragen stellen kann."

Sowohl Abt Side als auch die Angesprochenen nickten mir zu.

„Wir würden dich gerne bei diesem Gang begleiten, um dir den Rücken zu stärken", meinte der Klostervorsteher, während er Blicke mit den Magiern tauschte.

Verwundert musterte ich einen nach dem anderen. Als sie mich alle zustimmend anlächelten, atmete ich erleichtert auf. „Es ist mir eine Ehre", brachte ich etwas heiser heraus.

Wie eine Leibgarde schritten die beiden höchsten Würdenträger Glendalachs vor mir her, indes Vater Side an meiner Seite blieb. Mehrfach nickte er mir bestätigend zu oder flüsterte: „Du schaffst das, Calan!"

Erwartungsvoll schauten mir die sieben in lavendelfarbene Kutten gewandeten Mönche entgegen. Sie standen noch immer, in einem Halbkreis und mit unbedeckten Häuptern im Säulengang.

Gemeinsam mit meinen Begleitern ging ich bis auf eine Mannslänge auf sie zu. Dann traten Ihre Majestät Jolar tu-Jas-Joklas und Sir Rell-Peras nach links und rechts zwischen die Säulen. Vater Side hingegen blieb einen Schritt hinter mir stehen, eine Hand ermutigend auf meine Schulter gelegt.

„Was mit meiner Zugehörigkeit zum *Orden der Ritter von den Elementen* zusammenhängt, habe ich geklärt. Nun frage ich euch: Was bietet ihr mir, wenn ich in eure Dienste trete? Und was verlangt ihr für eine Gegenleistung von mir?" Bei jedem Wort wanderte mein Blick zu einem anderen Antlitz der ansassi. Zum einen wollte ich keinen bevorzugen, zum anderen fiel es mir schwer, ihnen in die Augen zu sehen.

Erneut machte sich Brathair zum Sprecher. Er hielt sich in der Mitte seiner Brüder und Schwestern auf. „Wir bieten dir im

Folgenden: Stets wirst du angemessene Gewänder tragen, niemals frieren oder vor Hitze schwitzen. Um dein leibliches Wohl, sprich Essen oder Trinken, brauchst du dir keinerlei Sorgen zu machen. Die nahrhaftesten Speisen und Getränke werden wir dir immer in ausreichender Fülle zur Verfügung stellen. Wir sichern dir zu, deinen Schlaf zu bewachen und dir, so es dir gefällt, ein gebührliches Lager zu bereiten. Kein menschliches Wesen soll deinem Leib jemals wieder Schaden zufügen. Unsere Magie wird dich schützend umgeben, solange du uns treu bist. Soweit es in unserer Macht steht, weiten wir unser Versprechen auch auf magisch begabte Geschöpfe aus."

„Eure Angebote sind verlockend. Dennoch hast du bislang nur eine meiner Fragen beantwortet. Was verlangt ihr im Gegenzug von mir? Wie kann ich, ein Mensch, für ansassi von Nutzen sein? Welche Eigenschaft zeichnet mich aus?"

Brathair sah mich nachdenklich an, ehe er seinen Blick über seine »Geschwister« gleiten ließ, als suche er bei ihnen Unterstützung. Doch ihre Mienen blieben ausdruckslos. Schließlich seufzte er und versuchte sich an einem –wie ich glaubte – verlegenen Lächeln. Nach einem Räuspern hob er zu sprechen an, indem er zunächst auf meine zweite und dritte Frage einging. Mir dünkte, dass er sich so lange wie möglich um die Antwort auf die erste drücken wollte.

„Calan, du bist kein Mensch, wenn du auch nach außen so scheinen magst", begann zögerlich er mit dem Offensichtlichsten.

Ich seufzte laut vernehmlich, um ihm klar zu machen, dass ich keine Lust hatte, lange der wirklich wichtigen Auskünfte zu harren.

Nissi schien ganz meiner Meinung zu sein, denn nun trat er vor und fuhr fort: „Calan, du wurdest geboren, um uns aus den Kerkern zu befreien, in die wir von Feular einst verbannt wurden. Nur ein Wesen wie du - mit all deinen kätzischen Eigenschaften, aber auch mit deinen menschlichen Fehlern – war dazu fähig. Wir danken dir nochmals, dass du diese Aufgabe bewältigt hast.“

Einmütig verbeugten sich alle sieben ansassi vor mir.

„In all den sekels hast du dein Wissen erweitert und dir manche Fähigkeit erworben, welche dir zukünftig von Nutzen sein wird“, fuhr Nissi sogleich fort. „Die schwierigste Aufgabe liegt noch vor uns allen, so du dich entschließt, künftig für das Gute an unserer Seite zu streiten. Doch dafür muss ich etwas ausholen.“

Im Folgenden erzählte er mir, wie der Gott des Feuers und der Hexer Fentor sich zusammengeschlossen hatten. Sie wollten sich die Herrschaft über einen Teil des Landes sichern, welches heute zum Großkönigreich Glendalach gehörte[88].

„Auch wenn der Hexer durch die Gemeinschaft der Jungfern, der ursassi, Inwinds und Alanyas schließlich gestürzt werden konnte, so ist damit die Gefahr noch lange nicht gebannt“, gab Brathair zu bedenken, nachdem sein Bruder geendet hatte. „Der *Stab des Zorns* wurde damals nicht vernichtet, und auch Fentor wartet im Verborgenen darauf, dass er seine Herrschaft erneut antreten kann. Außerdem hat Feular einen magischen Pilz erschaffen, welcher schon einmal in den Sümpfen von Phusimarit Menschleben gefordert hat[89].“

Nun mischte sich auch Jyoti ein. Sie erzählte die Geschichte wie

---

[88] siehe hierzu mein Buch »Die Legende von Tangalan«
[89] siehe hierzu mein Buch »Jarens verschlungene Pfade«

Shira Leora mit Hilfe des Ritters Jaren die Verbreitung des Pilzes und seiner Sporen aufgehalten hatte.

„Wie dir sicherlich zugetragen wurde, ist ein seltsames Siechtum in Kania aufgetreten", nahm Brathair erneut das Wort. „Dabei handelt es sich um diesen magischen Pilz, der mehr als ein aspelk[90] darauf gewartet hat, dass Feular ihn rief."

„Wir wurden erweckt, damit wir uns darum kümmern können die Gefahren, welche von Fentor, dem *Stab des Zorns* und dem magischen Pilz ausgehen, zu beseitigen", brachte Maisi es auf den Punkt. „Jetzt ist es an dir zu entscheiden, ob du unseren Kampf unterstützen willst, Calan."

Ich war zunächst nicht fähig, ob dieser gewaltigen Herausforderung, etwas zu erwidern. Nach allem, was ich durchgemacht hatte, um die *Sieben Mönche* zu befreien, hatte ich gedacht, dass mein Part damit erledigt wäre. Doch, wenn ich Maisi richtig verstanden hatte, fing die wirkliche Schlacht erst an. Und ich sollte ein Recke des Guten sein, der an der Seite von magischen Wesen wie den ansassi gegen einen ebenso magischen Pilz, einen hexerisch begabten Mann und sogar einen Gott antreten durfte.

Überwältigt von diesem Angebot und den unabsehbaren Schwierigkeiten und Gefahren, welche auf mich lauern würden, schüttelte ich zunächst den Kopf. Gleichzeitig hielt es mich nicht mehr auf den Beinen. Mein ganzer Leib schrie danach, sich auf den Boden zu setzen oder davonzulaufen. Da ich noch nie ein Feigling gewesen war und auch als solcher keinesfalls erscheinen wollte, ließ ich mich an Ort und stelle nieder.

---

[90] aspelk = Jahrhundert

Vorderhand starrte ich, ohne wirklich etwas zu sehen, auf eine kleine Blume, die in der Fuge zwischen zwei Steinplatten blühte. Ich fragte mich, welche Antwort ich den hier versammelten magischen Wesen geben sollte. Wie konnte auch nur einer von ihnen annehmen, dass ich mich freiwillig zu einem Himmelfahrtskommando entscheiden würde? Ich besaß keine magischen Fähigkeiten, die mich vor einem Angriff auch nur eines dieser drei Feinde schützen könnten. Allein darüber nachzudenken, den ansassi eine bejahende Antwort zu geben, verbot sich, wollte ich überleben. Dennoch reizte mich das Abenteuer. Nein, ich war nicht eitel und wollte nicht als strahlender Held gefeiert werden. Mein Anliegen war, das Königreich und seine Bewohner zu schützen, wie ich es bei meiner Schwertleite schwören würde. Andererseits überwogen meine Bedenken, dass ich überhaupt von Nutzen sein könnte.

„Sieh diese Blume, Calan", sagte mitten in meine Überlegungen hinein eine weibliche Stimme. „Wer hätte gedacht, dass ein solch zartes Geschöpf sich zwischen den Steinplatten behaupten könnte? Ist nicht das Unerwartete dasjenige, was die Entscheidung bringen kann?"

Erstaunt blickte ich auf und erkannte, dass Laila vor mir hockte und mit einem Finger zärtlich über die gelben Blütenblätter der winzigen Blume strich.

„Du glaubst wirklich, dass ich euch von Nutzen sein kann?", fragte ich sie ungläubig. „Mir wurde keine Magie in die Wiege gelegt wie dir und deinen Geschwistern. Wie könnte ich zum Erfolg bei diesen Kämpfen gegen die für mich unüberwindlich scheinenden Gegner beitragen? Sicherlich wäre ich für euch eher eine Last, als eine

Hilfe." Mein Blick glitt von ihr zu den anderen ansassi. Ich musterte jedes einzelne Antlitz, um daraus eine Antwort zu lesen. Doch sie blieben ausdruckslos. Daher versuchte ich mein Glück bei den Magiern, die mit einem undurchsichtigen Lächeln auf den Lippen ihre Häupter schüttelten. Nein, auch von ihnen würde ich keine Entscheidung erzwingen können.

Da meldete sich jemand zu Wort, den ich ganz vergessen hatte, nämlich Vater Side. „Calan, glaubst du, dass sich solch mächtige Wesen wie die ansassi einen Klotz ans Bein binden würden? In der Geschichte Glendalachs gibt es unzählige Belege dafür, dass gerade ein Mensch manchmal mehr vollbringen kann, als ein Wesen aus Tangalan. Dafür nenne ich dir nur drei Beispiele: Jeder Knappe kennt die Geschichte von Fanai, der auch als Götterwanderer[91] bekannt ist. Dieser von seinen älteren Brüdern geschändete und von seinem Vater verachtete Knabe hat dafür gesorgt, dass gleich mehrere Götter wieder in ihre Macht eingesetzt wurden. Und hat nicht der Ritter Jaren[92] seinen Leib zu einem Gefäß für die Pilzsporen gemacht? Obwohl er zu diesem Zeitpunkt noch kein Magiersohn war, wusste er doch, dass nur er allein das Königreich vor einer Seuche retten konnte. Und war es nicht der Verdienst des magisch völlig unbegabten Knappen Inwind[93], der Alanya schützte und den ursassi letztlich einen Vorteil verschaffte? Du bist weit mehr als diese drei Menschen, Calan. Du bist ein Geschöpf Tangalans - eine einzigartige Verbindung von Mensch und Katze. Was also hindert dich daran, das

---

[91] siehe hierzu mein Buch »Der Götterwanderer«
[92] siehe hierzu mein Buch »Jarens verschlungene Pfade«
[93] siehe hierzu mein Buch »Die Legende von Tangalan«

Angebot der *Sieben Mönche* anzunehmen?"

Während ich dem so warmherzigen und gütigen Abt zuhörte, kam mir die Erkenntnis, dass er Recht hatte. Für die schwere Aufgabe, welche vor den ansassi lag, benötigten sie jemanden, der sehr belesen war. Dies traf auf mich zu, da ich in meiner gesamten Pagen- und Knappenzeit viele Büchersammlungen in den Niederlassungen des Ordens durchstöbert hatte. Ich kannte nicht nur die insgemeine[94] Geschichte des Großkönigreiches, sondern auch Märchen, Sagen und Legenden. Ich hatte Bücher über das bekannte Heilwissen der seancha genauso verschlungen wie solche über Tangalan, das Land und seine Bewohner. Dabei fand ich zwangsläufig in dem einen oder anderen Schriftwerk zusätzliche Kunde über die ansassi. Wer außer mir – abgesehen von dem Magiersohn Sir Cameron – konnte sich glücklich schätzen, solche Mengen an Wissen angehäuft zu haben? Hinzu kam noch, dass ich nichts, was ich einmal gelesen hatte, vergaß. Auch dies hatte ich mit den Magierkindern gemein.

Obwohl mir diese Erkenntnis kam, wollte ich dennoch meine Entscheidung gut überlegt haben. Daher blickte ich jeden der hier Versammelten kurz an, um mir seiner Aufmerksamkeit gewiss zu sein. „Ich möchte mir Bedenkzeit, bis morgen früh die Sonne aufgeht, ausbedingen", begann ich, während ich eine der Säulen zu mustern schien. „Eine solche Entscheidung bedarf der Erwägung aller Vor- und Nachteile, schließlich geht es hier um mein zukünftiges Leben." Nur in Gedanken fügte ich an: *oder um meinen Tod.*

Sogleich nickten alle ansassi. Dann sprach Nercc: „Es sei dir

---

[94] insgemein = komplett, vollständig

gewährt. Sobald das Himmelslicht den Tag ankündigt, versammeln wir uns alle abermals hier."

Im nächsten Augenblick verblassten die Gestalten der *Sieben Mönche*, ehe sie ganz verschwanden.

Irritiert blickte ich Jolar tu-Jas-Joklas und Rell-Peras an.

„So sind die ansassi", entgegnete der Großkönig meine unausgesprochene Frage, derweilen zierte ein verschmitztes Lächeln sein Antlitz.

„Auch wir ziehen uns nun zurück", sagte der Großmeister, wies dabei allerdings in Richtung des Pferdestalls. „Unsere Rösser bedürfen der Bewegung, weshalb wir zur Niederlassung reiten werden. – Nutze die Zeit gut, Calan."

Ehe ich ihnen meine Referenz erweisen konnte, hatten sich die beiden höchsten Würdenträger Glendalachs bereits umgedreht. Mit weit ausholenden Schritten verließen sie uns.

Ich schüttelte meinen Kopf, während ich ihnen so lange nachsah, bis sie hinter dem Gebäude verschwunden waren. Dann richtete ich meine Aufmerksamkeit ganz auf Vater Side. „Willst auch du mich verlassen, weil deine Pflichten als Abt dich rufen?" Ich konnte den Vorwurf in meiner Stimme nicht unterdrücken.

„Nein, Calan", erwiderte er. Ein inneres Strahlen ging von ihm aus. „Keine meiner Verpflichtungen ist so wichtig, wie dir Gastfreundschaft zu gewähren. Sag mir, welche Wünsche du hast und ich werde mein Bestes tun, um sie dir zu erfüllen. Du hast Großartiges geleistet. Was in meiner Macht steht, um dir zu danken, werde ich ..."

Hier unterbrach ich ihn mit einer Handbewegung. „Ich habe

Hunger. Ist es zu viel verlangt, wenn du mir bei einem bescheidenen Mahl Gesellschaft leistest?"

„Wenn es weiter nichts ist", sagte Vater Side und atmete auf. Was immer er erwartet hatte, schien ihn belastet zu haben.

Mir dünkte, dass er Trost brauchte, daher ging ich auf ihn zu und bat: „Könntest du mich in die Arme schließen? Momentan fühle ich mich einsam und verlassen. Außerdem drückt mich die Last, eine Entscheidung zu fällen, nieder. Ein bisschen Zuspruch würde mir gut tun."

Vater Side lächelte mich an, öffnete seine Arme weit und zog mich an seine Brust. Da er einen Kopf größer als ich war und seine Gliedmaße dementsprechend lang ausfielen, verschmolz ich regelrecht mit ihm. Vielleicht lag es aber auch an seiner weiten Kutte, die mich einhüllte.

21. Kapitel: Das entscheidende Buch

Um den Kopf frei von allen Gedanken zu bekommen, hatte ich mir von Vater Side die Erlaubnis eingeholt, seine Büchersammlung zu nutzen. Da es eine Aufstellung aller Bände gab, nahm ich mir diese zunächst vor. So konnte ich festzustellen, ob ich hier ein Buch finden würde, das ich noch nicht gelesen hatte.

Zu meinem Entzücken entdeckte ich ein sehr altes Werk, welches vor mehr als hundert sekels geschrieben worden war. Es handelte sich um eine Beschreibung tangalanischer Lebensformen. Eine gewisse Schwester Leontina hatte im ganzen - damals noch jungen - Königreich Glendalach Geschichten zusammengetragen und Wort für Wort aufgeschrieben. Teilweise hatte sie betagten Leuten gelauscht, die Märchen oder Sagen ihrer Vorfahren erzählten, teils Erlebnisberichte mutiger Menschen angehört, die die Grenze zu Tangalan überschritten hatten.

Um mir einen Überblick zu verschaffen, was sie herausgefunden hatte, zog ich das Inhaltsverzeichnis zurate. Dabei stellte ich fest, dass es nur zwei Erzählungen gab, die ich bisher noch in keinem Buch der Sammlungen des Ordens gefunden hatte. Vielleicht hatte sie noch niemand abgeschrieben oder sie waren als unwichtig abgetan worden.

Eine Geschichte handelte von der Entstehung des *Stab des Zorns*, die andere von einer Kröte. Ich las mir beide durch und merkte mir den genauen Wortlaut. Gleichzeitig erhielt ich die Gewissheit, dass mich die ansassi für die Lösung von mindestens zweien der vor ihnen liegenden Aufgaben benötigten. Somit hatten die Diegesen[95] mir meine Entscheidung abgenommen. Ich wusste nun, dass ich mich als Ritter der *Sieben Mönche* verdingen musste.

ENDE

---

[95] Berichte, Schilderungen

Dank

Ohne dein an mich vererbtes Talent, lieber Papa, wäre mir das Malen mit Worten niemals so leichtgefallen.

Mama, du hast in den langen Sturmfahrten stets an meiner Seite gestanden und oft das Steuer in die Hand genommen, wenn ich es nicht mehr konnte.

Uschi, deine „Flügelworte" gaben mir den Mut auf dem Wind weiterzusegeln, ohne die Bodenhaftung zu verlieren. Die Jagd nach dem Fehlerteufel, der sich allzu gerne in die Texte verirrte, nahmst du auf. Danke für dein Lektorat.

Karin, immer wieder hast du mich mit deiner Schreibfeder gepikt und auf deinen privaten Lesungen mit meiner Lyrik vor die furchterregende Menge gezerrt. Dein Angebot brachte mich erst dazu, meine Texte zu veröffentlichen.

Yvonne, deine Ruhe, deine Geduld und dein Zuspruch fegten meine Wolken der Frustration hinweg. Ich danke dir, dass wir noch immer zusammenarbeiten können und uns gemeinsam durch den Dschungel der Bucherstellung hindurchkämpfen.

Ich freue mich, dass ihr alle und diejenigen, welche ich hier nicht namentlich genannt habe, meinen Lebensweg gekreuzt, meine Begabung erkannt und gefördert habt.

Über die Autorin

Andrea Rohn lebt in einem kleinen Ort im Westerwald. Seit ihrer Kindheit schreibt sie Fantasy-Geschichten und Lyrik. Ihre Sensibilität half ihr bereits früh, sich in fremden Welten heimisch zu fühlen. Speziell die Lyrik wurde für sie zu einem Ventil der Verarbeitung ihrer, mit den Jahren fortschreitenden, seltenen Erkrankung.

Einige ihrer Gedichte erschienen in Anthologien.

Im Lyrik-Band „Es floss so flink aus meiner Feder" zeigt sie ihr breites Ideen-Spektrum. Mit dem Gedicht-Band „Weiches Fell mit klugem Köpfchen" stellt sie die vielen Facetten der Katzen in den Mittelpunkt. Die Erlebnisse mit ihren eigenen „Pelzchen" sind in dem Buch „Katzen in meinem Leben" nachzulesen.

In einem Roman-Zyklus über das Großkönigreich von *Glendalach* entführt sie in eine Welt voller Magie. Dennoch kämpfen ihre Protagonisten mit sehr menschlichen Problemen und Gefühlen.

Sie ist Mitglied der Autorenwerkstatt „Flügelwort" und eines privaten Frauen-Schreibkreises. Gemeinsam mit drei Frauen aus letzterem veröffentlichte sie im November 2022 das Adventskalenderbuch „Im Advent kann viel geschehen". Im September 2023 folgte ein weiteres mit ausschließlich ihren eigenen Beiträgen unter dem Titel „Weihnachten ist in Sicht".

Der Götterwanderer

Der 17jährige Bastard Fanai versteht die Welt nicht mehr. Was ist mit seinem Vater, dem Baron Dekert von Karelien, los? Hängt seine Veränderung vom brutalen Schläger zum Familienmenschen und gerechten Herrscher mit seinen zwei neuen Leibwächtern zusammen? Ist einer von beiden ein Magier? Wie kann sich Fanai, der uneheliche Sohn einer Heilerin, vor seinen adligen Brüdern Drutmar und Ebermut schützen? Werden sie ihn

weiterhin missbrauchen? Oder bahnt sich auch hier eine Wende durch den undurchsichtigen Leibwächter Sir Rabanus an? Gibt es einen Zusammenhang zwischen jenen seltsamen Träumen und der Prophezeiung über die Götter? Ist Fanai etwa selbst der dort verheißene Wanderer?

Fanai hat es unter Einsatz seines Lebens geschafft, Dilar in den Gott des Wassers zurück zu verwandeln. Obwohl er seinen Halbbruder Ebermut nun nicht mehr fürchten muss, stellt sein sadistischer Bruder Drutmar eine nicht zu unterschätzende Gefahr dar. Zusätzlich lockt der Gott des Feuers Fanai in einige Fallen. Auch seine Beziehung zu Sir Rabanus ängstigt und verwirrt Fanai weiterhin. Soll Fanai seinen Weg zu

Ende gehen und trotz aller Widrigkeiten dafür sorgen, dass auch Catandra und Adalar in die Gottheiten der Erde und des Windes zurück verwandelt werden?

Es floss so flink aus meine Feder

Dieses Buch erzählt Geschichten in
verkürzter Form. Denn Gedichte sind
komprimierte Verserzählungen. Sie
nehmen mit auf Reisen durch die
Jahreszeiten oder versetzen in
Weihnachtsstimmung. Man lernt Tiere
und Pflanzen auf ganz neue Art kennen.
Auch das Leben selbst wird mal heiter,
mal treffend, vor Augen geführt. Es
erschließen sich ungeahnte Wege und
man steigt in die Tiefen des Selbst
hinab. Zum Schluss erfreuen besondere
Gedichtsformen wie Haiku oder Elfchen.

Weiches Fell mit klugem Köpfchen

Jede Katze ist besonders und einmalig.
Dies zeigen die in diesem Lyrik-Band
versammelten Gedichte und Fotos
sehr anschaulich. Von Kitten, welche
die Welt erobern, bis zu Erlebnissen
in der Advents- und Weihnachtszeit
sind viele Begebenheiten mit den
Fellschönheiten hier festgehalten.
Es folgen teils lustige, teils
interessante Begegnungen mit
erwachsenen Katzen. Natürlich
kommen die „Pelzchen" in einem
eigenen Kapitel auch selbst zu Wort.

Bereits 2022 in zwei Bänden erschienen:

Jarens verschlungene Pfade

Wer ist der tangalanisch sprechende
Knabe im Ordensgewand eines
Elemente-Ritters? Kann seine
rätselhafte Warnung die
Ordensmitglieder noch rechtzeitig
vor der Gefangennahme retten?
Kaum zum Ritter geschlagen,
packt Jaren der Übermut. Er lässt
sich auf ein riskantes Intrigenspiel ein.
Zur Strafe wird er zum Knappen degradiert. Doch damit nicht genug:
Ausgerechnet der undurchsichtige Magiersohn Master Da'Simh zwingt ihn
in seine Dienste. Gleichzeitig erhebt auch dessen Bruder Sir Cameron
diesen Anspruch. Auf einer Reise quer durch das Großkönigreich
Glendalach muss Jaren sich bewähren. Wird er es schaffen, gleichzeitig
zwei so unterschiedlichen Herren zu dienen?

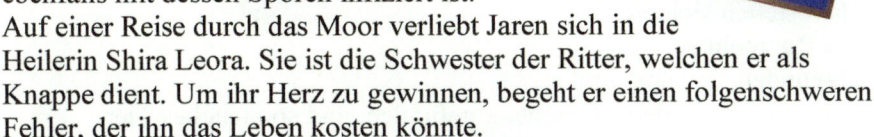

Durch einen Trick der Magier-Brüder gelangt
Jaren nach Tangalan. Dort stellt er fest,
dass dieses vermeintliche Paradies auch eine
andere Seite hat.
Inzwischen befällt ein durch den Gott des
Feuers manipulierter Pilz einige Siedlungen
im Moorgebiet. Es stellt sich heraus, dass Sir
Camerons und Master Da'Simhs Bruder Eivin
ebenfalls mit dessen Sporen infiziert ist.
Auf einer Reise durch das Moor verliebt Jaren sich in die
Heilerin Shira Leora. Sie ist die Schwester der Ritter, welchen er als
Knappe dient. Um ihr Herz zu gewinnen, begeht er einen folgenschweren
Fehler, der ihn das Leben kosten könnte.
Kann es gelingen die Ausbreitung des entarteten Pilzes aufzuhalten, ehe er
das ganze Königreich Glendalach verschlingt?

Katzen in meinem Leben

In vier Jahrzehnten haben sich
viele Katzen in mein Herz
geschlichen. Die meisten
weilten nur kurz in meinem
Zuhause. Manche hingegen
teilten fast ihr ganzes
Leben mit mir. Alle aber
hinterließen bleibende
Eindrücke und bereicherten
mein Leben ungemein. Von diesen Katzen
handeln die Erlebnisberichte und Gedichte in diesem Buch.

Im Advent kann viel geschehen

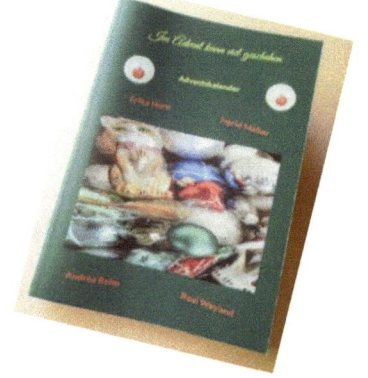

Der Advent ist wie eine
weitere Jahreszeit, nur, zeigt
sie sich nicht in der äußeren
Natur, sondern im Inner des
Menschen. Da werden
Weihnachtslieder zu
Erlebnissen umgedichtet,
Erinnerungen an die
Kindheit stellen sich ein,
Knecht Ruprecht ist
verschwunden, in Südamerika
wird ein ganz besonderes Geschenk gefunden, und so manches Tier
überrascht die Menschen.
Ein schreibfreudiger Kreis von Frauen hat sich viel einfallen lassen, um
jeden Tag im Advent anders und neu zu beginnen.

Weihnachten ist in Sicht

Mit Beginn der Adventszeit geht es mit
riesigen Schritten auf Weihnachten zu.
Nicht einmal vier Wochen liegen zwischen
dem Anzünden der ersten Kerze auf dem
Adventskranz und dem Heiligen Abend.
Um die Wartezeit zu verkürzen, wurden in diesem Buch
Geschichten, Gedichte und Gedanken über Ereignisse zusammengestellt.
Da kommt ein Lama nach Bethlehem, ein kleiner Junge sehnt sich nach
einem ganz besonderen Weihnachtsgeschenk, Katzen erzählen von ihren
Erlebnissen mit der weihnachtlichen Dekoration, Kindheitserinnerungen an
so manches Ereignis in der Advents- und Weihnachtszeit tauchen auf und
ein Teil des Hauses wird zum Erlebnisort für Einblicke in die
Vergangenheit.

Die Legende von Tangalan

Der Hexer Fentor und seine Kinder Krid und
Inish beherrschen das Vereinigte Königreich;
Fentor und Krid mit ihren Hexenkünsten und
Inish mit roher Gewalt. Selbst das magische
Land Tangalan ist vor ihnen nicht sicher. Mit
Brachialer Gewalt zerstört Inish die Lebensadern
dieses Paradieses. Die einzige Hoffnung der
Untertanen sind sechs Jungfern, welche von der Zauberin Followmare mit
magischen Schwertern ausgestattet werden. Doch selbst die Maiden allein
können es nicht mit allen drei Unterdrückern aufnehmen. Hilfe bekommen
sie von unerwarteter Seite. Saráyu, der junge Bettgefährte und Teilhaber
eines Sklavenhändlers rettet sie vor der Leibeigenschaft. Ein sprechender,
rotgetigerter Kater und eine vom Feuer gezeichnete Jungfer, die sich
manchmal auch in einen Knappen verwandelt, begleiten sie auf ihrem Weg.
Kann es den so unterschiedlichen Gefährten gelingen, bis ins Herz der
Macht vorzudringen?

Bereits 2024 erschienen:

Die Legende von Tangalan (Band II)

Nachdem die ungewöhnlichen Reisegefährten
die Kinder des Hexers in ihre Gewalt gebracht
haben, machen sie sich auf den Weg nach Tangalan.
Dort treffen sie auf Fentor und Feular. Wird es
den Gefährten trotzdem gelingen, den Wald wieder
auferstehen zu lassen?
Werden sie die Opfer bringen, welche die Götter von
ihnen verlangen? Und welche Rollen spielen die geheimnisvollen ursassi?

In Vorbereitung:

„Wohin kein Weg mich führt" Band I

(Ein Roman über Rückführungen, eine seltene Krankheit, eine
unverhoffte Ahnin und Menschen, die füreinander da sind.)